中华译学值言倡字与

以中华为根　译与学并重

弘扬优秀文化　促进中外交流

拓展精神疆域　驱动思想创新

丁酉年冬月　许钧撰　罗卫东书

中華譯學館·中华翻译研究文库

许 钧◎总主编

欣顿与山水诗的
生态话语性

陈 琳◎著

ZHEJIANG UNIVERSITY PRESS
浙江大学出版社

国家社会科学基金规划项目（10BYY012）结题成果

同济大学一流学科建设社会科学群课题（0703141302）成果

总　序

改革开放前后的一个时期,中国译界学人对翻译的思考大多基于对中国历史上出现的数次翻译高潮的考量与探讨。简言之,主要是对佛学译介、西学东渐与文学译介的主体、活动及结果的探索。

20 世纪 80 年代兴起的文化转向,让我们不断拓宽视野,对影响译介活动的诸要素及翻译之为有了更加深入的认识。考察一国以往翻译之活动,必与该国的文化语境、民族兴亡和社会发展等诸维度相联系。三十多年来,国内译学界对清末民初的西学东渐与"五四"前后的文学译介的研究已取得相当丰硕的成果。但进入 21 世纪以来,随着中国国力的增强,中国的影响力不断扩大,中西古今关系发生了变化,其态势从总体上看,可以说与"五四"前后的情形完全相反:中西古今关系之变化在一定意义上,可以说是根本性的变化。在民族复兴的语境中,新世纪的中西关系,出现了以"中国文化走向世界"诉求中的文化自觉与文化输出为特征的新态势;而古今之变,则在民族复兴的语境中对中华民族的五千年文化传统与精华有了新的认识,完全不同于"五四"前后与"旧世界"和文化传统的彻底决裂与革命。于是,就我们译学界而言,对翻译的思考语境发生了根本性的变化,我们对翻译思考的路径和维度也不可能不发生变化。

变化之一,涉及中西,便是由西学东渐转向中国文化"走出去",呈东学西传之趋势。变化之二,涉及古今,便是从与"旧世界"的根本决裂转向对中国传统文化、中华民族价值观的重新认识与发扬。这两个根本性的转变给译学界提出了新的大问题:翻译在此转变中应承担怎样的责任? 翻译在此转变中如何定位? 翻译研究者应持有怎样的翻译观念? 以研究"外译中"翻译历史与活动为基础的中国译学研究是否要与时俱进,把目光投向"中译外"的活动? 中国文化"走出去",中国要向世界展示的是什么样的"中国文化"? 当中国一改"五四"前后的"革命"与"决裂"态势,将中国传统文化推向世界,在世界各地创建孔子学院、推广中国文化之时,"翻译什么"与"如何翻译"这双重之问也是我们译学界必须思考与回答的。

综观中华文化发展史,翻译发挥了不可忽视的作用,一如季羡林先生所言,"中华文化之所以能永葆青春","翻译之为用大矣哉"。翻译的社会价值、文化价值、语言价值、创造价值和历史价值在中国文化的形成与发展中表现尤为突出。从文化角度来考察翻译,我们可以看到,翻译活动在人类历史上一直存在,其形式与内涵在不断丰富,且与社会、经济、文化发展相联系,这种联系不是被动的联系,而是一种互动的关系、一种建构性的力量。因此,从这个意义上来说,翻译是推动世界文化发展的一种重大力量,我们应站在跨文化交流的高度对翻译活动进行思考,以维护文化多样性为目标来考察翻译活动的丰富性、复杂性与创造性。

基于这样的认识,也基于对翻译的重新定位和思考,浙江大学于 2018 年正式设立了"浙江大学中华译学馆",旨在"传承文化之脉,发挥翻译之用,促进中外交流,拓展思想疆域,驱动思想创新"。中华译学馆的任务主要体现在三个层面:在译的层面,推出包括文学、历史、哲学、社会科学的系列译丛,"译入"与"译出"互动,积极参与国家战略性的出版工程;在学的层面,就翻译活动所涉及的重大问题展开思考与探索,出版系列翻译研究丛书,举办翻译学术会议;在中外文化交流层面,举办具有社会影响力的翻译家论坛,思想家、作家与翻译家对话等,以翻译与文学为核心开展系列活动。正是在这样的发展思路下,我们与浙江大学出版社合作,集合全国译学界的力量,推出具有学术性与开拓性的"中华翻译研究文库"。

积累与创新是学问之道,也将是本文库坚持的发展路径。本文库为开放性文库,不拘形式,以思想性与学术性为其衡量标准。我们对专著和论文(集)的遴选原则主要有四:一是研究的独创性,要有新意和价值,对整体翻译研究或翻译研究的某个领域有深入的思考,有自己的学术洞见;二是研究的系统性,围绕某一研究话题或领域,有强烈的问题意识、合理的研究方法、有说服力的研究结论以及较大的后续研究空间;三是研究的社会性,鼓励密切关注社会现实的选题与研究,如中国文学与文化"走出去"研究、语言服务行业与译者的职业发展研究、中国典籍对外译介与影响研究、翻译教育改革研究等;四是研究的(跨)学科性,鼓励深入系统地探索翻译学领域的任一分支领域,如元翻译理论研究、翻译史研究、翻译批评研究、翻译教学研究、翻译技术研究等,同时鼓励从跨学科视角探索翻译的规律与奥秘。

青年学者是学科发展的希望,我们特别欢迎青年翻译学者向本文库积极投稿,我们将及时遴选有价值的著作予以出版,集中展现青年学者的学术面貌。在青年学者和资深学者的共同支持下,我们有信心把"中华翻译研究文库"打造成翻译研究领域的精品丛书。

许 钧

2018 年春

序

陈琳是我的学生,我们亦师亦友,常常相聚交流切磋,结下了深厚的师生情谊。她一直在文化翻译诗学上做研究探索。近十年,她的研究对象从中国翻译转向了海外翻译中国,研究西方视角是如何理解中国优秀传统文化,西方话语是如何阐发中国智慧的。我很高兴,她多年来研究积累,成果最终得以出版。她邀约作序,我欣然应允。

纵观人类文明的壮阔发展,东西方文明不仅交相辉映、相得益彰,在世界文明史上留下了照耀古今的亮光,而且兼容并蓄、交流互鉴,为人类文明发展注入了惠及东西的智慧。翻译,是东西方文明交流与交融、人类文明发展的基础和助推剂。正如罗宾逊(Douglas Robinson)所言,"从古至今、从东到西的翻译机制最终形成了东西方共存机制"(罗宾逊,2017:117)。翻译的跨文明意义揭示了翻译对东西方文明交叉发展与联系的建构。中华五千多年文明发展孕育的中华优秀传统文化,源远流长、灿烂辉煌;积淀着中华民族最深沉的精神追求,代表着中华民族独特的精神标识;是中华民族生生不息、发展壮大的丰厚滋养,对延续和发展中华文明、促进人类文明进步,发挥着重要作用。因此,中华典籍一直不断被翻译成世界各种文字,成为西方文明吸收东方文明的重要源泉之一。德国浪漫主义和后浪漫主义、欧洲现象学、瑞典神秘主义、皮尔斯实用主义、美国超验主义、深层生态学等西方哲学思想均从中国古代哲学典籍翻译中汲取营养;美国意象派诗歌、德国布莱希特的间离效果也从中华诗词与戏剧翻译中获取灵感。可见,西方文明对中华文明的吸纳已经深入中华精神内核,寻求东西方文明理念的契合与融通。

值得我们注意的是,虽然西方对中华典籍文化的译介历程已经数百年,但是,在当下的西方世界,仍活跃着一大批汉学翻译家。他们孜孜不倦地深入译介中华典籍,不断进行翻译转化与创新,阐发中华传统文化的现代意义与当代价值,让中华民族的文化基因在当代文化中得以传承与延续,丰富东西方文明的交流成果。在主观上,他们是为西方文明寻求东方智慧来滋养西方文化。正如巴斯奈特(Susan Bassnett)所言,"毋庸置疑,翻译作为一种跨文化交际行为,其目的或任务就是进行文化交流。但是,对交流双方来说,它的功能并不相同。对译入语文化来说,翻译并不仅仅是了解源语文化,更重要的是,它还肩负着本族语文化构建的任务"(Bassnett & Trivedi,1998:96)。但在客观上,翻译赋予了中华优秀传统文化参与当今世界文化的对话与交流的机会,激发了其时代生机与活力。

美国著名汉学翻译家欣顿(David Hinton)便是其中一位译界翘楚。他不仅译著等身,而且翻译传播广,影响大,翻译接受度高。他对中华典籍进行了生态话语性阐发与翻译重写,有力地体现了翻译话语性,因而极具研究价值。陈琳的研究便是围绕欣顿的翻译诗学展开的。她在国家社科基金项目结题成果的基础上,对研究成果进行了进一步修订与完善,最终成书。成果学术价值高、学术创新性强。具体体现在三个方面:其一,提出了"生态译诗"的翻译诗学概念。这一概念为山水诗建构了"生态诗"形象,揭示了欣顿对山水诗翻译的生态批评价值,体现了山水诗的艺术文化精神的当代共同价值。其二,提出了翻译的文化话语建构性的论断。陈琳认为,欣顿从深层生态学话语视角,解读和阐发了山水诗的"荒野宇宙观"及其一系列表达人与自然和谐一体的道禅意境概念,通过异化翻译策略,表达了自己对山水诗的生态智慧的理解与阐发,其翻译诗学形成了一整套具有内在逻辑的翻译生态话语。其三,从世界文学的双文化折射性视角,阐释了山水诗英译文的翻译机制、文学地位以及文化话语意义,更新了中国古典诗词的世界文学形象,为认识翻译的充分性与接受性的关系问题提供了新的认识与研究思路。该研究在这三个方面都做了基于翻译文化语境下的系统、严谨的研究,得出的结论为翻译之于世界文学的建构作用以及东西方文明话语融通提供了具有理论意义的学理依据,促进了对世界文学性翻译诗学的文化话语功能的认识,因而对翻译诗学的创新性研究具有重要意义。文化话语是话的灵魂和精神,而且文化的人文性与文明共同性使文化话语成为话语国际传播的有效内容与途径,是东西方文明交流互鉴的核心内容。因此,从话语阐释与世界文学的角度来看,文化的译介与传播是一个极具研究价值的课题。陈琳和她的团队在这一方向上做了有创新性的尝试,努力揭示了当代英语世界对中国的文化话语性的翻译重构与传播。期待他们继续深入探索,获得更多的研究发现。

同时,该研究成果具有重要的实际意义与应用价值。从话语阐释视角研究翻译传播意义与效果,为我国制定正确适宜的对外翻译策略提供了学理上的依据。海外汉学翻译家运用当代西方话语,挖掘、阐发中华传统文化的当代意义与共同价值,创造性转化中国优秀传统文化,体现了"他者"对"我者"的文化话语的现代重构,最终实现东西方话语融通。这对当下促进中外话语融通,促进中国对外话语体系的建构、翻译与传播具有重要启示意义。

中华文化独一无二的理念、智慧、气度和神韵,激发了中华民族内心深处的自信和自豪。以此为基础,我们努力推进构建有中国底蕴、中国特色的话语体系以及对外话语体系的工作,坚守中华文化立场、传承中华文化基因,不忘本来、吸收外来、面向未来,汲取中国智慧、弘扬中国精神、传播中国价值,不断增强中华优秀传统文化的生命力和影响力,提升中华文化的国际影响力,参与世界文明对话与交流。文化话语的翻译传播对促进人类命运共同体的构建与发展具有积极的贡献意义。这一战略为翻译与翻译研究提出了时代性课题。我们需要思考:翻译如何促进中华优秀传统文化的创造性转化、创新性发展、国际化传播,以服务于提高国家文化软实力的事业?观察、研究海外对中国文化所进行的当代化翻译、阐发与传播的话语目的与机制,无疑对中国文化"走出去"具有战略与战术上的借鉴意义。

事实上,翻译话语的结果是建构"他者"文化形象。萨义德(Edward Said)在《东方学》中提出,历史上欧洲人的"东方主义",意味着西方对东方的言说、书写和编造,是西方主义控制下的关于东方的话语系统,塑造的是落后、野蛮、愚昧、守旧的东方形象。第二次世界大战后美国现代东方学出于改造东方和"冷战"的现实需要,主宰了美国媒体对中国文化的书写,是美国文化霸权支配中国的愿望产生的结果与"符号"(Said,1978)。话语对文化形象的建构从海外对中国的书写及其构建的中国形象中得以佐证。基于萨义德(Said,1978)、史景迁(1990)、张隆溪(2005)、道森(2006)、周宁(2011)等专家学者的对于西方对中国形象构想的研究,西方书写所造成的中国形象演变史可以基本归纳如下。

西方对中国形象构想始于13世纪的欧洲对中国的"集体想象物"。史景迁(1990)认为,四百年来欧洲人关于中国的真实知识中总是掺杂着想象,二者总是混淆在一起,有时候想象往往比知识更为重要。张隆溪(2005:246)也认为:"真实和想象之间、客观叙述和主观推测之间、现实和虚构之间,从来就有一种紧张而又密切的联系。"布郎卡尔班和卢布鲁克的《东方行记》(1255)、《马可波罗游记》(1271)等把中国描述成"乌托邦"。《利玛窦中国札记》(1615)的感叹,柏拉图在《理想国》中作为理论叙述的理想,在中国已被付诸实践。德国哲学家沃尔夫(Christian Wolff)做了"关于中国人道德哲学"(1721)和"哲人和哲人政治"(1728)的演讲,充满了对中国文化,尤其是儒家文化的赞美,他认为中国具有典型的理想国的特点。至此,西方对中国的神话想象形成了,西方对中国的审美理想国的"想象"形成了。从13世纪中期至18世纪中期,西方对中国文化的推崇,反映了他们对财富的渴望和对自身文化的遗憾和期望,如德国哲学家对中国道德哲学的赞美和伏尔泰对中国文化的推崇,特别是对中国文化对于世界历史进程发挥的巨大作用的推崇。

但周宁(2011:49)认为:"不仅中华帝国被美化为'孔教乌托邦',更重要的是,'理想国'有可能从纯粹的幻想变成一个现实的国家,乌托邦突入历史。这其中体现了真正的启蒙激进主义精神。"到了 19 世纪,西方从热爱中国变为批评中国。道森(2006:56)认为:"它不再被视作典范却成为批评的对象,它不再是受人崇敬的理想国度,而是遭到藐视和嘲笑。"出现在法国小说里的中国形象,是退化、险恶、麻木,对自己的卑下一无所知。萨义德(1978)认为,19 世纪西方国家眼中的东方世界没有真实根据,是凭空想象出来的东方,西方世界对阿拉伯—伊斯兰世界的人民和文化有一种强烈的偏见。

在 20 世纪初西方社会对现代性的期望的背景下,对中国产生了"革命理想国"的形象。30 年代,赛珍珠(Pearl Buck)的《大地》将中国想象为"既是学者也是绅士的农民"耕种的"奇妙的乐土",斯诺(Edgar Snow)的《西行漫记》中将中国描写为"红色理想国",汉森(美国记者)认为红色边区是"一个柏拉图理想国的复制品"。

但是,到了 20 世纪 50 年代至 60 年代初,中国形象发生了彻底转变:从社会文化想象的乌托邦变成意识形态的诋毁,从完美到丑陋,从仰慕到仇视。佩雷菲特(Alain Peyrefitte)的《停滞的帝国——两个世界的撞击》(1989)则描绘了从康熙到"文革"的中国,塑造的是停滞、专制、野蛮的形象,突出了对中国的恐惧与仇恨。进入冷战时代之后,中国形象受地缘政治因素影响很大。1972 年尼克松访华,美国为了遏制苏联转而向中国示好。从 20 世纪 70 年代末至 90 年代初,西方媒体赞赏中国的改革开放,以对中国进行正面宣传为主。但 1990 年之后,苏联的分裂造成了地缘政治的改变,中国形象又转向负面。此后发展迅速的中国逐渐被西方发达国家视为主要的竞争对手。

西方文化中对亚洲和中东长期错误和浪漫化的印象为欧美国家的殖民主义提供了借口。"东方主义"是西方世界自有殖民活动以来对待东方世界的一种机制,即将东方学视为西方用以控制、重建和君临东方的一种方式。

我认为,以上西方对中国形象的幻想和建构,都是"他者"基于审美需求、文化好奇或者文化与政治议程需要,对中国进行的"文化他写"。是

"他者"对"我者"的文化书写的一种形式。另外一种重要的文化形象构建的重要工具是"文化他译"。它指域外对中华民族文化作品进行翻译的行为及其结果,注重翻译的文化话语性。文化他译与文化他写,两者合力构成文化书写,完成对中国形象的想象、阐发与建构。

欣顿的生态译诗是典型的文化他译。其翻译话语体系,尤其是其异化翻译策略,再现了中国山水诗的诗歌艺术形式、生态智慧与道禅意蕴,为山水诗建构了中国式的"生态诗"形象。它在一定程度上扭转了19世纪以来的文化他写所形成的对中国形象的定型化趋势,显示了当下西方对我们的文化他译具有解除"东方主义"魔咒的意愿与行动。其译入行为所构建的"他者"形象丰富滋养了西方生态文明,对我们的文化自译策略也具有重要的启示意义。

文化自译指我们主动将中华文化话语进行外语翻译与国际传播的行为及结果。这一文化输出的目的或任务则是构建"我者"在"他者"眼中的形象(这也是一种文化构建),扩大自身的影响力。从宏观上看,文化自译活动是一个民族"文化议程"的重要一环。源语文化的目的必然是要构建自身在"他者"眼中真实、正面的形象。因此,我国文化自译者的任务就是通过翻译活动尽可能再现真实的"自我",向外国人如实介绍中国文化。文化自译的文化译程是传播中国文化核心与价值、中华文明精神。

因此,我们需要认识到两点:

其一,文化自译的目的是构建"我者"形象,服务于国家文化议程与文化战略。宣传我国的文化和价值观,在"他者"心中树立真实、正面、客观的中国文化形象,这是文化自译的根本任务。坚持中华文化立场与态度,建构文化自译理论体系,运用有效的翻译战略,展现真实的"我者",参与塑造"他者"心中正面的"我者"文化形象,为提高中国文化软实力、提升中国的国际文化话语权做出应有的贡献。"中国和平崛起的现实必须经过中国思想的诠释,才能获得其历史的正当性"(周宁,2011:50),这是当下文化自觉与文化自信的使命所在。

其二,文化自译的传播性翻译战略需要采取异化翻译策略。我们不能为了提高译本在西方的"接受度"而自我"东方化",让中国文化戴上西方文化的面具,从而落入"东方主义"的窠臼。在当下中国对外话语体系构建的语境下,"讲好中国故事,传播好中国声音"需要我们主动在文化自译策略上做出选择,异化翻译策略更加有利于主动掌握对中国文化的解释权和话语权。事实上,具有中国特色的具象与话语表述和外译,无论是历史还是当下,都未必能够在输出文化语境中找到文化对等项。如此,我们作为本土文化自译者不能为提高译入语文化环境下的"接受度"而放弃自己,接受归化。坚守文化的独特性是谨防陷入西方为我们设置的"文化过滤"的一道红线。

总而言之,以异化翻译策略为导向的文化自译与他译具有跨文明传播的意义。它是东西方文明互鉴与交融的新鲜血液,将有利于传播中华思想文化精神内核,有利于回击西方的"东方主义"机制,有利于中国理念对新世界及其价值观的重新构建的贡献,有利于中国与其他文明主体向新的文明关系状态的迈进。

张春柏

2019 年 12 月 1 日

目　录

绪　论

一、古诗词的世界文学性进程

　　中国古典诗词(简称古诗词)具有独特的民族诗歌文学的诗学魅力,不仅诗体独特而丰富、诗律精工,而且诗意隽美、意象丰富、意境深远。其凝练的语言蕴含着中国的传统文化与思想,反映时代变迁、世事百态,表达丰富而微妙的情感。格调抑或奔放激越,华丽铺陈,雄壮奇丽;抑或通俗明快,短小精悍,浅显平易。但不论何种格调,古诗词都以其文采飞扬的诗句和浓情诗意,抒情言志,叙事明理。同时,古诗词以其隽秀的形式承载了共同的人文情怀与人生哲理。正因为其独特性与共同性,古诗词才能不断被翻译成各种文字。其中英美对古诗词的英译肇始于19世纪末和20世纪初,开启先河的译者包括理雅各(James Legge)、翟理斯(Herbert Giles)等汉学家以及沃德尔(Helen Waddell)、巴德(Charles Budd)、克兰默-宾(Lancelot Alfred Cranmer-Byng)等。从20世纪二三十年代至今,英美涌现了一代又一代卓越的古诗词翻译家和众多的优秀译诗,"中国古诗词英译文在美国形成了一个文学小传统"①。这一小传统让有着千年历史的中国古诗词穿越时空,跨越语言、民族、国家疆域的藩

---

① 钟玲. 中国诗歌英译文如何在美国成为本土化传统:以简·何丝费尔吸纳杜甫译文为例. 中国比较文学,2010(2):41.

篱,行游异域,不仅被普通英美读者欣赏、吟诵,而且被纳入了英美汉学系、东亚系、比较文学系的相关课程的教科书或主要参考文献,被收入英美文学界重要的世界文学选集或译诗集,如《诺顿世界杰作选集》《诺顿世界文学选集》《诺顿世界杰作选集——单册扩展版》《贝德福德世界文学选集》《朗文世界文学选集》《新方向·中国古诗词选集》等。同时,这些翻译也引起了英美汉学界和比较文学界的关注和研究,涌现出对古诗词英译展开深入的翻译批评与研究的学者,其中包括艾略特(Thomas Stearns Eliot)、肯纳(Hugh Kenner)、欧阳桢(Eugene Eoyang)、叶维廉(Wai-lim Yip)、余宝琳(Pauline Yu)、克恩(Robert Kern)、哈亚特(Eric Hayot)、钱兆明、谢明等。古诗词不断被英美的诗人、翻译家、评论家所翻译、欣赏和批评,进入了英美文学的世界文学视野,获得了世界文学性。我们认为,其世界文学性的形成,固然与其独具魅力的诗歌文学艺术性密不可分,但是它的实现则是海外译者在古诗词外译这块园地里前赴后继、辛勤耕耘的结果。译者们在各自所处的亚文化形态和诗学需求条件下不断推陈出新地进行翻译。

美国比较文学家达姆罗什(David Damrosch)在其专著《何为世界文学》中鲜明地提出:"文学作品通过外域文化空间的接受而成为世界文学。该空间在很多方面是由其文化传统和作家的当下需求所定义的。"①他强调了翻译在世界文学建构中的关键作用,并从文化影响、翻译方式与结果和阅读方式等三个方面重新定义了世界文学。"世界文学是民族文学的椭圆折射;是通过翻译实现的写作;是对遥远的时空世界进行超然解读的阅读方式,而不是一套经典文本。"②这个定义肯定了翻译对世界文学的建构作用,强调了世界文学是受源文化和东道文化双重折射的结果,并接受世界文学是这种翻译折射的结果。

---

① Damrosch, D. *What Is World Literature?*. Princeton: Princeton University Press, 2003: 283.
② Damrosch, D. *What Is World Literature?*. Princeton: Princeton University Press, 2003: 281.

在这个定义中,达姆罗什首先将世界文学隐喻为"民族文学的椭圆折射"。在此,我们需要理解这个隐喻中的三个关键词:民族的、折射以及椭圆折射。首先,他认为,需要从广义上对"民族的"进行理解,即"作品成为世界文学时,继续带有民族渊源印迹。但是,这些印迹会被不断扩散,甚至明显地被折射为来自遥远异域他乡之作"①。"扩散"意味着从高浓度区向低浓度区转移,即民族文学的特征会在成为世界文学时发生淡化,甚至折射变形,但是,这种淡化或折射的结果还是保留了其异域民族身份。其次,关于折射,我们认为达姆罗什沿用了翻译学上的"折射"的概念。早在20 世纪 80 年代,美国翻译理论家勒菲弗尔(André Lefevere)便用"折射"一词来概括种种文学再现方式,包括翻译、文学批评与评论、文学教学、文学选集的编纂以及戏剧改编等等。这些形式具有一个共同特点,即"依据不同读者对象对文学作品进行改编,以达到影响其阅读作品之方法的目的"②。勒菲弗尔认为,翻译是最具折射特点的文学生产方式。在此,我们不妨体会一下这个物理学术语在翻译学上的寓意。折射是当光从一种透明介质斜射入另一种透明介质时,由于光在两种不同的物质里传播速度不同,故在两种介质的交界处传播方向一般会发生变化。介质的成分、形状、密度、运动状态,决定了波动能量的传递方向和速度,对波的传播起决定作用。当这一现象被隐喻为翻译活动时,源语文本被喻为光在第一种介质——源文化——中的表现结果,而翻译文本为光在另一种介质——东道文化——中的表现结果。文化介质主要体现为主流文学气候和政治意识形态。由于这两种文化介质往往表现迥异,当民族文学穿越了性状发生了改变的文化介质,其文本的意指方式、意图效果以及传播方向也随之发生折射变形,导致翻译文本体现出与源语文本的种种不同之处。因此,勒菲弗尔认为,影响翻译折射的是东道文化介质。

---

① Damrosch, D. *What Is World Literature?*. Princeton: Princeton University Press, 2003: 283.

② Lefevere, A. Mother courage's cucumbers: Text, system and refraction in a theory of literature. *Modern Language Studies*, 1982, 12 (4): 4.

　　但是,当达姆罗什把这一隐喻沿用到世界文学的生产过程中时,他认为,世界文学不仅被东道文化所折射,而且还被源文化所折射,因而是"双折射"(double refraction),并创新性地用"椭圆"的形成概念来进一步描述世界文学的这种文化双重性特征。他说:"一直以来,世界文学既是东道文化价值观和需求的体现,又是源文化的体现,是一个双折射。以源文化和东道文化为双焦点,形成一个椭圆空间,世界文学即处于这个空间。它与两种文化都有关联但绝不囿于其中一种文化。"①因此,世界文学是这种语境架构下的产物。"椭圆折射"形象地概括了世界文学是文化双折射的结果,既是东道文化种种需求的产物,也带有源文化的深刻印迹。民族文学经由椭圆折射,蜕变为兼具源文化和东道文化的双重文化特征的世界文学:遥远时空以外的过去性和异域性,与东道文化的当下性和本土性相遇,发生奇妙的文学融合与改变,从而成就了世界文学。

　　达姆罗什进一步深入说明,世界文学是在这样一个"双折射"情形下发生的翻译行为的自然结果。发生在椭圆折射语境架构中的翻译,让译文有了兼具异域文学的新奇性与东道文学的本土性、源文化印迹与东道文化特征的种种可能。这种"兼有性"或"杂合性"有利于译文在形式上获得翻译陌生化的文学效果②,在语义上获得新语境意义。这些获益关系到民族文学是否能跨越语言、文化、政治、心理和时空等障碍,进入东道文化中的文学流通领域,从而促使翻译文学获得有效流传和传播,让民族文学得以在东道文化中获得重生。因此,"把世界文学理解为是通过翻译实现

---

① Damrosch, D. *What Is World Literature?*. Princeton: Princeton University Press, 2003: 283.

② 翻译陌生化:在文学翻译中,译者力图避免将源语文本归化成目的语读者所熟知的、或宽泛化成显而易见的内容和形式,而是借助异域化和混杂化等翻译方法将文学主题、文学手段和文学意象新奇化,以延长翻译审美主体和审美接受者的关注时间和感受难度,化习见为新知和新奇,增加审美快感。陌生化翻译是关于翻译文学的文学性问题,是形式机制。它有助于描述译者兼文学创作者的双重身份译者的翻译实践,特别是其主体性张扬的丰富的翻译艺术技巧。详见:陈琳. 论陌生化翻译. 中国翻译,2010 (1):13-20.

的写作,以有见地、批评性的态度去欣赏、理解我们所处时空之外的世界,欣然接受世界文学是当下心智活动结果的事实……"①。

因此,世界文学不是一套经典,而是对翻译文学所持的一种超然解读的阅读方式。这种超然解读有别于浸淫式的民族文学阅读方式。一方面,世界文学读者抱着远远眺望源文化的超然姿态来阅读文本,即将译本当成翻译去阅读,而不必如民族文学读者那样,全身心投入原文世界,深究原文。另一方面,世界文学读者也抱着欣然的态度理解译者在新的语境架构下对原作的阐释,并从个人视域和经验解读文本,领悟译本的文学性。甚至在阅读同一作品的复译本时,读者也能通过自身经验与领悟,感受作品在不同时代和背景下的阐释;同时,通过译本间的对比,读者能透视世界文学形态在不同时代和文化中的变迁。"世界文学的阅读和对它的研究是固有的'超然解读';其作品展开一种不同的对话。这种对话不是去识别或驾驭文本,而是有距离和差异的对话;我们与文本的相遇不是发生在源文化中心,而是相遇在充满了由来自不同文化、不同时代的作品形成的张力场域中。"②有了如此的超然解读方式,民族文学才能完成向世界文学的最终蜕变。只有优秀的翻译才有这种可能,因为"优秀的翻译,不是不可调和的源视野的丧失,而是增强了读者与译本之间自然和谐、创造性的交流。一首诗歌或一部小说正是通过与读者个人的经验的相适应,获得历久弥新的文学效果"③。优秀的翻译是民族文学是否能成为世界文学的一个决定性因素。

对于这种阅读方式,韦努蒂(Lawrence Venuti)做出了进一步的阐述。他提倡以远距离泛读与近距离精读相结合的方式来认识世界文学。

---

① Damrosch, D. *What Is World Literature?*. Princeton: Princeton University Press, 2003: 291.

② Damrosch, D. *What Is World Literature?*. Princeton: Princeton University Press, 2003: 300.

③ Damrosch, D. *What Is World Literature?*. Princeton: Princeton University Press, 2003: 292.

远距离泛读有利于提高阅读翻译作品的量,以便观察交流模式是如何影响接受方的文学传统。近距离精读译文则有利于考察对原文的具体解读是如何决定这种影响的。"一个文本可能会翻译为很多语言,而且还会不同程度地被东道文化价值观所同化。为了理解翻译对世界文学诞生的意义与影响,我们需要研究由接受情境中的翻译模式产生的文学经典以及译者对原文的阐释。要想获得重要、具有创新性的研究成果,就要对翻译进行泛读与精读,以揭示经典与译者阐释的关系。"①

从翻译界定世界文学,可以深刻认识到民族文学首先是通过翻译的中介超越自己的民族、国家以及语言的疆界。韦努蒂也对此持相同观点,他说:"没有翻译,世界文学就无法进行概念界定。"②"这种界定是基于翻译让文本在形式和语义上获益。但对获益的察觉取决于文本细读、对细节的分析以及对原文到译文所发生的改变的详细考察。"③达姆罗什和韦努蒂的世界文学定义均强调了翻译在世界文学建构中的核心作用,体现了翻译在文学关系动态生成的研究范式中的地位。这对讨论全球化,特别是全球化文化语境下的翻译文学提供了新的视角,即努力地理解一部作品是如何走出去并远离它的源头而传播开来,获得当下性的新视角。基于此,世界文学意味着为译本进行"语境架构",关注和领会译者的翻译选择的语境,从学术的角度利用翻译。"通过关注译者的翻译选择,可以更好地欣赏其选择结果并能察觉其偏好。如果优秀的翻译能被有效阅读,那它就是原作的扩展转换,是文化交流的具体体现,是作品生命的新阶段,因为它从源语文化家园走向世界。"④因此,达姆罗什关注

---

① Venuti, L. *Translation Changes Everything*: *Theory and Practice*. London: Routledge, 2013: 191.

② Venuti, L. *Translation Changes Everything*: *Theory and Practice*. London: Routledge, 2013: 180.

③ Venuti, L. *Translation Changes Everything*: *Theory and Practice*. London: Routledge, 2013: 185.

④ Damrosch, D. *How to Read World Literature*. West Sussex: Willey-Blackwell, 2009: 66.

了译者在椭圆的语境架构下,是如何进行翻译折射的,从而引导读者进行世界文学阅读。

达姆罗什强调的世界文学的双文化性、折射翻译性以及阅读的超然性,关注了民族文学成为世界文学的动态生成方式,打破了西方"世界文学"理念的定式,重塑了世界文学的动态生成性,为更多非西方文学以翻译文学形态进入世界文学提供了可能,也为当今学术界提供了可资借鉴的"反欧洲中心主义"和"反西方文化霸权主义"的世界文学话语,是对歌德"世界文学"观念的深层次发展。

循着达姆罗什的世界文学定义,我们拟简要追溯和分析古诗词英译文的世界文学性的动态生成过程。我们拟将英美 20 世纪至今的古诗词英译活动的历史分为三个阶段,大略分析每一个阶段的源文化焦点与东道文化焦点所包含的具体的亚文化形态以及由此构成的椭圆折射翻译的结果,特别是翻译策略与译介效果。①

第一个阶段是 20 世纪早期。我们把这一时期的译者称为第一代译者。代表译者包括庞德(Ezra Pound)、洛厄尔(Amy Lowell)、宾纳(Witter Bynner)等一批诗人译者以及韦利(Arthur Waley)、翟理斯、弗莱彻(William Fletcher)等汉学家译者。这一时期正逢美国现代派诗歌运动发轫期,译者们(特别是诗人译者)放眼世界的民族诗歌文学,其中一个重要的诗学动机是,希冀从中获得诗歌革新的灵感和启示,摸索现代派诗歌的表现形式。中国古典诗词显然没有让他们失望。例如,庞德(1885—1972)作为意象派诗歌的发起诗人,反对格律严谨、装饰繁复、意义抽象的传统诗歌,追求韵律自由、意象明晰、精简凝练的现代诗歌风格。他通过欣赏和翻译意象丰富的中国古诗词,发现"中国诗注重意象、神韵、简洁、音乐等主张,与他的意象主义运动的诗学观不谋而合"②,遂于 1915 年发

---

① 翻译策略:依据韦努蒂在 *Routledge Encyclopedia of Translation Studies* 一书中对其的定义,包括翻译选目和翻译方法与技巧。

② 蒋洪新. 庞德研究. 上海:上海外语教育出版社,2014:140.

表了其译诗集《华夏集》。在翻译中,他运用自由诗诗体,摸索出了"拆字拆句,意象并置和叠加"①以及"脱体和浓缩"②或者"脱体句法"③等具体表现形式,借此为译诗创造出新的形式。霍尔姆斯(Holmes,1970)将他的这种译诗方法命名为"有机体"(organic form)④,即依据原诗的内容,为译诗锻造出新的、可读性强的新形式,让译诗的内容与新形式成为一个新的、有机的整体,原诗以新面貌出现在目的语诗学视野中,产生陌生化诗歌文学性,焕发出新的生命。

但是随着庞德对现代诗学的探索,他发现,意象主义"特别不适于写作长诗。它需要一种更大的表现力,一种艺术性运动,像漩涡一般能吸取多种元素和能量,产生巨大的文学创新"⑤。基于此,庞德对意象进行了重新定义,认为意象不是一种静态的概念,而是一个处于运动中的漩涡,"一

---

① 赵毅衡. 诗神远游:中国如何改变了美国现代诗. 上海:上海译文出版社,2003: 225-232.

② "庞德在英译中国古诗时,常常有意识地保留中国古诗的语言特点,去掉表示宾主、逻辑、因果、时间、空间等关系的词语……完全不顾英语的规范和使用习惯,呈现出一种脱体(disembodiment)和浓缩(intensification)的效果。"(朱徽,2009: 112)因此,脱体句法就是指诗句的冠词、动词、人称、时态等词语的缺省而造成的诗意的模糊性与阐释性,亦称为"无体性"(bodilessness)。"这是美国当代批评家劳伦斯·W. 契索尔姆(Lawrence W. Chisolm)在1963年出版的论费诺罗萨的著作中用的术语,指的是美国诗人体会到的中国古诗词的特征。"(赵毅衡,2003: 230)

③ 赵毅衡. 诗神远游:中国如何改变了美国现代诗. 上海:上海译文出版社,2003: 232.

④ 霍尔姆斯总结归纳了诗歌翻译的四种表现形式:1. Mimetic form(形式模拟体): the translator reproduces the form of the original in the target language. 2. Analogical form(类比体): the translator determines what the function of the original is and then seeks an equivalent in the target language. 3. Organic or content-derivative form(有机体或内容衍生体): the translator starts with the semantic material of the source text and allows it to shape itself. The form is seen as distinct from the content, rather than as an integral part. 4. Deviant or extraneous form(偏异体): the translator utilizes a new form that it not signaled in any way in the source text, either in form or in content.

⑤ 陶乃侃. 庞德与中国文化. 北京:首都师范大学出版社,2006:13.

个光芒四射的结点,或者是一束光,很多思想不断地从其中升起,或沉入其中,或穿过它"①。因此,庞德对现代诗学的实践从静态的意象主义转向了动态的漩涡主义。与此同时,庞德循着费诺罗萨(Ernest Fenollosa)的手稿继续对古诗词的探索。1921 年,他根据费氏手稿整理并发表《作为诗歌媒介的中国汉字》一文。文中费氏总结了古诗词的自然基质,认为中国汉字师法自然,中国诗歌是"贴合自然的诗歌"。大自然的法则是"动中有物,物中有动(things in motion, motion in things)"②;中国汉字则"是对大自然活动生动的速记",是"一个连续移动的图画"③,比如"東(东)"字表示的就是太阳从树林中冉冉升起的动态景象。因此,由中国汉字串联而成的中国诗歌是一首首动态呈现的自然诗。费氏在中国汉字和诗歌中发掘出的动态性为庞德发展动态的漩涡主义诗学提供了有力的论证,也让庞德再次从古诗词中找到了现代诗歌发展的动力,难怪庞德称费氏这篇文论是"对所有美学基础的研究"④。

庞德在其意象-漩涡主义诗学追求中遇到了王维,并认为他是"中国诗歌的典范"⑤。据钱兆明考证,庞德在 1916—1918 年间翻译了王维的六首诗歌⑥,《竹里馆》即为其一。

---

① Pound, E. *Gaudier Brzesk: A Memoir by Ezra Pound*. New York: John Lane Co., 1916: 106.

② Fenollosa, E. & Pound, E. *The Chinese Written Character as a Medium for Poetry*. San Francisco: City Lights Publishers, 2001: 10.

③ Fenollosa, E. & Pound, E. *The Chinese Written Character as a Medium for Poetry*. San Francisco: City Lights Publishers, 2001: 9.

④ Fenollosa, E. & Pound, E. *The Chinese Written Character as a Medium for Poetry*. San Francisco: City Lights Publishers, 2001: 1.

⑤ Pound, E. How to read. In Eliot, T.S. (ed.). *Literary Essays of Ezra Pound*. Westport, Connecticut: Greenwood Press, Inc., 1979: 27.

⑥ 这六首诗歌分别是:《酬虞部苏员外过蓝田别业不见留之作》、《竹里馆》、《田园乐》(其六)、《苦热》、《送友人归山歌》(二首)。详见:Qian, Z. Ezra Pound's encounter with Wang Wei: Towards the "Ideogrammatic Method" of the *Cantos*. *Twentieth Century Literature*, 1993 (3): 270.

独坐幽篁里，弹琴复长啸。

深林人不知，明月来相照。

Sitting in mystic bamboo grove，back unseen

Press stops of long whistle

Deep forest unpierced by man

Moon and I face each other.

（庞德译于 1916 年）

该诗出自王维山水诗集《辋川集》。诗人用二十个字生动刻画了一幅静谧的"月夜幽林图"：月光洒在清幽的竹林上，远离了世俗纷扰的诗人独坐其中，以手抚琴，浅唱低吟。清静淡远的自然之景映衬出诗人幽静闲远的隐逸之心和空明澄净的修禅之境。该诗以自然之景写禅心，以禅境烘自然之景，禅景合一，是诠释王维山水禅意诗之精髓的代表作之一。据不完全统计，自 20 世纪初至 80 年代，该诗被用英语译介达三十三次之多。① 英译文被收录于《贝德福德世界文学选集》(2004)②和《朗文世界文学作品选》(2007)③等权威世界文学读本中以，及古诗词学者温伯格(Eliot Weinberger)编选的《新方向·中国古诗词选集》(2003)中。这些收录结果奠定了其世界文学的身份地位。庞德译文(1916)即被收录于《新方向·中国古诗词选集》中。

这首译诗为有机译诗体。庞德用"自由体"取代了格律严谨的五言绝

---

① Fung，S. S. K. & Lai，S. T. （eds.）. *25 T'ang Poets*：*Index to English Translations*. Hong Kong：The Chinese University Press，1984：530-531.

② 该选集中收录的是美国著名翻译家华兹生(Burton Watson)的译本 *Bamboo Mile Lodge*，译诗如下：Alone I sit in dark bamboo，/strumming the lute，whistling away；/deep woods that no one knows，/where a bright moon comes to shine on me.

③ 该选集中收录的是美籍华裔汉学家余宝琳(Pauline Yu)的译本 *Bamboo Mile Lodge*，译诗如下：Alone I sit amid the dark bamboo，/Play the zither and whistle loud again. /In the deep wood men do not know/The bright moon comes to shine on me.

句。原诗第一句中的"独"字在译文中缺失。既指环境又指心境的"幽"字则被庞德译为"mystic",表现了竹林的幽深莫测,但失去了"心境清幽"的禅境。原诗第三句中表现诗人独处形象的"人不知",庞德将其调至第一句,译为"back unseen",凸显了竹林的茂密幽深,但失去了隐入山林的禅意。经过调换,译诗第三句只剩下"竹林"一个意象,其后的修饰成分"unpierced by man"与译诗第一句中的"back unseen"一起强调了竹林繁茂浓密的样态。因此,原诗中诗人独处幽坐的禅境消失了,而一个郁郁葱葱的大自然(深林)意象得到了前景化凸显,山水禅意诗失掉了禅意,成了一首纯粹表现大自然的山水诗。

大自然的法则是动静结合,既然"诗法自然",诗歌自然也不例外。为了体现中国诗歌的动态性,庞德认为翻译中国诗歌应"尽可能地贴近原诗具象的力量,避免形容词、名词以及不及物动词,寻求强烈的、单个的动词进行代替"①。译诗第二句中庞德选取了一个利落有力的动词"press"引领整句诗行,使原本就短小精悍的诗歌更加具有力量和动感。不仅如此,如果说意象主义是诗歌中的"静",那么诗歌中的"动"就是庞德所提倡的漩涡主义。漩涡是意象在运动中产生的"势"的聚集,是"一个充满最大势能(energy)的点",因而漩涡主义尤其推崇动态意象。庞德在四行译诗中分别呈现了四个意象,即"sitting in mystic bamboo grove, press stops of long whistle, deep forest, moon and I face each other"。在这四个意象中,除了"deep forest"为静态意象以外,其他的是用动词呈现的动态意象。庞德将这四个意象在一个视觉领域内并置,形成了一个漩涡似的意象群画面,因为"诗歌中的漩涡是通过并置、叠加以及对词语和句子的布局实现的"②。此外,原诗最后一句"明月来相照",诗人不动而明月来相照,用明月的移动反衬诗人的静。而在译诗中,"不动的诗人"则仰望明月,原诗

---

① Fenollosa, E. & Pound, E. *The Chinese Written Character as a Medium for Poetry*. San Francisco: City Lights Publishers, 2001: 15.

② Schneidau, H. N. Vorticism and the career of Ezra Pound. *Modern Philology*, 1968, 65 (3): 226.

中的静态意象被庞德改为"我与明月两两相望(moon and I face each other)"的动态意象。通过庞德的动态性表达,原诗中诗人所追求的静虑的禅境失落了。译诗中四个意象就如同一个逐步拉远的电影镜头,由近及远、由小到大地从"林中坐""吹长啸"到"深林",最后定格至一幅诗人与月亮两两相望的"深林赏月图",静坐的诗人成了一个与大自然互动的赏月者,原诗也从一幅画变成了一个卷轴,缓缓地展现在读者面前,将读者慢慢带入一种动感的体验,这种动态的体验和情感表达就是庞德所追求的漩涡的力量。

此外,庞德在此译诗中,其意象-漩涡主义主张不仅通过并置意象与动态意象手法来实现,而且还模拟了原诗的脱体句法。赵毅衡曾介绍了华兹生(Burton Watson)对原诗的脱体性的认识。他说:"王维是有意识地安排他的自然意象,以创造一种神秘的气氛,一种'无体性',这样就取得了一种抽象度,以使象征意义能清楚地表现出来。……表面上是用最简单的语言写成,却是利用了古典汉语那种简洁和含混结合的敏锐性,暗示表面之下潜藏着的哲理……使非象征的意象获得象征的普遍意义。"[1]很明显庞德该译诗模拟了"无体性"句法,冠词、物主代词、主语(前两行)、标点符号等都一一省略,让译诗的句法靠近了原诗的句法,以再现古诗词的凝练句法及其诗韵效果。

因此,庞德借助译诗,实践和表达其漩涡主义诗学主张,完善其意象主义诗学。在翻译中,他增加了意象的动态性,忽略了意境的禅意性,强化了意境的山水性。正如钱兆明所言,王维诗中的"绘画性、简洁性、联想性和客观性其实正是庞德所努力想要发掘和实践的意象-漩涡主义特质"[2]。而这种创造性的翻译方式赋予了该诗以现代诗学特征,使其成为当时意象派诗歌的样式,展示了美国意象派诗歌与中国古诗词的共通性,

---

① 赵毅衡. 诗神远游:中国如何改变了美国现代诗. 上海:上海译文出版社,2003:230.

② Qian, Z. Ezra Pound's encounter with Wang Wei: Towards the "Ideogrammatic Method" of the *Cantos*. *Twentieth Century Literature*, 1993 (3): 271.

从而让译诗助力于其诗学革新与主张。

艾略特著名的言说"庞德发明了中国诗歌"概括了庞德对古诗词进行有机译诗的文学效果。庞德的意象派自由体译诗也为美国现代派诗歌运动这一"既成事实找到了辩解理由……为现代诗的组合方式寻找到了理论支持"①。《华夏集》深受美国读者欢迎,甚至战壕里的战士也诵读这本译诗集,以鼓舞士气。它不仅是英语世界第一本受到好评的浅显平易、精炼扼要、意象丰富的新自由诗,而且由此奠定了美国诗歌与中国古诗词之间密不可分的关系的基础,美国现代的诗歌体居然衍生于上千年前的中国古诗词。温伯格认为,庞德的译诗"证明了庞德所说的历史的当代性:古代的也是最当下的"②。因此,其翻译诗学意义是深远的。

韦利(1889—1966)是翻译界声誉卓越的英国汉学家,毕生致力于译介中国典籍,特别是古诗词。主要译诗集包括《唐诗一百七十首》(1918)、《中国古诗续集》(1919)、《寺庙歌辞及其他》(1923)、《英译中国歌诗选》(1934)、《诗经》(1937)、《中国诗》(1946)、《李白的诗歌与生平:701—762年》(1951)、《袁枚:中国十八世纪诗人》(1956)。他把对古诗词的翻译看作是"对非押韵的英语诗歌的试验"③,并创造了"重音自由诗译诗体",即用五重音和七重音的句式分别对应翻译五言诗和七言诗,为美国现代诗歌开辟了一个新形式④。因此,其译诗方法也是有机译诗法,但具体形式有别于庞德,虽然他很崇拜庞德的意象派自由体译诗。另外,相较于庞德,身为学者型译者的韦利更加注重忠实于原诗的内容和意象。在其译诗集《唐诗一百七十首》前言部分中,他写道:"我的原则是字面直译,而不

① 赵毅衡. 诗神远游:中国如何改变了美国现代诗. 上海:上海译文出版社,2003: 249.

② Weinberger, E. (ed.). *The New Directions: Anthology of Classical Chinese Poetry*. New York: New Directions Publishing Corporation, 2003: xx.

③ Waley, A. *More Translations From the Chinese*. London: George Allen & Unwin Ltd., 1937: 6.

④ 赵毅衡. 诗神远游:中国如何改变了美国现代诗. 上海:上海译文出版社,2003: 215.

是意译。"①韦利还"考虑到意象是原诗的灵魂,他避免对原诗中的意象进行增减改动"②。据统计,该译诗集"从 1918 年出版到 1946 年便已经印刷了十二次"③。韦利的译诗"集学术性与技巧性于一身……是那个年代汉学界最可靠的译者"④。

总体而言,第一代译者叹服于古诗词凝练的形式、齐整的诗律、丰富的意象以及深远的意境等诗歌艺术风格,并力图以种种新的形式去再现原诗内容与形式的统一,进行形式上的翻译模仿和创新,强调以诗译诗。译者抑或服膺于意象派诗学,抑或努力用英语的诗律特征去创新译诗的形式,使古诗词挣脱民族诗歌文学的藩篱而进入英美的诗歌文学视野。他们采用有机译诗体翻译出了深受当时英美读者欢迎的译诗,其译介效果和文学影响有效开启了古诗词进入英美世界文学的历程。吴伏生曾这样评价庞德,认为其翻译和仿中国诗使得古诗词"在异时异地获得了第二次生命,因而成为世界文学的宝贵财富"⑤。

这一代译诗明显体现出达姆罗什所定义的世界文学的特征。

首先,译诗是中国民族文学——古诗词的椭圆折射性翻译。椭圆折射的源文化焦点表现为古诗词诗学,东道文化焦点为英美现代派诗歌运动的初创阶段,特别是意象派诗歌的实验期。这两个焦点折射出的翻译方法是有机译诗法,即保留内容而舍弃形式,然后依据英美现代诗歌的诗学需要为译诗生成新形式,形成意象派或重音自由体译诗,或者其他形式

---

① Waley,A. *One Hundred and Seventy Chinese Poems*. London:Chiswick Press,1918:19.

② Waley,A. *More Translations From the Chinese*. New York:Alfred A. Knopf Inc.,1919:33.

③ 吴伏生.汉诗英译研究:理雅各、翟理斯、韦利、庞德. 北京:学苑出版社,2012:219.

④ Cheung,C. Y. *Arthur Waley:Translator of Chinese Poetry*. Los Angeles:University of South California(Doctoral Dissertation),1979:157-158.

⑤ 吴伏生. 汉诗英译研究:理雅各、翟理斯、韦利、庞德. 北京:学苑出版社,2012:321.

的自由体译诗。总而言之,是让新的形式和原诗内容重新进行有机合成,使译诗在椭圆这个新空间获得了新的生命形态,以此成就了译诗在英美现代诗歌初创期的历史性、可读性和接受性。这种椭圆折射翻译使得古诗词获得了世界文学性。

其次,这种世界文学性的获益具体表现为两个方面。第一,这一代译者的有机译诗,通过形式上的创新,使古诗词英译文具有了陌生化文学性。意象派自由体译诗和重音自由体译诗为英语自由体诗歌注入了新的表现形式。这些形式与原诗内容进行有机合成,让译诗具有了相对于陈旧的英美传统诗歌而言的诗歌文学新奇性,引发了英语诗歌文学界对这一来自遥远古中国的诗歌的鉴赏兴趣。这种陌生化诗学效果加强了译诗的诗歌文学性。雷克斯罗斯(Kenneth Rexroth)就曾评价韦利的译诗是"真正的诗歌",是"20 世纪最美的英语诗歌"①。这一时期的古诗词翻译使译诗获得了陌生化文学性,从而让其有了成为世界文学的文学性基础。有机译诗法也成为整个 20 世纪英美翻译古诗词主要的翻译方法。第二,译诗获得原创地位。庞德、韦利翻译的古诗词被当作文学作品而非翻译,被收入重要的英语文学选集中,比如,《现代英语诗歌精选》(*Modern British Poetry:A Critical Anthology*)(1930)、《世界诗歌选》(*An Anthology of World Poetry*)(1934)、《大西洋英美诗歌大西洋书》(*The Atlantic Book of British and American Poetry*)(1959)以及《企鹅 20 世纪英语诗歌》(*The Penguin Book of Twentieth Century English Verse*)(1973)等。他们的译诗以原创诗歌的身份与叶芝、艾略特、惠特曼等著名诗人的诗歌并登这些诗歌选集。英国诗人伍夫(Humber Wolf)也曾说道:"我们必须要把这些诗歌视作由一个 20 世纪的英国人创作的诗歌,并且在这个基础上评价它们。"②英语诗歌文学系统把译诗收入重要诗歌选

---

① Rexroth,K.(ed.). *Assays*. New York:New Directions Publishing Corporation,1961:260.

② Johns,F. *A Bibliography of Arthur Waley*. New Jersey:Rutgers University Press,1968:49.

集,将其抬升至原创诗地位,这不仅赋予了译诗经典性,而且巩固了译诗的文学地位,有力地加强了译诗的世界文学性。因此,我们认为,这一时期的古诗词的翻译具有创造性翻译的性质。

再次,译诗引发了美国现代诗歌运动中对古诗词翻译与仿中国诗小潮流,同时代的诗人和后来的译者纷纷仿效。庞德将他的有机译诗体运用到其长篇史诗《诗章》的创作中,创作了仿中国诗。诚如庞德评论专家肯纳所认为,《华夏集》是《诗章》的"铅笔底稿"①。意象派诗人洛厄尔服膺于庞德的意象派自由体的有机译诗方法,与汉学家艾斯柯(Florence Ayscough)合作翻译了《松花笺》(Fir-flower Tablets:Poems From the Chinese)(1921)。她的诗集《浮世绘》(Pictures of Floating World)(1919)中出现一组模仿古诗词的"汉风集"(Chinoiseries)。雷克斯罗斯甚至评价:"如果洛厄尔今天还有些可读的诗,那就是她译的中国诗和仿中国诗。"②宾纳也具有相似的译诗风格和仿中国诗风格。赵毅衡考证认为:"1927年,约瑟夫·路易斯·弗伦契(Joseph Louis French)编《莲与菊》(Lotus and Chrysanthemum)一书,收有中日诗译文,并附有仿中日诗三十七首,其中宾纳的仿中国诗竟占二十首。"③1929年,宾纳与江亢虎合作译出《群玉山头:唐诗三百首英译本》。该译诗集是中国的《唐诗三百首》的首部全译本,为雷克斯罗斯和华兹生提供了翻译启示和灵感。雷克斯罗斯推崇庞德,而白芝(Cyril Birch)和华兹生推崇韦利。白芝把他编纂的《中国文学选集》(1965)献给了韦利。这一时期古诗词的翻译不仅影响了后来的翻译家,而且也影响了一代英美诗人。艾略特曾说:"在我们这个

---

① Kenner,H. *The Pound Era*. Berkeley & Los Angeles:University of California Press,1971:356.

② Rexroth,K. *American Poetry in the Twentieth Century*. New York:Seabury Press,1973:35.

③ 赵毅衡. 诗神远游:中国如何改变了美国现代诗. 上海:上海译文出版社,2003:30.

时代,每一个用英语创作的诗人大概都读过庞德和韦利翻译的中国诗歌。"①因此,这一代译者的优秀译诗触发了古诗词英译文学小传统。这一小传统(特别是庞德和韦利的译诗)对 20 世纪的英美诗歌文学产生了一定的影响。正如斯坦纳(George Steiner)所言,"1919 年以来,英国和美国的大多数诗歌都体现了韦利在重音节奏和非押韵试验方面的痕迹"②,比如艾略特和斯奈德(Gary Snyder)的诗歌③。甚至古诗词诗学特征也通过这一代译者对古诗词的译介,逐步渗透到了美国诗歌传统之中,使美国诗歌语言"正在离开其印欧语源,它离开拉丁语那种曲折的微妙细腻已经很远,相形之下更靠近汉语那种句法逻辑了"④。而"中国诗正是这种变化的基本推动力"⑤。古诗词的英译文和诗人的仿中国诗共同形成的文学小传统及其对美国现代诗歌的诗学影响客观上加强了古诗词英译文的世界文学地位。

因此,这一代译者的椭圆折射翻译及其在文学性和翻译诗学上的收获,促成了英美世界文学读者对古诗词英译文的超然阅读方式,即自觉意识到文本是椭圆折射翻译的产物,是被译者进行了当代化和本地化翻译处理的结果,从而把文本当成翻译文学甚至英语原创诗歌来阅读,而不是当作民族文学或以忠实与否的翻译标准进行鉴赏,即达姆罗什所定义的世界文学的超然阅读方式。

总而言之,庞德、韦利等第一代译者以极大的热情将古诗词与美国现代诗歌运动初创期的种种诗学元素相融合,进行椭圆折射翻译,使原诗获

① Eliot,T. S. *Notes Towards the Definition of Culture*. New York:Harcourt,Brace and Company,1949:117.

② Steiner,G. A pillow book. *New Yorker*,1971 (June):110.

③ 赵毅衡. 诗神远游:中国如何改变了美国现代诗. 上海:上海译文出版社,2003:215-216.

④ Rexroth,K. *One Hundred Poems From the Chinese*. New York:New Directions Publishing Corporation,1956:Introduction.

⑤ 赵毅衡. 诗神远游:中国如何改变了美国现代诗. 上海:上海译文出版社,2003:242.

得了新的视野和生命形态,经过接受者的超然阅读,使古诗词开始了在英语世界的世界文学化的进程,萌发了古诗词英译文的世界文学小传统。

第二个阶段是第二次世界大战战后时期直至 20 世纪末。美国对古诗词的翻译诗学发生了悄然改变,形成了由斯奈德、雷克斯罗斯、华兹生等代表性译者构成的美国第二代古诗词译者。在这个阶段,古诗词的椭圆折射的东道文化焦点的亚文化形态发生了变化。战后的美国曾一度陷入精神上的荒原,产生了对机器文明和垄断资本主义的厌恶,对现实的失落与不满。精神失落的人们开始走出西方文明的中心,转而向处于边缘文化地位的东方文明寻求精神上的依托。特别是"垮掉的一代""旧金山文艺复兴""黑山派"等一批反学院派文学团体成员,他们是战后时期的一代,目睹了战后的空虚迷茫,有对和平安宁环境、散淡闲适生活的向往。同时,20 世纪下半叶,生态整体主义哲学思想的空前发展为人们精神的转向提供了方向。利奥波德(Aldo Leopold)的大地伦理思想、罗尔斯顿(Holmes Rolston)的荒野哲学和奈斯(Arne Naess)的深层生态哲学引发了迷失的人们对荒野的向往和对生态栖居的追求,触发了规模空前的美国环境保护运动。"'环境'和'生态'成为日常用语。"①深层生态学从意识形态的观念层面思考人与自然的关系。它赞同把整个生物圈乃至宇宙看成一个系统,认为生态系统中的一切事物都是相互联系、相互作用的,人类只是这一系统中的一部分,并从以道、禅为代表的东方智慧中寻找哲学基础。道禅哲学是中国传统生态哲学,它们"以一种主客交融的、有机的、灵活的和人性的方式来认识和对待自然和环境,所追求的目标是人和自然的和谐与统一"②,其本质是天人和合的整体主义思想。道禅思想与深层生态主义在核心表达上是一致的。因此,走向哲学的深层生态主义也走向了东方传统的道禅哲学,而最能体现中国传统自

① 纳什. 荒野与美国思想. 侯文蕙,侯钧,译. 北京:中国环境科学出版社,2012:254.
② 雷毅. 深层生态学:阐释与整合. 上海:上海交通大学出版社,2012:39.

然观的山水诗歌和禅诗自然吸引了荒野与生态转向的诗人。

精神诉求和对自然、生态、荒野的呼唤促成了精神走向文明的对立面——荒野的趋势。"在反主流文化的高峰期间,对美国文明的批判也达到了极致,而荒野是主要的受益者。"①荒野不再是危险、粗鄙的蛮荒之地,而是人们逃离现代文明,追求自由、本真和纯朴的精神栖息园。在这样的背景下,对东方生态审美和文明的吸收与追求成为"当时的一种时代风气"②,尤其是对禅宗的推崇。"在某种程度上,禅宗成为年轻人用以对抗美国中产阶级价值观及基督教价值观的利器。"③

因此,这一时期的古诗词的世界文学椭圆空间的东道文化焦点的亚文化形态表现为对混沌、喧嚣的现实文明和文化精神的失望,对荒野精神和生态整体主义的追求,对追求心灵宁静与自然山水生态审美的东方艺术文明和文化的向往。特别是从中国山水诗和禅诗的艺术文化精神、禅宗意趣中寻求文化精神的救赎。④ 这构成了这一时期的古诗词的椭圆折射空间的东道文化的亚文化形态。正如雷克斯罗斯在论及古诗词时所说的,"诗歌是视野,是感官性的交流融合、是沉思冥想的纯净行为"⑤。这些诗人不仅译介山水禅意诗和禅诗,并且还身体力行地进行禅修,将禅宗思想融入创作和生活中,其中斯奈德、华兹生、汉密尔(Sam Hamill)等甚至还远赴日本禅院学习和禅修。如果说第一代译诗触发了英美古诗词英译文的文学小传统,拉开了古诗词的世界文学化进程的序幕,那么第二代则

---

① 纳什. 荒野与美国思想. 侯文蕙,侯钧,译. 北京:中国环境科学出版社,2012:232.

② 钟玲. 美国诗与中国梦:美国现代诗里的中国文化模式. 桂林:广西师范大学出版社,2003b:85.

③ 钟玲. 中国禅与美国文学. 北京:首都师范大学出版社,2009:33.

④ 这似乎可以解释,在美国汉学界和世界文学界,中国山水诗(China's rivers-and-mountains poetry, Chinese landscape poetry)也被称为"荒野诗"(Chinese wilderness poetry)的原因。

⑤ Rexroth, K. *Bird in the Bush*: *Obvious Essays*. New York: New Directions Publishing Corporation, 1959: 189.

在此基础上,逐步内化,从表面借鉴到核心吸收,进一步巩固了古诗词的经典化和世界文学化地位。正如赵毅衡所总结的,"他们都希望更深入到中国美学的核心中去"①。与庞德、洛厄尔等第一代译者借鉴古诗词进行形式上的试验和创新不同,以雷克斯罗斯和斯奈德等为代表的第二代译者"不是表面上采用东方的事物、意象、典故,而是挪用古诗词的内在经验、结构与思维模式"②。"由形式上模仿化用转入文化精神上的汲取、融会。"③从现代派诗歌运动与中国古诗词的相遇到 20 世纪五六十年代古诗词与美国诗歌传统的相融,从美国诗人对古诗词形式、意象、文字和句法的借鉴到对中国古诗词的山水生态审美和禅宗思想的探究,古诗词逐渐渗透到了美国诗学主流中,成为世界文学传统的一部分。

椭圆折射的这一时代的变化成就了古诗词英译文的世界文学性在这一时期的当下性。如果依据达姆罗什所界定的世界文学的动态生成性,那么,翻译文学的可读性和接受性具有历史的维度,从而翻译需要随着时代的演进而不断更新。正如雷克斯罗斯所说,"随着时代的发展,所有的翻译都会过时"④,而"那些伟大的翻译之所以会流传至我们的时代,是因为它们完全属于一个时代"⑤。这一时期的古诗词英译文体现了怎样的当下性呢?我们从研究文献与英译文的文本表现,可以将其归纳为译诗语言的浅显平易化、形式的本土化、艺术文化精神的认同化。

在这一时期,涌现了一大批翻译活动活跃、声誉卓绝的古诗词翻译家。不仅有引领这一代风骚的翻译家雷克斯罗斯、斯奈德、华兹生,还有

① 赵毅衡. 诗神远游:中国如何改变了美国现代诗. 上海:上海译文出版社,2003:279.
② 钟玲. 美国诗人史耐德与亚洲文化:西方吸纳东方传统的范例. 台北:联经出版社,2003a:279.
③ 江岚. 唐诗西传史论——以唐诗在英美的传播为中心. 北京:学苑出版社,2009:278.
④ Rexroth, K. (ed.). *Assays*. New York: New Directions Publishing Corporation, 1961:19.
⑤ Rexroth, K. (ed.). *Assays*. New York: New Directions Publishing Corporation, 1961:21.

优秀的汉学家译者余宝琳、宇文所安(Stephen Owen)、葛瑞汉(Angus Charles Graham)、霍克斯(David Hawkes)、刘若愚(James L. Y. Liu)、白芝、海陶玮(James Robert Hightower)以及诗人译者威廉姆斯(William Carlos Williams)、佩恩(Robert Payne)、巴恩斯通(Willis Barnstone)和叶维廉等。在英美整个 20 世纪古诗词翻译小传统中,这一时期,无论在译者人数上、译诗规模上,还是在翻译诗学影响上都是鼎盛期。我们可以从以下几位代表性译者的译诗策略中对此略见一斑。

斯奈德对古诗词的译介即是这一翻译诗学背景下的产物。斯奈德是当时荒野哲学与生态文化运动的积极倡导者。他将道禅思想有机融入了他多年形成的荒野思想中,发展了以生态保护为目的的深度生态理念。他认为"世界是自然的,归根结底,必然是野性的"①。"对大自然和荒野的思考把斯奈德带进了道家学说,然后带进了禅宗。"②而且,还将其带入了中国的禅诗和山水禅意诗,因为这两者都体现了荒野精神。斯奈德认为"禅诗是一种荒野文化"③。山水诗渗透和贯穿始终的也是一种荒野哲学精神。因此,他不仅翻译了寒山诗和百丈怀海的禅诗,而且还翻译了王维、孟浩然、杜甫、白居易、杜牧、苏轼、王昌龄等诗人的诗歌。我们来看看斯奈德在其荒野精神和深度生态学的视角下如何重译《竹里馆》。1978 年,斯奈德在《守护万物杂志》(*Journal for the Protection of All Beings*)第 4 期上发表了五首王维的山水禅意诗④。

> 独坐幽篁里,弹琴复长啸。
>
> 深林人不知,明月来相照。

---

① 斯奈德. 禅定荒野. 陈登,谭琼琳,译. 桂林:广西师范大学出版社,2014:3.

② Snyder, G. Introduction. In Johnson, K. & Paulenich, C. (eds.). *Beneath a Single Moon*: *Buddhism in Contemporary American Poetry*. Boston & London: Shambhala, 1991: 4.

③ 斯奈德. 禅定荒野. 陈登,谭琼琳,译. 桂林:广西师范大学出版社,2014:82.

④ 这五首诗歌分别是《竹里馆》《鹿柴》《送别》《相思》《杂诗·君自故乡来》。

Sitting alone，hid in bamboo

Plucking the lute and gravely whistling.

People wouldn't know that deep woods

Can be this bright   in the moon.

（斯奈德译于 1978 年）

在形式上，斯奈德的译诗再现了五言诗的节奏感。其节奏分明而齐整，不仅每行为四重音，而且通过行中的逗号、子句连词或关系代词、行中空格等句法方式体现了前二后二的停顿效果，对应了五言诗的前二后三的停顿模式。在语言风格上译诗体现出斯奈德所推崇的雷克斯罗斯式的朴素平易的风格，用词与句式平易浅近，几近口语。前两行是四个分词词组，后两行仿佛是在对话口语中。

在意象与禅境的再现上，整首诗却体现出其禅定荒野的修为。斯奈德凸显了"深林"(deep woods)这一荒野意象，而脱离了原诗中静谧幽深的禅境。译诗第一句中"hid"一词体现了竹林的茂密繁盛，诗人独坐其中，隐没不见。对原诗第三、四句则做了彻底的改写，深林成为这两句乃至整首诗歌的中心意象。在第四句中的空格停顿展现了明亮月光下的明亮深林。经过斯奈德的重组和改写，译诗成了以深林为主要意象的荒野诗歌。

这样的处理与其对原诗中"诗人"主体的处理是一脉相承的。虽然在原诗中，诗人行动的痕迹，如独坐、弹琴和长啸，仍然清晰可见，但是译诗着意违背了英语主语凸显的句法规则，没有出现行动的主体"I"。这也许与他对禅意诗歌的意境理解相关。他曾说："伟大的诗人不是表现自己，他表现的是每一个个体，而要表现每一个个体就得超越自我。正如禅宗大师道元所言：'了解自我是为了忘却自我，忘却自我方能与万物合一。'"①从文学性来看，这造成了译诗的翻译陌生化文学效果，而且体现了

---

① Snyder，G. *The Real Work：Interviews and Talks 1964—1979.* New York：New Directions Publishing Corporation，1980：65.

主体"隐藏于深林中"（hid in bamboo），融进大自然，成为荒野整体中的一员的禅宗"物我一如"的意境。这是斯奈德修禅近道的体悟在译诗上的具体体现。道家哲学主张"天地与我并生，万物与我为一"；禅宗则讲求在禅修中忘却自我，融入虚空，达到顿悟。正如钟玲评价他道："当他吸收一种外来思想时，他常会把这种新接触到的思想放在他比较熟悉的文化思想体系中并比。"①斯奈德吸收了道禅哲学中"天人合一"的整体主义思想，认为荒野是一个完整的生态系统，这个系统"能让潜在的野性充分发挥，各种生物和非生物在这里依其自性，繁衍生息。……当一个系统充分运作时，所有成员都会参与其中，因此，荒野就是万物一体"②。

　　作为一名近禅习禅的诗人，禅修是斯奈德每日的功课。他曾说："我是一个身体力行的佛教徒……每天我都要沉思，我将打坐视为每天的功课。"③但斯奈德不仅是一位完全出世的佛教徒，同时他还是一位荒野保护的积极倡导者和实践者。而有着双重身份的斯奈德将物理上的荒野实体与禅修联系起来，认为禅修追求的无我之境，即潜意识，"就是荒野在人类身上的体现，而外在的荒野是人类潜意识的物质性延伸"④。外在的荒野与内在的潜意识一起组成了世界的整体，禅修就是"心中自我的野性与世界的野性进程的联结"⑤。但斯奈德强调仅通过坐禅在精神上达到物我一如的境界是不够的，修行不止限于禅院和寺庙，"了悟禅道的先决条件是去除自我，深入野域"⑥。因此，斯奈德的荒野哲学主张"禅定荒野"的修行方式，即"行即是道"。"行"就是走进荒野，与真实的世界和自我进行亲密

---

① 钟玲. 史耐德与中国文化. 北京：首都师范大学出版社，2006：54.
② 斯奈德. 禅定荒野. 陈登，谭琼琳，译. 桂林：广西师范大学出版社，2014：11.
③ Snyder, G. *The Real Work : Interviews and Talks 1964—1979.* New York：New Directions Publishing Corporation，1980：33.
④ 毛明. 野径与禅道：生态美学视域下美国诗人斯奈德的禅学因缘. 北京：中国社会科学出版社，2014：159.
⑤ 斯奈德. 禅定荒野. 陈登，谭琼琳，译. 桂林：广西师范大学出版社，2014：15.
⑥ 毛明. 野径与禅道：生态美学视域下美国诗人斯奈德的禅学因缘. 北京：中国社会科学出版社，2014：159.

的接触,感受和融入,才能回到最本真的状态,获得真正的自由。

斯奈德对原诗第三、四句的重组其实就是他对"禅定荒野"的表达:人们不会明白沐浴在月光中的竹林竟然如此明亮!斯奈德向远离大自然的读者发出呼吁:如果不走入荒野、置身其中并亲自体验,你们又怎么会知道月夜中的深林这么明亮呢!斯奈德倡导人们走入深林,用行走荒野、体验荒野的方式修行,最终在身体和心灵双重意义上都达到禅宗的顿悟,与万物合为一体。斯奈德借王维之口完成了对其荒野哲学的阐释和发声。因此,斯奈德用"荒野"丰富了王维诗中清寂幽静的禅境,体现了斯奈德的禅定荒野的修行意境。

1958 年,斯奈德在垮掉派作家的宣传主阵地《常春藤评论》的第 2 卷第 6 期(秋季号)发表了他的二十四首寒山译诗,1965 年将其并入《砾石与寒山诗》出版。寒山译诗让中国传说中的云游禅僧寒山子与战后美国的亚文化"垮掉的一代"年轻诗人和作家之间实现了穿越时空的交流,为后者反叛传统的价值观和空虚迷茫的精神荒原找到了归依,为其飘逸散淡的闲适之作找到了知音。自此,寒山诗不断成为美国译者的翻译对象。据钟玲①统计,从 20 世纪中叶到 21 世纪初,单单寒山诗英译专书单行本就出版了六种。寒山子成为美国战后一代的精神偶像,对其诗的译介也成为美国诗坛中国古诗词小传统的一个突出特色。

威廉姆斯是美国诗歌本土化的坚定拥护者②,他认为"中国诗适合于他毕生为之奋斗的'美国化'(非欧洲化诗学原则)"③。1966 年,他与王燊甫合译出版了译诗集《桂树集》(*The Cassia Tree*)。在翻译中,他运用美国当下口语翻译短小精悍的绝句,重新探索了他早期创造的"立体短诗"④,

---

① 钟玲. 中国禅与美国文学. 北京:首都师范大学出版社,2009:92.
② 威廉姆斯虽然早期参加意象派,并和庞德一起被称为"对当代美国诗歌影响最大的人物"(详见:赵毅衡,2003:50),但其译诗行为直到 20 世纪 60 年代才发生。故我们在此将之归入第二代译者进行讨论。
③ 赵毅衡. 诗神远游:中国如何改变了美国现代诗. 上海:上海译文出版社,2003:53.
④ 钱兆明. 威廉斯的诗体探索与他的中国情结. 外国文学,2010 (1):66.

并在此基础上创作了他最后一部诗集《勃鲁戈尔诗画集》(*Pictures From Brueghel*,1962)。与威廉姆斯一起有"五六十年代美国诗的东西岸二位教父"之称的雷克斯罗斯深受威廉姆斯的影响,他同样致力于美国诗歌当下化和本土化。1956年,雷克斯罗斯出版了他的第一部译诗集《中国诗百首》(*One Hundred Poems From the Chinese*)。译诗的语言浅显平易、感情色彩平实、自然流畅,并运用了英语诗歌的跨行技巧。在"序言"中,他指出,其译诗的宗旨是"传达原诗的神韵,使其成为地道的美国诗歌"①。威廉姆斯盛赞其译诗是"用美国本土语言写成的最美的诗集之一"②。1970年他出版了另一部译诗集《爱和流年:中国诗歌一百首续集》。温伯格认为,它是雷克斯罗斯最好的译诗集。他随后还翻译出版了《兰花船:中国女诗人》(1972)和《李清照诗词全集》(1974)。雷克斯罗斯同时也承袭意象派诗歌的传统,注重诗歌的意象和画面感,并将之称为"中国诗法"③,强调对"诗境"的重现。雷克斯罗斯的以上这些译诗特点在他翻译李清照的词《声声慢》中体现得较为充分。

声声慢

寻寻觅觅,冷冷清清,凄凄惨惨戚戚。乍暖还寒时候,最难将息。三杯两盏淡酒,怎敌他、晚来风急?雁过也,正伤心,却是旧时相识。

满地黄花堆积。憔悴损,如今有谁堪摘?守着窗儿,独自怎生得黑?梧桐更兼细雨,到黄昏、点点滴滴。这次第,怎一个愁字了得!

---

① Rexroth,K. *One Hundred Poems From the Chinese*. New York:New Directions Publishing Corporation,1956:Preface.

② Williams,W. C. Two new books by Kenneth Rexroth. *Poetry*,1957,90(1):180.

③ Rexroth,K. *Classics Revisited*. New York:Avon Books,1969:137.

Autumn Love

"A Weary Song to a Slow Sad Tune"

Search. Search. Seek. Seek.

Cold. Cold. Clear. Clear.

Sorrow. Sorrow. Pain. Pain.

Hot flashes. Sudden chills.

Stabbing pains. Slow agonies.

I can find no peace. I drink two cups, then three bowls

Of clear wine until I can't

Stand up against a gust of wind.

Wild geese fly overhead.

They wrench my heart.

They were our friends in the old days.

Gold chrysanthemums litter

The ground, pile up, faded, dead.

This season I could not bear

To pick them. All alone,

Motionless at my window,

I watch the gathering shadows.

Fine rain sifts through the wu-t'ung trees.

And drips, drop by drop, through the dusk.

What can I ever do now?

How can I drive off this word—

Hopelessness?

(雷克斯罗斯译于 1956 年)

在译诗中,雷克斯罗斯的用词日常化,读来自然流畅;前三句一方面用重复法对应原诗的叠词法,而且用句号断开。虽然这些对英语诗而言,略显怪异;但在另一方面,这三行中头韵的使用又让其具有了英语诗韵,巧妙地将怪异转化为文学新奇,从而具有了翻译陌生化性,增添了译诗的美国诗歌诗学特征。而且,整个译诗浅白的诗句、意象的直译(如 hot flashes, sudden chills, wild geese fly overhead, gold chrysanthemums litter the ground, motionless at my window, fine rain sifts through the wu-t'ung trees 等)比较轻松地制造了意象的画面感。

华兹生的译诗语言以素朴平实、明白晓畅见长,温伯格甚至认为他"是所有这些译者中最杰出的"①。他先后出版了五本译诗集:《峭野寒山:唐代诗人寒山 100 首诗歌》(1962)、《苏东坡诗选》(1977)、《白居易诗选》(2000)、《杜甫诗选》(2003)和《陆游后期诗选》(2007)。事实上,威廉姆斯、雷克斯罗斯、斯奈德和华兹生等的译诗风格都一致表现出译诗语言的朴素平实的特点。因为他们认为,"对现实世界的中国式的直接忧患意识也必须用直接、会话性的方式再现出来"②。

正如华兹生所言,"我(华兹生)所翻译的语言——古代汉语在表达上十分简洁,在翻译时,我(华兹生)完全同意应尽可能使用简洁的英语来表达。我(华兹生)总是一遍又一遍地检查我的翻译,以找出可以删除的词语,或以更简短的形式传达意义的方法"③。这种"简洁传意"译诗方法所带来的一个显著的译诗特点就是语言的口语化倾向。美国马萨诸塞大学的汉学教授白牧之(E. Bruce Brooks)和白妙子(A. Taeko Brooks)认为,华兹生的译文具有"口语化语言的平易朴实,内容十分通顺流畅,故基本

---

① Weinberger, E. (ed.). *The New Directions*: *Anthology of Classical Chinese Poetry*. New York: New Directions Publishing Corporation, 2003: xxv.

② Weinberger, E. (ed.). *The New Directions*: *Anthology of Classical Chinese Poetry*. New York: New Directions Publishing Corporation, 2003: xxv.

③ Watson, B. The pleasures of translating. (2001-01-20) [2014-09-28]. http://www.keenecenter.org/download_files/Watson_Burton_2001sen.pdf.

不需太多解释"①。为了实现这种口语体特征,华兹生的译诗经常以会话重构的方式展现出来。在此以寒山《妾在邯郸住》的译文为例做一个分析。

妾在邯郸住

妾在邯郸住,歌声亦抑扬。

赖我安居处,此曲旧来长。

既醉莫言归,留连日未央。

儿家寝宿处,绣被满银床。

"Han-tan is my home," she said,

"And the lilt of the place is in my songs.

Living here so long

I know all the tunes handed down.

You're drunk? Don't say you're going home!

Stay! The sun hasn't reached its height.

In my bedroom is an embroidered quilt

So big it covers all my sliver bed!"

(华兹生译于 1962 年)

首先,华兹生译诗在多处增补了人称代词"you""I""she"和物主代词"my",有意营造了译诗"对话性"的表达方式,以凸显口语化语言特征。原诗全文八句话,皆为主人翁(歌姬)一人隐性自陈,仅在第三句出现了一个人称代词"我",其他各句均未出现人称代词,均为隐性人称陈述。在华兹生的译诗中,在"妾在邯郸住"前添加了第三人称"she"代表"隐性述者"——歌姬,以此与原诗作者(寒山)区别开来;在"歌声"前添加了"my",

---

① Brooks, E.B. & Brooks, A. T. The unproblematic Confucius: Book review of *The Analects of Confucius*. Watson, B. (trans.). *The China Reviews*, 2009 (1): 165.

补充了"此曲旧来长"的人称"I"，表现出对话开展的直陈表述；其后又补充出了"既醉莫言归"的主语"you"，虽对话的对象"you"一言不发，但对话意图性跃然纸上。虽然译文中分别出现了"you""I""she"，但所指并不混乱，读者从问答结构中可以清楚识别陈述者（I）、发话对象（you）和陈述者（作者）的会话关系。

其次，译诗整篇采用直接引语的方式，凸显了对话的真实性，使原诗含蓄、晦涩的陈述方式变得直接、明晰。原诗没有出现明确的人称表述，因此未出现明显的直接叙述，而采用了一种模糊叙述人称的间接叙述策略，间接引语拉大了读者与叙述事件之间的时空感，因此难以寻觅会话的真实性与直接性。而译诗除第一句中的"she said"外，整首采用直接引语的方式表述，表现出会话发生的即时性，让读者有如临其境之感，表现出对话的真实性与直接性。

而且，译诗第五、六句中加入了"设问—应答"的会话结构，使隐含的人物对话关系进一步明晰。原诗第五、六句并未出现问答形式，而采用直接陈述的方式叙述，因此也就不存在明显的直接会话特点。译诗不仅添加会话方"You"，明确了诗文的人物对话关系，而且原诗通过"You're drunk?"发问，用"Don't say you're going home!"与"Stay!"作答，再由"The sun hasn't reached its height."阐明缘由，构成了一场完整的直接会话场景，尤其是命令式"Stay!"的使用，使会话参与方的在场感进一步凸显；译文也十分简练，直截了当，体现了译诗口语化的特点。这种问答体把叙述者与对话者（事实上并未发话）的对话用直接引语传达出来，有目的地引导读者参与到诗歌叙述中，让读者随着叙述者的观察视点一起体验歌姬生存状态的全过程，因此具有描述的直接性与会话性。

美国汉学家宇文所安对唐诗的翻译比较注重形式对等。如他所说，"在翻译诗歌时，我总是试图找到一个灵活的英语诗歌形式去对等翻译，但不要太做作,形式可以再造一系列的差异去呼应中国诗歌的形式特点"①。他的译作大量进入《诺顿世界文学选集》。而且他将他的翻译汇集成一本相当厚重的《中国文学选集:从开始到1911》(1996)并由诺顿出版社出版。可见以上译者的译诗方法虽然也是如第一代译者一样,采用的是有机译诗法,但具体在手段上的表现显然不同于第一代译者。

最为凸显的是,这一代译者开启了对山水诗和禅诗的译介,让承载着自然山水精神和禅宗意趣的诗歌走入了美国的世界文学视野,并从诗情画意、充满禅意的中国山水诗和机锋技巧的禅诗中寻求到了抚慰和精神与心灵的共鸣,且移情于诗歌中所表达的天地万物和谐共存的、物我一如的道禅思想以及自然、单纯、闲适的空灵境界。这一译诗方向丰富了英美古诗词英译文的文学小传统,成为古诗词的世界文学性在20世纪下半叶的新的表现形态。

山水诗和禅诗的艺术文化精神不仅对诗人译者的创作产生影响,甚至对其精神信仰、思想以及诗歌创作都产生了深刻的影响。例如,斯奈德与雷克斯罗斯。斯奈德在诗歌创作中,受古诗词中物我合一的"无我观"和无时态的时间观影响,鲜有人称代词(no self)②,"多用分词和不定式,很少采用动词时态"③。他自称是"儒释道社会主义者(Confucianist-Buddhist-Taoist socialist)"④,也是虔诚的禅宗追随者和山林隐士,先后在日本学禅十年,晚年隐居加州山区,过着打坐修行的禅意生活。他吸收了"'相反相成''相互包含''相互转化'及'抑阳举阴'"的道家思想⑤、"修齐

---

① Owen, S. *An Anthology of Chinese Literature : Beginnings to 1911.* New York & London: W. W. Norton & Company, 1996: xiiv.
② 陈小红. 加里·斯奈德的生态伦理思想研究. 广州:中山大学出版社,2008:114.
③ 陈小红. 加里·斯奈德的生态伦理思想研究. 广州:中山大学出版社,2008:154.
④ 赵毅衡. 儒佛道社会主义者:史耐德. 当代,1990(9):27.
⑤ 钟玲. 史耐德与中国文化. 北京:首都师范大学出版社,2006:53.

治平"的儒士思想①,以及"佛法空观、万物皆有佛性、因果轮回"的禅宗思想②,发展了他的生态环保哲学,即深度生态主义思想。雷克斯罗斯则将古诗词中的意象内化在自己的创作中③,有时甚至还将古诗词不做任何标注地直接融入自己的诗歌创作中,如将王维的《鹿柴》和刘禹锡的《乌衣巷》等融入他的单行本长诗《心之园园之心》(1967)。有时,他甚至将自己所作的仿中国诗嵌入译诗集中,如把仿中国诗"In the Mountain Village"以 Wang Hung Kung 的名义放入其译诗集《爱与流年:续汉诗百首》(1970)中。而且其诗集《新诗抄》(1994)同时包含了他创作的诗歌、仿中国诗歌以及中国译诗等。第二代译者将古诗词同美国诗歌创作进行了互相融合,二者你中有我,我中有你,这无疑推进了古诗词英译文以新的面貌再一次走入英美的世界文学视野。

总而言之,这一时期的古诗词英译文的形式的当下化和本土化以及在思想内容上与时代的亚文化形态的需求的契合性,赋予了英译文的时代性、可读性和接受性。读者通过阅读流畅、朴素平易、富有英语诗歌节奏的译诗,领略到了译诗所传达的佛道禅的中国古典哲学内涵和文化精神,即把英译文当作具有东方艺术文化精神的翻译文学作品来欣赏。

如果说第二代译者开启了山水诗和禅诗的特色译介方向,启动了对古诗词所蕴含的自然山水精神和禅宗文化精神的有效传播与交流,那么第三代译者则使得这一特色愈加鲜明、方向愈加明确。

第三代为当代新生代译者,其翻译活动的活跃期为 20 世纪末至今。包括学者型翻译家波特(Bill Porter)、齐皎瀚(Jonathan Chaves)、欣顿、西顿(Jerome Potter Seaton);诗人译者汉密尔、施家彰(Arthur Sze)、斯

---

① McLeod,D. Asia and the poetic discovery of America from Emerson to Snyder. In Ellwood,R. S.(ed.). *Discovering the Other*:*Humanities East and West*. Malibu:Undena Pubns,1984:170.

② 钟玲. 史耐德与中国文化. 北京:首都师范大学出版社,2006:115-116.

③ 郑燕虹. 肯尼斯·雷克思罗斯与中国文化. 广州:中山大学博士学位论文,2009:67-79.

坦博勒(Peter Stambler)。波特出版了译诗集《云已知我心:中国诗僧》(1998)、《寒山诗集》(2000)、《大诗人诗集:中国唐宋古诗词集》(2003)、《在艰难时代:韦应物诗集》(2009)以及《石屋的荒野诗集》(2014)等。欣顿自 1988 年以来,翻译出版了十二部古诗词译集,选目主要为表现自然、生态、荒野的山水诗。同时还翻译了三部现代译诗集,孔孟老庄的典籍四部。其译诗被大量收录进《贝德福德世界文学选集》(2004)和《新方向·中国古诗词选集》(2003)。他一方面继承了第二代的浅白平易翻译用语风格,另一方面凸显了诗歌的文化内涵与文化精神。温伯格对他赞誉有加,认为他"用当代英语而不是洋泾浜英语努力再现了古汉语的凝练。他的译文如古典诗词一样,其义自现但又留下无尽阐释与解读空间。……揭开了中国古典诗词翻译新篇章"①。西顿早在 1978 年翻译出版了《生命无尽之酒:自元朝以来的道家行酒诗》,以后陆续翻译出版《浮舟:中国禅诗集》(1995,与丹尼斯·麦娄尼合译)、《我不向菩萨叩头:袁枚诗选》(1997)、《禅诗》(2007,与汉密尔合译)、《寒山诗:寒山、拾得和王梵志的禅诗》(2009)。汉密尔翻译出版了《跨过黄河:三百首中国诗》(2013)。施家彰热衷于生态诗歌,并把他历年翻译的中国诗歌结集出版,名为《丝龙:来自中国的译诗》(2001)。斯坦博勒翻译出版了《相遇寒山:寒山诗》(1996)。

从以上翻译选目可以看出,这一新生代译者钟情于中国山水诗和禅诗。他们欣赏山水诗所表达的自然山水虚融澹泊、静谧空灵、情景交融的诗境,以及禅诗的澄澹精致、浅显朴实的诗歌形式。山水诗和禅诗禅偈所表现的是物我一如,天地万物(人是其中一物)皆从道,任运随缘、天人合一的朴素的生态世界观,与后现代的整体环境主义与生态中心主义价值观具有穿越时空的共通性。其中最为凸显的是深层生态学所倡导的,把人的自性融进自然世界,人与自然平等共生、共在共荣,在存在的领域中

---

① Weinberger, E. (ed.). *The New Directions: Anthology of Classical Chinese Poetry*. New York: New Directions Publishing Corporation, 2003: xxv.

没有严格的本体论划分。换言之,世界根本不是分为各自独立存在的主体与客体,人类世界与非人类世界之间实际上也不存在任何界线,而所有的整体是由它们的关系组成的。只要我们看到了界线,我们就没有深层生态意识。因此,深层生态学从整体论立场出发,把整个生物圈乃至宇宙看成一个生态系统。在这个系统中,一切事物都是相互联系、相互作用的,人类只是这一系统中的一部分,人既不在自然之上,也不在自然之外,而在自然之中。因此,直觉生态智慧与深层生态学在对人与自然关系上的理解似乎有共通性。因此,古诗词椭圆折射空间的东道文化的亚文化形态主要表现为生态整体主义的宇宙观。

　　第三代译者的翻译诗学不仅体现出山水诗和禅诗的翻译专题性,还体现出对诗歌中禅/道意蕴的着意阐释。我们来看看欣顿重译的《竹里馆》,从中了解他是如何重视这首诗中的禅定竹林、物我相融的禅意的。

竹里馆

独坐幽篁里,弹琴复长啸。

深林人不知,明月来相照。

Bamboo-Midst Cottage

Sitting alone in silent bamboo dark,

I play a *ch'in*, settle into breath chants.

In these forest depths no one knows

this moon come bathing me in light.

（欣顿译于 2006 年）①

---

① 欣顿对这首诗歌的翻译曾先后出现在四本译诗集中:*Mountain Home：The Wilderness Poetry of Ancient China*(2002),*The New Directions Anthology of Classical Chinese Poetry*(2003),*The Selected Poems of Wang Wei*(2006),*Classical Chinese Poetry：An Anthology*(2008)等。此处选取的是 2006 年的译文。

欣顿在翻译五言绝句的时候,在形式上体现出鲜明的有机译诗体,译诗形式与内容有机融为一体。在形式上,不仅节奏鲜明,而且具有对等性节奏。诗行以五重音节奏对应原诗的五言,以行中的逗号和诗行的双意群中间的停顿对应了原诗的前二后三的停顿。同时,第三、四行运用了英语诗歌的跨行技巧,照顾节奏需要。诗行的句法简约,体现了他所强调的古诗词的句法最简约性。更为醒目的是,以英语的对句对应于原诗的首后联,诗行长度齐整。因此,译诗不仅节奏分明,而且在形式上与原诗相似。我们把他的这一译诗形式称为五重音对句体。

王维的这首山水诗体现了其静坐竹林、禅定修为的情境与意境,是诗人坐禅修为的表现,禅定境界的表达,是诗情与禅思的艺术表达。禅定修行分为四个阶段。"初禅阶段是排除烦恼欲望的干扰,得到一种从烦嚣的现实中脱身而出的喜悦宁静;二禅阶段,喜悦逐渐纯化,成为心身的一种自然属性;三禅阶段,这种还带有外物色彩的喜悦消失了,只留下内在的、纯净的、自然的平静适意的乐趣;四禅阶段,这种乐趣归于无有,人达到无欲无念、无喜无忧的境界,得到澄澈透明的智慧。"[①]在译诗中,欣顿通过一系列的创造性改写,凸显了禅定阶段在诗中的表现。

欣顿译诗的第一行中的"alone""silent""dark"把诗人从现实中脱身而出,离群独处,在寂静、深幽的竹林中开始初禅的状态体现了出来。"silent"与"dark"不仅体现了"幽"字所表现的竹林幽静与黑暗,而且渲染了在万籁俱静的夜晚,诗人的内心复归自然的平静与沉静。"silent"是对进入禅定之前的"虚静"氛围的铺垫,同时也是前面的"sitting alone"和第三行的"no one"的氛围的描述。因而"Sitting alone in silent bamboo dark"表明诗人已经进入了初禅和二禅的阶段,内心是喜悦宁静的,身心自然安宁。相比之下,在欣顿2002年和2003年的译本中,他用"recluse",而不是用"silent",这直接点出了诗人的禅定身份与状态,缺少了禅定阶段性的铺陈。

---

① 葛兆光. 禅宗与中国文化. 上海:上海人民出版社,1986:6-7.

"I play a *ch'in*, settle into breath chants"表现出诗人排除了杂念，从而能抚琴、调息吟唱。其中，"settle into breath"是"调息"的意思。"调息"是禅定的法门之一，"即《安般守意经》的'安般守意'。'安般'是呼吸、初步冥想的意思，即让修行者静数呼吸，排除杂念，集中注意力进行默思冥想"①。体现了诗人放下一切世俗之物干扰的意念，进入平静适意的三禅阶段。显然，欣顿没有字面直译"复长啸"，而是进行了禅意的改写。为后联所表现的禅定的第四个阶段做了铺垫。

第二行的"I"和第四行的"me"虽然是译文添加的，但并没有破坏原诗的"无我"境界，反而在适应英语的句法需要的同时，进一步表示了物我相即相融。事实上，在原诗中，诗人并未将"我"排除景外，但这个"我"是没有情绪羁绊，心灵完全开放自由的"我"。"我"是虚静、空寂的，悠闲、自适的，因此可以与大自然的存在建立起一种毫无障碍的亲密关系，即以我心应明月，或以明月应我心，诗人浑然融身于皓月普照中，物我相亲相伴，共同参与自然现象的演化，体现了诗人的内心寂静、幽独自在的情感与外部幽静、本性清明的月光的交融。因此，"I"与"me"的出现可谓一箭双雕，一是满足了英语语言形合的特点，二是突出了我与物的交融，因为在琴声与长啸中，人籁通天籁，诗人与大自然融合为一。

尾行"this moon come bathing me in light"翻译得非常出彩。"come"直译"来"，保留了对月亮的拟人化；其次，"bathing me in light"不但巧妙地再次把月亮拟人化，而且把"我"与明月齐一，二者都是构成自然现象的个体，表现了"我"与月亮静谧地交融一体，"我"如同无欲无念的、无喜无忧的明月，得到澄澈透明的智慧，进入四禅阶段。此外，译诗第一句中的"dark"与第四句中的"light"遥相呼应，由暗至明，同样也体现了诗人通过调息坐禅从世俗纷扰和杂念的深渊中脱离，最终"因定得境"获得顿悟的过程。

因此，欣顿的重译文充分再现了王维这首山水禅意诗的精神内核，再

---

① 葛兆光. 禅宗与中国文化. 上海：上海人民出版社，1986：6.

现了诗人、竹林、明月三者的自恃自然、相即相融的境界以及渐次顿悟的
过程。欣顿之所以如此匠心独运地进行他所说的"文化翻译",是基于他
对中国道禅哲学的深入了解以及从深层生态主义哲学角度对其蕴含的荒
野宇宙观的深入挖掘。

　　欣顿是继理雅各之后唯一一位将中国最重要的四部古代典籍:《论
语》《道德经》《孟子》《庄子》悉数翻译成英文的译者。他对中国传统哲学
的研究深入系统,因而更能深刻理解古诗词中蕴含的文化精神。学者皮
恩(Tom Pynn)曾称:"我们感激欣顿对中国诗歌生动有力的翻译,更重要
的是他对中国诗歌所做的哲学翻译。尽管 20 世纪对中国诗歌的翻译有
很多,但是它们很少能发现并翻译再现其哲学境界。"①欣顿认为道/禅思
想以及山水诗的文化精神是深层生态学的源头。"中国古诗词的本土宇
宙观就是现在我们所说的深层生态主义,即认为人类是地球的一个有机
部分。"②道禅宇宙观认为,大自然是一个自足且不断变化的整体,人是自
然之"道"的一部分,在大自然中,有无相生,物我两融。中国的道禅哲学
是一种"精神生态学(spiritual ecology)"③,体现了天人合一的生态整体
主义自然观,为深层生态学提供了精神范式和哲学理据。而西方一直秉
承自然工具论的世界观,即"人是暂时寓居到这个现实世界,而这个世界
是为了服务于人类而创造的"④,因而导致对大自然的肆无忌惮的开发利
用。故而,欣顿对古诗词的文化翻译(即哲学式翻译)是以传播生态思想
为基础的,着力将中国古代哲学传统以及中国山水诗歌中所蕴含的宇宙

① Pynn，T. Reviews. (2015-6-1)［2015-6-20］. https://en. wikipedia. org/wiki/
　　David_Hinton.
② Tonino，L. & Hinton，D. The egret lifting from the river：David Hinton on the
　　wisdom of ancient Chinese poets，interview by Tonino，L. *The Sun*，2015
　　(May)：469.
③ Hinton，D. *Selected Poems of Wang Wei*. New York：New Directions Publishing
　　Corporation，2006：xiii.
④ Hinton，D. *Selected Poems of Wang Wei*. New York：New Directions Publishing
　　Corporation，2006：xv.

自然观介绍给西方。① 为此,欣顿重点翻译了古诗中的山水诗,不仅有重要诗人的译诗专集,而且还专门出版了山水诗译诗专集《山栖:中国山水诗》(*Mountain Home：The Wilderness Poetry of Ancient China*,2002)。

经过第二代和第三代译者对山水诗和禅诗不断深入的翻译,译者们在道禅文化与英美的深层生态学之间进行着文化的穿越。译诗以当下英语的表达方式进入英语读者视野,穿越千年时空,与深层生态思想产生呼应与共鸣。山水诗和禅诗的翻译成为美国古诗词英译文的文学小传统中的一个当代特色。其中,最具代表性的是第二代的斯奈德、华兹生和第三代的欣顿,他们不仅对这类古诗词情有独钟,深入地进行翻译与研究,而且深受诗中的禅意和禅境的影响,身体力行地乐居山林,直觉体悟译诗中的人与自然的物我一如、一念清净、适性自然、无拘无碍、自由旷达,从而澄思静虑、修养心性,一度或一直过着充满禅意的、生态的、简朴的禅修生活。

以上三代译者的翻译有效地启动和推进了古诗词的世界文学化进程。特别是,威廉姆斯、庞德、韦利、雷克斯罗斯、斯奈德、华兹生、宇文所安和欣顿的优秀的翻译成果不仅成功地进入了重要的世界文学选集,而且,三代译者的重译文也往往同时被收录进选集。这有力地说明了,世界文学是源文化与东道文化双折射影响的结果,从而产生了时代性的翻译杰作,也让重译具有了翻译陌生化的文学效果。同时也表明,译者以及他的目标读者的个人经验的主体性差异丰富了对民族文学的阐释和再现,从而丰富了民族文学的世界文学性。正如达姆罗什所说,"优秀的翻译,不是不可调和的源视野的丧失,而是增强了读者与译本之间自然和谐、创造性的交流。一首诗歌或一部小说正是通过与读者个人的经验的相适

---

① Tonino，L. & Hinton，D. The egret lifting from the river：David Hinton on the wisdom of ancient Chinese poets，interview by Tonino，L. *The Sun*，2015（May）：469.

应,获得历久弥新的文学效果"①。

《竹里馆》不断被重译,而且庞德、斯奈德、欣顿的译文均同时被收录进《新方向·中国古诗词选集》和其他世界文学选集中,有力地说明了世界文学的椭圆折射性。庞德译诗结合了原诗的自然基质和东道文化的意象-漩涡主义诗学;斯奈德则从荒野哲学和深度生态主义的视角赋予了译诗荒野精神。而深层生态主义与道禅哲学在精神内核上的跨时空共鸣使欣顿凸显了其译诗中禅思与诗情的融合,解读出了诗歌中"天人合一"思想的深层生态主义原型。三位译者都基于各自不同的时代背景和作为译者主体性的表意性需要,对文本进行了时代性的阐释和创造性的再现,体现出世界文学形态的时代动态性。该个案支持了达姆罗什所提出的世界文学是从翻译中获益的文学的论断。我们认为,获益不仅体现在形式上,而且还体现在不断得到重新阐释和发展的内容上。民族诗歌经过源文化与东道文化的双折射,往往经过译者的创译,获得了翻译陌生化文学效果,成就了其世界文学性。因此,诗歌不是弗罗斯特(Robert Frost)所言"译之所失",而是"创译之所得"。只有这样,我们才能理解巴斯奈特所言,"诗,得于译与译者;而非失于译"②。中国文学要跨越民族文学的界线进入世界文学,同样需要以这种世界文学性的胸怀积极地对待翻译中的必然之失,以获益的创译观看待民族文学在世界文学空间内的流转。

以上三代译者的诗歌翻译具有一个共同特点,即以目标语、东道文化、目标受众接受性为导向,经过源文化和目标文化的双重折射,得出具有较大程度的创作性改写,实现译者的表达性目的。我们把这一诗歌翻译策略称为诗歌创译。为了明确这一概念,我们首先需要明确创译的定义及其机制。

---

① Damrosch, D. *What Is World Literature?*. Princeton: Princeton University Press, 2003: 292.

② Bassnett, S. Transplanting the seed: Poetry and translation. In Bassnett, S. & Lefevere, A. (eds.). *Constructing Cultures: Essays on Literary Translation*. Shanghai: Shanghai Foreign Language Education Press, 2001: 74.

二、诗歌创译

纵观中西翻译史,创造性存在于众多的翻译中,例如,鸠摩罗什流畅华美的佛经翻译、庞德的意象-漩涡主义译诗、景教传教士对《圣经》的编译、严复的节译、林纾的译撰以及当下西方出版界和翻译界联袂对中国现当代小说连译带改的翻译行为。在现代语言服务行业中,创意性翻译更是本地化的需求和要求。在这些翻译中,不仅源文本的意指方式和叙事结构往往依据东道语言和东道文化的情境而产生变化,而且有时目标文本的体裁也会偏离源文本,甚至可能辅以其他模态方式,通过卡通、戏剧、电影、芭蕾、哑剧等多模态形式进行译介。这些翻译行为显然都在一定程度上逾越了规范性翻译理论对翻译的种种定义,被这些建立在"忠实"或"对等"概念下的定义所劫持、裹挟,而被视为"异己"和"另类",斥为"不忠"。但事实是,这类翻译不仅客观存在于翻译史,而且也流行于当下的文学译界和现代语言服务行业中,获得了原作者、读者、出版界、译者、作家、评论界等各方的接受与认可,甚至还是各方"共谋"的结果。

国际译学界用"transcreation"这一术语描述这类翻译行为,对象包括语言的文学翻译和非文学以及跨媒介的改编。① 国内对这一术语的翻译不一,有"创造性翻译""翻创""创译""越界性创造/创造性转换/超越性创

---

① 除了"transcreation"这个术语以外,还出现了其他的表达方式来描述创造性翻译,如"writerly translation"。详见:Gu,M. D. Readerly translation and writerly translation. In Gu,M. D. & Shuttle,R.(eds.). *Translating China for Western Readers:Reflective,Critical and Practical Essays*. Albany:State University of New York Press,2014:114。顾明栋说:"翻译性写作与作家式翻译是同义词,都认为翻译是创造性行为,但至于创造性程度则意见不一致。有人曰是再创作,而也有曰是全新创作。作家式翻译基于原文基础上的再创作⋯⋯"(出处同上)在国内译介学界,也有一个相似的概念,即谢天振(1992)针对发生在翻译文学中的变形所提出的"创造性叛逆"的概念。

造""译创"以及"创意翻译"等①。本书认为"创译"这一译名符合术语翻译的原则。首先,"创译"符合汉语术语的简明扼要性原则。术语要求"在准确性的前提下尽可能做到简明扼要"②。"创译"为双音节词,相比多音节词要言简意赅。其次,"创译"实现了字面意义的准确对等。"transcreation"是由"creative writing"和"translation"复合而成。创作性书写是途径,翻译是其属性,核心在"译",汉语的偏正词组"创译"反映了这一逻辑关系。③ 因此,我们暂且认可"创译"。当然,要进一步明确创译的名与实,还需追溯"transcreation"的历史,分析其定位和工作机制。

创译的概念可以分别追溯到印度文学翻译理论、巴西食人主义翻译理论以及现代语言服务行业。

创译是印度文学翻译传统的形式之一。印度翻译学家戈皮纳森(Govinda Gopinathan)曾说:"创译不仅源于印度古老文化,而且至今仍被作家们所运用。"④ "创译"一词最早被印度诗人、翻译家劳尔(Purushottama Lal)用于描述译者对原文的灵活处理。他说:"面对各种

---

① "创造性翻译"见:蒋骁华.巴西的翻译:"吃人"翻译理论与实践及其文化内涵.外国语,2003(1):65;"翻创"见:胡德香.后殖民理论对我国翻译研究的启示.外国语,2005(4):57;"创译"见:杨雪.多元调和:张爱玲翻译作品研究.上海:上海外国语大学博士学位论文,2007:49/王传英,卢蕊.经济全球化背景下的创译.中国翻译,2015(2):72;"越界性创造/创造性转换/超越性创造"见:维埃拉.解放卡利班们——论食人说与哈罗德·德·坎波斯的超越/越界性创造诗学//谢天振,主编.当代国外翻译理论导读.卢玉玲,译.天津:南开大学出版社,2008:530;"译创"见:黄德先,殷燕.译创:一种普遍的实践.上海翻译,2013(1):29;"创意翻译"见:吕和发,蒋璐.创意翻译的探索过程.中国科技翻译,2013(3):17.

② 魏向清.人文社科术语翻译中的术语属性.外语学刊,2010(6):166.

③ Salvador, D. S. Translational passages: Indian fiction in English as transcreation?. In Branchadell, A. & Lovell, M. W. (eds.). *Less Translated Languages*. Amsterdam: John Benjamins Publishing Company, 2005: 195.

④ Govinda, G. Translation, transcreation and culture: Theories of translation in Indian languages. In Hermans, T. (ed.). *Translating Others* (Volume I). Manchester: St. Jerome Publishing, 2006: 245.

材料,译者必须对其进行编辑、协调和变形处理。因而其工作变成了创译。"①他称自己翻译印度宗教史诗的方法为创译。穆克赫季(Sujit Mukherjee)则强调创译的可读性,认为它是"在忠实的前提下寻求最大的可读性"②。戈皮纳森则强调其审美性:"创译是一种有意识的审美再创行为,译者利用所有可能的审美手段和陌生化文学技巧,将原文内容有效地传达给目标读者。因此,创译是目标语导向的艺术审美再创。"③萨尔瓦多(Dora Sales Salvador)认为,创译是"指在不同语言文化中进行翻译和转换的艺术话语,关键是要将话语的效果、语气、氛围和情感翻译出来"④。从以上所论可以看出,印度翻译文学界认为,以接受情境和目标语读者为导向的创译是成就翻译文学的艺术审美性所不可或缺的。

相比印度翻译文学界的审美再创之创译传统,巴西翻译理论则运用该词凸显翻译的政治文化功用性。20世纪80年代,巴西批评家、诗人及翻译家坎波斯(Haroldo de Campos)在后殖民主义翻译理论背景下,借用巴西"食人主义"隐喻,认为文学翻译是具有文学创作和再创意特征的创译。它意味着目的语文本既吞食并消化原文,主动吸收和转化异域文化;同时又利用后殖民地本土的、充满活力的语言与文学表现手段和形式,对原文进行再创作,让翻译文学滋养、丰富后殖民时代巴西的文学和文化,赋力其文学和文化的独立,因而创译带有鲜明的政治文化功用性。他以其翻译的《浮士德》为例,进行了具体的阐释,认为"创译不是复制一个富

① Purushottama, L. *Great Sanskrit Plays in Modern Translation*. New York: New Directions Publishing Corporation, 1954: 5.

② Mukherjee, S. *Translation as Discovery*. New Delhi: Allied Publishers, 1981: 6.

③ Gopinathan, G. Ancient India theories of translation: A reconstruction. In Rose, M. G. (ed.). *Beyond the Western Tradition Translation Perspectives XI*. Birminghan: Center for Research in Translation, State University of New York, 2000: 171.

④ Salvador, D. S. Translational passages: Indian fiction in English as transcreation? In Branchadell, A. & West, L. M. (eds.). *Less Translated Languages*. Amsterdam: John Benjamins Publishing Company, 2005: 195.

有声音的原文形式,而是利用译者时代最好的诗歌、本地现有的诗歌传统来进行翻译创造"①。英国学者维埃拉(Else R. P. Vieira)将这一言说总结为"创译诗学"②。她认为,创译诗学解构了源语文本与目的语文本的对立,将两者带入第三空间。在这个空间里,双方既是馈赠者又是接受者。同时也解构了原文与译文的单向转化和上下等级关系,视源语文化和目的语文化为双向流动关系。因而巴西创译实践具有解构主义翻译思想的特征。

此外,随着经济全球化,越来越多的跨国企业或机构进行海外生产、营销和合作,产生了跨文化交际的语言服务需求,尤其是广告业、全球营销及电子游戏等领域,"创译"一词随之在现代语言服务业悄然盛行。"越来越多的公司在使用这个词语,以区别传统的翻译。"③其区别性特征首先表现为对原文的创造性改写,例如(下画线为笔者所加):

(1)传统翻译公司提供的是语言转换服务,而创译不仅仅是翻译现有的材料,还需要依据客户的需求而进行改编,甚至还要进行<u>创造性写作</u>。④

(2)创译是对来自另外一种语言的概念进行完全的<u>再创</u>。通常

① De Campos, H. *Deus e o Diabo no Fausto de Goethe*. São Paulo: Perspectiva, 1981: 185, quoted from Vieira, E. R. P. Liberating Calibans: Readings of Antropofagia and Haroldo de Campos's poetics of transcreation. In Bassnett, S. & Trivedi, H. (eds.). *Post-colonial Translation: Theory and Practice*. London: Routledge, 1999: 109.

② Vieira, E. R. P. Liberating Calibans: Readings of Antropofagia and Haroldo de Campos's poetics of transcreation. In Bassnett, S. & Trivedi, H. (eds.). *Post-colonial Translation: Theory and Practice*. London: Routledge, 1999: 109.

③ Merino, B. M. On the translation of video games. *The Journal of Specialized Translation*, 2006 (6): 32.

④ Nataly, K. Best practices for purchasing transcreation. (2009-11-17) [2015-06-20]. http://www.commonsenseadvisory.com/AbstractView.aspx? ArticleID=850.

运用于国际营销行为中,包括对思想、产品或服务的营销。①

(3)创译用目标语对源语文本加以改编,以自然流畅的方式传递原文中的信息,是翻译基础上的一种再创造。②

(4)跨国公司在向非本土市场推广产品或服务时,为了提高市场进入效率和品牌竞争力,自行组织或委托专业机构,运用一系列创造性手段,将营销资料等转换成符合目标受众习俗和阅读欣赏习惯的文本处理过程。③

语言服务行业对创译的定义,重点强调了翻译中出现的创造性改写。出于翻译任务委托方对文本的跨文化交际效果的追求所需,为了让目标语文本在目标语言与文化环境中实现其预期的信息功能、呼吁功能等文本交际功能,翻译需要以目标语和目标语受众为导向,对文本进行再创造。因此,跨文化交际性是创译的第二个区别性特征。吕和发和蒋璐(2013)对此做了阐述。他们认为,创译是对跨文化交际效果的追求,即最大限度满足信息接受者需求和实现委托方最大满意度的语言转换产品。因此,语言服务行业所倡导的创译肯定其跨文化交际性,使为满足交际各方需求所发生的创意性翻译明确化、合法化,因而成为全球化背景下的一种普遍实践。

以上三方面虽然对创译的描述及其认识基于不同的文化背景和目的,但是都一致揭示和肯定了翻译过程中的"创意性和变形的本质"④,阐明了以目标语和受众为导向的创意书写的合理性。因此,"创译"这一术语实现了形式和语义对等,是一个准确的语义翻译。

创译是否为翻译,取决于翻译的定义,而翻译的定义则取决于翻译理

① Stibbe, M. Translation vs. transcreation. (2009-11-30) [2015-07-07]. http://www.badlanguage.net/translation-vs-transcreation.

② 黄德先,殷燕. 译创:一种普遍的实践. 上海翻译,2013 (1):29.

③ 王传英,卢蕊. 经济全球化背景下的创译. 中国翻译,2015 (2):72.

④ Munday, J. *Introducing Translation Studies: Theories and Applications*. 2nd ed. London: Routledge, 2008:191.

论范式。因此,创译的定位问题是翻译理论的范式问题,即规范性翻译理论与描写性翻译理论之辩的问题。

规范性翻译研究的机制是建立在经验论上的工具模式。"经验论认为语言是直接表达或指涉,从而认为翻译是原文的不变量的复制或转移的工具模式,无论不变量是形式上的,还是在意义和效果上的。"①这一概念也是建立在语文学和对比语言学基础上的。正如铁莫兹科(Maria Tymoczko)所言,规范性翻译研究"视翻译为纯粹的语言艺术,因而往往从超越时间的语言规则来审视翻译(这导致了其理论的规范性倾向)"②。因此,在规范性翻译理论范式中,从经验式的翻译标准演绎到对等概念,自始至终都将翻译看作一种纯粹的语言艺术,以脱离时间、译者、读者对象等语境因素的忠实和对等标准来考察翻译,从而无法解释具有创造性的翻译,自然就对创译存有非议,甚至将其排斥在"翻译"之外。

描写性翻译理论范式则将翻译定义为:"翻译就是在目的系统中,表现为翻译或者被认为是翻译的任何一个目的语文本,无论所依据的理由是什么。"③此定义体现出高度的宽容性与描述性。只要能道出译本生成的原因,无论这种原因以规范性翻译研究的眼光看是多么荒诞,出现在目的语系统中的任何形态的目的语文本都被视为翻译,包括规范性维度的、传统定义下的"翻译"以及摘译、编译、译述、节译、综述、述评、创译、改译、参译、戏谑、仿作等形形色色的边沿翻译。④ 描写性翻译理论范式的焦点

---

① Venuti,L. Translation,empiricism,ethics. *Profession*,2010(1):74.

② Tymoczko,M. *Translation in a Postcolonial Context—Early Irish Literature in English Translation*. Manchester:St. Jerome Publishing,1999:25.

③ Toury,G. *In Search of a Theory of Translation*. Tel Aviv:The Porter Institute,1980:45.

④ 边沿翻译(borderline cases):西奥·赫尔曼思把翻译分为经典翻译与边沿翻译。前者是大家公认的、出现在教材与选集中,或者获奖、出版流通度较高的翻译作品;后者指摘译、编译、译述、节译、综述、述评、创译、改译、参译、戏谑、仿作等。详见:Hermans,T. *Translation in Systems*. Manchester:St. Jerome Publishing,1999:86.

不是语言对等,而是翻译的起因及其背后的社会、文化、文学等功能。描写性翻译理论范式将翻译行为语境化,即"在研究翻译的过程、产物以及功能的时候,把翻译行为放置在时代、政治、意识形态、经济、文化之中去研究"①,描述同一原文在不同语境下表现出的不同形态,揭示翻译的操控性。翻译经由不同程度、不同方式的操控,其结果是导致了翻译的"局部性",即翻译不是百分之百的完美复制,而是经过增删和篡改的局部面貌的呈现。在描述研究学派看来,操控性与局部性是翻译的基本特点。

我们认为,我们可以对图里(Gideon Toury)定义稍加改进,以体现更大的描述性。将其定义中的"目的语文本"替换为"目的文本",能包括自1980年(图里定义提出的时间)以来的出现的非言语的目的文本,例如图像转换与翻译。②

描写性翻译理论范式的先驱、捷克学者波波维奇(Anton Popovič)(1976)为了研究文学文本之间的互文关联性,提出了变文本(metatext)的概念③,即"由原文的符号与意义的发展与改变而产生的文本"④。它包括规范性研究的"翻译"和形形色色的边沿翻译等与原文有互文关系的文本。这个概念至今仍为描写性研究学派所用。因此,变文本是描写性译学将创译纳入其对翻译的定义的途径之一。

描写性翻译理论范式避免了规范性翻译理论范式所造成的概念上的困惑以及无谓而又无休止的对"何为翻译"的争论。事实上,当下学界在"何为翻译"的讨论中一致认为应该肯定翻译形态的丰富性和多样性,这

---

① Tymoczko,M. *Translation in a Postcolonial Context—Early Irish Literature in English Translation*. Manchester:St. Jerome Publishing,1999:25.

② 王宁. 重新界定翻译:跨学科和视觉文化的视角. 中国翻译,2015 (3):13.

③ 描写性翻译研究后来还进一步区分了变文本与副文本。两者都与原文具有互文关系,区别在于前者是独立于译文存在的文本,而后者是附着于译本中(例如,译文的序跋与注释等)。详见:Hermans,T. *Translation in Systems*. Manchester:St. Jerome Publishing,1999:85.

④ Shuttleworth,M. & Cowie,M.(eds.). *Dictionary of Translation Studies*. Manchester:St. Jerome Publishing,1997:105.

实际上标志着我国的翻译理论范式从规范性向描写性的转移。① 许钧从文化的角度,认为"对翻译的定位与定义应站在跨文化交流的高度进行思考,以维护文化多样性为目标来考察翻译活动的丰富性、复杂性与创造性"②。因此,与"译"有着本质联系的、在翻译历史和现实交际中确实存在的摘译、编译、译述、缩译、综述、述评、译评、译写、改译、参译等都应该给出合理的解释。这就是描写性翻译理论的范式框架下对边沿翻译的认知的结果。

基于以上中外对创译的种种描述以及描写性翻译理论范式对创译的定位,我们拟对创译下一个概括性的定义,以便能囊括不同形式、不同目的、不同文本类型、不同媒介的创译实践及其产品。我们的定义为:创译是在目的语系统中,对源文本进行编辑、重组、创作性重写、创意性重构等的转述方式,实现目标话语的表达性与目的性的文本,其方式可以为单模态或多模态。

模态指转述的媒介,包括语言、图像、颜色、音乐等符号系统,可以是单模态(主要是语言符号),也可以是多模态。多模态指除了语言符号之外,还带有其他的符号;或者说是任何由一种以上符号编码实现意义的文本。甚至原文就是一个融合了多种交流模态的多模态文本,比如广告、网页语篇等。单模态创译多存在于文学文本的转述;多模态语篇普遍存在于现代语言服务行业。创译产品是一个具有自身内在连贯性与逻辑性的意义整体,而且意在实现某一个明确的话语目的。文学转述的话语目的可能是实现文学艺术性,行业转述的话语目的则是营销推广。这些话语目的的实现必须建立在话语本身在接受情境中具有可读性和目标受众接受性的基础上。因此,创译往往意在充分实现接受性。

创译的表现形式多种多样。其外延可以延伸到纽马克(Peter

---

① 2015 年 3 月 28 日至 29 日,"何为翻译?——翻译的重新定位于定义"高层论坛在广州外语外贸大学举行。会议主题是:针对新时期下的翻译的内涵与外延已经远远超出了传统翻译界限的现状,需要对翻译进行重新定位与认识。

② 许钧. 关于新时期翻译与翻译问题的思考. 中国翻译,2015 (3):9.

Newmark)的交际翻译、奈达（Eugene A. Nida）的功能等值、诺德（Christiane Nord）的工具型翻译、豪斯（Juliane House）的隐性翻译以及韦努蒂的归化翻译等极端表现形态。之所以是"极端表现"，是因为种种这些方式与他们相对的方式（语义翻译、形式等值、文献型翻译、显性翻译、异化翻译）组成了一个连续统，创译位于这个连续统的归化方向的最顶端位置。此外，还可以包括勒菲弗尔对翻译的描述，例如变译（version, 1975）、折射（refraction, 1982）和重写（rewriting, 1992）等，霍尔姆斯（1970）提出的类比体、有机体、偏异体等诗歌翻译形式以及严复的"信达雅"（1898）等翻译形式的典型表现。所有这些再现方式在本质上具有一个共通性：以目标语、东道文化、目标受众接受性为导向，对源文本进行较大程度的创作性改写，生成单模态或多模态目的语话语，实现译者的表达性目的。

虽然创译承认翻译中创造性成分的客观存在，但它与创作有本质的不同。创作是指对客观世界的认识而进行的心智活动，从而具有完全的任意性和不确定性，导致创作的主观性与主体性的发挥具有绝对自由性。而创译虽然允许译者主体性的创造性发挥，但这种自由不是绝对的，即创译不可以完全挣脱原文的约束而进行完全自由的创作。约束的因素远比创作更为复杂，因为创译不仅要考虑目标语、东道文化背景、委托人、目标受众、跨文化交际效果等要素，还要考虑源文本和源文化背景等要素。译者需要考虑这些诸多要素以及处理它们之间的相互关系，以确保其结果是创译，而不是创作。这就需要探讨创译的工作机制问题。

在关于源语文化和东道文化如何对翻译产生双重影响并导致翻译变形的机制的描述上，达姆罗什的世界文学的"椭圆折射"理论有效地阐释了翻译受双文化折射影响而导致目标文本变形的机制，而正是这种折射让民族文学成为世界文学。他提出的世界文学是源文化和东道文化双折射的结果。这意味着，世界文学处于一个源文化和东道文化为两个焦点组成的特定空间；空间里的介质包括源文化和东道文化的文化因素；介质导致文本发生折射变形，无论其形式是编辑、重组、创作性重写，还是创意性重构等。达姆罗什的世界文学定义强调了椭圆翻译折射对民族文学成为世界文学的建构作用,揭示了文学翻译的变形机制。我们认为,这种机制不仅是文学翻译的机制,同样也是所有其他类型文本的创造性变形机制。

源文本是处于由源文化单个焦点构成的圆形空间中。这一焦点一旦与东道文化焦点一起构成双焦点空间,则圆形空间变形为椭圆空间。遥远时空以外的源文化与东道文化的种种文化介质充满了这个椭圆空间,前者的过去性、异域性与后者的当下性、本土性相遇,导致了源文本的变形、增删,甚至再创造,以有效实现目标文本的话语性和接受性。因此,民族文学在这个空间蜕变为世界文学时,有明显的改写成分。现代语言服务行业文本的话语性往往体现为与东道文化中的平行文本的文类的语域性,体现出以东道文化为导向的创意性与受众接受性。因此,达姆罗什的"椭圆折射"隐喻形象地描述了目标文本往往受制于双文化的影响而变形。那么,据此,将其定义中的第二句话由"世界文学是从翻译中获益的写作"改为"世界文学是从创译中获益的写作",似乎更符合对双折射的结果的描述。而且,我们还需要注意到该句话中的"写作"一词,写作预设了创造性。当然,它不同于创作。创作是单文化语境;而创译是源文化与东道文化双重文化介质导致原文变形的结果。创译游离于源文化与东道文化之间,与这两者相关联,且处于受制于两者的状态。①

达姆罗什的椭圆折射提供了认识创译双文化影响机制的思路,但并没有对文化焦点的要素即折射的文化介质的构成展开具体且具有操作性的讨论。我们认为,翻译学和社会学提出的种种关于影响和操控翻译的文化因素的理论模型能有效地弥补这一缺陷。例如,翻译规范理论、多元系统理论、重写论以及社会学的场域、惯习、资本等概念。这些理论和概

---

① 种种隐喻性概念被用于阐释翻译与两种文化相关联的关系,例如,第三空间(霍米·巴巴)、文化离散。详见:孙艺风. 离散译者的文化使命. 中国翻译,2006(1):15.

念从不同的视角对文化因素做了深入而细致的描述，为认识文化介质的构成和相互作用提供了有效的分析模型。因此，它们与椭圆折射机制成为互相补充、互相完善的关系，从而能有效地描述创译的语境架构的要素及其相互关系。

我们认为，椭圆折射理论描述了翻译创造性变形的机制，但显然，这个机制运行的内驱动力来自创译的阐释性。创译是建立在阐释论基础上的东道文化对源文本及其文化内涵的阐释性书写。阐释论将原文的形式、意义和效果看作变量。这些变量在跨语言转述过程中不可避免地发生变形。这并不意味着原文和译文不存在形式对应，而是，任何对应都是阐释的结果。而阐释的决定因素是目标语及其文化。正如韦努蒂所言，"翻译即书写阐释，而且是众多可能阐释中的一种，永远不能还原一成不变的原文。原文的音步与声调、观点与特征描述、叙事与文类、术语与论点等特征都会在译文中发生改变"①。韦努蒂之所以这样说，是因为他深刻认识到了翻译变形，并试图去解释其机制。为此，他借助了皮尔斯（Charles Sanders Peirce）的解释项（interpretant）概念。解释项是对形式和主题进行调适和变形的原则。

> 形式解释项包括对等概念，如基于字典解释的语义对应、文体概念以及与体裁相关的特殊词汇和句法。主题解释项是一系列符码，包括价值观、信仰及其表现，或由概念、问题和论点组成且具有相对连贯性话语体系，或对一直被独立评论的源文本的特殊解释。从本质上讲，解释项具有互文性和话语间性，即便它在某种程度上吸收了源文化素材，也主要植根于接受情境。译者运用解释项对原文进行语境重构，将与源语及其文化发生关系的互文性与话语间性，替换为建构翻译的译入语及其文化发生关系的互文性和话语间性。②

形式解释项与主题解释项描述概括了翻译变形诸要素（解释项、源文

---

① Venuti, L. Translation, empiricism, ethics. *Profession*, 2010, 24 (1): 74.

② Venuti, L. Translation, empiricism, ethics. *Profession*, 2010, 24 (1): 75.

本、源文化、译入语平行文本、译入语文化)及其功能和相互关系。形式解释项和主题解释项吸收和参照源文本及其文化,与之发生互文性和话语间性,获得源文本素材和源文化印迹,成为第一阶段的解释项并进入接受情境,与目标语及其文化发生互文性和话语间性,从而让解释项烙上了目标语平行文本和目标文化特征,而成为新的解释项,从而完成最终的目标话语,即目标文化对原文的阐释即变形。韦努蒂把这一过程总结为,翻译就是"译者在源语及源文化与目标语及目标文化之间进行调适,并运用解释项写下调适的结果即阐释,把原文变形为译文"①。

任何形式的阐释,如果从属于一个更大的系统,那么总是包含着这个系统存在的痕迹。因此,任何的翻译复制都不是透明的。复制从来无法揭示被阐释对象的本质,因而翻译是阐释不是复制,阐释就意味着创造性的书写。因此,我们可以说,韦努蒂对阐释论翻译的机制的描述,实际上是对翻译的创造性变形的论证。尤其当形式解释项和主题解释项得到比较充分的发挥时,其结果就不是规范性翻译理论所定义的"翻译"了,而是创译。

阐释论明确了翻译是参照源文化基础上的本土化实践,从而保证了目标文本的可读性与可接受性。"翻译本质上是一种本土化的实践。从翻译选本、翻译话语策略的斟酌到翻译在不同语言与文化中的流传,翻译过程的每一步都受到接受情境的价值、信仰及其表现的调适。翻译不是原文的复制,而是原文的变形,这种变形是译者阐释的结果,反映的是接受者的理解水平与阅读兴趣。"②但是,原文的变形"不仅决定于接受情境中的语言与文化,而且还决定于对源文化的认知和了解"③。这两个方面共同说明,阐释论视角下的翻译是源文化和东道文化双文化影响的结果。

---

① Venuti, L. Translation, empiricism, ethics. *Profession*, 2010, 24 (1): 76.

② Venuti, L. *Translation Changes Everything: Theory and Practice*. London: Routledge, 2013: 180.

③ Venuti, L. *Translation Changes Everything: Theory and Practice*. London: Routledge, 2013: 180.

因此,创译的机制是源文本经过椭圆折射与阐释的过程与结果。

基于以上对创译的定位、定义和机制的论述,现将其原则总结如下:(1)创译的语境架构是东道文化对源文化的参照和阐释;(2)忠实于源文本的基本要义;(3)依据东道文化的种种因素,对源文本的意指方式进行编辑、重组、增删或运用其他创作性或创意性手段(包括多模态)进行表现,以实现翻译行为的表达性和目的性。基本形态包括文学与现代语言服务行业等出现的边沿翻译。

运用创作性或创意性手段使目标文本成为一个连贯性话语,实现文本的可读性与接受性,从而实现翻译各方赋予翻译行为的目的和意图。创译描述了跨文化交际中语言转述的创造性和目标话语的接受性,是描述文本流转或文化离散的方式之一。我们认为,在中英文化之间进行语言转换时,往往涌现出形式各异的创造性重写和重构,以实现跨文化交际与阐释的目的。正如戈皮纳森所说,"创译具有普遍性意义,因为它打破了不可译的神话"①。

诗歌翻译具有典型的创译性,因而用"诗歌创译"替代"诗歌翻译",也许可以从无法再现原诗的形式与内容完美统一的诗歌艺术性而生发的惆怅和无奈中解脱出来。取而代之的是,以超然解读的态度欣赏译诗是创译的结果。只有这样,我们才能理解巴斯奈特所言,"诗,得于译与译者;而非失于译"②。因此,我们可以把弗罗斯特的言说"诗歌,译之所失"改为"诗歌,创译之得也",就可以以积极的态度看待诗歌翻译中的创作性成分。

诗歌创译的具体形式可以包括霍尔姆斯所提出的类比体、有机体、偏

① Gopinathan, G. Translation, transcreation and culture: Theories of translation in Indian languages. In Hermans, T. (ed.). *Translating Others* (Volume I). Manchester: St. Jerome Publishing, 2006: 237.

② Bassnett, S. Transplanting the seed: Poetry and translation. In Bassnett, S. & Lefevere, A. (eds.). *Constructing Cultures: Essays on Literary Translation*. Shanghai: Shanghai Foreign Language Education Press, 2001: 74.

异体等诗歌翻译形式。这些诗歌再现方式在本质上具有诗歌创译的特点，即以目标语、东道文化、目标受众接受性为导向，经过源文化和目标文化的双重折射，得出具有较大程度的创作性改写，实现译者的表达性目的。从上一节对《竹里馆》的翻译可以看出，三代译者的翻译都表现出鲜明的时代性诗歌创译特征。因此，我们提出这样的问题：古诗词在美国历经百余年的译介过程中，是如何历经双文化折射而被创译成能让读者进行超然解读的英译文的？并如何由此不断推进古诗词英译文的世界文学化进程的？

在本书中，我们拟对第三代古诗词翻译家欣顿的译文的世界文学性表现形态做深入细致的个案研究，目的在于探讨其如何进行椭圆折射式创译、其译诗中的源文化焦点和东道文化焦点的具体形态、其译文在内容和形式上的世界文学性表现以及时代读者和评论界对其进行超然阅读的具体方式，以此论证古诗词英译文的世界文学性进程是一个动态的生成过程。

第一章　欣顿山水诗翻译成就
及其世界文学性

一、译诗及其世界文学地位

　　欣顿(1954—　　)是美国当下最活跃、成果最丰富的中国典籍翻译家，被誉为"当今美国最受推崇的古诗词和典籍的优秀翻译家之一"①。欣顿翻译出版了《杜甫诗选》(1988)、《陶潜诗选》(1993)、《李白诗选》(1996)、《孟郊晚期诗歌》(1996)、《白居易诗选》(1999)、《谢灵运山岳诗》(2001)、《山栖：中国山水诗》(2002)、《韦应物》(2007)、《孟浩然山岳诗》(2004)、《王维诗选》(2006)、《中国古诗词选集》(2008)、《王安石后期诗歌》(2015)等十二部古诗词译诗集。涉及的诗人包括陶潜、谢灵运、孟浩然、王维、李白、杜甫、寒山、韦应物、孟郊、韩愈、白居易、李贺、杜牧、李商隐、鱼玄机、梅尧臣、王安石、苏东坡、李清照、陆游、杨万里等。他认为古诗词是"诗人直接用个人声音抒发诗人直接的经历，这是典型的中国声音。正是这一点让美国读者觉得古诗词具有明显的当下性"②。也正是因为意识到这一点，他努力用当代英语诗歌的形式创造性地再现古诗词的诗韵和文化精

----

① Hinton，D. *Hunger Mountain*. Boston & London：Shambhala，2012：back cover.

② Hinton，D. *Classical Chinese Poetry*：*An Anthology*. New York：Farrar，Straus and Giroux，2008：xx.

神。此外,他是近一个世纪以来,唯一的一位独立英译中国四部哲学典籍《庄子:内篇》(1998)、《论语》(1998)、《孟子》(1999)和《道德经》(2003)的西方翻译家。他用简朴通俗、自然清新的当代英语把孔孟老庄博大玄妙的思想展现给当下的西方普通读者。

从上面的译作及其面世时间来看,自从他于 1988 年出版了第一本古诗词译诗集以来,欣顿一直专注于古诗词的英译,译笔不辍。在新生代古诗词译者中,其译介的诗人面之广、译诗数量之多,都是最为凸显的。而且,其优秀而卓越的翻译质量受到同行和评论界的广泛认同和赞誉,包括文学系统中的诗歌翻译同行、诗人、文学评论家、诗歌专业社团以及文学系统外的出版机构者等。

首先,来自同行和媒体的高度评价确立了欣顿作为新生代中最杰出古诗词翻译家的地位。华兹生赞誉道:"欣顿是年轻一代古诗词翻译家中最杰出的,这从他早期对杜甫诗歌的翻译中就反映出来了。……他的译诗在忠实于原文的神韵的同时,富于变幻且具有想象力。"①美国著名新生代古诗词翻译家西顿热情地赞扬道:"欣顿当之无愧是当下最杰出的中国古诗词翻译家。……他对原诗歌的解读非常细致,对诗歌的精妙之处有很强的敏感性。"②美国的古诗词研究学者温伯格在其编纂的《新方向·中国古诗词选集》的前言中,认为欣顿是一位"值得信赖的汉学家、当代翻译家"③。来自《纽约太阳报》的马伦(William Mullen)说:"欣顿已经成为我们这一代最杰出的中文翻译家……他是我们的国宝。"④以上来自同行和媒体的评论一致认为,欣顿是美国新生代中最杰出的古诗词翻译家。

---

① Hinton, D. *The Selected Poems of T'ao Ch'ien*. Port Townsend: Copper Canyon Press, 1993: back cover.

② Hinton, D. *The Late Poems of Meng Chiao*. Princeton: Princeton University Press, 1996a: back cover.

③ Weinberger, E. (ed.). *The New Directions: Anthology of Classical Chinese Poetry*. New York: New Directions Publishing Corporation, 2003: xx

④ Hinton, D. *The Selected Poems of Wang Wei*. New York: New Directions Publishing Corporation, 2006: back cover.

不仅如此,具有专业权威地位的美国诗人研究院对他的译诗的世界文学性给予了很高的赞誉,认为"欣顿的译诗韵律微妙、抑扬顿挫,没有滥调于当代或古典。他善于倾听他所译的每位诗人的独特诗韵,并用他的技艺完美体现出了他的观察和体会所得。……他不断地扩大了我们的文学视野。他的译诗所呈现给我们在视觉、声觉和思维上的美妙享受,证明了它们是真正的诗歌。这些诗歌把异域文化带进了我们的英语中"①。这段评论切中肯綮地评点出了欣顿译诗的三个重要的标志性特征。

第一,欣顿译诗体现了诗人风格的差异性,再现了不同诗人的诗歌艺术风格,产生了陌生化诗歌文学性。欣顿翻译出了他所译诗人的鲜明的个性化诗律与诗韵,译诗语言表现依据诗人的不同而具有诗人差异性特征,而不是千人一面的翻译腔,从而让世界文学读者有机会领略到诗人的个性化的诗歌风格和诗韵,丰富了其诗歌文学视野。这一点也被其他评论者所认同。华兹生肯定了欣顿译诗的这个标志性特点。他说:"欣顿的译诗忠实于原文的内容和神韵,语言极富想象力,译诗读起来就是英语诗歌。而且,他用非凡的技巧区别性地翻译出了不同诗人的不同诗歌语言与风格。"②美国诗人兼评论家霍华德(Richard Howard)赞扬说:"该译诗集的所有译诗让我们领略到了读中国古诗时最难得一见的东西,即对特定诗人在特定时刻所做的特定语言艺术的贯彻始终的清晰再现。在读完本译诗集后,我们便可以马上识别出孟郊的语言艺术基调……这是他对真正意义上的诗歌翻译所做的切实的贡献。"③从这些评论中我们可以看出,同行专家非常欣赏其差异性译诗。我们可以做这样的假设,其译诗语言表现的诗人针对性和差异性特征是原诗的椭圆折射翻译的结果。每一

---

① Hinton, D. *The Mountain Poems of Meng Hao-jan*. New York: Archipelago, 2004b: title page.

② Hinton, D. *The Selected Poems of Li Po*. New York: New Directions Publishing Corporation, 1996b: back cover.

③ Hinton, D. *The Late Poems of Meng Chiao*. Princeton: Princeton University Press, 1996a: back cover.

位诗人的个性化的诗歌风格和特点被有效地纳入世界文学椭圆空间的源文化焦点中,才使得译诗的结果表现出具有这种特性的折射翻译结果。

第二,欣顿译诗具有英语诗歌性。欣顿的翻译在忠实原诗的内容基础上,运用了英语以及英语诗歌手段和方法,把原诗再现为英语诗歌,让译诗具有英语诗歌的诗歌文学性。美国汉学家田晓菲认为,欣顿译诗是文学性翻译即通俗性翻译的代表。她将英语世界对古诗词的翻译分为学者型翻译和文学性翻译。她解释道:"前者指译文伴随详尽笺注与考证,广泛参考和征引其他学者的研究成果,本身即是一种严肃的学术活动。后者则可以拿欣顿对中国古典诗歌所做的通俗性翻译作为代表。"①显然,她把通俗性指为文学性,即作品的流畅可读性和文学艺术性。同时,美国另一位汉学家李国庆也点评了欣顿的译诗的英语诗性。他说:"[欣顿]以严肃的学术态度对待原文,以纯正的英诗取悦大众,游走于学术和商业出版之间。"②这两位汉学家对其译诗的文学性的肯定框定了其译诗的翻译诗学的性质。

同时,欣顿译诗的文学性也被评论家和出版社所肯定。在欣顿翻译编纂的《中国古诗词选集》的封底上,美国当代著名诗人们对其译诗给予了高度评价。默温(William Stanley Merwin)认为:"欣顿的译诗成就是原文的复现,也是馈送给我们的语言的文学礼物。"阿门斯(Archie Randolph Ammons)说:"欣顿的白居易译诗是我读过的最好的中国作品,也是我读过的最好的英语诗歌。"《费城询问报》的佩恩(John Tim Payne)赞叹道:"欣顿的译诗集第一次、也是最好的一次让我们在绝妙的英语诗歌里饱览了中国诗歌传统。"美国著名的新方向出版公司赞扬其译诗"反映了原诗的多义性和丰富性。他把原诗再现为美妙的英语诗歌,这

---

① 田晓菲. 关于北美中国中古文学研究之现状的总结与反思//张海惠. 北美中国学:研究概述与文献资源.北京:中华书局,2010:606-607.

② 李国庆. 中国古典及当代作品翻译概述//张海惠. 北美中国学:研究概述与文献资源. 北京:中华书局,2010:857.

些诗歌改变了我们对中国诗歌的概念"①。其译诗的英语诗歌性是欣顿有效地将英语诗歌特征纳入东道文化焦点,使译诗接受了英语诗歌介质的折射的结果。因此,欣顿强调,翻译就是让古代的诗人穿越到现在,用当今的英语创作诗歌。他说:

> 在翻译时,我总是把自己幻想成那个诗人。词是语言产生思想和认知的基石。我努力赶上诗人的所思所想。由于英汉语言的差异,逐词翻译是行不通的。例如,古汉语没有时态、标点、主语等。这就意味着我不得不用我自己的语言即我的声音来重新发明(reinvent)诗歌……我努力让译文活在此时此地。这很有风险,需要折中处理,往往招致批评。但不这样译的话,就无法用英语再现其诗歌艺术性,就只是失去诗韵的文献转写。②

第三,欣顿译诗具有当代性。新方向出版公司每每在推介欣顿译诗时,都一直不断地肯定这一点。例如"在他娴熟的译笔下,王维完全当代化了"③,"欣顿创作出了美妙的当代诗歌,传递了原诗的质感神韵"④。美国法尔、斯特劳斯与吉劳克斯出版社评价道:"欣顿译诗使人耳目一新,这些古老的诗让人感觉是那么新鲜而富有当代性。他开创了一个文学翻译传统,翻译焕然一新但又是原作的共振。"⑤当代性是原诗被椭圆折射翻译的结果之一,这也说明了椭圆折射的东道文化焦点即对翻译构成影响的当下文化形态的存在。具体涉及什么当代亚文化形态,这有待我们在接

---

① Hinton, D. *The Selected Poems of Tu Fu*. New York: New Directions Publishing Corporation, 1988: back cover.

② Hinton, D. *The Selected Poems of Tu Fu*. New York: New Directions Publishing Corporation, 1988: xv.

③ Hinton, D. *The Selected Poems of Wang Wei*. New York: New Directions Publishing Corporation, 2006: back cover.

④ Hinton, D. *The Mountain Poems of Hsieh Ling-yun*. New York: New Directions Publishing Corporation, 2001: back cover.

⑤ Hinton, D. *Classical Chinese Poetry: An Anthology*. New York: Farrar, Straus and Giroux, 2008: back cover.

下来几章中的诗歌分析中分析出来。但欣顿自己的言说给我们提供了重要的线索。我们将在下节中做具体阐述。

欣顿译诗的诗人差异性、英语诗歌性和当代性意味着译诗既不是完全归化,也不是完全的异化,而是源文化与东道文化相遇而发生折射的结果。译文在两个文化焦点折射所形成的椭圆地带,笼罩在两种文化之下,带有两种文化的印迹。使来自遥远时空之外的他国民族文学作品穿越到今天的英语读者中,让他们以世界文学自觉的态度进行阅读和欣赏。

其突出的翻译成就,使他囊括了美国种种重要的诗歌翻译奖,包括美国艺术与人文学院授予的"索顿·怀尔德翻译终身成就奖"(2014)、美国笔会中心授予的"笔会译诗奖"(2007,获奖译作为《王维诗选》)和"古根海姆人文奖"(2003)、美国诗人学会颁发的"哈罗德·莫顿·兰登翻译奖"(1997年,获奖译作为其1996年出版的四本译诗集)。同时,他先后二次获得国家艺术基金、三次获得国家人文基金,也是威特·宾纳基金和英格拉姆·梅里尔基金、卡尔曼中心学者与作家基金获得者。其优秀译诗被收入美国重要的世界文学选集《贝德福德世界文学选集》(2004)。该选集收录了四十二篇(首)中国典籍的英译文,其中二十篇(首)为欣顿所译,可见他的篇幅是相当大的。该选集是当下英美文学界世界文学三大选集之一。① 收录的译者显然是对《诺顿世界文学选集》的补充,特别收录了新生代译者的优秀译作。同时,他的译作与威廉姆斯、庞德、雷克斯罗斯、斯奈德等四人的译诗一起被收入新方向出版公司的《新方向·中国古诗词选集》(2003)。该出版社是以出版美国文学和世界文学见长的美国专业出版公司,其发行由诺顿出版社完成。在这本选集中,其他四位作为杰出古诗词翻译家的地位已经牢牢树立,译诗已经获得显著的世界文学地位。

---

① 其他两部分别是《诺顿世界文学选集》(前身是《诺顿世界杰作选集》)和《朗文世界文学集》,从对中国古诗词的收录情况看,入选的译者具有明显互补性。《贝德福德世界文学选集》和《新方向·中国古诗词选集》收录的译者与《诺顿》收录的译者具有互补性,《朗文世界文学集》收录的译者又与前二者的不同。原因尚且不明,也许版权是其中之一,但结果是有利于世界文学的动态生成。

欣顿作为新生代译者,与他们并列收入,可见其译诗的世界文学性已经获得了同行专家和专业出版业的认同。英美世界文学界的两个重要的选集同时收录欣顿的译诗,说明了其译诗已经达到了他们所认为的世界文学的水准。

因此,欣顿杰出的译诗成果、标志性的世界文学性特征以及来自各方的积极肯定的评论,特别是重要世界文学选集的高收录率,说明了其译诗已经进入了世界文学视野,从而有效推进了古诗词英译文的世界文学性在当今的进程,丰富了美国的古诗词文学小传统。因此,我们有必要深入地探究其译诗的世界文学性形成的文化原因和翻译诗学原因,他如何成功地将古诗词进行了当代化,将其所承载的源文化意蕴与当下后现代的美国文化进行有效穿越和共通。但在回答这些问题之前,我们首先需要了解其翻译方法与翻译思想。

二、文化翻译及其世界文学性

欣顿称其翻译为"文化翻译"(cultural translation)。他在接受《太阳报》记者托尼诺(Leathe Toninno)的专访时,对这一概念进行了说明:

> 虽然我紧扣原诗的每一字和细节,但我是在重新作诗(remake),也许最好称之为文化翻译。我觉得,我翻译的不仅是诗行,而且是文化。我想把古中国对人类在宇宙万物中的地位的理解带给西方。但是鉴于汉语的语言特点,我不得不舍弃形式。我试图折中处理。一方面,我力图使译诗具有古典韵味,措辞有一点高雅,另一方面,我也尽量删繁就简。因而我不断地对译文进行琢磨、琢磨、再琢磨。①

显然,他注重的是诗中所蕴含的中国文化精神的传达。但由于英汉

① Tonino,L. & Hinton,D. The egret lifting from the river:David Hinton on the wisdom of ancient Chinese poets, interview by Tonino,L. *The Sun*,2015(May):469.

语言的差异,要表达思想,就不得拘泥于原诗的语言形式,需要根据英语语言的特点在译诗的语言形式上做出变通,这也许是他所说的"重新作诗"。他想传达的中国文化具体指什么呢? 如他所言,把它"对人类在宇宙万物中的地位的理解带给西方"。因此,具体是指诗中所体现的中国道家与佛禅关于人与自然关系的哲学思考。山水诗表达的物我一如的禅宗思想与当代的深层生态学的人与环境共生共荣的思想有共通性,都体现了生态整体主义观,因而对当下的生态文化精神的深入具有推进作用。因此,他想借助译诗把山水诗的这种直觉生态智慧与艺术文化精神带给当代的西方读者,这构成其译诗努力再现的文化内涵。从欣顿对其"文化翻译"的阐述中,我们可以看出,他翻译的目的在于将山水诗的宇宙论呈现给西方读者。因此,他的这一文化翻译的内涵是从西方的生态哲学需要对山水诗的生态义化艺术精神的再坝与追求。我们认为,他所声称的对山水诗的"文化翻译"实质上是对古诗词的生态智慧和生态精神的鉴赏。

鉴于其对"文化翻译"的追求,他在诗歌的形式与内容的翻译上有其独特的理解和处理。欣顿认为,英汉语言与诗学审美与传统的差异性导致语言形式的非对等性,因而不得不牺牲诗歌形式;而且,为了使译诗具有可读性,他力求语言的英语化和当代化。因此,其译诗表现为霍尔姆斯所描述的有机译诗体,即从原诗的内容和土题出发,根据英语语言和英语诗歌特点再造译诗的形式,正如他在《杜甫诗选》的前言中对其译诗方法的陈述:

> 我尽可能忠实于杜甫诗的内容,但我无意去模拟原诗的形式或语言特点。因为,模拟会导致彻底的误译。古诗词语言的本体性架构与当代英语诗歌差别甚大,甚至单个的特点在这两种诗歌体系中都往往有着不同的含义。我的翻译目的就是在英语中再造与原文互惠性的架构。因此,对于杜甫诗的种种不确定性,我努力让它们以一系列的新样式去再现,而不是去消解不确定性。就好像杜甫是当今

英语世界的诗人,他在用今天的英语写诗。①

可以看出,欣顿努力把杜甫设想成当代的英语诗人,让其用当下的英语诗歌表现手法抒情言志,让诗歌表现为当代英语诗歌。"一系列的新样式"是指当下英语诗歌的诗体及其表现手法。"不确定性"不仅指古诗词特有的种种诗歌艺术手段和方法导致的写意性而非写实性,包括烘托映衬性、丰富联想与想象性、情景交融性、虚与实、动与静、形与神、小与大的对立性与交融性等手段和方法,也许还指欣顿体会到古诗词诗行的句式和句法特征而造成的意义的含蓄和朦胧。他说:"从句法上看,古诗词是文言文的最简约的形式。事实上,连基本的语法都是略而不现的。由此导致意义朦胧、模糊不清正是古诗词的特征和精妙之处,特别是当这一特征与诗歌的'言'的具象性相结合时。"②也就是说,"言"作为语言符号,其所指的丰富的具体意象性、句式的极致简约性和句法的隐性等三者相结合使得诗歌的意义与意蕴含蓄、朦胧。它在很大程度上依赖于读者的感悟,而不是明示性,因此具有不确定性。可以说,古诗词体现的写意性的诗情画意往往具有朦胧性,读者需要反复吟诵和感悟才能悟出其妙谛,或者得出见仁见智的解读。欣顿明确地说,他不是去"消解"这些不确定性,虽然这也许会令习惯于明白无误的写实诗歌的英语读者感到迷惑或难解,而是努力运用当今英语和英语诗歌的表现手段和手法再现不确定性,把解读机会和权力让给读者,就像原诗把感悟留给读者一样。这也许是他说的"努力让它们(种种不确定)以一系列的新形式去再现"的意思。"新形式"是指英语的形式。欣顿在翻译时,别具匠心地运用英语手段和手法去努力再现原诗的形式特点。

他认为翻译需要发挥译者主体性,翻译具有译者的个人翻译艺术风

---

① Hinton,D. *The Selected Poems of Tu Fu*. New York:New Directions Publishing Corporation,1988:xv.

② Hinton,D. *The Selected Poems of Tu Fu*. New York:New Directions Publishing Corporation,1988:xi.

格。他把翻译喻为垒石墙。① 他说:"写作,尤其是翻译,每次只能斟酌一个词,整个架构才逐渐、慢慢地显露出来。这就像是垒石墙。每次垒上一块新石,就会引起下一步的变化。放一块大石头,就意味着要在其旁边放两块小石头。每次你用一个不同的词,诗歌的整体面貌就会有所改变。这是一个个性化的活。译者需要慢慢地、谨慎地进行深思熟虑,而不是千人一面的活。"②这段话表明,他认为翻译具有译者个人的翻译艺术风格。翻译是一个细致活,需要深思熟虑,而且是牵一发而动全身的整体观照的行为。

欣顿认为:"古诗词看起来似乎单调、简单的诗体进一步促成了句法的极度简约。两者相互依存、互相辉映:严整的诗体格式赋予了开放式句法意义,而开放式句法让格式不至于太单调。相反,诗体的严整格式赋予了诗歌的平衡性和有序性。"③从这里可以看出,欣顿深刻体会到了古诗词的固定诗体和简约句法在形式上的意义以及与内容的有机性。事实上,他努力地运用英语诗歌的表现手法,再现古诗词的形式意义。如他所言,"韵律和词藻作为诗歌的形式,是有意义的,它与诗歌内容相辅相成。因此我将形式显示出来……"④。因此,他在译诗形式上做出了种种努力。例如,他在处理唐诗的形式特点时采用了:第一,把五言诗译成四行诗,七

---

① 欣顿举家栖居山麓,不时从事砌石墙、石梯和露台的工作,以维系简朴的日常生活。他边垒边成型,每一个建筑体都是他个人边想边砌的结果,呈现出个性化艺术特征。托尼诺在采访中描述了欣顿的一个不经意的细节:"在我为录音机换电池的短暂空隙里,他悄然地溜到旁边的花园,拿出一颗种子,看着它,沉思着,然后又拿出另一颗,沉思着。我感觉,如果我不叫他回来,他会整个下午都在那里陶醉在他的沉思中。"这个不经意的举动显示了欣顿慢悠悠、好思考的个性。因而欣顿有了这个比喻。

② Tonino, L. & Hinton, D. The egret lifting from the river: David Hinton on the wisdom of ancient Chinese poets, interview by Tonino, L. *The Sun*, 2015 (May): 469.

③ Hinton, D. *The Selected Poems of Tu Fu*. New York: New Directions Publishing Corporation, 1988: xi.

④ Hinton, D. *The Selected Poems of Tu Fu*. New York: New Directions Publishing Corporation, 1988: xiv.

言译成对句体。第二,近体诗采用单词首字母大写,对古诗采用单词首字母小写,以此区分古诗词的诗体特征。同时,运用英语省略句式和诗行的跨行技巧实现简约和开放句式的意义。

但同时,欣顿并不是一味地扎进对民族文学顶礼膜拜、全面地进行细微再现之中。恰恰相反,他以超然解读的态度而有所不为。他明确地说明了他在三个方面的无为。第一,对原诗中平行对句形式的放弃。诚如他所说,"[古诗词中的诗句的]对称性与内容之间的内在有机性是汉语及其诗学的内在属性,因而不可能在英语里再现,虽然这种有机性也许会间接地或多或少在译诗中有所体现"①。"如果一个译者试图在英语里模仿再现这种对称性,那么,原诗复杂而丰富的诗句就会变得非常平淡、简单和单调。"②第二,古诗词的语言表现风格纷繁复杂,包括清新自然、晓白流畅、含蓄蕴藉、平实质朴、绚丽飘逸、雄浑豪放、沉郁顿挫、幽默讽刺、婉转缠绵、慷慨悲壮等众多的风格。欣顿坦言,对此没有着力去进行翻译应对。他说:"对于诗歌语言,我没有去绞尽脑汁地锱铢必较。因为,要投入的精力可能远远超出回报,这样做似乎不值。"③第三,古诗词的字句常常包含古典或暗指。对此,欣顿有选择性地进行翻译应对。他说:"我不会在意暗指的翻译,除非它影响到诗歌基本意义的表达。……深究每一个暗指,是细致的学术研究,与诗歌翻译无关。"④他的这段话体现了他对古诗词鲜明的世界文学阅读和翻译态度。他放弃处理诗中比比皆是的暗指,只翻译处理涉及诗歌基本意义的暗指,认为这样处理可以得到的"回报"远远比绞尽脑汁逐一处理所有的暗指所得的"回报"高得多。我们认

① Hinton, D. *The Selected Poems of Tu Fu*. New York: New Directions Publishing Corporation, 1988: xii.

② Hinton, D. *The Selected Poems of Tu Fu*. New York: New Directions Publishing Corporation, 1988: xiii.

③ Hinton, D. *The Selected Poems of Tu Fu*. New York: New Directions Publishing Corporation, 1988: xiii.

④ Hinton, D. *The Selected Poems of Tu Fu*. New York: New Directions Publishing Corporation, 1988: xv.

为,他所指的"回报",是指译诗作为世界文学而获得的可读性、接受性以及欣赏性,因为世界文学读者会有达姆罗什所说的"超然解读"阅读和鉴赏态度。这种态度显然不同于民族文学研究者和读者的深入而细致入微的浸淫式的阅读原作的态度,后者喜好深究民族文学的精细、微妙、独到之处。他所说的"细致的学术研究"的态度实际上就是民族文学学者这种研读原作的态度。因此,这种有所取舍的态度和方法事实上就是世界文学的阅读态度,让民族文学翻译折射为世界文学的翻译方法。欣顿以其译者的经验体悟到了世界文学与民族文学这种差异,从而充满自信地保留影响基本意义的重要暗指,大胆地放弃其他的暗指。原诗是民族文学作品,译诗不再是原语境下的原诗,而是新的语境架构下的世界文学作品。他的这种处理恰恰成就了译诗的世界文学性与原诗在性质上的差异。他相信,其译诗的英语读者将抱着超然的态度理解他在新的语境架构下的阐释,并可以从个人的视域和经验解读欣赏译文,以超然的态度与作品展开对话。这种对话不是去识别译文与原文的相似度,去驾驭文本,而是与源文化和原文保持距离和差异的对话。因此,我们可以这样说,欣顿在翻译上的有为与无为成就了译文的世界文学性。因此,欣顿虽然努力用英语的表达手段去区分原诗的形式特征,但并不是勉强地复制原诗的形式,也不是套用英语格律诗诗体。而是运用英语的表现手段去标识形式,可能忠实再现原诗的内容和含蓄意蕴和意境,体现出有机译诗体的翻译方法。

我们从下面这首译诗看他是如何具体践行这一翻译方法的。这是杜甫的近体诗《漫成一首》。

漫成一首

江月去人只数尺,风灯照夜欲三更。
沙头宿鹭联拳静,船尾跳鱼拨剌鸣。

Impromptu

A river moon cast only feet away, storm-lanterns

Alight late in the second watch.... Serene

Flock of fists on sand—egrets asleep when

A fish leaps in the boat's wake, shivering, cry.

（欣顿译于 1988 年）

《漫成一首》是杜甫流寓巴蜀时期所作的七绝,时间为唐代宗大历元年(766 年),当时杜甫正在从云安前往夔州的船上。此诗写夜泊之景。第一句写一个月夜,不从空中之月写起,而写水中月影("江月"),抓住江上夜景的特色:水中的月影离我只有数尺之远;第二句写船桅上的风灯冲淡柔和的夜空,马上就要进入三更天;第三句写江岸上屈身的白鹭:栖息在沙滩上的白鹭静静地蜷身而睡。第一、二句似乎都是写景,但读者能够真切感到一个未眠人的存在(第一句已点出"人"字),这就是诗人自己。从"江月"写到"风灯",从舟外写到舟内,由远及近。然后再写到江岸,又是由近移远。由于月照沙岸如雪,沙头景物隐约可辨,夜宿的白鹭屈曲着身子,三五成群团聚在沙滩上,它们睡得那样安恬,与环境极为和谐。前面三句是宁静的景物,凸显了宁静而安谧的境界,诗人体会到了自然界的生命的安心适意与静好。第四句写船尾方向忽然传来"拨刺"一声,鱼儿跃出水面。凝神睇视的诗人被波光粼粼的水面上的"拨刺鸣"的鱼跃所惊醒。用"拨刺鸣"来形容鱼的发声,这是一种不愉快的声音,似乎隐约显示出诗人内心深处对纷扰动荡时局和其漂泊不定的生活的惶恐。四句分别写月、灯、鸟、鱼,各成一景,确是"一句一绝"。末句写动、写声,似乎破了静谧之境,然而给读者的实际感受恰好相反,以动破静,愈见其静;以声破静,愈见其静。诗人运用七绝诗行之间的字的语义与语法的对称性,把静与动、无声与有声等对称和对立因素渗入统一的基调:"江"与"风"、"月"与"灯"、"去"与"照"、"人"与"夜"、"只"与"欲"、"数"与"三"、"尺"与"更"、"沙"与"船"、"头"与"尾"、"宿"与"跳"、"鹭"与"鱼"、"联"与"拨"、"拳"与

"刺"、"静"与"鸣"。通过远近推移、动静相成的手法,使舟内舟外、江间陆上、物与物、情与景之间相互关联,浑融一体。全诗以景抒情,亲切传神,洋溢着诗人对和平生活的向往和对自然界小生命的热爱以及对生活中不利因素的担忧之情,让七绝的形式与画、音乐、意境形成一个内在的有机整体。精炼的古汉语句法与意蕴丰富的汉字有利于语义与语法的对称,从而成就了充满诗情画意的诗句。

虽然译诗是自由诗体,但诗行是英语对句的形式,全诗由两个对句构成。不过诗句没有模拟原诗诗行之间的语义与语法的平行对称性。如果译者模拟原诗,采用诗行之间词的一一字面对称,恐怕会使得译诗变得非常的简单而单调,诗情画意全无踪影,甚至有不知所云之嫌。取而代之的是,欣顿用了英语的修辞与句法努力再现原文的意境与意蕴。在第一个对句中,主句(A river moon cast only feet away)表现了水中月影离我数尺之远,独立主格结构(storm-lanterns alight late in the second watch)凸显了情境的场景性,特别是运用诗意性副词"alight",使诗歌具有静态美感,而非动态。省略号更是无声的寂静,而对句最后的"serene"将前面对景的一一描写的主题画龙点睛似的郑重点出,形成了由"river moon""feet away""storm-lanterns"和"late in the second watch"组成的静谧的描写铺陈与由"serene"点化主题的修辞效果,把原诗头两行所描绘的静谧逐步、逐景地渲染、最后推向了高潮——直白表示,这符合英语诗行的发展思维,使其与下一对句的主题形成静动对照。在第二个对句中,欣顿首先继续静态的再现,"宿"用了副词"asleep"而不是动词"fall asleep",进一步渲染静态,然后用英语中表示强烈对照与突然意义的连词"when",体现鱼跃的动作以及其刺耳的"拨剌鸣"出现的突然性与前面铺陈的静谧而安宁的月夜的对照性,特别是"when"从句中连续的三个动词"leaps""shivering""cry"的强烈的动作性与前面的静态的"alight"和"asleep"形成动静的对照与结合,而且"shivering"和"cry"似乎体现出鱼对其天敌——鹭的惶恐的动态反应。对句最后的"cry"与上一对句最后的"serene"从词性上和含义上形成了动静的比照的高潮。动词"leap"是瞬间动作,而"shivering"和"cry"的含义使得动作具有凄凉的效果。这种瞬间表现的凄凉性使得静谧更加浓烈。因此,译诗的诗行特点、句法与词法自成一体,但再现了杜甫诗的沉郁顿挫的诗意诗境。也就是说,译诗用英语诗学以及当代英语使原文在英语文化中获得了本雅明(Walter Benjamin)所言的"重生"。正如欣顿所说,"在翻译杜甫的时候,我最关心的一直是让杜甫用英语做出引人入胜的诗歌。为了这个目的,我充分运用了当代英语一切可能的表现手段,虽然这些手段与杜甫生活的盛唐时期的诗歌语言手段几乎没有共同之处"①。欣顿用英语及英语诗歌表现手段来对等翻译古诗词。这是因为欣顿认为古诗词与英语诗歌存在鉴赏传统的差异。如他所说(下画线为笔者所加):

> 古诗词是把本来就极其凝练的文言文再进行高度浓缩。英语诗歌如果照此书写,其结果虽有趣但会[令人]不忍卒读。在很大程度上,古诗词的语言<u>不是停留在显性的</u>东西(书面文字)上,而是延伸到读者脑海中。读者的知识、鉴赏期待和习惯是古诗词语言的不可或缺的组成部分,甚至诗歌的语法结构也都具有这种读者性。而且,唐诗力图用最少的笔墨勾勒主题,然后由读者去参与完成最细腻深邃的诗意与意境的建构,这是古诗词基本的鉴赏方法。其结果是,极其简约的书面文字带来的最优雅、最复杂的话语(古诗词)。英语诗歌正相反,一切意义都诉诸<u>显性</u>的语言表达上,其意几乎是一目了然。这就是为什么,从英语的角度看汉语,汉语显得那么的清楚而简单。英语赋予英语诗歌的特点全然不同于汉语赋予古诗词的特点。英语的修辞要求语言表达的复杂性、多样性、微妙性、戏剧性、韵式以及音乐性等都具有<u>显性</u>,这一点与汉语完全不同。②

---

① Hinton, D. *The Selected Poems of Tu Fu*. New York: New Directions Publishing Corporation, 1988: xiv.

② Hinton, D. *The Selected Poems of Tu Fu*. New York: New Directions Publishing Corporation, 1988: xiv.

　　欣顿在这段文字中道出了英汉诗词的语言的言意关系差异导致的诗歌鉴赏传统的差异,即古诗词的感悟式鉴赏和英语诗歌的直觉式鉴赏。我们进一步对此进行分析。

　　我们先简略分析英汉诗歌的表现形式和手段的差异。首先,是古诗词的“言”和英语诗歌的“词”之间不对等的关系。欣顿所说的古诗词“显性的东西”是指其“言”。“言”是古诗词的基本结构单位。它以汉语文言文的字为载体。文言文是中国古代高雅的书面语言。第一个“文”是美好之意,“言”字,是写、表述、记载等的意思。后一个“文”字,是作品、文章等的意思,表示的是文种。“文言文”的意思就是指“美好的语言文章”。其特点是言文分离,行文简练。而诗歌的“言”出自文言文但比文言文更凝练。经诗人运用诗歌修辞与表现手法将“言”进行巧妙的排列组合,产生了映衬、联想、想象、象征、用典、比拟、借代、互文、通感、双关、反语、反复、铺垫、通感、以小见大、虚实相生、比兴(间接抒情的诗歌)白描等表现技巧,从而进行情景交融、借景抒情、托物言志、动静结合、以动衬静、以乐景写哀情等进行直接抒情或间接抒情。因此,“言”是诗人从文言文中提炼出来,通过种种修辞表现手法进行高度凝练,成为古诗词的基本结构单位。虽然只有一字,但在语境中有着丰富的外延意义。“言”作为语言符号,其所指延伸到诗人与读者的共同参与、感悟和生发的丰富的情境中,其情境意义即意义的外延往往远远超出符号—所指—能指的直接对应关系,表现为意义随着读者的感悟不同而不同,使得意义具有强烈的读者性。在英语诗歌中,“词”是其基本结构单位。它以来自日常英语的词为载体。虽然也有文学体的诗歌语言,但其在诗中的作为语词的意义是符号—能指—所指三者之间的直接对应关系,即符号意义是单纯语言符号性,而不具有对读者性期待。因此,如果说文言文是言文分离,那么英语就是言文一致。在这个意义上,古诗词的“言”与英语诗歌里的“词”的意义的内涵与外延是不可能对等的,两者之间不存在一一对应的对等关系,译诗也就不可能是汉语“言”与英语的“词”之间的直接对等转换。其次,古诗词和英语诗歌的差异还体现在句式和句法上。古诗词的句式不仅是文言文最简约的形式,而且其句法关系往往隐而不现。句法的缺省性与"言"的具象性相结合造成了古诗词的意义的含蓄性、朦胧性和感悟性,而英语诗句的句法和句式的形合也导致意义晓白。

从上面的分析可以看出,英汉诗歌在"言"和"词"、句法和意蕴等上的差异对比是两种语言在语言的符号意义上的对比。在汉语里,体现为言意之辩。早在先秦时期,《易传·系辞上》说:"子曰:书不尽言,言不尽意。然则圣人之意其不可见乎? 子曰:圣人立象以尽意。"这里,"言"是指《易经》中的卦辞和爻辞,"象"是指卦象,"意"是指卦象所象征、卦辞所说明的意义。这段话的意思是说文字不能完全代表语言,语言不能完全表达思想(意义),于是圣人就用卦象的符号把自己的思想表达出来。《庄子·天道》中阐述了言意的关系:"世之所贵道者,书也。书不过语,语有贵也。语之所贵者,意也,意有所随。意之所随者,不可以言传也,而世因贵言传书。世虽贵之,我犹不足贵也,为其贵非其贵也。故视而可见者,形与色也;听而可闻者,名与声也。悲夫! 世人以形色名声为足以得彼之情。夫形色名声,果不足以得彼之情,则知者不言,言者不知,而世岂识之哉!"这段话道出了庄子的"意不可言传"。到了魏晋时期,言意之辩中出现了荀粲的"言不尽"说,他认为语言不能完全表达意义和思想;王弼的"得意忘言(象)"说,他一方面肯定言、象具有表达意义的功能,一方面又强调言、象只是表达意义的手段,为了不使手段妨碍目的(得意),可以把手段忘记。"言不尽意""意不可言传""得意忘言"等言说表达了意多于言、超于言的认识。我们认为,这种认识与中国悟性思维有关。潘文国在其《汉英语对比纲要》中明确提出:"汉语与英语在表达上的一个重大区别是汉语重意合而英语重形合。这在哲学上的背景就是汉民族的思维习惯重悟性,而英语民族的思维习惯重理性。"[①]中国的重悟性则源于影响中国人思维方式的儒释道哲学。孔子说:"不愤不启,不悱不发,举一隅不以三隅反,则不复也。"(《论语·述而》)这是中国人的悟性教育的方法。佛学在

---

① 潘文国. 汉英语对比纲要. 北京:北京语言文化大学出版社,1997:358.

心物关系上强调心对物的主宰作用,禅宗的顿悟和禅偈、老子的"道"、有无相生等更是强调悟性的关键作用。

与汉语不同,"英语的哲学背景是亚里士多德严密的形式逻辑,及后来从 16 世纪到 18 世纪弥漫于欧洲的理性主义。……表现在语言上即强调形态的外露及形式上的完整①。在这一点上,欣顿也认为"英语的修辞决定了其语言表达的复杂性、多样性、微妙性、戏剧性、韵式以及音乐性等具有显性,这一点与汉语完全不同"②。所谓"显性"即语言表现的就是意义,即言尽意。③ 英语诗歌的语言显性地、明白无误地完全表达了诗歌的全部意义与意蕴。汉语的言不尽意与英语的言尽意的区别性特征导致了诗歌鉴赏的传统差异。

中国的言意分离、言不尽意、意不可言传、得意忘言等言意说与儒释道重悟性的思维一起对中国人重领悟、重微言大义、重言外之意、重含蓄、追求韵致的思想方法有很大影响,特别是对重意境的思想形成发展有重要意义。佛学与玄学的合流及其繁荣发展,对文艺创作和文艺思想也产生了重要的影响,导致诗歌创作更多地重视借对外物的描写来体现诗人的主观的精神与感情。玄学"言意之辩"的大讨论使言意的关系进入美学的领域,推动了诗歌的审美发展方向,表现之一就是感悟式鉴赏传统。诵读古诗词时,眼睛看到的、口里吟诵的还只是语言文字,并不是意义丰富的诗歌话语。由文字实现为话语在很大程度上还取决于读者的感悟与体会。正如戴震所言,"由文字以通乎语言,由语言以通乎古圣贤之心志"。读诗需要感悟,是古诗词的审美特性、情感特性、声律特性、语言特性等多种因素的客观要求。古诗词意境深远、含蓄蕴藉、韵味深长,必须沉潜其中,深切地体会,为之感动,有所意会,这样便产生了体味涵泳的读诗方

---

① 潘文国. 汉英语对比纲要. 北京:北京语言文化大学出版社,1997:360.

② 潘文国. 汉英语对比纲要. 北京:北京语言文化大学出版社,1997:360.

③ 言尽意:欣顿在这句话里表达的意思与西晋时期的欧阳建在探讨言意关系时提出的"言尽意"言说有着异曲同工之妙。欧阳建认为,语言完全可以表达思想。他根据名言(名称与语言)与事物的一致关系而断定名言可以完全表达意义。

式。诗歌创作为诗人有感而发,或为抒情,或为言志,因此读诗要通过诗中的语言文字来理解诗人的思想和感情,即刘勰提出的"披文入情"的读诗方法。但是在中国古代诗歌中,充满激情只是情感特点的一个方面,另一方面诗歌中的情感又是受到束缚的,被正统的"礼"挤压、排斥、扼杀着的,所以中国古代诗歌中的情与西方诗歌中的情不一样,它不是酣畅淋漓的,而是含蓄细腻。因此,要把握住诗中的情意,与诗人进行情感上的交流,戴震提出"以心会心"的哲学会通的读诗方式,通过感悟,设身处地地体验诗人,与作品达到共鸣。

英语言文一致、言尽意的言意关系以及理性思维有助于英语诗歌的审美特性、声律及语言特性等在形式上的直接显露、情感特性的直白表现等,从而形成了诗歌的直觉式的鉴赏方法。在诵读英语诗歌时,诗歌表现的意义通过目视口吟的语言表现出来,理解了诗歌语言就理解了意义。

鉴于古诗词与英语诗歌在语言表达、诗体与韵律、鉴赏传统等方面的差异,对译诗的鉴赏要抱着一种对来自遥远时空以外的诗歌艺术的超然理解,不必去深究每一个含蓄而委婉的细节,而是以直觉式鉴赏方法去理解和接受译诗所传达的诗歌艺术与意境。

第二章　山水诗世界文学性
椭圆折射的文化形态

欣顿所秉持的文化翻译理念从西方深层生态学的角度,解读山水诗所蕴含的道家与禅宗的直觉生态智慧与精神,领悟山水诗的"自然"精神实质。他对山水诗的文化特质的观照不仅基于他对道家与禅宗思想的深入了解、隐居修行体悟,而且还基于美国荒野哲学和深层生态学的文化背景。道家与佛禅以一种主客交融的、有机的方式来认识和对待人类在宇宙中的地位及其与自然的关系,追求的是两者的和谐统一。道家的道法自然、万物齐一,佛禅的众生平等、无尽缘起等思想表达了"天人合一"的本质特征。这一特征与生态中心主义和整体主义相契合。我们认为,道家与禅宗、荒野哲学与深层生态学等文化形态,成为其架构世界文学性山水译诗的椭圆折射空间的文化焦点的内涵。

一、源文化:东方生态智慧之于道家与禅宗

在道家与佛禅的哲学里,虽然没有"生态"一词,但从今天的生态批评的角度来看,它与生态整体主义观念是颇为接近的。道家的"道法自然""万物其一"、佛禅的"众生平等"成为当代生态整体主义的思想资源。澳大利亚的环境哲学家西尔万(Richard Sylvan)和贝内特(David Bennett)认为,道家与佛禅是深层生态学的理论前提之一。他们把道家思想与深层生态学进行了详细的对比,认为:"道家思想是一种生态学的取向,其中

蕴涵着深层的生态意识，它为'顺应自然'的生活方式提供了实践基础。"①
美国深层生态学家德沃尔(Bill Devall)和塞申斯(George Sessions)也认
为："当代的深层生态主义者已经从道家经典《老子》和13世纪日本佛教
大师道元的著作中发现了灵感。"②奈斯则更明确地说："我所说的'大我'
就是中国人所说的'道'。"③美国环境哲学家卡利科特(J. Baird Callicott)
则将道家思想称为"传统的东亚深层生态学"④。

　　近年来，其他哲学学者也对道家的生态意蕴和生态智慧进行了研究。
代表性成果包括美国的宗教学学者吉拉多特(Norman Girardot)等编纂
的论文集《道家思想与生态学》(2001)、李远国和陈云所著的《衣养万物：
道家道教生态文化》(2009)、吴洲的专著《中国古代哲学的生态意蕴》
(2012)等等。这些研究成果从以下几个方面揭示了道家哲学的"自然"的
直觉生态智慧。所谓"直觉"是指"不带思维概念，而且超越现实功利的心
理活动"⑤，与现代生态学的理性地、科学地自觉认知相区分，直觉地感知
生态的原初道性、返朴归真的自然主义倾向以及人与自然融合的生态认
识与追求。

　　首先，道家思想的"道法自然"体现了其自然主义的哲学倾向。"道"
是其本体论和价值观范畴的核心概念所在。在本体论范畴，"道"的基本
含义就是宇宙万物的本源，即"道生一，一生二，二生三，三生万物"(《道德
经》第四十二章)。这一本体论也体现了道家的宇宙生成论。同时，道家

①　Sylvan，R. & Bennett，D. Taoism and deep ecology. *The Ecologist*，1988，18
　　(4/5)：148.

②　Devall，B. & Sessions，G. *Deep Ecology：Living as if Nature Mattered*. Salt
　　Lake City：Peregrine Smith Books，1985：100.

③　Bodian，S. Simple in means，rich in ends：A conversation with Arne Naess. In
　　Sessions，G.（ed.）. *Deep Ecology for the 21st Century*. Boston：Shambhala，
　　1995：27.

④　这段中的四个国外研究综述转引自：雷毅. 深层生态学思想研究. 北京：清华大学
　　出版社，2001：76.

⑤　王国璎. 中国山水诗研究. 北京：中华书局，2007：294.

突出了本体论范畴的价值性和普遍性。"故道大、天大、地大、人亦大。域中有四大,而人居其一焉。人法地,地法天,天法道,道法自然。"(《道德经》第二十五章)前一句说明了道、人、天、地等四大和合于宇宙。后一句则说明,这种和合性是基于四大均"道法自然",无一例外。因此,作为最高范畴的"道"对人提出的基本要求是顺从"自然",人要以尊重自然规律为最高准则,以遵从自然、效法天地作为人的行为的基本归依。天地人物都有所法,即遵守自然。在《道德经》中,老子对客观存在的大自然的表述是天与地,天与地是有法则的,即天道。老子对天道的描述达十九章之多。他首先表明天道的法则是自然运行的法则。进而对天道特质做了说明:天道无私、天道均平、天道好生、天道无为。[①] "西方生态哲学家们也是普遍把'道'理解为顺应自然、与自然相和谐。"[②]"道"具有原初性、自发性、原初性和延续性,并坚信自发的、原初的状态是延续宇宙最好的秩序,自然原则是处理万物的最高原则。因此,老子主张"见素抱朴,少私寡欲"(《道德经》第十九章)与"知足不辱,知止不殆,可以长久"(《道德经》第四十四章)。这无疑是一种生态的、可持续发展的生活方式与理念。庄子所言的"天地与我并生,而万物与我为一"(《庄子·齐物论》)与"以道观之,物无贵贱"(《庄子·秋水》),描绘的也是一种自然生态境界。人与天地万物平等、自然和谐相处,组成了一个和谐的有机统一体,共同生存、生死相依。道家这种万物含蕴、彼此相连的整体和合观,意味着人若遵循天道自然法则,辅助万物的自然发展而不强加干涉,就能保持良好的生态体系,获得万物生长、人天共存、持久发展的生态生存空间,体现生命的真正价

---

① "天长地久,天地所以能长且九者,以其不自生,故能长生。"(《道德经》第七章)。"天地相合,以降甘露,民莫之令自均。"(《道德经》第三十二章)。"天之道,利而不害。"(《道德经》第八十一章)。"道常无为,而无不为。猴王若能守之,万物将自化。"(《道德经》第三十七章)

② Devall, B. & Sessions, G. *Deep Ecology: Living as if Nature Mattered*. Salt Lake City: Peregrine Smith Books, 1985: 100. 转引自:雷毅. 深层生态学思想研究. 北京:清华大学出版社,2001:77.

值。① 因此,老庄思想尊重生命、尊重自然、万物平等的思想与深层生态学的主客一体、生态中心主义的伦理观相契合。

其次,道家的"无为"思想也被深层生态学所吸收。无为并不是不为。"道常无为而无不为。侯王若能守之,万物将自化。化而欲作,吾将镇之以无名之朴。镇之以无名之朴,夫亦将无欲。不欲以静,天下将自定。"(《道德经》第三十七章,南怀瑾注)"道常无为"是讲"道"的体;"无不为"是讲"道"的用。宇宙万物有"道"的用,所以它无所不为。"道常无为而无不为"的意思是"道"无所不起作用,处处起作用。宇宙万有就是"道"的作用,所以它无所不为。② 做大事的人,能够自然无为,事情就会自然有其结果。因此,"无为"实质上是指遵循事物内在的法则,依照规律办事。在这种意义上,"无为"仍是顺应自然。冯友兰也指出:"'无为'"的意义,实际上并不是完全无所作为,它只是要为得少一些,不要违反自然地任意地为。"③老子说:"化而欲作,吾将镇之以无名之朴。"当产生了过分的贪欲时,就要放下而遵循"道",保持素朴状态。老子接着说:"镇之以无名之朴,夫亦将无欲。"无名无欲,就是没有欲望,无欲无求。因此,"不欲以静,天下将自定"。没有过分的欲望,唯有摒除思虑杂念,返璞归真,清静无为,虚极静笃,万物顺其自然地落定。

深层生态学也从佛禅这里吸取了营养。对此,雷毅做了分析与总结。奈斯指出:"佛教为深层生态学提供了适当的背景或渊源联系。"④他还写过一篇专门论述佛教的论文《格式塔思想与佛教》。美国环境哲学家柯廷(Deane Curtin)认为:"佛教为自我实现、内在价值这类深层生态学的关键

① 李远国,陈云. 衣养万物:道家道教生态文化论. 成都:巴蜀书社,2009:85-94.
② 南怀瑾. 南怀瑾选集:第4卷. 上海:复旦大学出版社,2010:68.
③ 冯友兰. 中国哲学简史. 北京:北京大学出版社,1996:87.
④ Bodian, S. Simple in means, rich in ends: A conversation with Arne Naess. In Sessions, G. (ed.). *Deep Ecology for the 21st Century*. Boston: Shambhala, 1995: 27.

概念提供了最直接的表述。"①佛教以"法"为本,与道家的"道"相似,它贯穿于人的生命和宇宙生命之中,为万物之本。佛教认为,宇宙乃由构成它的事物或事件相互渗透而成一个整体。这一观念反映在《华严经》中的因陀罗网的隐喻中。因陀罗比喻一切美好事物的相互依赖、相互渗透的密切关系,一物不仅是一物自身,而且包含着其他物。用佛教的这种世界观来看人与自然的关系,便会自然地得出生态中心主义的结论。深层生态学的一些重要人物或是禅师或是近禅参禅之士,如斯奈德。佛禅认为人人心中皆有佛性。这种见性成佛的途径是:"主张宇宙和其他一切生命跟自我之间的调和与融合。主张在这里才有人生的理想与幸福,为实现这种幸福,其实践就表现由慈悲而产生的'利他'。通过这一高尚的理念,自然地就把欲望克服下去。也就是说,通过对'大我'(普遍的自我)的觉醒,去克服跟欲望相通的'小我'。"②深层生态学所追求的正是这样的一种人生境界。

显然,道家与佛禅虽然是两个不同的哲学观,但都被深层生态学所挖掘和利用。道家与佛禅的确有兼容并蓄的历程和通约性。晋宋时的佛教教义、慧远和僧肇等人的著作,以及禅宗皆与老子及庄、列的学说有血肉相连的关系。关系的结果特别体现在人与自我、人与自然关系的哲学问题上。尤其是,老庄的"无为""无欲""无名""虚""静""忘我""心斋"在佛禅上就是"空""寂静""定"等,都是无所求,没有任何欲望,无所依,一切皆空。

在人与自我的关系上,道家所言涤除玄览、含醇守朴,这见于老庄的抱朴见素、心斋坐忘。禅宗讲明心见性、顿悟成佛。这见于禅宗思想体系的本心论(揭示本心澄明、觉悟、圆满、超越的内涵与质性)、迷失论(揭示本心扰动、不觉缺憾、执着的状况及缘由)、开悟论(重现清净本心的方法

---

① Curtin, D. A state of mind like water: Ecosophy T and the Buddhist traditions. *Inquiry*, 1996, 39 (2): 253.

② 汤因比,池田大作. 展望二十一世纪. 荀春生,等译. 北京:国际文化出版公司, 1985:391.

与途径)以及境界论(揭示回归本心时的禅悟体验与精神境界)。两者都表现出对本性的关怀,凸现出人类精神澄明高远的境界。

在人与自然的关系上,道家哲学体系的特色在于其形而上学的宇宙生成论,这和它的返还原始淳朴状态的自然主义倾向是一脉相承的。道家对宇宙论的讨论和对原初状态的构想不是源于外向拓展、征服自然,相反是来自一种追求精神自由的乌托邦。在人生或世界的每一个阶段都能够把握到生命动力的本源性状态、归于心性明净的体道状态,因而修行的手段和目的就是要去体会"道法自然"。从老子的"衣养万物"而不居功,到庄子的"齐同万物"而与天为徒,始终强调的都是追求人类与大自然的和谐共存。禅宗的触目菩提,山河大地是真如的禅悟境界,水月相望的直觉观照都表明人与自然互为观照的主体,而不需要人的意识来观自然。两者都重视生态、亲和自然的思想和志趣。

道家与佛禅在以上两方面的兼容并蓄,导致了修炼方式和某些关键概念上的相似。静坐修道与禅坐虽然具体修炼方法有异,但都要求澄清思虑,闭目安心,或端坐或安卧。道家的例如佛学的"性空"与老子的"有无"。"假定宇宙万物确实从本无中而生出万有万类。无中何以生有?⋯⋯在佛学中,说'因中有果,果中有因'的因果互变,万有的形成,有生于空,空即是有,因缘和合,'缘起性空,性空缘起'。因此,与老子的有、无互为因果论,恰恰相近。所以后来佛学输入中国,与老庄学说一拍即合,相互共存。"①因此,道家和佛禅的修炼方式有相似之处。佛家修行方式之一是教人要空、放下,不要妄想,它和道家的清净、无为有相通之处。因此,"空"以及由此带来的"静寂""放下""无我"等概念共存于佛禅与道家。"老子的'虚'差不多等于佛家'空'。"②

老子主张"涤除玄览,能无疵乎"(《道德经》第十章),劝人涤除心中的名理概念,也就是涤除"我"之障碍,而在玄冥中览知万物。老子接着对

---

① 南怀瑾. 老子他说. 上海:复旦大学出版社,2002:50.
② 南怀瑾. 老子他说. 上海:复旦大学出版社,2002:231.

"涤除玄览"进行了阐明:"致虚极,守静笃;万物并作,吾以观复。"(《道德经》第十六章)意指心中的名理概念涤除后,在一种绝对虚静的心理状况之下,就能直观万物并作之"复","复"基石万物"各复归其根"(《道德经》第十六章),恢复被人的经验知识所污染或歪曲之前的本来面目。《庄子·齐物论》的主旨就是劝人"忘我","忘我"则"天地与我并生,万物与我为一"①。庄子主张"无己""忘己""丧我""坐忘",都是指忘我,即忘却世俗羁绊中的"寄生之我",而成为"堕肢体、黜聪明、离形去知"的真我(《庄子·大宗师》)。真我与宇宙生命的本体融合为一,并参与自然造化的天机,乃至与道合一。因此,"忘我"则无物我之别,不再感到主观意识与客观实体之分界。可是,要达到这种境界,则必须有"心斋"的功夫。即"无听之以耳而听之以心,无听之以心而听之以气。听止于耳,心止于符。气也者,虚而待物者也。唯道集虚,虚者,心斋也。"(《庄子·人间世》)。这种"万物无足以挠心"(《庄子·天道》)的绝对虚静状况,与《道德经》提出的"致虚极,守静笃"相同。虚则能纳,故万物归还,静则能察,得以了悟万物之根本。通过道家思想而传入中国的佛学,以及后来发展起来的本土佛学禅宗,其基本意义也在于"无我"。佛追求永恒的涅槃寂静,禅追求明心见性,都是破除躯体生命和思维概念之障碍,乃至随缘任心、大自由大解脱的境界。要达到这种生死不染、去往自由的境界,则必须要"心空""无念"。既然无念,则无"我"之重重障碍。要"无我""无念",还必须靠"定"的功夫。佛禅的"定"与庄子的"心斋"颇为接近。例如《成唯识论》中说:"云何为定?于所观境,令心专注不散为性。智依为业。谓观德失俱非境中。由定令心专注不散。依斯便有抉择智生。"其"心专注不散",自然无我、无念,所谓"抉择智生",基石之"定而生慧",而慧则同涅槃,得到大解脱。②

---

① 钱穆. 庄子纂笺. 北京:生活·读书·新知三联书店,2010:17.

② 此段对老庄、道与佛的共通性的阐释的观点转引自:王国璎. 中国山水诗研究. 北京:中华书局,2007:294-296.

因此,道家与佛禅的兼容并蓄、互为参照借用的结果,就是对"空""静""无我"的共同追求。这种追求的终极观照就是物我一如的生态整体主义哲学意识,而且这种意识通过山水诗对山水的直觉审美实现。我们认为,这是在山水诗鉴赏中体会到道家与佛禅一体的根本原因。正如王国璎所总结的,"道、佛两家讲求从一切名理概念成见中完全解脱出来的虚静或空无的心灵境界,正是中国诗人的山水美感经验的根本特点。诗人在观赏山水时,胸中洞然无物,一切生死、寿夭、爵禄、庆赏之虑皆除尽,因此,可以无智、无我之素心去直接感应山水"①。

除此以外,还有一些其他的客观原因。中国古代文人往往出世入世兼修,对道家、佛禅都耳濡目染、兼收并蓄,相互共存于文人骚客的世界观中,反映在其作品中。这导致接受者,特别是域外接受者,把这一切统统归于中国古代本土哲学范畴。而且,"由于东方学者们偏爱老子、庄子思想文学的哲学境界,于是承虚接响,便认为禅宗是受老庄思想的影响;换言之,所谓禅宗,就是融会老庄思想的道家佛学而已。其实,禅宗与佛学,很多名辞语句,都借用于老庄与儒家的术语,但那只属于借用而已,禅宗本身的精神,并不因为借用老庄的名言,就认为是老庄或道家思想的加工改装"②。连国人都有如此承虚接响,更遑论外域人士。但西方学者往往把两者视为一个精神范畴的东西,并合称为"道禅",主要还是因为两者确存在相连与相似的生态智慧,欣顿即持这种认识。而且,可能还有一个他个人的接受视野的问题。他翻译了《道德经》和《庄子》,但没有翻译佛禅典籍。因而对老庄的哲学领会颇深,因而有了从"道"来理解山水诗的禅意的可能。

老庄宇宙论的核心是"道"。"道"为万物的生与灭的过程,是一个生发过程,正如老子所言:天下万物生于有,有生于无。"这是一个对自然过

---

① 王国璎. 中国山水诗研究. 北京:中华书局,2007:296.
② 南怀瑾. 南怀瑾选集:第 4 卷. 上海:复旦大学出版社,2010:65.

程的本体描述,最直观的理解就是周而复始的四季更替。"①"道"的深层次
本体是有无互为生灭。"有"指万物不断生灭的实证宇宙。"无"是有生发
力的空,万物从无中生发,即有生于无,无中生有。本无是天地的原始,有
是万物万有的来源。因此,"道"是万物有无相生的生发本体性过程。这
是自然过程的本体性描述。四季更替是这个过程的具现。欣顿特别强
调:"古代中国的深层智慧表明,人作为这个自然过程中的有机部分而寄
居其中。"②无中生有的机制是"自然",即事情不断地展现(the constant
unfolding of things)。自,天道自己的本身。然,天道自己本身本来当然
的如此而已,没有别的理由可说。自然即天道自己当然的法则是如此的,
即宇宙自然规律。万物生于无,自生自灭。因此,"道"是自然生生不息的
运动,就是一切自然地任运流转。这种自然的生态生发既发生在物质世
界,也发生在人的意识世界。

二、东道文化:美国浪漫主义荒野观之于
荒野哲学与深层生态学

伴随着 20 世纪 60 年代以后的西方学术思想的新流向、新格局以及
生态学的人文转向,生态批评(也称"文学与环境研究")于 70 年代在西方
的文学研究中初露端倪,且从 90 年代至今发展迅速。其关注的是文学艺
术的根本问题之一——天地自然与人类关系及其生存,尤其是对主客对
立的宇宙观以及由此导致的现代西方工业社会主导思想进行反驳与颠
覆,正如王诺所言,"生态思潮的重要诉求是重视人类文化,进行文化批
判,揭示生态危机的思想文化根源。……人类中心主义、唯发展主义和科
技至上观是生态危机的主要思想根源,是当代生态思潮所要解决的核心

---

① Hinton,D. *The Selected Poems of Wang Wei*. New York:New Directions
Publishing Corporation,2006:xiv.

② Hinton,D. *Tao Te Ching*. New York:Counterpoint/Perseus Books Group,
2002b:xiv.

问题"①。事实上,美国野生生物管理之父、新保护活动的先知、生态学家、新环境论创始者利奥波德(Aldo Leopold)提出的"大地伦理"生态思想、哲学家罗尔斯顿提出的荒野哲学及其"内在价值"论、挪威学者奈斯提出的深层生态学等环境哲学思想在很大程度上构成了美国生态批评的哲学基础的重要部分。它促使了生态学的人文转向,形成了生态存在论哲学。

荒野哲学是生态批评的产物,在 20 世纪后期思想界对现代性的反思过程中得到凸显。在美国的历史和文化发展过程中,荒野一直被赋予深刻的意蕴。其民族的形成源于先驱对荒野的开拓。美国思想史学者纳什(Roderic Fraser Nash)曾说:"荒野是美国文化的一项基本构成。利用物质荒野的原材料,美国人建立了一种文明。他们试图用荒野的观念赋予他们的文明一种身份和意义。"②荒野成为塑造其民族性格的重要因素。罗尔斯顿在其著作《哲学走向荒野》(1986)中提出了"哲学的荒野转向"这一命题。他强调:"荒野是一个活的博物馆,展示着我们生命的根。"③人与大自然交相融合的原初世界是一个主客统一的世界,也是宇宙的本然境界。但是,在主客对立、人类中心主义等现代性思想下,人类文明向荒野高歌猛进的过程中,我们丧失了这种境界,人类和美之间的距离日益遥远,以至找不到归路。于是,只有未被人类踏足的荒野能够拯救人类,美学必须回到荒野。

荒野哲学虽然是当代生态批评的产物,但在美国的文化史上有其历史的传承和积淀。这可以具体追溯到美国浪漫主义的荒野观以及由此衍生出的荒野保护意识的传统。美国学者贾丁斯(Des Jardins)提出了浪漫

---

① 王诺. 生态与心态:当代欧美文学研究. 南京:南京大学出版社,2007:4-5.
② 纳什. 荒野与美国思想. 侯文蕙,侯钧,译. 北京:中国环境科学出版社,2012:xi.
③ 罗尔斯顿. 哲学走向荒野. 刘耳,等译. 长春:吉林人民出版社,2000:124.

主义荒野观,并认为这是对当前的环境主义有最重要影响的荒野观。^① 他认为荒野象征着清白与纯洁,是未开发和未破坏区域的最后保留地,上帝创造的最纯洁的例子,荒野代表着从文明的破坏性后果的回归,因为远离城市的喧嚣,所以荒野本身是天堂和福地。浪漫主义荒野观的哲学渊源可以追溯到思想家和文学家对大自然的哲学思考与文学表达,如卢梭(Jean-Jacques Rousseau)、爱默生(Ralph Waldo Emerson)和梭罗(Henry David Thoreau)。对卢梭而言,大自然是自给自足、欲望单纯、平等平静的代表;而城市和社会体现的则是不公与剥削。人类最初是处于原始的自然状态。爱默生也认为人与自然有着密切的联系,文明使人丧失了生命的原动力和充满野性的活力。梭罗则投身荒野、参与自然实践、书写在大自然的体验,其人其作品(如《瓦尔登湖》)成为美国人投身和亲近大自然的精神力量源泉。而且,"梭罗崇尚的自然,是一种近乎野性的自然,一种令人身心放松、与任何道德行为的说教毫无关系的自然"^②。

浪漫主义的荒野观不仅具有美国的身份特征,而且孕育出荒野保护意识。"18世纪末期,浪漫主义荒野观赋予荒野新的意义。他们用旅行者的眼光来看待原生自然,甚至对原生自然的迅速消亡抱有危机感;另一方面,美国独立战争以后,人们的爱国情感又加剧了这种感觉,因为与欧洲相比,那广阔的未开垦的处女地、无边无际的荒野被认为是真正的美国特色。到了19世纪末期,'荒野'的概念又得到了新的发展,那时的美国已经极度城市化,荒野能使人联想到拓荒地和拓荒者的过去,对荒野的保护被意味深长地提出来。"^③这种浪漫主义荒野模式被最有影响力的环境保护主义者缪尔(John Muir)所接受。他以自己几十年跋涉于美国西部山

---

① 贾丁斯在《环境伦理学》中,把欧洲殖民者在征服美洲大陆过程中对待荒野的态度总结为三个模式:对待荒野的攻击性和对立性的清教徒模式、利用开发与资源宝库的洛克模式、感受最高真理及精神美德的天堂和福地的浪漫主义模式。洛克模式对20世纪的环境政策产生很多影响。浪漫主义模式对当前的环境主义更有说服力。

② 程虹. 寻归荒野. 北京:生活·读书·新知三联书店,2001:108.

③ 王惠. 荒野哲学与山水诗. 上海:学林出版社,2010:20.

区的亲身经历为素材,写下了《我们的国家公园》等近十部描写自然、与自然进行心灵对话的著作。除此以外,他还竭力倡导并奋力争取建成了国家自然保护公园以及自然保护机构——塞拉俱乐部。①

但是,塞拉俱乐部在今天的深层生态主义者看来具有浅层生态主义性质,因为其保护荒野的目的是出于人类利益的需要,因而是建立在主客对立基础上的人类中心主义生态观。其结果是,人类进入 20 世纪,科技和文明的高度发达对赖以生存的地球产生了严重威胁,人和自然的矛盾也显得日益突出。在这种时代条件下,利奥波德的自然随笔和哲学论文集《沙乡年鉴》被认为是土地伦理学的开山之作。像缪尔一样,利奥波德也对荒野有着终生的迷恋,而且终其一生都在为保护野生自然环境而奋斗。他提出:"荒野是人类从中锤炼出那种被称为文明成品的原材料。……了解荒野的文化价值的能力,归结起来,是一个理智上的谦卑问题。……只有真正的学者才能认识到,历史是由持续不断的探索历程构成的;真正的学者才能懂得,荒野赋予了人类事业以内涵和意义。"②但与缪尔不同的是,他认为,人类对赖以生存的自然环境负有伦理责任,要有生态良心。他据此提出了意义深远的"土地伦理"理论。他说:"只有当人们在一个土壤、水、植物和动物都同为一员的共同体中,承担起一个公民角色的时候,保护主义才会成为可能;在这个共同体中,每个成员都互相依赖,每个成员都有资格占据阳光下的一个位置。"③利奥波德的这一生态

---

① 塞拉俱乐部(Sierra Club),约翰·缪尔于 1892 年 5 月 28 日在加利福尼亚州旧金山创办了该组织。曾一度沉寂。二战后在大卫·布劳尔的领导下又重新活跃起来。20 世纪五六十年代成为美国较有影响力的自然保护组织。其声称的使命是:探索、欣赏和保护地球的荒野;实现并促进对地球的生态系统和资源负责任的使用;教育和号召人们来保护并恢复自然环境和人类环境的品质。运用一切合法手段完成这些目标。但自 1969 年布劳尔离世以后,它便沿着其他主流环境组织的路线退到了人类中心主义立场,属于浅层生态运动。"管家"理论,意味着人对自然的征服、支配和破坏。该理论把人与荒野完全分离开来,是人类中心主义的和二元论的。

② 利奥波德. 沙香年鉴. 侯文蕙,译. 长春:吉林人民出版社,1997:190.

③ 利奥波德. 沙香年鉴. 侯文蕙,译. 长春:吉林人民出版社,1997:216.

主张与道家的四大(道、天、地、人)皆居域中、物我为一、物无贵贱的万物和谐相处的生态智慧具有高度的相似性。

这一代又一代思想家、科学家以及文学家对荒野及其精神的思考与表达,对荒野的生态意义的不断深入挖掘,以及对荒野保护的践行,促使美国于1964年出台了《荒野法案》(Wilderness Act)以保护荒野,并将荒野确定为:土地及生命群落未被人占用,人只是过客而不会总在那儿停留的区域。所有这些,都成为罗尔斯顿的荒野哲学的社会背景和思想基础。荒野哲学的主要观点如下。

第一,荒野的生态整体性为人与大自然的关系提供生态伦理启示。"整个自然的世界都是那样——森林和土壤、阳光和雨水、河流和山峰、循环的四季、野生花草和野生动物——所有这些从来就存在的自然事物,支持着其他一切。"①大自然是一个"美丽、完整、稳定的生命共同体"②。共同体指"生态系统中各种物类都有一种对系统平等的参与、人类作为此共同体的成员之一,得对其他成员有着一种尊重,而非仅仅把它们作为自己的附属物"③。大自然中的一切生命体以及非生命体同是大自然中平等一员,无高低贵贱之分。它们各自都有其内在价值,同样都享受大自然赋予的权利。因此,"我们需要的似乎是这样一种伦理:它把人类与其他物种看作命运交织到一起的同伴"④。

第二,荒野是一切生命形式和人类文化的根。罗尔斯顿说:"荒野是生命孵化的基质,是产生人类的地方,是生命的原始。"⑤"文化容易使我忘记自然中有着我的根,而在荒野中旅行则会使我又想到这一点。……在历史上是荒野产生了我,而且现在荒野代表的生态过程也还在造就着我。想到我们遗传上的根,这是一个极有价值的体验,而荒野正能迫使我们想

① 利奥波德. 沙乡年鉴. 侯文蕙,译. 长春:吉林人民出版社,1997:9.
② 利奥波德. 沙乡年鉴. 侯文蕙,译. 长春:吉林人民出版社,1997:10.
③ 利奥波德. 沙乡年鉴. 侯文蕙,译. 长春:吉林人民出版社,1997:20.
④ 利奥波德. 沙乡年鉴. 侯文蕙,译. 长春:吉林人民出版社,1997:3.
⑤ 罗尔斯顿. 环境伦理学. 刘耳,等译. 长春:吉林人民出版社,2000:210.

到这点。但在这里,荒野并不仅仅是一种资源,对我们的体验有工具性价值:我们发现,荒野乃是人类经验最重要的'源',而人类体验是被我们视为具有内在价值的。"①

第三,荒野是人类精神的家园。缪尔说:"走进大山就是走进家园。"这一家园能为疲惫的人类实施精神的洗礼。他继续说:"由于过度工业化和追求奢华的可怕的冷漠所导致了无数的愚蠢的恶果。当人类从中猛醒之时,往往使出浑身解数,企图投入大自然中,并使大自然添色增辉,摆脱锈迹与疾病。通过远足旅行,人们在终日不息的山间风暴里洗清了自己的罪孽,荡涤掉由恶魔编织的欲网。"②"人们需要做的,是对包含自身在内的大自然表示接纳,是融入自然并进行彻底的精神洗礼。而能帮助人们实现这一目的的最佳场所就是没有游乐园、推土机、柏油路,远离人类文明喧嚣的荒野。"③荒野是一个人与天地自然相交融的原初世界,是一个主客统一的境界,是人生在世的本然境界。可惜,人处在以人类中心主义为旗帜的文明世界中,已经丧失了这种境界。因此,只有未被人类踏足的荒野能够使迷失在文明中的高端人类找到精神的皈依。

第四,荒野具有奇妙生命力与创新力。"我们一般认为,生命的进化是一个残酷的过程。但开花却为进化过程加上了一种艺术的辉煌,因为丛林中的花在使开花植物适应环境而更好地生存的同时,也彰显了生命进化史如何朝向一种生态的美,远远超过了荒野中还没有开花植物时的一切。……在高等植物的花那里,生命的美更是达到了极致。植物的花奇迹般地将功能与美结合起来,似乎对生命的繁衍做了一个特别的标记。"④也让人类不得不叹服荒野的奇妙的创新能力:"荒野的野性是有价

---

① 罗尔斯顿. 环境伦理学. 刘耳,等译. 长春:吉林人民出版社,2000:214.

② 缪尔. 我们的国家公园. 郭名椋,译. 长春:吉林人民出版社,1999:1-2.

③ Stegner, W. Wilderness letter. In Anderson, L., et al. (eds.). *Literature and the Environment*: *A Reader on Nature and Culture*. Boston: Addison-Wesley Educational Publisher Inc, 1999: 445.

④ 罗尔斯顿. 哲学走向荒野. 刘耳,等译. 长春:吉林人民出版社,2000:476.

值的。正是这个表面上使大自然陷于混乱的荒野,增添了创新的可能性。通过把每一环境变得各不相同,荒野创造了一种令人愉悦的差异,因为任何一个生态系统都是独一无二的。"①

第五,荒野是美的。罗尔斯顿认为荒野是"一个美丽、完整与稳定的生命共同体"②。梭罗、缪尔的笔下表现了未经人类染指的、风光景色绝美的大自然。原生态的美为美学走向荒野提供了直觉审美的场景。作为生态荒野的审美是一种直觉的审美、存在论的审美。唯意志主义哲学家叔本华认为,当一个人"不是让抽象的思维、理性的概念盘踞着意识,而代替这一切的却是把人的全副精神能力献给直观,沉浸于直观,并使全部意识为宁静地观审恰在眼前的自然对象所充满,不管这对象是风景、是树木、是岩石、是建筑或其他什么的之时"③才是真正的审美。直觉主义者克罗齐(Bendetto Croce)认为,知识有直觉和逻辑的两种形式,审美就是直觉。尼采鼓励人们追求生命的强力意志,而不是去追求所谓事物的客观本质或真理的美学。海德格尔的存在论美学就是以存在为本体,消解认识论美学分裂的人性:美是指人与世界、与天地自然交相融和的原初境界,这是人生在世的本然境界。这种境界的遮蔽是不美的,敞开则是美的。荒野是一切生命的根源,是最纯粹的自然,当然是美的。人类在意识觉醒之前与荒野是融为一体的,这是一种纯粹被给予的存在样态,当然是美的。相反,人类的认识和实践则往往带来遮蔽。因为,人类一旦开始认识自然,开始作用于自然,自然就成为与人类分离的客体,所以人类成为自然之美的最大破坏者。④

浪漫主义的荒野模式不仅催生了荒野哲学,而且也被深层生态学的学者们所继承。深层生态学是一种在后现代语境中产生的现代生态学。奈斯于1973年发表《浅层生态学和深层的长远的生态学》,正式提出了深

① 罗尔斯顿. 哲学走向荒野. 刘耳,等译. 长春:吉林人民出版社,2000:28.
② 罗尔斯顿. 哲学走向荒野. 刘耳,等译. 长春:吉林人民出版社,2000:10.
③ 叔本华. 作为意志和表象的世界. 石冲白,译. 北京:商务印书馆,1982:249-250.
④ 王惠. 荒野哲学与山水诗. 上海:学林出版社,2010:26-30.

层生态学和深层生态运动。1985 年,德沃尔和塞申斯合著的《深层生态学:一种新的环境价值理念》进一步标志着该理论的形成。深层生态学关注的是人与自然的关系,因而是哲学而不是科学。正如奈斯所言,"我用生态哲学一词来指一种关于生态和谐或平衡的哲学"①。

深层生态学坚决反对生态运动中的"人类中心主义"价值观、主客二元论,反对自然离开人就不具有价值的传统观点。奈斯把他的生态思想概括为生态智慧 T(Ecosophy T):"是研究生态平衡与生态和谐的一种哲学。作为一种智慧的哲学,显然是规范性的,包含标准、规则、推论、价值优先说明以及关于我们宇宙事物状态的假设。智慧是贤明的和规定性的,而非仅仅是科学描述和语言。"②他的生态智慧 T 所依据的前提广泛,既有西方的文化传统,也有东方智慧,但更多的是来自基督教、佛教、道教、甘地思想和哲学信条,并由此导出两条最高准则:自我实现和生态中心主义平等。

自我实现准则是指,随着人类从小我成熟为大我即生态自我,就会认识到,人类只是更大的整体的一部分,而不是与大自然的分离的、不同的个体;人性的展现是由我们自身与他人,以及自然界中其他存在物的关系决定的,这样,人类将能够与其他生命同甘共苦。这一准则是通过"自我实现",挖掘人内心的善,来实现人与自然的认同,是一种积极的主动的过程。相比较而言,罗尔斯顿的荒野哲学史试图通过确立非人类的存在具有内在价值,来实现人对自然的尊重。

生态中心主义平等是指生物圈中的一切存在物都有生存、繁衍和充分体现个体自身以及在大写的"自我实现"中实现自我的权利。其基本思

---

① Naess,A. *Ecology*,*Community and Lifestyle*. Cambridge:Cambridge University Press,1989:4. 转引自:雷毅.深层生态思想研究. 北京:清华大学出版社,2001:42.

② Naess,A. *Ecology*,*Community and Lifestyle*. Cambridge:Cambridge University Press,1989:4. 转引自:雷毅.深层生态思想研究. 北京:清华大学出版社,2001:42.

想是生物圈中的所有生物基实体,作为与整体有关的部分,都具有可以被直觉感到的、平等的内在价值,即"原则上的生物圈平等主义"。人类不过是众多生物中的一种,在自然的整体生态关系中,既不比其他物种高贵,也不比其他物种卑微。因此,人在自然生态系统中并无优于其他存在物的天赋特权。生态系统赋予人和自然存在物的权利和利益的平等,因为人和自然存在物都是生态系统"无缝之网"上的一个"节"。奈斯指出:"对于生态工作者来说,生存与发展的平等权利是一种在直觉上明晰的价值公理。它所限制的是对人类自身生活质量有害的人类中心主义。人类的生活质量部分地依赖于从其他生命形式密切合作中所获得的深层次的愉悦和满足。那种忽视我们的依赖并建立主仆关系的企图促使人自身走向异化。"①不仅要从技术的角度来研究和解决某些环境问题,而且要考虑怎样的价值观、生活方式、社会制度、经济运作和教育方式,有助于从根本上断绝问题产生的人为根源,以至于形成人与自然的共生共荣的和谐的生态关系与系统。它不仅强调从人出发,而且把整个生物圈乃至宇宙看成一个生态系统,即把"人—自然—社会"作为统一整体来认识、处理和解决生态问题。

生态中心主义平等与大写的"自我实现"是内在相关的,自我实现的过程是一个不断扩大与自然认同的过程,其前提就是生命的平等和对生命的尊重。因此,深层生态学的生态道德原则是:最小地影响其他物种和地球,呼吁人们"手段简朴,目的丰富","活着且让他者也活着"。从理论基础和观念上,深层生态学突破主客二元对立机械论世界观,提出系统整体性世界观;反对人类中心主义,主张"人—自然—社会"的协调统一。人类作为一个有机生物,是大自然的一部分;但与此同时,作为有教养和有理性的物种,人类有自己的自律意识,从而必须为自己的行为负责任。人

---

① Naess, A. *Ecology, Community and Lifestyle*. Cambridge: Cambridge University Press, 1989: 4. 转引自:雷毅. 深层生态思想研究. 北京:清华大学出版社,2001: 51.

类的作用不是统治自然。相反,作为宇宙共同体,人类需要顺应宇宙万物。

在美国的历史文化中,哲学家以其哲学思考努力表达荒野和生态世界是人类的根与精神的家园。文学家们则以其文学表达表现了荒野及其隐喻。"美国文学中的荒野是森林的代名词,其文学隐喻即象征个人与自由,也象征危险与罪恶。荒野意象的二元性在殖民地初期是作为真实的历史加以记载的。早期作家对荒野有着切身的感受,他们对自身经历的客观叙述成了后来作家遵循的隐喻之一。美国作家往往从荒野中获取灵感,把荒野理想化,将其描写为摆脱社会限制的理想王国。荒野意象是整个美国文学发展中的母题之一,并形成了美国的文学传统。"①早期作家布雷福德(William Bradford)、马瑟(Cotton Mather)、爱德华兹(Jonathan Edwards)等描写了拓荒的经历,叙事具有历史经验性。后来的库柏(James Cooper)、马克·吐温(Mark Twain)、福克纳(William Faulkner)、菲茨杰拉德(Francis Fitzgerald)的作品则体现了荒野的"自由"意象,并将荒野理想化。而克莱恩(Stephen Crane)和霍桑(Nathaniel Hawthorne)则把荒野隐喻为罪恶与危险。

我们认为,在美国文学中,荒野还有第三个意象,即象征灵性、自然与生态。爱默生和梭罗的超验主义文学作品崇尚自然的纯洁无瑕,崇尚自然山水,崇尚自由和独立,崇尚在荒野开发中表现出来的勇敢、豪迈与野性,因而有了梭罗的呼唤——"给我一片文明无法容忍的荒野"②。在被誉为"荒野诗人"的斯奈德的诗歌、散文和译诗中,我们看到的是荒野的空灵与玄静。作为禅宗信徒、深度生态主义倡导者,其诗歌多表现和谐静谧、朦胧虚幻的画面、自我在自然中的虚化,以表达人与自然中的其他生命之和谐共存的深度生态学的理念。他这样说:"作为一个诗人,我依然把握

---

① 杨金才. 论美国文学中的"荒野"意象. 外国文学研究,2000 (2):58.
② Snyder, G. *The Practice of the Wild:A Conversation with Gary and Jim Harrison*. Labuan:Counterpoint LLC, 1990:4. 转引自:斯奈德. 禅定荒野. 陈登,谭琼琳,译. 桂林:广西师范大学出版社,2014:4.

着那最古老的价值观,它们可以追溯到旧石器时代晚期:土地的肥沃,动物的魔力,孤寂中的想象力,令人恐怖的混沌初开与再生,对舞蹈的心醉神迷,部落里的日常劳作。我力图将历史与那大片荒芜的土地容纳到心里,这样,我的诗或许更可接近于事物的本色以对抗我们时代的失衡、紊乱及愚昧无知。"①斯奈德的散文质朴简练而富有生态智慧和洞察力,表现了"道之上,径之外"的荒野世界的野性魅力:让人忘却现代的焦虑,回归到本真状态,即大写的生态的我之状态,达到物我一如的境界。其散文集《禅定荒野》是"对荒野及自然与文明相互作用的阐述的举世公认的重要文本"②。这是他对生态学、濒危动物、原始社团、东亚宗教和环境策略等的思考的成果,也是对万物生灵的天性(野性、灵性)的深邃追问。

斯奈德对"文化本身具有野性元素"感同身受,认为野性既可以表现为求爱的狂热与愉悦、引吭高歌,也可以表现为自我实现、开悟得道。③"野性与道家的'道'极其相近,即远离分析、超越分类、自我组织、完美无缺、随性自如、出人意料、因时而变、虚幻莫测、独立自主、完美无缺、井然有序、无须调和、任意展示、自我甄别、固执己见、错综复杂、相当简朴。同时,既是空又是真。"④"'荒野'这种地方能让潜在的野性发挥,各种生物和非生物在这里依其自性、繁衍生息。……荒野就是万物一体。人类原本来自这个整体,故而考虑重新回归其中成为一员绝不是一种退化现象……荒野是一个充满原始力量的地方,即给人以启迪,又让人面临挑战。"⑤显然,斯奈德对野性及荒野的痴迷具有明显的浪漫主义模式特点,荒野是人类的根,是人类的精神家园。因此,他提出"回家"。在这个家园,"不仅需要慷慨大方,而且也需要乐观坚韧,这种坚韧能够忍受艰难困

---

① Snyder, G. Introduction. In Johnson, K. & Paulenich, C. (eds.). *Beneath a Single Moon*: *Buddhism in Contemporary American Poetry*. Boston & London: Shambhala, 1991: vii.

② 斯奈德. 禅定荒野. 陈登,谭琼琳,译. 桂林:广西师范大学出版社,2014:译者序.

③ 斯奈德. 禅定荒野. 陈登,谭琼琳,译. 桂林:广西师范大学出版社,2014:前言.

④ 斯奈德. 禅定荒野. 陈登,谭琼琳,译. 桂林:广西师范大学出版社,2014:10.

⑤ 斯奈德. 禅定荒野. 陈登,谭琼琳,译. 桂林:广西师范大学出版社,2014:11.

苦,体谅人性的脆弱,认同谦虚的品格"。同时,"需要直觉指引,排除杂念。人只有达到无的境界才能大彻大悟"①。因此,回到荒野就是回到最简朴、最原生态的生活方式,发挥野性。他很欣赏梭罗和缪尔的以"野苹果"隐喻荒野,也赞同深层生态学对整个大自然完整性的认识的环境立场,以及对自然的内在价值以及自然体系的健康的关切,认为其"更鲜明、更勇敢、更欢快、更冒险、更科学"②。从精神层面上看,"荒野要求我们像接受自己一样去拥抱他者,跨过物种的界线。这不是简单的'融为一体',也不是将所有东西混杂在一起,而是在内心深处,小心翼翼地坚持事物间的同一性和差异性"③。他认为,智慧源自荒野(自然)。"荒野不偏不倚、始终如一、近乎完美地合乎规则且自由自在。"④他反对长期以来的东西文明与野性自然的碰撞与冲突,提出"我们需要的是与荒野融为一体,并富有创造力的文明"⑤。斯奈德身体力行地践行"返回自然""坚守野性"的主张,与家人一起隐居美国加州北部山区,过着非常简朴的生活,沉浸于荒野与自然,让野性酣畅地发挥。

从以上的分析我们可以看出,在生态批评的潮流中,美国文化的发展呈现出了荒野特质。荒野哲学与深层生态学不仅奠定了生态整体主义的哲学框架,而且为荒野诗学提供了思想基础,造就了美国文学富有荒野意象与荒野精神的特质。美国文化中的这一荒野智慧固然有其本土的现实背景、思想与学术基础,但是,有一个不容忽视的他山之石的原因,即对东方哲学和东方文学中的东方智慧和诗学的借鉴和吸收,特别是中国的道家与佛禅、山水诗与禅诗成为其思想和诗学的资源。

荒野哲学和深层生态学与中国道佛之间具有有机联系。一方面,哲学家们主动从东方智慧中挖掘并获得了思想的资源,如在深层生态学理

① 斯奈德. 禅定荒野. 陈登,谭琼琳,译. 桂林:广西师范大学出版社,2014:203.
② 斯奈德. 禅定荒野. 陈登,谭琼琳,译. 桂林:广西师范大学出版社,2014:204.
③ 斯奈德. 禅定荒野. 陈登,谭琼琳,译. 桂林:广西师范大学出版社,2014:202.
④ 斯奈德. 禅定荒野. 陈登,谭琼琳,译. 桂林:广西师范大学出版社,2014:前言.
⑤ 斯奈德. 禅定荒野. 陈登,谭琼琳,译. 桂林:广西师范大学出版社,2014:4.

论建构中,佛教是其基本前提之一。另一方面,荒野哲学与深层生态学的生态智慧与东方对大自然的直觉生态智慧具有共通性。罗尔斯顿的"内在价值"概念借鉴了佛禅的万物皆有佛性与自性的思想。其荒野是万物的根的言说,与老子的"天下有始,以为天下母"所说的万物回归宇宙的根源——天下母,具有相近性。其荒野是人类精神家园的言说与老子的"致虚极,守静笃。万物并作,吾以观复。夫物芸芸,各复其根。归根曰静,是谓复命"也有着近似性。荒野哲学对荒野的直觉审美与禅宗追求的"见山只是山"的境界都体现了对消解认知的原初境界的追求。

荒野哲学和深层生态学与道佛之间的共通性,让中国山水诗和禅诗成为美国荒野文化的资源。

三、自然与山水:山水诗的精神追求与审美特质

我们认为,中国道禅文化精神决定了山水诗的"自然与山水"精神。[①]在道禅文化里,"自然"是其核心概念,指宇宙万物的自然规律与变化,以及自然无为的伦理价值观,即中国古代的自然观。山水诗的审美对象是未曾经过诗人知性介入或情绪干扰的山水,往往保持着耳目所及之本来面目。因此,"自然与山水"是山水诗的道和器,是山水诗的精神实质与精神皈依。山水诗对自然与山水精神的追求与山水诗人普遍近禅修禅是直接相关的。这一精神的实现是禅思、诗情、山水生态圆融一体的结果。

禅是梵文"dhyana"的音译,原意是冥想。它因主张修习禅定而得名。其宗旨是以参究的方法,明心见性、彻见心性的本源。禅宗成为中国佛教八大宗派之一,也是最重要的一个宗派。禅诗是指宣扬佛理、禅机或具有禅意禅趣的诗词,大体分为禅理诗(又称禅宗诗歌)与禅意诗。禅理诗包

---

① 王惠在其论著《荒野哲学与山水诗》中提出了"中国古代文化精神决定了山水诗的'自然'精神"(详见:王惠. 荒野哲学与山水诗. 上海:学林出版社,2010:33.)的论点并做了深入的论证。我们在此基础上,认为古代文化精神具体主要包括道禅文化精神。

含一般的佛理诗以及佛教禅堂的偈语、示法诗、开悟诗等等。这部分禅诗的特色是富于哲理和智慧,以辩证思维见长。其着眼点不在于文字的华美、技巧的娴熟,而是在其内蕴的丰厚。如佛祖的四言禅诗《诞生偈》"天上天下,唯我独尊。今兹而往,生分已尽",六祖惠能大师的五言禅诗《无相偈》"菩提本无树,明镜亦非台,本来无一物,何处惹尘埃",都是禅理诗的杰出代表作。对于禅理诗的研究,吴言生的禅学三书《禅宗思想渊源》《禅宗哲学象征》和《禅宗诗歌境界》可以说是代表性研究成果。该研究站在禅本义的立场研究了禅理诗集佛心、禅韵、诗情圆融一体的特征,系统而深刻地揭示了禅理诗的本质,即体证"本来面目"是禅理诗歌境界的逻辑起点,"明心见性"是其终极关怀。而禅意诗是僧人修行悟道的生活诗,诸如山居诗、佛寺诗、游方诗,以及近禅诗人创作的有禅意的文学诗歌(又称文人禅诗)。表现空澄静寂的禅境和淡泊出世的心境是禅意诗的主要特色。例如王维的《山居秋暝》:"空山新雨后,天气晚来秋。明月松间照,清泉石上流。竹喧归浣女,莲动下渔舟。随意春芳歇,王孙自可留。"又如苏轼的《和子由渑池怀旧》:"人生到处知何似,应似飞鸿踏雪泥。泥上偶然留指爪,鸿飞那复计东西。老僧已死成新塔,坏壁无由见旧题。往日崎岖还记否,路长人困蹇驴嘶。"

对于禅与诗(特别是唐宋诗词)的复杂而重要的影响关系,文学史界已经从理论上和诗学上给予了肯定。研究涉及中国诗学的创作论、鉴赏论、风格论、艺术史哲学、思维方式、语言符号等重要的理论问题,以及诗歌理论、诗歌史、诗歌批评三方面的诗学内容。这里不做详细综述,只略举一二。季羡林在其《作诗与参禅》一文中,肯定了钱锺书在《谈艺录》和敏泽在《中国美学思想史》里所认为的,诗和禅的共同点就在悟或妙悟。[①]但他进一步指出了悟的内容:"悟得的东西低层次的是'无我'、高层次的是'空'。禅宗的思想基础是大乘空宗。因此,悟空对中国禅僧和禅学诗

---

① 参见:季羡林. 禅和文化与文学. 北京:商务印书馆,1998:1-34.

人,是至关重要的。"①"无我梵文叫"anātman",意思是所谓"我"(ātman)是并不存在的,它是由五盛蕴(色、受、想、行、识)组成的,是因缘和合的产物,没有实体。"空",梵文原文是"śūnya",意思是"空虚"。大乘佛教空宗的主要经典《般若经》的主要思想是法无自性,即所谓法空。所谓"般若性空"者既是。《中论》第二十四品对"空"的定义:"众因缘生法,我说即是空。亦为是假名,亦是中道义。""法"是事物。一切事物都是因缘生成,本身是不存在,所以称之为空。"无我""空"的思想,一旦渗入中国的诗歌创作,便产生了禅与诗密不可分的关系。正如元好问在《赠嵩山隽侍者学诗》中所说:"诗为禅客添花锦,禅是诗家切玉刀。"②禅宗促进了哲学与文学的贯通、禅韵与诗情的圆融。禅宗运用诗歌文学手法表现人生感悟、精神境界。禅宗哲学是诗化哲学,往往借助诗歌的手法,通过鲜明的形象和简练的话语,来表征"不可说"的本心。甚至有人认为,透过诗歌文学而表达佛法的最高境界就是禅。在诗歌文学艺术的意境中领悟深刻的哲学思想,正是禅宗追求的智慧精髓。

季羡林认为,禅与诗的紧密联系是修禅的参悟方式与诗歌审美方式在不确定性与潜意识性上的相似性以及汉字的模糊性所致。禅的参悟方式是"羚羊挂角,无迹可求""言语道断""不立文字"等等,说明的是言不尽意的现象。诗歌审美也具有这个现象。宋代严羽的《沧浪诗话》说诗的妙处在于"不可凑泊,如空中之音,相中之色,水中之月,镜中之像",在于无迹可求,言有尽而意无穷。陶东风则借用拉康的理论解释了"言不尽意"的根源:"语言的能指的字面意义仅仅是心理活动的表层,深层的所指则是隐秘不见的,在表示的符号(能指)和被表示的意义(所指)之间,其关系仅仅是一种暗示,甚至毫无关系,被表示的东西总是作为'言外之意'而不能直接把握。审美经验非常接近无意识、隐梦、深层经验。……审美的知觉经验是无限复杂和丰富的,语言是无论如何无法穷尽它的。这一方面

① 季羡林.禅和文化与文学.北京:商务印书馆,1998:12.
② 赖永海.佛道诗禅.北京:中国青年出版社,1990:159.

导致文学家为此而创造另一种情感语言或叫文学语言,另一方面导致文学中有'言不尽意'和'言外之意'的现象。"①季羡林从中得出结论:"作诗的审美经验十分复杂,有时候并不处在意识的层次上,而参禅则多半是在深层活动,近乎下意识或潜意识的活动。"②因此,作诗与参禅,都具有能指与所指的关系的暗示性、能指的表层性、意识性以及所指的深层性、无意识性。因此,都具有言不尽意的现象,都依赖于"悟"。这种审美经验与参悟经验的相似是源于汉字的模糊性。从作诗来说,中国古代文学语言的言不尽意性和朦胧性正好迎合了个人审美经验的不确定性和模糊性。从参禅来看,参禅斗机锋,迷离模糊,再使用中国模糊朦胧的语言,可谓相得益彰。

周裕锴的《中国禅宗与诗歌》(1992)系统论述了禅宗史与诗歌史的关系以及诗人和禅的关系。通过影响研究和平行研究的方法,肯定了禅宗对古诗词的影响。这种影响主要表现为以禅作诗、以禅入诗和以禅喻诗。孙昌武的《禅思与诗情》(2006)深入论述了禅宗影响唐宋诗歌创作艺术的表现。其一,禅宗主张"自修自作自性法身""自身自性自度",是一种纯任主观的观念。肯定自性的绝对价值,追求自我本性的实现,体现在诗歌创作中则注重个人心性的抒发,张扬主观精神。这点在诗歌艺术上的表现为寄情山水,书写诗人个人内心的情致。其二,禅宗倡导的独立自主、任性自如、任运随缘、无为无事的生活理念和方式开拓了诗人的精神境界,改变了其学优则仕、求举觅官的中土士大夫的生活和心态,这在诗歌创作中体现出来。其三,禅宗要求默契体悟,在思维方式上突出主观能动作用,在认识方法上采取观照外境的方法,这些在诗歌创作中要求反照内心,创造心境一如、清净心性、情安愉悦的境界,从而更注意发露主观世界的隐蔽,形成一种与中土传统截然不同的书写心灵世界的艺术方法。以上这些对禅与诗关系的精辟、透彻的见解肯定了禅与诗的关系。需要指

---

① 陶东风. 中国古代心理美学六论. 天津:百花文艺出版社,1999:75-77.
② 季羡林. 禅和文化与文学. 北京:商务印书馆,1998:26.

出的是,他们在著述中所一一列举的诗歌不是儒家诗歌艺术之作,而是受佛禅影响的山水诗派诗作。因此,我们从这些研究成果中总结出一个现象:山水诗往往是禅意诗。

季羡林也认为:"禅与诗的密切联系首先或者主要体现在山水诗上。"①他认为,这是作山水诗与参禅的主客观条件相似性所致。悟"无我"与"空",最好有两个条件:一个是主观条件,指的是心灵中的悟解;一个是客观条件,指的是自然环境,以远离尘嚣的山林为最理想。因此,禅僧或参禅诗人往往遁入山林,独宿孤峰,端居树下,在不受尘世干扰的地方去顿悟。山林成为其冥想与顿悟的地方。大乘顿悟、山林、山水诗三者之间的密切关系由此展开。他认为,山水诗的开创者谢灵运,是在禅宗建立和流行以前把大乘般若性空思想与山水诗结合起来的集大成者。他的山水诗大量地反映了他对顿悟"我无自我"和"性空"的顿悟,例如,"明月照积雪""池塘生春草"。事实也是这样。随着禅宗在唐宋的兴盛,无论是山水派诗人还是其他诗人都热衷于近禅习禅,包括以王维、孟浩然、韦应物、柳宗元等为代表的山水诗派诗人以及李白、杜甫、孟郊、白居易、王安石、杜牧、苏轼、黄庭坚、范成大等诗人。所有这些诗人都创作了大量充满禅意的山水诗和/或其他禅意诗,表现出"无我"和悟"空"的禅宗意趣,较谢灵运诗更鲜明、更深刻、更普遍。

以上学者的成果表明,诗歌审美经验与禅悟经验的方式上的相似性、参禅与作山水诗在主客观条件上的一致性、禅宗对诗歌艺术的影响性导致了禅思与诗情的融通,尤其是在山水诗上。但是,我们想要进一步了解的是,这种融通的结果是什么呢?诗歌是诗人以诗歌艺术审美认识看待世界的方式,那么,这种融通性的结果就是其审美认识的结果。山水诗歌咏自然、与之交契融合的生态取向,也是就人与自然的关系问题做出了自己的回答。生态是指有机体与其栖息地之间的关系,特别是人与自然的关系。生态关系构成生态系统。生态系统是"一定空间中共同栖居着的

---

① 季羡林. 禅和文化与文学. 北京:商务印书馆,1998:13.

所有生物即生物群落与环境之间通过不断的物质循环和能量流动过程而形成的统一整体"①。因此,我们认为,诗情与禅思融通的结果是山水诗具有了生态审美与生态精神。

首先,这种生态审美与生态精神表现在对自然的审美上。谢灵运所开创的山水诗,把自然界的美景引进诗中,使山水诗成为独立的审美对象。他的创作,不仅把诗歌从"淡乎寡味"的玄理中解放了出来,而且加强了诗歌的艺术技巧和表现力,并影响了一代诗风。山水诗的出现,不仅使山水成为独立的审美对象,为中国诗歌增加了一种题材,而且开启了南朝一代新的诗歌风貌。继陶渊明的田园诗之后,山水诗标志着人与自然进一步的沟通与和谐,标志着一种新的自然审美观念和审美趣味的产生。王志清(2007)甚至认为,山水诗生态审美具有生态本位性。

其次,这种精神表现在人与自然的融合上。在歌咏自然山水中,诗人的主观情思安静了下来,静观自然万有本身自然美,出现物我相融的诗境。诗人的个体生命意志安静下来,自然与心灵融合了,自然的生命感呈现了,进行直觉式领悟,把主体感受降到近乎客体的位置,形成一个生命共同体。在这个视野里,把自然物作为其中一员并肯定其生态价值,把自然(包括人自身)作为生命整体来体验,在精神上与自然联结一体,以达澄明诗境而构成生态审美。诗人们回到自然,是社会导致的心灵逃避,他们在自然中自得其乐。因而山水诗的审美是从生命共同体的视角来对待自然、体验自然,并让自然从工具性的人类意识中挣脱出来。一方面,诗人在生态审美的瞬间进入生命整体,进入彼此关联、循环运动的交融境界,进入自然的梦想——"诗意的栖居"。主体间性审美是其中审美特征之一,它包容在对自然的体验性之中。山水诗以自然山水为审美对象,诗人自放于自然,无为而无不为。或者啸歌行吟的超逸,或者临风解带的浪漫,或者观山临水的隐逸……人成为自然的人,山水是自然的山水,生命归于自然。另一方面,由于诗人聚焦山水,因而人不在场。当人以声音出

---

① 杨持. 生态学. 北京:高等教育出版社,2008:191.

现时,是自然的一个要素;人类事件和人类目标不支配山水景色。人类被看作是顺应宇宙万物的重要成员。宇宙中的每一个成员既保持个体性与独立性,又保持与万物之间的相互依赖性。这就是为什么一山一水、一草一木都有其审美价值和意义;同时在山水空间环境中,为什么人似有似无、或隐或现。如王志清所言,山水诗诗派形成的本质原因是源于其自身对自然的认识并且由此形成的与自然的和谐一体的关系。山水诗中"丧我""忘我",如王维的"山林吾丧我"或孟浩然的"会理知无我,观空厌有形",是为了使自我变成与自然宇宙万物相通性质的"物",无我即是我变成了和谐于万物的某一物,来自禅宗的"对镜无心"的物我一体观,体现了人与自然的高度和谐观。①

这种和谐是建立在道禅的空虚与无我的基础上的。道禅与生态问题的关联可能基于下述方式:道禅宗哲学的某些概念、范畴、命题或论述,不仅隐晦地、间接地指涉生态意蕴,且自身刻印着某些生态特征,从而成为融入自然而产生的思维模式或观念系统的泛化效果,例如道、自然、有无相生、空等富有生态思想的概念与命题。禅宗的自然景观主要表现为山水的形式。"日月星宿,山河大地,泉源溪涧,草木丛林……一切大海,须弥诸山,总在空中。"(《坛经》)"空",不仅是自然原生态的表征,而且也成为诗人心理的内容的描绘,成为诗人心灵与自然相交融的内在特征,是诗人对自然和人生理解的外在形态。这种对人与自然的融合还源自道家的"夫物芸芸,各复其根。归根曰静,是谓复命"。诗人向往在静谧的大自然中的清静无为、与大自然冥合的境界,始终有着回归其根——天地道人的宇宙——的潜在冲动。山水诗是在"一个更具普遍意义的层次上揭示着一种生命漂泊之感。一个安顿心灵的愿望,透露着跨入文明门槛的人类对于曾经混沌一体的大自然永恒的'乡愁'"②。而这些正是山水诗的生态审美和生态精神的哲学基础。

---

① 王志清. 盛唐生态诗学. 北京:北京大学出版社,2007:127-131.
② 陶文鹏,韦凤娟. 灵境诗心——中国古代山水诗史. 南京:凤凰出版社,2004:27.

山水诗把山水和人类融合为一。这从生态批评的角度来看,就是建构了一个生态整体,因而具有宇宙整体主义的认知。但是,山水诗人的宇宙整体主义观是以禅宗的空寂观来具现的。即人与自然的任运随缘的自然关系,并以种种诗意的形式而存在:人处闲静,水流花开;适性花草,物我同情;心随物往,不知何处。因而在诗中,通过语法形态体现出的"小我"是缺席的,而禅意与生态的大我则融入了自然的山水中,人与自然形成一个整体性的生态系统。用精湛的诗歌艺术手法描绘出了思与境和谐、人境亲和的良性生态。因此,其审美的对象是自然物象的原生态状态和生命节律。因此,"最出色的山水诗达到了人与自然之间的一种天然的相互包容,在知觉行为中,诗人和风景同一化了"①。山水诗的生态宇宙整体主义观并不是否定个体的独特性,反而是对自然万物独特性的尊重,这是基于禅宗是一个重视每一种生物独特性并关注生命活动和大自然的关系的宇宙论。因此,诗人能息心静虑、忘却尘世纷争,产生忘情山水的高逸情怀,借山林的清闲幽静来显示万物的自性,肯定个体的自我价值。这种禅宗意趣的生态哲学观照,则常常导向山水诗的虚融清净、平静淡泊、和谐自在的审美趣味,与环境亲和相处的生态关系。

从生态整体主义来看,山水诗的生态精神的实质就是"人—自然"协调统一。人类的角色不是其栖息地大自然的统治者,而是宇宙共同体的成员。生态系统中的所有成员的独特性得到承认与接纳的同时,也需要顺应系统的整体性。山水诗是对生态整体主义的直觉、朴素的观照。因此,山水诗成为与生态诗歌一脉相承的诗歌传统资源,为当代人类深入领悟生态整体主义提供了理解的资源与艺术鉴赏方式。

基于以上的分析,禅思、诗情、生态三者在山水诗中的融合具体体现如下。

首先,观生态山水,抒发心意,悟明心见性之境,归精神之家园。中国

① 叶维廉. 中国古诗词和英美诗中山水美感意识的演变//李达三,罗钢. 中外比较文学的里程碑. 北京:人民文学出版社,1997:190.

山水诗以空明诗境与淡远风格,体现诗人以恬淡之心写山水清晖,歌咏自然生态,借以抒发山水空静、物我一如的禅意。山水诗感悟岿然不动的山和变动不居的水是自然所反映的宇宙自然规律,感悟一山一水、一草一木、日落月升的自然之道,抒发自然审美观念和审美趣味,从而生发素朴的生态审美。登山则情满于山,观海则意溢于海。山水承载着古人的情思,写山水以寄情,赏山水诗以品情。这些诗人寄情山水,往往是由两种境况所致。一是在其入世受挫之际,因此山水诗大多创造一种田园牧歌式的生活,借以表达对现实的不满、对宁静平和生活的向往和自己遗世独立的高蹈情怀。二是以山水为审美对象之时,表现诗人内心世界,抒发其参禅悟道的境界。因此,山水诗往往充满禅意,成为山水禅意诗。后者更是成为山水诗的创作及其艺术精神,成为山水诗的特质。

山水诗描写的山水必定都是未曾经过诗人知性介入或情绪干扰的山水,也就是山水必须保持耳目所及之本来面目。谢灵运开创山水诗,把自然界的美景引进诗中,使山水诗成为独立的审美对象。其语言富丽精工,喜雕琢,追求形似。稍举一些诗句:"野旷沙岸净,天高秋月明"之写秋;"明月照积雪,朔风劲且哀"之写冬;"林壑敛暝色,云霞收夕霏"之写暮色;"春晚绿野秀,岩高白云屯"之写春景。这些精美的诗句,如一幅幅精致的山水画。到唐代,特别是到王孟,山水诗发展到了鼎盛期。这些优秀的山水诗作达到了"诗中有画,画中有诗"的艺术风格。所谓"诗中有画",就是用画笔把山水风物中精深微妙的蕴涵点染出来,使读者获得直接的审美感受。

其次,自然山水的幽静澄明、万物相安静好生态栖居是禅宗的自性清净的具现,山水诗因此产生了空明诗境。山水诗派以山水景物作为审美对象与创作题材,但实际上是在山水中"安置"诗人的幽独的心灵。在山水物象的描绘中,诗人那绵独孤寂的身影,似乎无所不在。山水派诗人的作品,常常出现的是自来自去,幽独自处的身影。孟浩然《涧南园即事贻皎上人》:"约竿垂北涧,樵唱入南轩,书取幽栖事,将寻静者论。"《岁除夜有怀》:"乱山残雪夜,孤烛异乡人。"王维《答张五弟》:"终南有茅屋,前对终南山,终年无客常闭关,终日无心长自闲。"《秋夜独坐》:"独坐悲双鬓,空空欲二更。"《竹里馆》:"独坐幽篁里,弹琴复长啸,深林人不知,明月来相照。"韦应物《寺居独夜寄崔主簿》:"幽人寂不寐,木叶纷纷落。寒雨暗深更,流萤度高阁。坐使青灯晓,还伤夏衣薄。宁知岁方晏,离群更萧索。"《善福寺阁》:"残霞照高阁,青山出远林。晴明一登望,潇洒此幽襟。"韦的名作《滁州西涧》:"独怜幽草涧边生,上有黄鹂深树鸣。春潮带雨晚来急,野渡无人舟自横。"似写"幽草",实则是"幽独人自伤怀抱"。有时不是写诗人自己,是写别人的形象,但细读之,就会发现那不过是诗人心灵的投影,是诗人在山水描写中寄寓幽独心境。如柳宗元的《江雪》:"千山鸟飞绝,万径人踪灭。孤舟蓑笠翁,独钓寒江雪。"这似乎是写蓑笠翁,实际上却是诗人幽独情怀的外射。柳宗元《禅堂》:"发地结青茆,团团抱虚白。山花落幽户,中有忘机客。涉有本非取,照空不待析。万籁俱缘生,窅然喧中寂。心境本同如,鸟飞无遗迹。"不仅写出了自己被贬之后的幽独处境,而且道出了禅观对这种心境的影响。这么多表现幽独情怀的诗篇出现绝非偶然,几乎成为这派诗人的共同心态。他们以山水为题材写诗,并非为了摹写山水形貌,而是为了在一方山水物象中,寄寓幽独的情怀。他们渲染山水的宁静与远离尘世喧闹,正是为了寄托一个幽寂的诗魂。

与此密切联系的,就是唐代山水诗人创作中那种共同的特点:静谧的氛围。诗人们在写山水物象时不约而同地烘托山水之静,而没有谁在写它的喧嚷。实际上写山水也正是为了写这种遗弃尘世的静谧。同时写风声、水声、虫声、林声……,却是为了更加反衬其静。王维《过香积寺》:"古木无人径,深山何处钟。泉声咽危石,日色冷青松。"泉声,更显得深山古刹的静谧。《秋夜独坐》:"雨中山果落,灯下草虫鸣。"《过感化寺昙兴上人山院》:"野花丛发好,谷鸟一声幽。"这些诗中的果落、虫鸣、鸟声,恰恰是为了反衬山林的极度静谧。诗人是孤独的,似乎这世界只有他一个人,他用心谛听着大自然的心律。孟浩然《寻香山湛上人》:"松泉多逸响,苔壁饶古意,谷口闻钟声,林端识香气。"《宿业师山房期丁大不至》:"松月生夜凉,风泉满清听。樵人归欲尽,烟鸟栖初定。"

　　山水诗抒发的幽独情怀与静寂氛围是诗人的禅宗信仰的心理投射。清代著名诗论家王士禛论诗"独以神韵为宗"。以他的"神韵"说来衡量诗史,最符合其审美理想的就是以王维、孟浩然为代表的唐代山水诗派的创作风格。在渔洋诗论中,对王维、孟浩然等人的创作,是非常推崇的。王士禛的"神韵"说与禅学有十分深刻的联系。从王士禛的诗论中可以看出,他以禅论诗,并非是在一般的比喻层次上,而是将禅的特征内化到"神韵说"的美学内涵中去。在这点上,王士禛比严沧浪的"以禅喻诗"又大大推进了一步。

　　王士禛在论及山水诗派诸家创作时,常常以"入禅"的独特情境来形容诗的妙谛。如他说:"唐人五言绝句,往往入禅,有得意忘言之妙,与净名默然,达磨得髓,同一关捩。观王(维)裴(迪)《辋川集》及祖咏《终南残雪》诗,虽钝根初机,亦能顿悟。"(《香祖笔记》)这里侧重指出王维、裴迪等人的五言绝句与禅悟相关的"得意忘言之妙"。又说:"严沧浪以禅喻诗,余深契其说,而五言尤为近之,字字入禅。他如'雨中山果落。灯下草虫鸣','明月松间照,清泉石上流',以及太白'却下水精帘,玲珑望秋月',常建'松际露微月,清光犹为君',浩然'樵子暗相失,草虫寒不闻',刘眘虚'时有落花至,远随流水香',妙谛微言,与世尊拈花,迦叶微笑,等无差别。"(《蚕尾续文》)论旨与前语相近,都是推崇一种超越语言局限的浑化境界。王士禛还论山水诗派诸人差别说:"会戏论唐人诗,王维佛语,孟浩然菩萨语,刘眘虚、韦应物祖师语,柳宗元声闻辟支语。"(《居易录》)都以佛事喻之,透露出王孟一派诗人与佛禅的内在渊源。王士禛以"入禅"论王孟一派诗人,并且以之为"神韵"在创作上的典范,并非主观虚拟,并非凭空比附,而是从这派诗人的身世与创作中总结出来的。也就是说,唐代山水诗派,无论是在思想观念上,还是艺术风貌上,都与佛禅有客观的渊源关系,思想观念上深受禅风的熏陶。

　　王维之笃于佛禅,已是治文学史的学者们的常识,毋庸赘述。韦应物是中唐著名诗人,一直被视为王孟一派的有力后进。王、孟、韦、柳并称,说明中唐时期韦应物和柳宗元对从陶、谢发端的山水诗艺术精神的继承与发展。韦诗中与禅寺禅僧有直接关系的也有近三十首之多。从诗中可以看出,诗人的禅学意识是自觉的,也是很浓厚的。如诗中说"心神自安宅,烦虑顿可捐"(《赠李儋》)分明是"心生则种种法生,心灭则种种法灭"(《坛经》)的禅学观念在人生观中的推衍。"缘情生众累,晚悟依道流"(《答崔主簿问兼简温上人》)是佛教十二缘起说的回响。柳宗元对佛教的信奉,更为人们所熟知。尤其是被贬永州之后,他对佛教有了更深的领悟。他说:"吾自幼好佛,求其道,积三十年,世之言者罕能通其说。于零陵,吾独有得焉。"(《送巽上人赴中丞叔父召序》)柳诗中如《晨诣超师院读禅经》《禅堂》等作,都是借禅宗的观念来使自己达于"忘机"的境地。唐代诗人近佛禅的经历与禅悟的思想赋予了其山水诗空明诗境与淡远风格,让古诗词艺术产生了从质实到空明的跃迁。这方面王维的诗作是最为典型的。如有名的《终南山》一诗:"太乙近天都,连山接海隅。白云回望合,青霭入看无。分野中峰变,阴晴众壑殊。欲投入处宿,隔水问樵夫。"这首诗描写终南山的雄浑气势。"白云"两句,把山中的云霭,写得闪烁不定,缥缈幽约,诗的意境阔大雄浑,但又有一种空明变幻的样态。

由质实到空明,不只是诗歌的风格问题,也不只是意境问题,而是诗歌艺术在更高层次上实现着它对于人类的价值。人们不再以客观摹写自然山水为目的,而是使山水物象成为心灵的投影。正如黑格尔所说,"在艺术里,这些感性的形式和声音之所以呈现出来,并不只是为着它们本身或是它们直接现于感官的那种模样、形状,而是为着要用那种模样去满足更高的心灵的旨趣,因为它们有力量从心灵深处唤起反应和回响。这样,在艺术里,感性的东西是经过心灵化了,而心灵的东西也借感性化显现出来了"①,点出了空明诗境的价值。

这种空明诗歌是佛教禅宗的"空观"对诗人艺术思维的渗透的结果。"空"是佛教第一要义。在佛家看来,无论是"四大皆空"还是"五蕴皆空",

---

① 黑格尔. 美学:第 1 卷. 北京:商务印书馆,1997:49.

只有把主体与客体尽作空观,方能超脱生死之缘。但要把实实在在的事物说成是虚无的,无疑是难以自圆其说的,于是便"以幻说空"。大乘般若采用"中观"的思想方法,有无双遣,把一切事物都说成是既非真有,又非虚无的一种幻想。正如僧肇在《不真空论》所说:"诸法假号不真。譬如幻化人,非无幻化人,幻化人非真人也。"僧肇以"幻化人"为喻,说一切都非有非无,而是一种"幻化"。在哲学上,这当然是地道的唯心主义。但它对文学创作所形成的影响便是复杂的了,难以用"唯物"和"唯心"来划界。

禅宗大盛于唐代,对隋唐以来的思想、学术发展影响巨大,特别是与文学艺术发展关联十分密切。禅宗追求明心见性、自我觉悟,主张自性本来清净,不假外铄,把艰难的修持转变为心性修养和自我觉悟功夫。而且,"佛教的禅和儒家的'至诚返本'、道家的'心斋''坐忘'等心性观念和修养方式有相通之处"①。唐代义人多为"外为君子儒,内修菩萨行",唐代山水派诗人也不例外。王维、杜甫、白居易、韦应物等诗人往往是入世与出世的双修。一面是受儒家入仕思想影响的官僚士大夫,另一面又是怀抱禅宗信仰的在家居士。禅宗返照心源的思维方式与儒道的心性观与修养方式的相通之处强化了诗人们对清净心性的追求和体认,于外间世界的风云变幻不取不舍,而以本心为独立自足的世界。这种对内心世界的返照和体认,必然带来体验的独特性,于是在幽独情境的描写抒发中,参入禅的底蕴,表现为对自然、对人间种种静寂状态的体悟和艺术描写。像柳宗元的《禅堂》《晨诣超师院读禅经》、王维的《鹿柴》《过香积寺》《终南别业》等,都是相当显豁的例子。禅家尽管一再宣称"行住坐卧,无非是道",而实际上,还主要是在静谧山林中修为,在生灭不已的朝晖夕阴、花开花落中"妙悟"禅机的。禅僧乐于与大自然打交道,倾心于禅的士大夫也乐于栖息于山林,至少是暂时获得一份心灵的宁静。王孟一派诗人,把山写得如此空明静谧,实非偶然,这与他们近禅有直接关系。因此,山水诗中的静谧氛围,并非全然是客观描写,主要是一种心境的建构。"心生则种

---

① 孙昌武. 禅思与诗情. 北京:中华书局,2006:18.

种法生,心灭则种种法灭。"(《坛经》)禅是以心为万物之本体的,所谓"静",只是一种心灵之静。大乘佛学以"心静"为"静土","菩萨欲得净土,当净其心。随其心境,则佛土净"(《维摩诘经·佛国品》)。把"净"易为"静",道理全然是一样的。"结庐在人境,而无车马喧。问君何能尔?心远地自偏。"陶公的《饮酒》,说明此意最为恰当,又安知其中没有大乘的影迹?禅对唐代山水诗派的艺术精神影响的结果使很多山水诗充满了深刻的禅意,成为山水禅意诗。

我们认为,山水诗的生态审美与生态精神决定了山水诗的生态智慧。这种智慧表现为自然生态性,性空与无我、寂静与虚空的境界,以及物我一如的一体性。其与西方当代的生态批评潮流下的荒野哲学与深层生态学所提倡的生态整体主义观念是颇为接近的,因而具有共同的人文价值和生态价值。也就是说,山水诗的生态智慧与生态整体主义的生态智慧近乎吻合一致。从生态批评的角度进入中国山水诗的翻译研究,能够真正切近山水诗的中国文化精神实质。这也许就是欣顿强调的翻译中国山水诗是"文化翻译"的道理所在。

第三章　山水诗的世界文学性：
道禅的生态意蕴与生态哲学共通性

当民族文学通过翻译进入东道文化的世界文学视野时，其语境显然发生了彻底的变化，包括时间、地点、读者、文化背景与场景等。如达姆罗什说："[当把一部作品]视为世界文学作品阅读时，是将其彻底地从源文化译出，引入更为广阔的全新语境。"①这意味着，译者需要为其译作的"全新语境"进行文化折射性的语境架构，以让其译文获得世界文学性特征。在上一章，我们具体分析了美国山水诗翻译的文化语境，得出山水译诗的全新语境是道禅的生态意蕴与生态哲学潮流下的亚文化形态两个文化焦点组成的椭圆折射翻译空间。这两个焦点所产生的文化折射的结果之一就是欣顿对山水诗的文化精神的当代性解读及阐释，即他所提出的山水诗的荒野宇宙观以及其所进行的生态译诗。

一、荒野宇宙观：道家与禅宗思想、
荒野哲学与深层生态学的折射

既然世界文学是两种文化的折射，那么世界文学作品就需要有两种文化的印迹，既不是完全被东道文化所同化，也不是完全异化。诚如勒菲

---

① Damrosch，D. *What Is World Literature*?. Princeto：Princeton University Press，2003：296.

弗尔所言,如果要规避翻译被东道文化的规范所同化,那么常常需要在译文中直接展现源文化背景,这就要求我们是能够接受翻译为媒介角色的读者。"当我们不再把唐诗当作意象派无韵诗翻译时,就是我们真正理解唐诗之时。这就意味着,我们必须通过导言、详细注释等方式使译文读者了解到唐诗的真实风貌。因此,我们必须跳过'想象之跳'(可能称之为"文化帝国主义之跳"更为恰当)。"①欣顿对古诗词的翻译方式表明,译者和读者确实正在准备进行这种语境架构。欣顿通过导言和注释给读者提供源文化背景,让读者对诗人及其作品蕴含的文化精神略有了解。之所以是略有了解,是与民族文学专家对之的精深了解区别而言。在前言中,他往往以一首诗歌为例,指导读者如何欣赏原诗的真实风貌,让读者鉴赏到原诗的风貌;而且,从当下美国社会现实需要以及思想哲学背景的角度,解读作品的文化精神的现代性及其当下意义。更具有语境架构意义的是,他把原诗所蕴含的道家/禅宗文化精神与美国当下的荒野哲学和深层生态学的生态整体主义精神相折射,将其英译文的语境架构命名为荒野宇宙观。因此,这种语境架构是基于山水诗"山水"与荒野理论的"荒野"在内涵上的相似性及其文化意象上的比附性。

　　如我们在前一章中所阐述的,山水诗中的山水必定都是未曾经过诗人知性介入或情绪干扰的山水,以其本来面目呈现。当然,山水并不局限于荒山野外,其他经过人工点缀的风景以及城市近郊、宫苑或园林山水亦可入诗。在当代美国的荒野哲学、荒野诗学的思想背景下,"荒野"是未经人工改造、人迹罕至的美丽的旷野大自然。山水与荒野在内涵上有相似性,即都是山水;但在外延上有区别,山水诗的山水包含自然山水和人工山水;荒野只指自然山水。但是,两者在文化意象上是一致的,即山水诗的山水必定都是未曾经过诗人知性介入或情绪干扰的山水,山水必须保持耳目所及之本来面目。荒野是未经人类开发、染指过的自然山水。基

①　Lefevere，A. Composing the other. In Bassnett，S. & Trivedi，H.（eds.）. *Post-Colonial Translation：Theory and Practice*. London：Routledge，1999：75.

于此,荒野似乎是山水穿越时空的对等名称。山水诗的山水意象是山水与我相即相融、若即若离、或即或离的自然和谐相处的空明意象。当下的西方生态批评视域下的荒野理论认为荒野是美的,是一切生命形式和人类文化的根、是生命的精神家园。这种穿越时空的相通性是基于它们一致的逻辑。第一,东西方文明有着一个共同的历史原点:人之初是身处山水自然怀抱中的、与自然混沌一体的,而不是山水之外,更不是山水之上。① 人类对自然有着亘古的、永恒的乡愁。人类精神渴望回归的自然故土是原初的、未开发、未破坏的山水,或广阔的、纯洁的、远离人类文明喧嚣的荒野。第二,自然和荒野都是一种精神象征,是一个美学范畴。荒野甚至比"自然更自然,因为它是原生的、纯粹的、真正的自然而然。因此,如果说山水诗确实具备相当突出的自然精神的话,这里的自然也只能是荒野自然;如果说山水诗表达的是人类不断向着自然回归的精神属性的话,这里的自然也只能是荒野自然。这样一种美学精神在山水诗中具体表现为荒山野水的意象世界、趣在荒野的审美思想、情近荒野的情感指向以及魂归荒野的回归主题"②。第三,从现代整体生态主义来看,自然山水精神和荒野精神都是一种深层生态精神。山水诗人笔下的自然山水精神是人与山水都顺其自然,万物相安静好,人只是域中四大的一大,甚至只是偶然出席,是整个生态系统中的一员而已。因而人在山水诗中或隐或现,甚至缺席。荒野精神秉持的就是生态整体主义思想。甚至我们可以认为:"中国古代山水诗中渗透和贯穿始终的是一种荒野精神。其意象世界是一个荒山野水的世界,其审美趣味、情感指向和回归主题都是指向荒野的。"③"山水诗的荒野意象表现的正是人与自然融为一体的原初的天真状态,所以它体现了最基本和最深刻的中国传统文化精神。"④山水诗是经过道家、禅宗思想的洗礼而产生的,诗人走向山水、投身自然,不仅因为山

---

① 王惠. 荒野哲学与山水诗. 上海:学林出版社,2010:36.
② 王惠. 荒野哲学与山水诗. 上海:学林出版社,2010:38.
③ 王惠. 荒野哲学与山水诗. 上海:学林出版社,2010:237.
④ 王惠. 荒野哲学与山水诗. 上海:学林出版社,2010:146.

水形象之美可以令人赏心悦目,还因为山水形象所呈现的具有生命的精神气韵,可以令人领悟到宇宙生命本体的真义,乃至于道禅冥合。中国山水诗起源于先秦两汉,产生于魏晋时期,并在南朝至晚唐随着中国诗歌发展与文学环境变迁而不断演变。欣顿认为:"山水诗是人类历史上对荒野进行最早、最持久的文学艺术审美。"①因此,荒野宇宙观是基于山水诗的生态审美与生态精神,而这种生态意义上的美与精神又是根植于中国古代的道家与佛禅哲学的。山水诗借助对未经人工雕琢、原生态的荒野的自觉生态审美和生态哲学意识的领悟,表现人与荒野和谐一体的生态关系以及道法自然的变动不居的世界。欣顿为译诗架构的语境——荒野宇宙观——切中肯綮地抓住了山水诗的这种文化特质。这种领悟也是欣顿从美国文化的亚文化形态——荒野哲学和荒野文学——观照山水诗的文化精神的现代性及其当代价值的结果。

欣顿认为,荒野宇宙观的文化精神的现代性体现在,它是最早的生态整体主义的自觉意识,与当代的深层生态学的生态意识与主张是异曲同工的。因此,欣顿把山水诗的当代性定位于深层生态学。正如他所说:

> 道家、禅和山水诗是最早的深层生态学。我们认为,塞拉俱乐部的环境论只是"管家"论。因为它声称,要管理好这个与人类相对立的世界。当然,管理有时能带来非常重要的结果。但它仍然纠结于精神与物质的二元对立。而深层生态学是关于人的生存是世界一部分,把意识融入世界,而这正是道家和佛禅的理念。②

> 山水诗表达了深刻的精神皈依,即宇宙万有(人是其中一有)都属于令人敬畏的荒野……人以最基本的方式参与进去。中国的荒野

① Hinton,D. *Tao Te Ching*. New York:Counterpoint/Perseus Books Group,2002b:xiii.

② Tonino,L. & Hinton,D. The egret lifting from the river:David Hinton on the wisdom of ancient Chinese poets,interview by Tonino,L. *The Sun*,2015(May):469.

概念就是一个动态宇宙论。①

据此,我们将荒野宇宙观归纳为:它是基于道禅思想的动态宇宙观,它视宇宙万有为荒野的有机组成部分,要求人以最本真的方式参与进去。对"最本真的方式"的理解,就是宇宙中的动物、植物自然相处的方式,而没有人——自诩为"高级动物"——对荒野的主观性改造、利用、盘剥、甚至破坏等方式。"动态"是指荒野中万有的生生灭灭、为而无为的自然变动。宇宙万有(包括人类)都是荒野的组成部分。荒野是宇宙万有的家园,因而我们对家园要有敬畏爱护之心。所有这些与深层生态主义的主张具有契合性。因此,欣顿认为,荒野宇宙观是最早的深层生态学宇宙观。而且,这些主张是中国文化中最传统的思想——道家与佛禅——的宇宙观的反映。因此,荒野宇宙观是道禅的宇宙观。基于中国文学史界与诗学界对山水诗的道禅精神已经有了学术定论,那么这种论断是有基础的。

基于此,荒野宇宙观实质上是山水诗蕴含的道家与禅宗的文化思想。为了英译文读者能大致了解这一论断,欣顿把它具化为"道""自然""无""有""无为""玄""气""理""心""空""闲"等十一个"荒野概念"(wilderness thought)。他认为,这些概念构成了"古诗词的概念世界"。它们不仅是古诗词的永恒主题,而且是这些主题的直接表达。因此,欣顿总是以种种可能的方式强调这些概念对理解古诗词的意义。无论是在其译诗集的前言、附录、注释中,还是在其讲座与访谈中,他都反复简要地阐释这些概念及其对理解古诗词的意义。②

"道"是老庄哲学的核心概念,"道"指本体发生过程,即万物的生生灭灭。它分为"有"与"无"。"有"是客观现实世界的万千生命和非生命体;

---

① Hinton, D. *Tao Te Ching*. New York: Counterpoint/Perseus Books Group, 2002b: xiii.

② 对这十一个概念的简要解释,详见:Hinton, D. *Classical Chinese Poetry: An Anthology*. New York: Farrar, Straus and Giroux, 2008: 447-450.

"无"生于"有"。道的方式就是万物居于自然过程中。自我只是地球变化过程中稍纵即逝的一物而已。欣顿把"道"译为"Way"。例如：

> 沉冥岂别理，守道自不携。
>
> （谢灵运《登石门最高顶诗》）

I keep to the inner pattern, deep in meditation,
And nurturing this Way, never wander amiss.

> （欣顿译于 2001 年）

自然万物都是从"无"中自发生出的"有"。每一物都是依据自性，独立而自给自足地自生，然后又消失并归于万物的流化中，然后转化为另外一个自生体的形式再次出现在万物之中。因此，"自然"就是"道"在经验世界里的表现机制或过程。因此，他把译诗中出现的"自然"均翻译为"occurrence appearing of itself"。但是，在他 2006 年之前的译诗中，"自然"则被译成"occurrence coming of itself"。显然，"appearing"凸显事物自发的、自动发生的机制性。

"无"与"有"，"无"是具有生发力的虚空，产生不断变化的"有"。虽然它是万有之源，但它非常明确而直接：对万物而言，无就是空，而空的前后都是存在。中国古代诗人往往在禅定静坐中体会"无"，即意识之空。用禅宗的术语就是"无心"或"无念"。因此，他把"无"译为"absence (nonbeing)"。"有"是客观现实世界，从无中产生。就是指始终处于变化中的生命和非生命的万物。他把它译为"presence(being)"。例如：

> 人生似幻化，终当归空无。
>
> （陶潜《归园田居·其四》）

Life's its own mirage of change. And it ends
Returned into all empty absence. What else?

> （欣顿译于 2008 年）

物情<u>有</u>与<u>无</u>，节候不相假。

（梅尧臣《秋思》）

<u>Absence</u> keeps deepening in <u>presence</u>.
No more false promise in the season.

（欣顿译于 2008 年）

南涧夕阳烟自起，西山漠漠<u>有</u><u>无</u>中。

（王安石《东江》）

In late light at South Creek，smoke rises. Vast and silent，
western mountains hover between <u>presence</u> and <u>absence</u>.

（欣顿译于 2008 年）

千山复万山，行路<u>有</u><u>无</u>间。
花发蜂递绕，果垂猿对攀。

（王安石《北山暮归示道人》）

Through a thousand，ten thousand peaks，
This road between <u>presence</u> and <u>absence</u>
wanders—bees sampling open blossoms，
gibbons climbing trees to dine on fruit.

（欣顿译于 2008 年）

客来淡<u>无有</u>，洒扫凉冠屦。

（苏轼《雨中过舒教授》）

<u>Presence</u> and <u>absence</u> blank here，in cold
Cap and sandal，you sprinkle and sweep.

（欣顿译于 2008 年）

初受遥山献画图，忽然卷去淡如<u>无</u>。

（杨万里《舟过安仁五首·其二》）

Distant mountains appear，like a painting，and I'm in love，
Then suddenly they're furled away，blank as <u>absence</u> itself．

（欣顿译于 2008 年）

"无为"，指自然的自发部分，而非自我意识的企图。不要人为去干扰万物的自然的运化。该词的字面直译为"doing nothing"。但欣顿认为，这个术语内涵丰富。不同的语境强调其不同的方面，因而翻译中不能做一致性处理。欣顿把"无为"做了如下不同的翻译处理：

是以圣人处<u>无为</u>之事。

（《道德经》第二章）

That's why a sage abides in the realm of <u>nothing's own doing</u>．

为<u>无为</u>，则无不治。

（《道德经》第三章）

<u>If you're nothing</u> doing whatever you do
All things will be governed well．

明白四达，能<u>无为</u>乎？

（《道德经》第十章）

Can you fathom earth's four distances with radiant wisdom
And <u>know nothing</u>？

故圣人云，我<u>无为</u>而民自化。

（《道德经》第十章）

Therefore a sage says：
I <u>do nothing</u> and the people transform themselves．

（欣顿译于 2003 年）

"玄"，是魏晋玄学术语，相当于"无"。更确切地说，是"道"被认知之前或有无相生开始运化之前的幽深玄远、形而上的哲理玄思状态。欣顿

把它翻译为"dark-enigma"。

> 渐通玄妙理，深得坐忘心。
>
> > （孟浩然《游精思题观主山房》）

I slowly fathom dark-enigma's inner pattern,

And sitting at such depths, forget mind itself.

> > （欣顿译于 2002 年）

> 得意言语断，入玄滋味深。
>
> > （白居易《舟中李山人访宿》）

Our thoughts begin where words end.

Refining dark-enigma depths, we gaze.

> > （欣顿译于 2002 年）

"气"，宇宙之元气，以"无"的形式存在，而且是让"无"有生发力的所在。它由阴阳构成。阳气上升成为天，阴气下沉成为地。"气"不停地运动，运行于山水之际，激活万物，并把人与空无连接起来。因为其具有文化意蕴，因此，欣顿将其音译为"*ch'i*"。例如：

> 心积和平气，木应正始音。
>
> > （白居易《清夜琴兴》）

When mind's gathered clear calm *ch'i*,

wood can make such sudden song of it.

> > （欣顿译于 2002 年）

> 空山新雨后，天气晚来秋。
>
> > （王维《山居秋暝》）

In empty mountains after the new rain,

It's late. Sky-*ch'i* has brought autumn.

> > （欣顿译于 2006 年）

"理"，近似于自然规律，是自然运行的原则和方式，是万物元气的表现。"理"让有无成为一个相生的、无尽的整体。欣顿把它译为"inner pattern",例如：

君问穷通<u>理</u>,渔歌入浦深。

（王维《酬张少府》）

inner pattern behind failure and success?
Fishing song carries into shoreline depths.

（欣顿译于 2002 年）

"心"的道家与禅宗意义是指意识的空或无意识。因此,在古诗词中,经常出现"空心"或"无心"。因此,"心"即是"无"。但欣顿将之翻译为"mind"。

是时<u>心</u>境闲,可以弹素琴。

（白居易《清夜琴兴》）

<u>mind</u> sounding the borders of idleness,
I can tune the *ch'in*'s utter simplicities.

（欣顿译于 1999 年）

"空",是佛禅的最高境界,即心空或性空。其基本意义与"无"相同,即没有意识。万物的本性是"空"。从中引出生态原则:万物以各种形态生于"有"的网络中,然后又以一种物质的形式消失于其中,这个物质将以其他形式再现。因此,没有永远的自我,自我是"空"。欣顿将其译为"empty"或者"emptiness",例如：

薄暮<u>空</u>潭曲,安禅制毒龙。

（王维《过香积寺》）

On lakeshores, water <u>empty</u>, dusk spare,
Ch'an stillness masters poison dragons.

（欣顿译于 2006 年）

兴来每独往,胜事<u>空</u>自知。

（王维《终南别业》）

Setting out alone in old age，emptiness

knowing itself here in such splendor.

（欣顿译于 2006 年）

"闲"，陶潜用它指宁静与清静。从象形的角度看，它是门内一棵树或一个月亮(繁体字)。它实际上是无为的简称。因此，它是一种类似于陶醉于自然的冥想，日常生活就升华为一种精神修炼。欣顿把它译为"idleness"，例如：

众鸟高飞尽，孤云独去闲。

（李白《独坐敬亭山》）

Birds have vanished into deep skies.

A last cloud drifts away，all idleness.

（欣顿译于 2002 年）

古诗词语言特点的形成也可以追溯至道家宇宙观，而道家是"精神生态"，意味着从思想与心灵层面认识对天下万物的生存和发展的自然规律：

> 语法空缺性与字的象形性是古诗词语言的两个基本特点，这是道家宇宙观所致。该宇宙观普遍存在于诗人的思想中，且往往在诗中体现出来。在中华文明伊始期，道家宇宙观与古汉语同时演进，因而两者具有同一个深层结构，并最终通过《道德经》和《庄子》体现出来。最好把道家理解为一种精神生态学。其核心概念是"道"。……老子与庄子把"道"视为精神概念，用以表示万物生灭的过程。为了理解"道"，必须从其深层本体意义上入手，即有无之辩。①

---

① Hinton，D. *Classical Chinese Poetry：An Anthology*. New York：Farrar，Straus and Giroux，2008：xxi-xxii.

欣顿进一步从老子的"有无相生"以及"天下万物生于有,有生于无"等核心思想出发,解释了语言的表现与宇宙的自然运行是一体的:

> 在诗歌语言的深层结构,词是"有",而事物万象和词与词之间的空是"无"。因此,语言实际深入到了宇宙的深层结构,而且是一个动态过程,而不是简单的复现;事实上,它就是宇宙动态过程中的有机组成部分。而词的象形性所体现的万物的"如此这般",则体现了道家宇宙观的另一个核心概念"自然",这是宇宙从无到有的动态过程的运作机制。①

欣顿认为,道家宇宙观虽然是古老的东方智慧,但它的精神性、实证性、深层生态学精神以及女性主义精神体现了它的当代价值(下画线为笔者所加):

> 它具有深邃的精神性,虽然是入世的;具有彻底的实证性,与当代科学观基本一致;具有深层生态学精神,以最深刻的方式把人融合进"自然世界"(事实上,人与自然的对立概念对它来说是完全陌生的);具有激进的女性中心论思想性,虽然它的书写经由性别歧视非常严重的男权社会的男性成员完成,但它是一种以地球神秘的生产力为中心的宇宙观,其源头也不乏发自女性的口述传统。②

欣顿对道家思想的当代价值做了如此的阐发。第一,道家具有深刻的精神性。虽然是入世的修为,但修炼的是认知层面、思想意识与精神境界,是心灵修炼,因而具有精神性。第二,道家具有彻底的实证性。道家修道方式是深入自然中去,体会一草一木、一山一水等宇宙万物的生生灭灭的过程,得出了道法自然、有无相生的宇宙本质属性与自然发展规律。这与当代的尊重自然发展规律的科学认知观是一致的。第三,道家是人

---

① Hinton, D. *Classical Chinese Poetry: An Anthology*. New York: Farrar, Straus and Giroux, 2008: xxii.

② Hinton, D. *Classical Chinese Poetry: An Anthology*. New York: Farrar, Straus and Giroux, 2008: xxiii.

与自然和合关系的最深刻的认知方式。欣顿把道家定位为深层生态学。这样的话,道家是最早的深层生态学。在道家,人与自然的关系是交融一体的。老子所言"域中有四大,而人居其一焉"。而且四大(道、人、天、地)的机制是"人法地,地法天,天法道,道法自然"。这种观念与深层生态学的生态自我、生态平等与生态共生平等生态哲学理念具有高度的近似性,两者表达的均是人与自然平等共生的哲学与伦理学内涵。因此,欣顿用现代的"生态"概念把道家描述为"精神生态学"是有其理据的。第四,道家具有激进的女性主义思想。老子言:"天下有始,以为天下母。"道家将天下始源称为女性的"母"。南怀瑾注:"'天下'——这个宇宙间,就有一个根源,万有本身最初的那个东西,就是形而上本体。本体发了,就是'有始',这个生命的根源,老子给它取一个名字叫作'天下母',万有都是它生出来的。"①也就是,道家视宇宙为生养万物、具有繁殖力的母性机体。从当今的女性主义思想来看,这显然是激进、彻底的,是值得称道的。欣顿甚至认为古诗词的形式都具有阴柔美。"与西方诗歌相比,大部分古诗词显得短小、意境幽静、直觉但富于深思,具有女性特质。"②

欣顿从以上四个方面阐发了道家思想的当代价值,而且分别用了四个程度修饰词以强调其当代性的程度:深刻的、彻底的、最深刻的、激进的。从这可以看出,欣顿用现代概念来阐发中国古代的概念,挖掘出了道家思想的当代价值。在中国古代道家思想与当代美国的科学、哲学与文化等构成的双焦点组成的椭圆空间,道家思想折射成了"精神生态学",便于其译诗读者对道家思想的幡然领悟,从而获得理解山水诗所需要的源文化的信息,体现了欣顿为其英译文架构世界文学语境的用意。

道家思想是山水诗的文化精神来源之一,另一个重要的来源是禅宗思想。在陶渊明、谢灵运所处的魏晋南北朝时期,中土的本土哲学宗教是

---

① 南怀瑾. 南怀瑾选集:第 4 卷. 上海:复旦大学出版社,2010:161.

② Tonino, L. & Hinton, D. The egret lifting from the river: David Hinton on the wisdom of ancient Chinese poets, interview by Tonino, L. *The Sun*, 2015 (May): 469.

道家与道教,因此,道家宇宙观是其山水诗的重要精神。但随着另一个本土哲学宗教禅宗在唐宋的兴盛,禅宗思想深入渗透到山水诗中,成为山水诗的文化精神的重要特质。唐宋的山水诗人在道家哲学的熏陶下,都近禅习禅。因而唐宋的山水诗既有道家的道法自然、有无相生的精神,也有明心见性的禅思。

而且,正如我们在前一章所阐述的,道家与禅宗的确有兼容并蓄的历程并具有共通性。具体表现为两个方面,一方面体现在人与自我的关系上,道家所言涤除玄览、含醇守朴。禅宗讲明心见性、顿悟成佛。两者都表现出对本性的关怀,凸现着人类精神澄明高远的境界。另一方面体现在对人与自然关系的认识上。老子的"道法自然""衣养万物"、庄子的"齐同万物"都是追求人类与大自然的和谐共存。禅宗的触目菩提,山河大地是真如的禅悟境界,水月相望的直觉观照都表明人与自然互为观照的主体,而不需要人的意识来观照自然。两者都有重视生态、亲和自然的思想和志趣。道家与佛禅在这两方面的兼容并蓄,导致了二者在修炼方式和一些关键概念上的相似。道坐与禅坐虽然具体修炼方法有异,但都要求澄清思虑,闭目安心,或端坐或安卧。老庄的"无为""无欲""无名""虚""静""忘我""心斋",在佛禅就是"空""寂静""禅定"等,都是无所求,没有任何欲望,无所依,一切都空。

当进行禅坐时,就会明白,自然就是思虑从无生、又归于无,从而体会到我与思的分离。只有这时,才进入性空的境界。随着进一步的禅定,止静寂定,完全性空,即进入无的生发空间,自我和世界都消失了,剩下的就是思维意识成空,即无念。作为无的无念,显万象,但心不变。无念是心如明镜台,有相则显,无相则灭;相变心不变,无心无相,相由心生。"知觉本身就是一个精神行为:无念如明镜,虽森罗万象,但任由万象自行其道,实现其简单、自我运数足矣。"①

---

① Hinton,D. *Classical Chinese Poetry:An Anthology*. New York:Farrar,Straus and Giroux,2008:xxiv.

道家与禅宗的兼容并蓄、互为参照借用的结果,就是对"空""静""无我"的共同追求,对道法自然、人与宇宙万有交融一体的共同认识。从现代生态学来看,这些追求与认识具有生态整体主义意识。欣顿甚至认为,"禅宗基本上是早期道家思想的精神生态的改良版"[①],"是老庄哲学的升级版。禅本身就是一个精神生态系统。其核心概念是'道'"[②]。因此,欣顿把道家与禅宗视为一个思想与精神体系。在他的行文中,他用"道家/禅宗"这样的表达来表示山水诗的宇宙观是道家与禅宗宇宙观融合的概念,并将之命名为"荒野宇宙观"。这个命名的表面逻辑性在于,既然山水诗的文化精神是对道家和佛禅精神的兼收并蓄乃至融为一体的结果,那么,用其中一种来命名都有失偏颇,"荒野宇宙观"则规避了这个问题。但真正的逻辑性在于,山水诗中的"山水"与荒野哲学、荒野文学和深层生态学中的"荒野"不仅在内涵与文化意象上具有相似性;而且,从现代生态批评来看,两者在生态整体性主义及人类精神家园的意义上具有共通性。因此,用"荒野"阐发"山水"具有文化的对接性与会通性。

因此,荒野宇宙观是从生态整体主义视域下,对道家/禅宗关于人与自然和谐一体的宇宙观的认识。其核心内容为:宇宙核心是具有生发力的无,有生于无。宇宙是天下万物的共同栖息地,没有主客对立,也没有精神与物质的分离。

荒野宇宙观强调,山水诗通过对未经人工雕琢、原生态的荒野的自觉生态审美,抒发人与自然山水的有机相融、回归自然之道的精神诉求以及明心见性顿悟境界。它可以归纳为四个层面:其一,宇宙是自然的自我生发机体,变动不居;其二,自我是宇宙一有,因而是变化的,没有永恒的自我;其三,人是宇宙一个小小的部分;其四,以无智无我之素心直觉感受山水宇宙,而不是知觉和概念的认识感悟。当一个人置身山水荒野,做到弃

---

① Hinton,D. *Classical Chinese Poetry*:*An Anthology*. New York:Farrar,Straus and Giroux,2008:xxiii.

② Hinton,D. *The Selected Poems of Wang Wei*,New York:New Directions Publishing Corporation,2006:xiii.

智,心空,即忘掉名理、知识、文化、概念,你第一眼看到的就是禅宗所说的见山只是山的山水,获得的是荒野的奇妙的存在直觉。"直觉就是一种不带思维概念、成见、超越现实功利的心理活动,凡纯粹的直觉中都没有自觉,自觉起于物与我之区分。"①由于直觉中不觉有"我"之存在,才能聚精会神地观赏山水的"真"或"自然"的面貌,才能与山水中呈现的生命本体——道——做最无障碍的接触。这种在山水美感经验中直觉的心理活动,正与老庄的"虚静""心斋""坐忘"等的心灵状况冥合。② 因此,当诗人置身山水,弃智而心空之时,睁开双眼,首先映入眼帘的是实实在在的物质世界,感受到万物的存在。然后,看到的是万物的变动不居:行云流水、风来雨去、树木花草婆娑、日夜交替、四季交替、生命的生死更替。万物就这样来来往往、生生灭灭、周而复始、没有停歇。最后,认识到心也是如此这般地变化。因此,人的身体和心灵都投入变动不居的自然荒野中,与自然融为一体。

二、生态译诗:荒野生态精神的追求

荒野及其精神历来是美国文化中的重要母题。经过长期以来对它的哲学认识与文学抒发,发展至 20 世纪中叶,产生了建立在生态整体主义思想框架下的哲学的荒野转向,以及随之而来的文学的荒野转向和生态批评。在这一潮流下,美国古诗词英译文学小传统也发生了荒野转向。

古诗词英译文的荒野转向始于第二代的译者,如斯奈德和华兹生。在 20 世纪五六十年代,他们通过翻译山水诗和禅诗,不仅倡导了朴素清晰的诗歌风格,而且把诗歌翻译与深层生态运动进行了奇妙的结合。斯奈德对寒山诗的翻译开启了美国一波又一波的寒山热潮。华兹生对寒山、陆游、白居易、苏东坡的翻译以素朴平实、明白晓畅见长,促进了山水

---

① 朱光潜. 文艺心理学. 合肥:安徽教育出版社,1996:11.
② 王国璎. 中国山水诗研究. 北京:中华书局,2007:294.

诗在英语世界的接受。而将这一转向成功地发展成为当下美国古诗词英译文的文学小传统的特色特征,则应该归功于欣顿以及与他同时代的其他译者,包括波特、齐皎翰、西顿、汉密尔、施家彰和斯坦博勒等。[①] 温伯格曾说:"对雷克斯罗斯、斯奈德和欣顿而言,中国诗词的吸引力在于对山水的歌咏。而这一点,恰恰被庞德、韦利、洛厄尔和宾纳所忽略。"[②] 古诗词的荒野转向表现为,以生态整体主义为思想基础,运用当代英语和当代英语诗学特征,从人与自然和谐一体的生态精神与道法自然的生态境界的角度,着力解读和阐释中国山水禅意诗的生态文化意蕴与艺术文化精神。

这一转向不仅体现在翻译选目的山水诗和禅诗的特征,更为重要的是,是对这些诗歌的艺术文化精神的欣赏与再现,让其成为美国荒野文化的他山之玉之资源。在对人与自然的最本质关系的理解与阐释上,中国山水诗和禅诗所表现的自然山水、隐逸闲适、禅宗意趣的主题思想与现代生态科学观以及随之萌发的生态文化观具有契合性。这些不同时空的文化形态在生态文化哲学精神层面上产生了共通性。这种共通性有助于这一批译者借助翻译山水诗和禅诗,表达他们对生态文化精神的理解、呼应与诉求,甚至受其艺术和意境的感染,把寄情山水和山居修禅变成自己的生活信仰。

在这一批译者看来,山水诗与禅诗蕴含着其荒野哲学和深层生态学所追求的荒野精神和生态智慧。这一智慧是诗人通过对未经诗人知性介入或情绪干扰的山水的直觉审美而顿悟出的道禅宗宇宙观。中国古代的道禅宗教文化视道、人、天、地等四大居于域中、道法自然、虚空境界、各复其根、明心见性等深刻的生态思想,和美国当代的荒野哲学提倡的荒野是一切生命的根与人类的精神家园、深层生态学提倡的自我实现与生态中心主义平等的主张,荒野诗学的万物一体等生态智慧不谋而合;而且,对

---

① 在美国,学界认为第三代的欣顿是对第二代的斯奈德的荒野诗派传统的继承者。

② Weinberger, E. (ed.). *The New Directions: Anthology of Classical Chinese Poetry*. New York: New Directions Publishing Corporation, 2003: xxiv.

自然山水的直觉审美与荒野哲学和荒野诗学对自然的直觉审美以及存在论美学的人与自然一体性等也具有相似性。中西文化形态在这两点上的共通性成为建构山水诗英译文成为世界文学的前提基础。禅思、诗情、生态智慧的圆融一体于山水诗,其所描绘的山水精神、蕴含的禅思道义成为一种精神生态意义上的古代隐喻、一种存在论美学层面上的意象、一个精神家园。这构成了这一方向的译者们的翻译山水诗和禅诗的文化精神与艺术精神的追求所在,因此,我们把这一方向称为生态译诗。

生态译诗是指,以生态整体主义为思想基础,运用当代英语诗歌艺术,着力阐释山水诗在道禅意境观照下的人与自然相即相融的直觉生态智慧与艺术文化精神,再现山水诗的荒野宇宙观。它是译者以中国山水诗/禅诗所蕴含的古代生态文化哲学(源文化)与现代的深层生态学哲学观(东道文化)为椭圆的两个文化焦点,运用有机译诗体,让原诗接受双文化哲学观的折射,从而让译诗具有了跨越时空、跨越民族疆域的共同价值——生态文化精神,从而更新了古诗词的世界文学性。有机译诗体意味着,译者往往舍弃原诗的诗律形式而努力再现诗人寄情山水物象、幽独静谧、空灵闲寂、物我一如的主题以及诗歌艺术风格,让译诗的形式与内容成为一个再生的有机体,以生态译诗的形式进入英语世界的世界文学空间。

欣顿所声称的"文化翻译"的内涵,实质上就是生态译诗。它首先表现在其翻译选目的山水诗的专题性。欣顿不仅出版了山水诗的开创诗人陶潜和谢灵运译诗集,而且还分别为唐宋近禅的山水诗人翻译出版了译诗集,包括孟浩然、王维、李白、杜甫、韦应物、孟郊、白居易、王安石等。此外,他还结集出版了山水诗专集《山栖:中国山水诗》(2002)。这本译诗集不仅包括以上提到的魏晋和唐宋的重要诗人的山水诗,而且还收录了其他重要诗人的山水诗,例如柳宗元、贾岛、杜牧、梅尧臣、苏轼、陆游、范成大、杨万里等人的山水诗。从选目可以看出,自1988年第一部译诗集问世至今,欣顿的诗歌翻译一直专注于山水诗。他对山水诗"诗中有画,画中有诗"的艺术风格,恬淡高远、天然淡泊的意境的自然审美观以及由此生发的禅意等有着深刻的领悟。而且,由于他独自翻译了孔孟老庄典籍,这为其捕捉山水诗的佛/道禅意趣等文化精神提供了坚实的背景知识以及领悟的基础。

山水诗及其生态文化精神不仅体现在欣顿的翻译策略上,而且对其生活和创作都产生了直接的、重要的影响。欣顿把家安在了美国佛蒙特州东加莱的一座名曰饥饿山的山脚。多年以来,他和他的家人一直在那里过着简单而充实的隐逸生活,与自然山水相伴,与先贤哲人诗人相神交,与生态文化精神相呼应。乐活山林,参悟诗歌意境。翻译、山野徒步构成了其主要的生活内容与轨迹。他在翻译之余,常常运步饥饿山中,身临其境地体悟山水诗的意境,徜徉沉思,体会山野禅意,以此努力领会诗人的视野以及古诗所蕴含的道禅宗思想。他如同中国古代诗人和贤哲们一般徜徉于自然山水中,通过诗文抒发对自性和宇宙的参悟。正如钟玲在对这一批译者的译诗行为及其成就进行描述时所说的,"[本土化的中国诗歌小传统]对美国作家与知识分子的思想和生活产生了一些影响,成为他们生命中重要转变的因素之一,如影响到一些美国作家决心住到乡下去,去接近大自然或回归田园生活。……对美国作家的创作产生冲击……在创作中加入了全新的中国文化因素,无论是在诗的内容或表现手法上都有新的呈现,为美国诗歌添加了新的风貌和美感经验"①。显然,欣顿就是这其中一位。对山水诗和典籍的翻译使他倾听到了中国古诗人和贤哲们的声音,也触发了他的思想和灵感,希冀中国古代诗人和贤哲们也以可能的方式听到他的回应。于是,他产生了创作灵感,写下随笔《饥岳》(*Hunger Mountain*)(2012)。另外,他还别出心裁地创作出版了版面为 54 英寸的图式的叙事诗《化石天空》(*Fossil Sky*)(2004)以及诗歌集《诗歌:生活的香料》(*Poetry: The Spice of Life*)(2012)。显然,欣顿的生活与写作已经受到了其翻译主题的影响。也可以说,其生活、翻译与写作已经

---

① 钟玲. 中国诗歌英译文如何在美国成为本土化传统:以简·何丝费尔吸纳杜甫译文为例. 中国比较文学,2010 (2):52.

形成了一个有机的整体。他将精致隽美的山水诗的文学审美、孔孟老庄典籍的哲理思考、现实生活的体验、翻译审美、创作审美完美地结合在一起。因此,他的翻译过程是鉴赏、直觉体悟、现代阐释与书写的过程。欣顿择山林而居,怀着虔敬的心亲近自然山水,直觉体悟原诗的山水意境和禅意,独立地获得对中国山水诗的艺术风格和禅意思想的认识,并思考与追问其与当下深层生态哲学的共通性,挖掘山水诗在文化思想上的当代性,从而让古诗词再次发出世界文学的光芒。

欣顿长期专注于中国古代哲学典籍与山水诗的翻译,有助于他理解道家和佛禅的基本思想和框架。他认为,道禅与当代科学和哲学在理念上相契合。

> 当我翻译的时候,就是我驻扎在诗人和贤哲们心里的时候,是我徜徉在道禅的思想框架里的时候。经年累月地翻译,我逐步理解了这个框架的基本思想和概念。最终我想尽可能地把这种领悟完整、清晰地阐述出来。其中一个原因是,这种概念框架是一种非常当代性的世界观……即"深层生态学"的概念,因为两者都在最基本的层面上,把人的自性融合进"大自然"。事实上,它迥异于西方的主客二元对立观。[①]

在欣顿(2002a,2002b,2006,2008,2012)的译诗集和散文集的前言中,我们可以反复看到他对这一思想和框架的陈述,显然这已经构成了其"文化翻译"的文化概念的基石。他洞见了道禅哲学思想的现代性的具体表现:现实性、精神性、彻底的实证性、深刻的女性中心论性质、深层生态性。因此,归结到底,这种古老宇宙论与当代科学与哲学具有了共通性。从而为其文化翻译建构了语境框架,为中国山水诗的椭圆折射翻译明确了源文化和东道文化焦点。两者高度一致地回答了哲学的最基本问题——主客关系问题。禅宗提出的观悟自然山水、物我一如的理念表明

---

① Hinton,D. *Hunger Mountain*. Boston & London:Shambhala,2012:xxi.

了其追求人与自然和谐一体的价值观和主客一体的哲学内涵。深层生态学的创始人奈斯在其生态哲学体系中也强调去大自然中进行直觉体悟，主张通过与大自然直接的亲密接触，能感受到自然界的生命与活力，能发现自然的内在"神性"，这种"神性"会引导人们产生对大自然及其存在的敬畏感。从而提出，生态自我、生态平等与生态共生等重要哲学内涵。因此，两者都消解了人类本位的主客二元对立的哲学观和价值观。禅宗与深层生态学在对人与自然关系这一最基本的哲学问题上，具有了价值观上的共通性，这构成了欣顿翻译山水禅意诗的着力点与翻译原则的基石，因而有了再现山水诗的禅宗哲学以及随之产生的生态文化精神的可能。

山水诗与禅诗之所以成为荒野诗歌翻译转向的选目对象，是因为它们体现了生态的宇宙观和人与环境的和谐共生的生态整体主义思想的意识。自然山水则最充分、最完美地体现了生态生存方式，也就成了山水诗的歌咏对象，成了精神力量不竭的泉源。东晋出现大量的山水诗，有其现实的原因，即纷乱的国情。东晋的文士几乎都有"风景不殊，正自有山河之异"的慨叹，加上仕途受挫、政治暴力和军事暴力的迫害，失落感愈来愈沉重。从清丽无比的江南山水风物中寻求抚慰和解脱，是行之有效的办法，于是他们流连山水，写作山水诗便相因成习，以致蔚然成风。另外，在新的哲学思潮，如玄学的冲击下，崇尚老庄，汉朝以来"罢黜百家，独尊儒术"的思想控制日趋软弱松弛，于是出现"越名教而任自然"（嵇康）、"法自然而为化"（阮籍）之类的主张。自然山水就成为山水诗的原型主题。

荒野诗歌翻译方向的重要性是不言而喻的。走向荒野的西方哲学已发现中国古代哲学这一充满生态智慧的巨大宝藏。走向荒野的诗歌翻译美学则从中国古代诗歌文学中吸取了营养。在中国古代山水诗的文化精神中找到了自然荒野这一基质，并从中挖掘出这一文化精神的当代价值。如欣顿对山水诗的当代价值做了如下阐发，"山水诗的荒野宇宙观，让诗歌读起来完全具有现代性。尤其是在全球生态恶化和大规模的物种灭绝的当代,与荒野的这种交契显得更加急迫和共同性的重要"①。荒野哲学与深层生态学理论家将视野投向东方传统哲学和智慧,为其理论寻找到了智慧资源。欣顿将翻译投向中国的山水诗,目的在于推介中国古代深层生态智慧、丰富西方文化对人与自然和谐相处的认识,推动生态整体主义意识的培养,因而其译诗行为具有深层生态运动的意义。他说:

> 虽然诗歌不能解决环境恶化问题,但至少展示了一种可能的人与世界的关系。如果有什么可以逆转人类走向毁灭的命运,那就是意识改变。只有当人类认识到身体与心灵是大自然的有机部分,才会在意人与自然的关系。因此,我翻译的目的是把古典诗词的荒野宇宙观译介给西方社会。阐释容易,灌输传播则难。我努力把古诗词翻译成当代英语诗,让读者能以具体方式真切感受其思想内涵。②

从欣顿的访谈录里,我们看到了一个译者对人类命运给予的深切的人文关怀与行动。他的译诗行为远不止于跨语言实践行为,而是传播生态智慧、唤起生态整体主义意识的思想行为。因此,他把他的翻译称为"文化翻译"。"文化"具体指人与自然和谐相处的生态深层方式,即荒野宇宙观。如他所说:

> 古诗词的诗学是集道禅宇宙观、自觉意识与语言三位一体整体观的艺术表现。为现代西方提供了新的艺术视野。西方的世界观具有物质性。人类是寄居在这个物理世界的主人,创世界的目的是满足人类物质需求。因而人类对环境肆无忌惮的破坏就是理所当然的。而道禅宇宙观则视人类为世界自然运作的产物,这是非常有必要的。本译诗集的诗歌,体现了该宇宙观深入人类经验的各个方面,

① Hinton,D. *Tao Te Ching*. New York:Counterpoint/Perseus Books Group,2002b:xiii.

② Tonino,L. & Hinton,D. The egret lifting from the river:David Hinton on the wisdom of ancient chinese poets,interview by Tonino,L. *The Sun*,2015 (May):469.

深刻影响了人们的日常生活的方方面面，而不仅限于寺庙中……①

欣顿在这里对照了现代西方的宗教和哲学与中国古代哲学对人们如何看待我们所在的世界所持的截然不同的态度与观点。无论是西方的宗教教义导致的人与世界的功利关系，还是哲学上的主客二元对立，都导致了自现代主义以来奉行的"人类的中心主义"思想以及由此导致的人与自然的对立、对抗。这种对立与对抗最终会导致人类的毁灭。要遏制这一恶果的发生，首先就得改变人们的这一思想。要使人们意识到人是大自然的有机部分，这样人们才会在意并改善与大自然的关系。山水诗呈现的道家/禅宗的物我关系是超功利的无为关系，其最终目标是物我两忘，乃至物我同一，达到绝对自由、逍遥无恃的心灵境界。欣顿认为，山水诗的生态审美与生态精神正是可以唤起人们的这一意识。因此，他运用当代英语和英语诗歌的特点，把这一来自异域他乡的、古老的"生态诗歌"展示给当代的英语读者。以一种陌生化的文学手段，唤起人们对这些智慧和思想的注意和意识。陌生化的新奇性体现在两个层面。一个是思想层面，即山水诗所体现的别开生面的人与世界的关系，即人是宇宙中极小的一分子且是大自然的一个有机成分；第二个层面是文学形式层面，这个思想可以以一种新奇的诗歌形式来表达。也就是，以当代诗歌艺术的形式，再现道禅生态思想与诗艺圆融一体生态审美与生态精神。从而，让英语读者从诗歌这一具体的文学审美形式中感受到人与自然和谐相处的东方相处方式，丰富其对生态整体主义主张下人与自然的关系的形式多样性的认识与觉悟。

欣顿也意识到，这种在思想意识层面的教育是一个潜移默化的过程。他希望将古代中国的生态智慧文化再次引入西方读者的视野，进行一种渐进式的文化熏陶(gradual cultural opening)，在西方读者中植入与推广东方的生态智慧，从而激发其生态整体主义意识。这是一种思想意识的

---

① Hinton，D. *Classical Chinese Poetry*：*An Anthology*. New York：Farrar，Straus and Giroux，2008：xxvi.

渗透,因而是基本的,也是基础性的。因此,欣顿的译诗动机是出于生态整体主义:借助中国古典山水诗的诗歌艺术魅力,展示古老东方的物我一如的生态智慧,打开人们对人与自然关系的认识的视野,启发生态整体主义意识,因此其译诗行为具有环境保护运动意义,因而是生态译诗行为。这是其翻译行为的表达性所在:欣顿把其古诗词的英译文视为呼吁人们改变与自然的对立关系、培养生态整体主义意识的思想阵地。从这种意义上看,其译文也具有呼吁性。其英译文的表达性与呼吁性构成了其诗歌创译的前提。

三、荒野宇宙观之于山水诗的鉴赏

荒野宇宙观既体现在古诗词的语言层面,也体现在意识层面。"诗中一个最简单的词或意象都与自然的宇宙观产生共鸣。……意识也是宇宙动态过程的有机组成部分,因为思想的有无与宇宙万有的有无方式是一样的。思想意识是从具有生发性的空中产生的。"①欣顿以下面三首诗歌的鉴赏为例,进一步为其英译文搭建世界文学性的语境架构。其重点在于如何领会荒野宇宙观。

第一首诗是表现"自然"的代表诗,陶渊明的《归园田居》。山水诗中的"自然"是顺其自然、任运随缘之意。但在西方文化中,自然是指"大自然"或者"风景",而且,其建立在现代科学与哲学基础上的"自然"意味着人与自然的二元关系,"风景"更是意味着人作为旁观者,看如画的景色。这些都意味着人与自然相对立、相隔离的主客二元论认识。这种误读阻碍了山水诗的荒野宇宙观的当代价值的实现。

---

① Hinton, D. *Classical Chinese Poetry*:*An Anthology*. New York:Farrar,Straus and Giroux,2008:xxiv.

归园田居

少无适俗韵,性本爱丘山。

误落尘网中,一去三十年。

羁鸟恋旧林,池鱼思故渊。

开荒南野际,守拙归园田。

方宅十余亩,草屋八九间。

榆柳荫后檐,桃李罗堂前。

暧暧远人村,依依墟里烟。

狗吠深巷中,鸡鸣桑树颠。

户庭无尘杂,虚室有余闲。

久在樊笼里,复得返自然。

Home Again Among Fields and Gardens

Nothing like all the others, even as a child,
rooted in such love for hills and mountains,

I stumbled into their net of dust, that one
departure a blunder lasting thirteen years.

But a tethered bird longs for its old forest,
And a pond fish its deep waters—so now,

my southern outlands cleared, I nurture
simplicity among these fields and gardens,

home again. I've got nearly two acres here,
and four or five rooms in this thatch hut,

Elms and willows shading the eaves in back,
and in front, peach and plum spread wide.

Villages lost across mist-and-haze distances,
kitchen smoke drifting wide-open country,

dogs bark deep among back roads out here,
And roosters crow from mulberry treetops.

No confusion within these gates, no dust,
My empty home harbors idleness to spare.

After so long caged in that trap, I've come
Back again to occurrence appearing of itself.

（欣顿译于 2008 年）

原诗描写了陶渊明解甲归隐、重归田园时的新鲜感受和由衷喜悦。在诗人的笔下,田园是与浊流纵横的官场相对立的理想洞天,寻常的农家景象无不体现出自然的生生不息,诗人的田园生活,一切任运自然,便不离于道了。因为,身心自然了:人法地,地法天,天法道,道法自然。这般自然,岂不真得自在。诗人在用白描的手法描绘田园风光的同时,巧妙地把自己这个"人身小天地"融入天地自然中,一切显得自然清净。在此,人的小天地、周围大天地,都在自自然然地合乎天地运转的法则。好一个道法自然的全景图。因此,诗人在末尾诗句里也情不自禁地、欣然抒发"复得返自然"。这个"自然"不仅是目力所及的田园山水,更是"道法自然"的"自然"——宇宙万物的自然规律与流转。他从患得患失、功名利禄、尔虞我诈的"尘网"中退回到这个一切任运自然的田园家园中,达到道家见山三阶段的第三个阶段,"见山只是山"的境界了。欣顿将"自然"翻译成"occurrence appearing of itself",显然是理解了这个词的道家哲学意蕴以及陶渊明的归隐的心迹。正如他自己所说,"这是一首关于回归到老子所说的生活的诗歌。在这种生活里,老子的有机宇宙论的永恒展现就是

日常经验之道"①。这种日常的田园家居生活,去掉了一切外在的装饰,恢
复原来的质朴状态。生活中的一切事物都依着各自的天性而展开。因而
这种生活是让人返璞归真,回到原初的人的本性是淳朴和纯真的,是近于
"道"的本性的。这首诗作为山水田园诗的早期代表作之一,其对"自然"
的这番定义就成为山水诗中"自然"的原型。

他指出,这个词,在西方文化概念的折射下,往往被译成"nature"或者
"freedom",其结果是把这山水道意/禅意诗翻译成了优美的风光诗或者
浪漫的逃逸诗。我们看看其他译者对这一诗行的翻译是否果真如此。

1. Now I am able to turn again to Nature. （白芝 译）

2. Now I have turned again to Nature and freedom.

（韦利 译）

3. I have now come back to Nature. （科特沃尔 译）

4. I live a free and natural life again. （巴德 译）

5. Finally I returned to nature. （帕特丽夏·品清·胡 译）

6. Now back to Nature I return again. （博伊德 译）

7. Now I am to return to nature and its ways. （罗兰·方 译）

8. I've come back to things as they are. （华兹生 译）

9. To fulfill one's nature. （洛厄尔 译）

以上九句译文,前面七句的翻译确实如此。但是,华兹生(事物本来
面目)和洛厄尔(顺应自然)的译文则显然将"自然"理解为顺其自然。万
物各顺其情、各尽其性、各自皆安,物归自然,齐同万物。所幸的是,"西方
生态哲学家们普遍把'道'理解为顺其自然(follow nature)、与自然相和谐

---

① Hinton，D. *Tao Te Ching*. New York：Counterpoint/Perseus Books Group，
2002b：xv.

(harmony with nature)"①,这对山水诗的语境架构具有积极意义。

因此,山水诗中出现的"自然"一词,欣顿就是如此翻译,包括李白《月下独酌·其二》中出现的"自然"。

月下独酌·其二

三杯通大道,一斗合自然。

但得酒中趣,勿为醒者传。

Three cups and I've plumbed the great Way,

a jarful and I've merged with occurrence

appearing of itself. Wine's view is lived:

You can't preach doctrine to the sober.

(欣顿译于 1996 年)

第二首诗为贾岛的《雪晴晚望》。

雪晴晚望

倚杖望晴雪,溪云几万重。

樵人归白屋,寒日下危峰。

野火烧冈草,断烟生石松。

却回山寺路,闻打暮天钟。

Evening Landscape, Clearing Snow

Walking-stick in hand, I watch snow clear.

Ten thousand clouds and streams banked up,

---

① Devall, B. & Sessions, G. *Deep Ecology: Living as if Nature Mattered*. Salt Lake City: Peregrine Smith Books, 1985. 转引自:雷毅. 深层生态学思想研究. 北京:清华大学出版社,2001:77.

woodcutters return to their simple homes，

and soon a cold sun sets among risky peaks.

A wildlife burns among ridgeline grasses.

Scraps of mist rise，born of rock and pine.

On the road back to a mountain monastery，

I hear it struck：that bell of evening skies!

（欣顿译于 2002 年）

荒野宇宙观视整个山水荒野为一个最充分、最让人敬畏的自然宇宙。基于此,山水诗如此展开:先见云雾、溪水湖泊和空旷的空间,这是生发性的空无;然后,是变动不居的景象,这是有;最后才是"人"隐隐约约安适于这个自生、和谐的宇宙中。静空便是无。贾岛的这首诗,一开始就把读者带入有无的精神生态中:极目望去清冽雪野、溪水、万里云空,好一个空旷寂寥;然后,随着第三行的烟雾的出现,转入到这个宇宙的中心,出现了万物万有:樵夫、白屋、寒日、危峰、野火、冈草、断烟、石松、寺庙等;诗人在寒寂中,忽闻钟声,随之顿悟,原来自己就身在宇宙的中心——天下母,进入到有无相生的自然发生进程,自我消失了。在古汉语的语法上,代词"我"的缺省正附和了这一无我的境界,从而体会所表现的佛禅的寂静、幽独与性空的境界。

荒野宇宙观不仅仅通过诗歌意象来体现,诗歌语言形式也是如此。具体表现为语法开放性。诗歌用词为体现自然万物的状景词,而鲜有出现功能词(介词与连词)。虽然功能词体现了人的大脑对物质的处理的方式。中文诗歌把这个留给了读者自己处理。因此,语词的关系是被留白的。而英语语言是要处理这个关系的。例如,上面英译文的最后一节要用英语的句法来体现物象之间的关系,而原诗的各个成分可以实现完全的自现。汉语诗歌语言的语法是极其简约的。意义仅仅只取决于词语在开放空间中的序列。所谓开放,就是很多东西都是不会言说的,包括词语关系、意象关系、意义关系、时间、位置、主语宾语,甚至动词。相对于散文而言,诗歌语言的语法开放性代表了向"空"的转向,因此,诗歌语言本身成就了诗歌精神性。这种精神性正是从宇宙的根源生发而来。欣顿甚至认为,古代汉语也是建构在荒野宇宙观的框架下的。例如,象形文字即表示万物是意识的载体,是山水诗的最深刻的表现形式。无时态变化的动词表示自然的稳定的生发。

静坐是道家/禅宗的修炼方式之一。静坐就是体会思从空起而复归于空,体会自然。在冥想的过程中,体会到我可以与意识的分离,在最深层本体意义上,我们只是荒野,随着进一步深入,我们置身于无的生发空间,即空。那么,就回归到宇宙的根源——天下母。那么,就是以最深刻的方式置身于宇宙中。只有完全置身于宇宙的万有中,我们才最深刻的了解自身。只有在无的状态,大脑才变空,变空的大脑才能有明镜般的澄澈观悟万物。这种精神的修炼正是山水诗的用意所在,也体现在明晰的意象中。

贾岛的诗的性空,无处不在。空无时态,空无功能词,诗人身影或隐或现。他只在第一句和最后一句出现。"望"在古诗中往往意味着"风景"或"景色",这增强了自我意识,因为是人在看,因此,标题中的"望"译为"landscape"。虽然最后一行"自我"又出现,但是一个全然的空现——主语的缺席。这就是中国诗歌最深层次意义上的冥想的意义所在。当钟声响起,我们不仅置身于宇宙根源的性空中,而且还融入其中。这就是道人和禅人的追求。这个性空中,自我只是地球运动中的被带起来的一个稍纵即逝的万有之一——生于它,逝于它。更准确地说,"自我"从来就没有出来过,从未出世过。对于道和禅来说,"真我"(our truest self)既然没有出世,就不是稍纵即逝的万有,是无之空,是历经所有的变化。山野就是最引人入胜的荒野宇宙观体现,是真我的家园,就是深层生态学所讲的"大我"或"生态的我"的精神家园。

第三首诗为孟浩然的《秋夜》。

秋　夜

不觉秋夜夜渐长,清风习习重凄凉。

炎炎暑退茅斋静,阶下丛莎看露光。

Autumn Begins

Autumn begins unnoticed. Nights slowly lengthen,
And little by little, clear winds turn colder and colder,

Summer's blaze giving way. My thatch hut grows still.
At the bottom stair, in bunchgrass, lit dew shimmers.

（欣顿译于 2002 年）

在诗的开始,诗人由于过于自我专注,而没有意识到周围的世界,这是远离了语言与意识的状态。是对"秋"的意识把他拉回到身旁的世界,即把他拉回到宇宙、意识和语言的整体中——深秋悄然转入凉冬,而冬是"无"、是生出有的空。"茅斋静"是以外在的静反映诗人内心的静空。诗人在诗歌语法形式上是"无"。读者只是凭着感觉(诗是诗人的直觉经验写照)感知到诗人在第一行和最后一行的存在。但总体而言,诗人是缺席多于出席。这首诗描述的是一种禅定静坐行为。诗歌以禅定结尾——小我回归到真我:性空如明镜,映出闪烁发光的万象。"[在古诗词中,]意识、宇宙和语言是三位一体的整体。古诗词鉴赏是一种非常具有创造性的阅读行为。词与词之间是空无的,读者用"有"填满这个"无",从而加入这个完整体中。"①"词与词之间的空无"是指没有连接词。连接词的缺席就是空,读者对诗的鉴赏和阐发就是用意识(有)去填"空"的过程,从而让人通过这种意识参与到宇宙,并融为一体。

从欣顿对古诗词阅读方式的说明,我们可以看出,欣顿在引导英译文

---

① Hinton, D. *Classical Chinese Poetry*: *An Anthology*. New York: Farrar, Straus and Giroux, 2008: xxiv.

读者进行世界文学的超然阅读。一方面,认识古诗词是实现意识、宇宙与语言三位一体的方式。对诗中出其不意、于无声处进入禅定有所理解,从而领会到人与自然的关系可以体现在这样的细微的日常生活的情境中。另一方面,读者也能像诗人一样,通过鉴赏,让自己的意识、身边的世界和英译文的语言成为新三位一体,从而对其进行当代性的解读和领会。这是达姆罗什所说的世界文学的"超然阅读"态度。即读者与文本的对话"不是对文本的认同或驾驭,而是与文本保持距离和差异。因为与文本的相遇不是发生在其源文化中心,而是发生在椭圆场域中"①。他的这些说明,可以引导读者理解古诗词走出中国文化、步入世界文学的方式。

　　生态译诗让古老的山水诗以及其承载的古老的东方智慧穿越遥远的时空,以生态精神性呈现在西方读者面前,具有了当代生态价值。从欣顿的译集前言和对其访谈录中,我们可以看出,他始终关注的是山水诗的山水文化精神如何被西方文化理解与接纳,这不仅体现在其声称的"文化翻译"中,而且体现在对道家/禅宗的基本概念及其与深层生态学的比附上。从而,让其英译文走入了世界文学的语境架构中。因此,其翻译结果具有世界文学性,其生态译诗的翻译行为具有翻译研究的价值,正如勒菲弗尔与巴斯奈特所言,"翻译研究目的已被重新界定,即研究文本如何嵌入由源文化符号与东道文化符号组成的网格中"②。

---

① Damrosch, D. *What Is World Literature?*. Princeton: Princeton University Press, 2003: 300.
② Bassnett, S. & Lefevere, A. (eds.). *Translation, History and Culture*. London: Cassell & Co., 1995: 12.

第四章　山水诗的世界文学性：
直觉生态智慧与生态审美阐释

　　山水诗人笔下的自然环境是一个充满着自在与和谐的生态体系。诗人用高超的艺术手法描绘了人与宇宙的自在自然的关系。正如王志清所言，"在盛唐山水诗中所看到的是天人交感、亲和的良性生态：诗人自放于自然，无可而无不可，或者啸歌行吟的超逸，或者倚风支颐的幽闲，或者临风解带的浪漫……人成为自然的人，自然成为人的自然，万物归怀，生命无论安顿于何处而无有不适意的"①。这种显然带有道禅精神的自然宇宙生命体的感悟与认识，被欣顿描述为荒野宇宙观。他努力让其英译文能再现这种宇宙观，以使其读者与文本之间进行有效交流，体会诗人走向山水、投身自然，追求物我两忘的境界，追求心灵的绝对自由与逍遥，以及人与外物之间超功利的无为关系，鉴赏意识、宇宙、语言圆融　体的诗歌艺术，从而产生生态整体主义的联想。这是欣顿的生态译诗的生态价值所在，是其译诗的世界文学性价值的具体表现所在。在这一章中，我们将剖析欣顿是如何在翻译中具体实现其生态文化目的的。

---

① 王志清. 盛唐生态诗学. 北京：北京大学出版社，2007：14.

一、山水诗的直觉生态智慧与生态审美

从当今生态学来看,山水诗的艺术审美不仅仅是直觉美感经验①,而且还是生态智慧。所谓直觉,即非理性的观照,抛弃概念、判断、推理等逻辑思维。这是基于禅宗与道家思想的观照方式。"禅"的本义是沉思冥想,与老庄思想相会和,形成了主张排除一切干扰,进行纯直觉的体验和内心的反思。诗人聚精会神、凝神静气地观照物象,旁无所见、别无所想,只将心灵沉浸于山水之中,达到浑然忘我的境界。由于没有现实人生中"我"的干扰,故可对山水的本来面貌进行最真实的观赏、最直接的欣赏。由于直觉中不觉有"我"之存在,才能聚精会神地观赏山水的"真"或"自然"的面貌,才能达到"虚静""无我""无念"等境。即禅宗追求的一切从"本心"出发,超越经验的内心自悟。只有在人的心灵空灵澄澈时进行全副身心的直觉体验,才能"'向存在的本源突进,获得终极经验'(铃木大拙语),才能对宇宙与人生的总体性根本性认识"②。以直觉主义为特征的非理性思维方式具有直觉体验、瞬间顿悟、玄妙的表达和活参领悟等特征。③在沉思冥想中,我与物象的界限被突破,语言界限、一切逻辑都被抛开,只剩下"我"(本心)对物(外界事物)的直觉观照,通过我的清净本性与染上"我"的情感色彩的大千世界的往复交流,领悟到本心清净、一切皆空的终极真理。但这种感受是瞬间的顿悟,稍纵即逝。且顿悟的内容及其所带来的解脱的喜悦,是一种只可意会、不可言传的感受,即禅理,且都能从山河大地、日月星辰、甚至日常琐事中体验到。

---

① 朱光潜、葛兆光、王国璎均肯定了山水诗的直觉美感经验。详见:朱光潜. 文艺心理学. 合肥:安徽教育出版社,1996:11;葛兆光. 禅宗与中国文化. 上海:上海人民出版社,1986:144-149;王国璎. 中国山水诗研究. 北京:中华书局,2007:292-298.

② 葛兆光. 禅宗与中国文化. 上海:上海人民出版社,1986:139.

③ 葛兆光. 禅宗与中国文化. 上海:上海人民出版社,1986:144-148.

直觉审美也意味着,诗人胸中洞然无世俗之物的羁绊,以无智、无我之直觉与素心去直接感应山水。因此,山水诗中的山水能在不受诗人情绪干扰与知性介入的状况之下,纯然以其本来面目呈现,就是因为诗人能以物观物,物我之间别无障碍,物我相融。葛兆光认为:

> 中国文人士大夫们则是通过对外界事物的观照体验,又在这观照体验中达到物我同一,使内心世界与外在物象融为一体,使美的情感与美的物象结合而得到心灵的愉悦。……将外界物象视为内心寄托,又以内心世界的主观幻象包容并改变外界物象的方式乃是禅宗"山林水鸟皆念佛法"的内心理解方式与"我心即佛""我心即山林大地"的外射观察方式结合的产物。有了这一思维方式,中国文人士大夫才能对大自然的一草一木一山一石一水一溪都感到亲切和愉悦,从大自然的秀丽中得到美的享受,同时,也才能充分对大自然甚至人生投射内心的情感,使它们幻化为自己所喜爱所欣赏的幽深清远的景色物象。在文人士大夫的眼里笔底,那是空寂无人的禅境和宁静恬淡的大自然。……文学艺术表现一种脱离人间烟火的空寂清幽的无人之境。①

生态智慧强调人自身、人与自然、人与社会的和谐原则。生态智慧观照下的中国传统文学中,山水诗歌成为不可忽视的存在。山水诗人往往亦道亦禅,尤其是王维、孟浩然、李白、杜甫、韦应物、孟郊、白居易、柳宗元、王安石、苏轼等的山水诗往往禅意浓厚。道家与禅宗的生态文化思想成为山水诗的生态智慧的思想基础和精神实质。

王志清就山水诗的生态智慧性,创造性地提出了山水诗的生态本位概念,以描述山水诗在人与自然的关系上充分体现的自然中心的生态价值观。他说:"盛唐山水诗美学的最显著特征,即物皆自得,美在自美,这是自然中心的自然观所形成的审美观,也是盛唐美学的生态本位的特

---

① 葛兆光. 禅宗与中国文化. 上海:上海人民出版社,1986:133-134.

质……诗人以生态本位为基本原理建构和维持自然生态的自觉与德性，包括三个方面的内涵：其一，自然物的价值就在于它们存在之本身……；其二，自然是体现人的价值存在的主体……；其三，最好的生命秩序就是人与自然的和谐……"①

生态本位的本质特征就是宇宙整体主义的自然生态观。宇宙整体主义是人与自然和谐一体的生态关系。诗人耳目所及的是山水自身的、原生态的声色妆貌及其精神气韵，而不是与之有关的实用价值或道德意义。即进入"王国维《人间词话》中提出的'无我之境'，超越实用目的或现实人生中的我之境界而言"②。这是一种超越现实功利的、对万物本性的体验的心理活动。即达到"见山只是山"的禅定境界。生态本位充分肯定了自然物象自身美的客观现实和价值。这一点与深层生态学的万物的"内在价值"论是非常近似的。因此，山水诗人与深层生态学学者的生态思维水平具有穿越时空的共通性。

生态审美的概念源于生态美学。生态美学是运用生态学的相关理论来研究人与自然、社会、艺术的审美关系的学科，强调人自身、人与自然、人与社会的和谐原则。生态美学观照下的中国传统文学中，山水诗歌成为不可忽视的存在。

因此，山水诗的直觉生态智慧与生态审美，是诗人凝神静气、心灵澄澈、非理性地观赏山水自然存在本身，顿悟物皆自得、美在自然、物我同一之玄妙。道家与禅宗讲求的从一切名理概念的"成见"中完全解脱出来的虚静或空无的心灵境界，正是山水诗诗人直觉生态智慧的追求。

直觉生态智慧与审美概念下的自然万物的自我呈现、宇宙整体主义

---

① 王志清. 盛唐生态诗学. 北京：北京大学出版社，2007：141-144.
② 王国璎. 中国山水诗研究. 北京：中华书局，2007：293. 文中对此句有如下注释：王国维《人间词话》中所谓"无我之境"，并非指绝对没有"我"，而是指诗人泯灭自我的意志，与外物之间不存在任何利害关系，没有对立的冲突，乃至物我之间达到一种冥合的状态。详见：叶嘉莹. 王国维及其文学批评. 香港：中华书局，1980：230-235.

和生态本位的自然生态审美观,也是欣顿从山水诗中抽象出的荒野宇宙观的内涵。山水诗的直觉生态智慧与生态审美具有三重表现:一是性空无为、动静相生与物我相融的生态关系;二是物我主体与共生共荣的生态关系;三是物皆自得、美在自然与触目菩提的生态审美。欣顿力图再现这些生态智慧,它们构成了描述其生态译诗的关键内容。正如皮恩(Tom Pynn)所说,"我们很欣赏欣顿传神的译诗,尤其是其对中国诗的哲学翻译。虽然之前有很多的译本,但很少能像他的译诗那样体现出中国古典哲学意蕴"①。

二、性空无为、动静相生与物我相融的生态关系的翻译再现

禅是动中的极静,也是静中的极动。寂而常照,照而常寂,动静不二,直探生命的本原。禅是中国人接触佛教大乘义后体认到自己的心灵深处的哲学境界与艺术境界,静穆的观照与飞跃的生命构成艺术的二元,也是构成禅的心灵状态。这样的修行境界对山水诗的造境产生了极大的影响,山水诗人常常借由景物来传达寂静、闲适、空灵、自如的心境以及与自然相融的境界,而这些又往往通过某些声色来表现,例如王维的《归辋川作》。

归辋川作

谷口疏钟动,渔樵稍欲稀。

悠然远山暮,独向白云归。

菱蔓弱难定,杨花轻易飞。

东皋春草色,惆怅掩柴扉。

---

① https://en.wikipedia.org/wiki/David_Hinton.

On Returning to Wheel-Rim River

At the canyon's mouth, a far-off bell stirs.
Woodcutters and fishermen scarcer still,

Sunset distance in these distant mountains,
I verge into white cloud, returning alone.

Water-chestnut vines can't stop fluttering
Here. Airy cottonwood blossoms drift skies,

And spring grass colors the east ridge. All
grief and sorrow, I close my bramble gate.

（欣顿译于 2006 年）

王维描写的悠然自得的田园生活是他退隐、闲适之情的精神寄托。欣顿译诗中的颔联第二行"I verge into white cloud, returning alone"把幽独的情怀再现出来了。他对"白云"的意蕴做了如此尾注："在山水诗,特别是在王维诗中,白云的喻义是性空、自由自在的心、悠然之隐逸、悠悠白云般的自由等。"①因而引导了读者对话语意蕴的理解。同时,他还对最后一行中"gate"做了注释："在隐士文化中,'门'往往喻为'知觉'之门,经验世界由此进入意识世界。因此,门内的家不仅是隐士的居所,也是他心所住的地方。这追溯到《道德经》第五十二章:塞其兑,闭其门,终身不勤;开其兑,济其事,终身不救。"②"掩门"的概念是隐逸诗的主题,也常常出现

---

① Hinton, D. *The Selected Poems of Wang Wei*. New York: New Directions Publishing Corporation, 2006: 105.

② 欣顿将第五十二章译为: If you block the senses / and close the gate, / you never struggle. / If you open the sense / and expand your endeavors, / nothing can save you.

在王维的诗里。其字面意义"尤指隐士深居简出,好幽独,不喜伴"①。因此,欣顿通过对源文化的简要阐释,给英语读者补充了源文化的文化视野,也让读者领会到,门外的经验世界中的悠远的钟声、怡然的渔樵、悠然的远山、西下的夕阳、悠悠的白云、飘荡的菱蔓、曼舞的杨花是自在自如的自性,"我"也日落归家,进入不为物扰、清净本性的幽独的自我世界,从而达到了物我一如。如司空图评价的,"王右丞、韦苏州澄澹精致,格在其中"②。这里的"格"指气格与内心的表现。

山水诗派以山水景物作为审美对象与创作题材,但实际上是在山水中"安置"诗人的幽独的心灵。在山水物象的描绘中,诗人那绯独孤寂的身影,似乎无所不在。山水派诗人的作品,常常出现的是自来自去,幽独自处的身影。例如王维《答张五弟》和韦应物的《滁州西涧》。

答张五弟

终南有茅屋,前对终南山。

终年无客长闭关,终日无心长自闲。

不妨饮酒复垂钓,君但能来相往还。

In Reply to Chang Yin

There's a thatch hut at Whole-South

facing out on Whole-South Mountain.

No guests the whole year through, I keep the gate always closed.

No mind the whole day through, I keep idleness always whole:

free to simply sip a little wine whenever I like, or angle for fish.

---

① Hinton, D. *The Selected Poems of Wang Wei*. New York: New Directions Publishing Corporation, 2006: 105-106.

② 司空图. 司空表圣文集: 第 2 卷. 上海: 上海古籍出版社, 1994. 转引自: 孙昌武. 禅思与诗情. 北京: 中华书局, 2006: 86.

And you—if you make it this far, you've found your way home.

（欣顿译于 2006 年）

王维在这里表达了幽独的情怀和享受隐逸生活的安心适意。译诗中三个关键词组"gate always closed""no mind""keep idleness always whole"再现了禅意。如果阅读了欣顿在导言和尾注中对它们的禅意的解释,就不难领会到诗歌的主题。

我们再来看看韦应物的《滁州西涧》。

滁州西涧

独怜幽草涧边生,上有黄鹂深树鸣。

春潮带雨晚来急,野渡无人舟自横。

At West Creek in Chu-Chou

Alone, I savor wildflowers tucked in along the creek,
And there's yellow oriole singing in treetop depths.

Spring floods come rain-swollen and wild at twilight.
No one here at the ferry, a boat drifts across of itself.

（欣顿译于 2002 年）

欣顿译诗突出了幽独和荒凉。开篇的"alone""wildflowers",以及第三行对春潮的描述"come rain-swollen and wild",不仅译出了"独",而且添加了狂野的情境。最后一行的"drift across of itself"也表现出了"舟自横"的悠闲、平静的意境。整个译诗用日常的简单词汇把原诗的每个字的意义都翻译出来了。诗歌节奏也很分明。英语读者与文本的交流结果,可能就是一个平常的、清幽的荒野意象。但在欣顿对韦应物的诗歌风格做了简要介绍之后,读者也许能够领会到"韦应物的诗风恬淡、质朴且澄澹(calm and understated simplicity, as well as clarity of description)……清静的格调表达了失与无就是空的禅意"①。读者进而领会到如此幽静、荒凉的情境不过是诗人心灵的投影,是诗人在山水描写中寄寓的幽独心境。

表现幽独情怀是山水诗重要的主题之一,也几乎是这派诗人的共同心态。他们以山水为题材写诗,并非为了摹写山水形貌,而是为了在一方山水物象中,寄寓幽独的情怀。他们渲染山水的宁静与远离尘世喧闹,正是为了寄托一颗幽寂的诗魂。欣顿不仅在译诗中善于把握再现这一意义,而且在其译诗集的前言、注释以及对诗人的简要介绍中,都对此主题做了阅读欣赏的引导。

李白的《独坐敬亭山》也再现了人与自然在寂静中相互为伴的意境和对自由精神的追求。

独坐敬亭山

众鸟高飞尽,孤云独去闲。

相看两不厌,只有敬亭山。

Reverence-Pavilion Mountain, Sitting Alone

Birds have vanished into deep skies.

A last cloud drifts away, all idleness.

Inexhaustible, this mountain and I

gaze at each other, it alone remaining.

(欣顿译于 2002 年)

这首译诗基本上也是五重音对句体。该诗的前联乃是物我相伴意境的序幕。两句分别呈现两种自然现象的自在活动和空寂情境。在第一句中,英译文渲染了天高任鸟飞的自由自在与天空的广袤。英译文的动词

---

① Hinton, D. *Mountain Home: The Wilderness Poetry of Ancient China*. New York: New Directions Publishing Corporation, 2002a: 116.

"vanish"表达原诗中"尽"字所体现的众鸟高飞远去,鸟声消失,留下的是一片寂静;欣顿加了一个词组——"into deep skies",表示鸟遁入云霄。形容词"deep"渲染了高远画面;名词"skies"的复数形式渲染了天空的空旷。在英语中,"sky"的复数形式表示的是天空的广袤无垠的概念。第二句,"idleness"表现出了心境与情境的悠闲的自然的状况,而不是孤独的诉说。原文的"闲"不仅指天上仅有的一朵孤云缓慢地飘去,剩下的是一片空寂。在这空旷寂静的自然宇宙里,只有观景的人独立存在。孤云之所以能"悠闲地"离去,也是观景者悠闲的心境外推的结果;而人的悠闲的心境也是群鸟自在飞去、白云自由飘去的直觉审美的结果。因此,人的孤独并不带任何情绪诉说,只是一种自然的状况。而且,欣顿还添加了一个修饰词"all",把观景者、鸟、云、天空全部囊括进去,所有的这一切都悠闲自在,开放自由,交融于一体。在其 1996 年的译本中:

Ching-T'ing Mountain, Sitting Alone

The birds have all vanished into deep
skies. The last cloud drifts away, aimless.

Inexhaustible, Ching-T'ing Mountain and I
gaze at each other, it alone remaining.

(欣顿译于 1996 年)

相比之下,"aimless"就有情绪在里面,漫无目的、无着落、甚至失落。显然和原文物象自由任运的、绝对自由的禅意相去甚远。

在后联中,"gaze at each other"不仅表达了观景者聚精会神的直觉审美,而且也对应地翻译出了原诗中的拟人修辞格,表现出人与山凝神相望、物我相即相融的境界。形容词"inexhaustible"是褒义词,充分表达了"不厌"的意义,衬托出人与物相亲相伴、若逢知己、共同参与自然现象的和谐与宁静。最后,独立主格结构"it alone remaining"突出强调了山岿然不动般的洒脱存在。一座自然而然、永恒存在的山,一座豪华落尽、返璞归真的山。在万籁寂静中,山与人自然相对、和谐宁静相处。因此,译诗再现了诗人忘却情绪、摆脱知性牵绊,进入了性空无为、动静相生的境界。

　　下面我们来再看欣顿是如何体现柳宗元《江雪》中的物我两忘、各显其象、各得其所的。

江　雪

千山鸟飞绝,万径人踪灭。

孤舟蓑笠翁,独钓寒江雪。

River Snow

A thousand peaks：no more birds in flight.

Ten thousand paths：all trace of people gone.

In a lone boat，rain cloak and hat of reeds，

an old man's fishing the cold river snow.

（欣顿译于 2002 年）

　　译诗在形式上不仅是齐整的六重音对句体,而且行中以冒号或逗号对应了原句的顿。最为凸显的是,译诗语法的简练对应了原诗的语法最简特点:全诗只有一个谓语动词"is fishing",其他均为名词词组或介词词组。词组的排列使得并置的意象清晰而明朗,如"a thousand peaks""no more birds in flight""ten thousand paths""all trace of people gone""in a lone boat""rain cloak and hat of reeds""the cold river snow"等。而且名词词组和介词词组的充分使用提高了英译文的可读性,因为英语是名词和介词凸显的语言。事实上,这首译诗带有一定的形式模拟体的特征。在诗行里,不仅词序基本与原诗对应,而且基本上每一个词或词组都可以与原诗的词或词组对应起来,当然不是字面的对应,而是意义的对应。例如:山—peak(因为鸟是往上飞且消失在高处,所以是指山峰);径—path;

人踪—trace of people；孤舟—a lone boat；蓑笠—rain cloak and hat of reeds；寒江雪—the cold river snow 等。当然，这首译诗也体现为创译。例如，在首对中，两个分号的运用展示了浩瀚无垠的山岳与旷野的自然寂静的状态。在词组"in a lone boat"里，"lone"体现了"孤"，因此，下一行的"独"就没有再重复出现了。虽然原诗体现了汉语同义重复达到强调的修辞效果，但在英语里，同义重复是违背语言表达的逻辑性的。因此，译诗的最后一行没有出现"alone"或者"lonely"，这体现了欣顿译诗的英语性。更为重要的原因是，欣顿力图再现荒野宇宙观。尽管渔翁是"孤"且"独"，然而他却融身于浩瀚江雪的自然里，是自然运化——从有到无，再从无到有——的小小的一部分。其独钓寒江，犹如鸟之飞绝、人之踪灭，都是自然而然的现象，不过是各显其象、各得其所而已。诗人观此景，进入了心凝神释，与万化冥合的心灵状态，也就是物我相即相融。因此，"孤舟"与"独钓"，都只是自然物象而已，不带诗人的情绪干扰。我们认为，欣顿的"an old man's fishing the cold river snow"则以其淡然的译笔恰当地表示了这个自然、不受人的情绪干扰的意境。

我们再从这一点来比较雷克斯罗斯和斯奈德的译文。

> A thousand mountains without a bird.
>
> Ten thousand miles with no trace of man.
>
> A boat. An old man in a straw raincoat，
>
> Alone in the snow，fishing in the freezing river.
>
> （雷克斯罗斯译于 1967 年）

> These thousand peaks cut off the flight of birds
>
> On all the trails，human tracks are gone.
>
> A single boat—coat—hat—an old man!
>
> Alone   fishing   chill   river   snow.
>
> （斯奈德译于 1993 年）

雷克斯罗斯的译文同样非常简练,一个谓语动词也没有出现,全部是名词词组和介词词组,既应对了古诗词没有谓语动词的特点,也应对了英语诗歌的句法特点。但是,在最后一行里,"alone in the snow"则凸显了渔翁的孤独,稍带怜悯的情绪干扰。斯奈德的译诗表现出三个明显的特点。其一,观景者对渔翁的孤独带有强烈的同情与怜悯情绪。不仅既用了"a single boat",也用了"alone fishing";而且,"A single boat—coat—hat—an old man!"是感叹句,四个意象之间还用破折号断开,这些反映了在浩瀚无垠的冰天雪地之间居然发现了一条孤舟、一个老人的强烈惊奇的情绪;最后一句"Alone fishing chill river snow.",每一个单词之间的双空格表现了观景者的惊奇,对渔翁的同情与怜悯跃然纸上。显然。英语读者与这样的译文的交流结果可能会是对在白雪皑皑的旷野中孤寂可怜的渔翁投之以同情的感叹,这显然缺乏了对柳宗元想表达的禅意的观照。

王维的《酬张少府》是将自我泯灭于自然现象中、超然物外、闲淡归隐之意之名作。

酬张少府

晚年唯好静,万事不关心。

自顾无长策,空知返旧林。

松风吹解带,山月照弹琴。

君问穷通理,渔歌入浦深。

In Reply to Vice-magistrate Chang

In these twilight years, I love tranquility

Alone. Mind free of our ten thousand affairs,

Self-regard free of all those grand schemes,

I return to my old forest, knowing empty.

Soon mountain moonlight plays my *ch'in*.

Pine winds loosen my robes. Explain this

Inner pattern behind failure and success?
Fishing song carries into shoreline depths.

（欣顿译于 2003 年）

在英译文的首联，"twilight years""love tranquility alone""mind free of ten thousand affairs"等把晚年虚融好静、超然物外的心境描写到位。特别是"twilight years""tranquility"等词把晚而不衰、宁静安逸的情绪表达到位。颔联中的"empty"放在联尾，以英语的修辞尾重，不仅起到了为这一联画龙点睛的作用，而且还把这首禅意诗的"性空"禅意明晰化了，推进了英语读者与文本的交流。颈联中的"mountain moonlight plays my *ch'in*"的拟人手法，将山、月、人、琴声相融一体、万物自由自在的境界传神地表达出来，以至于进入了人、月共抚琴的出神入化的境界，突出了这一联所表达的物我两忘的禅意，意境的形象性也呼之欲出。在尾联，欣顿采用古老的一问一答、答非所问的形式，这也许会挑战英语读者的直觉逻辑思维。但是，这样的创译具有陌生化的文学性效果。虽然它违背了英语读者的思维理解与文学鉴赏习惯，但是一旦读者明白这是原诗的形式和表达方式，那么，读者就会欣然接受这种异域的表达，而不会去苛求与英语的相近，反而是以超然的态度远距离欣赏古诗词的文学艺术之独特的表现。以上这些都体现出欣顿为了让英语读者领会到忘掉世俗的"小我"、人回归自然、与自然和谐交融、主客一体的境界，从而做了这些创意性的翻译处理，达到生态译诗的目的。

我们还可以从欣顿对孟浩然的《宿建德江》的创译中，看其如何让英语读者领会到浑然忘我的境界。

宿建德江

移舟泊烟渚，日暮客愁新。

野旷天低树，江清月近人。

Overnight on Abiding-Integrity River

I guide the boat in, anchor off island mist.

It's dusk, time a traveler's loneliness returns.

Heaven settles far and wide into the trees,

and on this clear river, a moon drifts near.

（欣顿译于 2004 年）

在欣顿译诗的前联,"anchor off island mist""a traveler's loneliness returns"再现了一叶扁舟停泊于烟渚边,天渐黑,孤独落寞情绪向行旅中的人袭来。"愁"译为"loneliness"切合这一情境中人的情绪。但紧接着的后联第一句"Heaven settles far and wide into the trees"立即就提起了英语读者的兴趣与心情。一是在西方宗教文化中,天堂是神圣美好的,是魂灵的皈依之地,却出现在东方诗人笔下,天堂梦幻般地呈现在烟波浩渺的远方和树林中,展现在孤寂的旅人的面前。而且紧接下一句"and on this clear river, a moon drifts near",清冽的江上倒映着漂移的明月。原诗中的"野旷"译为"heaven",由此为西方读者建构了新语境,以促进读者进入与文本的交流中。东方古代智慧下的荒野与西方宗教定义上的天堂的共通性在于,都是人需要从自我情绪的囹圄中解脱出来,抛弃心中的愁绪,摆脱世俗的自我,获得精神的自由或灵魂的救赎。虽然原诗的视野下的"旷野"是大自然,但诗人在那里可以抛弃心中的愁绪,忘却羁旅中的自我,把虚静无为之我直接纳入自然,成为自然现象的一部分,与雾霭、树木、清江、明月一起共同参与自然宇宙生命的运转与变化,获得精神的自由。译诗视野下的天堂,是人脱离世俗的"我",获得灵魂的救赎与安宁。因此,读者能大致体会到诗人的美感经验是从现实人生中解脱出来,得到精神的沉静、安全与归属感,多多少少淡化了旅途的孤寂感。显然,这一创译处理增强了文本在新语境下的接受性与可读性。让英译义本在新的语境下获得新生命,即本雅明所言的"重生"。从这里,反映出欣顿从山水诗中抽象出的荒野宇宙观的核心是人与自然相伴相融的关系就如同天堂中万物安详静好。从这一点我们来看标题的翻译,欣顿采取的是逐词直译,不由得让读者联想起"abiding-integrity"(具有德性)与"heaven"的呼应。在《圣经·旧约》里,只有有德性之人才会受到上帝的信任与委任,例如摩西。从这一翻译所得,我们能明白达姆罗什所说的世界文学的超然阅读方式,读者不去深究原诗、源语境与源文化,反而欣然接受与源文本的差异与距离,并从自身的视野和经验,与译文文本进行交流。"优秀的翻译,不是不可调和的源视野的丧失,而是增强了读者与译本之间自然和谐、创造性的交流。一首诗歌或一部小说正是通过与读者个人的经验的相适应,获得历久弥新的文学效果。"①欣顿如此的创译,使译诗与读者经验的趋于适应,因而有利于读者获得对文本所反映的人与自然关系的直觉美感经验的体会。

试与斯奈德的译文做一个比较。

Mooring on Chien-Te River

The boat rocks at anchor by the misty island

Sunset,my loneliness comes again.

In these vast wilds the sky arches down to the trees.

In the clear river water,the moon draws near.

（斯奈德译于 1989 年）

斯奈德被称为荒野诗人,而且近禅习禅。他对禅意山水诗也是情有独钟的。原诗的前联充满情绪感。"The boat rocks at anchor by the misty island / Sunset, my loneliness comes again."可谓翻译得形神兼备。让英语读者领会到了一叶扁舟慢慢摇荡着泊于烟渚、羁旅中的人在日暮时分倍感孤寂的心境。第三句中的"vast wilds"体现了旷野之大与

---

① Damrosch,D. *What Is World Literature?*. Princeton:Princeton University Press,2003:292.

荒,"arches down to the trees"表现了天地自然一体。第四句再现了清水明月相融。尾联没有"人",但是用了"draws near",不仅使观景者在这个自然情境中成为配角,而且是以"虚静无为"的状态在直觉观照眼前自然的一切。再现了从"自我"哀怜中解脱出来而与荒野、穹窿、树木、清江、明月浑然一体,共同参与宇宙的运转。因此,斯奈德译诗对浑然忘我的美感经验也是有一番形神兼备的再现的,体现了苍茫荒野中的自然物象与虚静无为之我的相融关系。

下面是雷克斯罗斯的译文:

Night on the Great River

We anchor the boat alongside a hazy island.

As the sun sets I am overwhelmed with nostalgia.

The plain stretches away without limit.

The sky is just above the tree tops.

The river flows quietly by.

The moon comes down amongst men.

（雷克斯罗斯译于 1970 年）

该译诗是以"we""the boat""the sun""the plain""the sky""the moon"等物象逐行展开,这很像古诗词特点:意象逐一直接呈现,而且是一个澄静的状态。首行"We anchor the boat alongside a hazy island",小船停泊在薄雾朦胧的岛上,没有原诗中舟移的动感。第二行是用表示伴随状态的状语表示情景。第三、四行是静态的描写。他将"旷野"译为"the plain",其意蕴少了荒凉之感,多了几分平和。因此译诗也再现了诗中人摒除了惆怅的情绪、沉浸于山水美感经验里,人从有主观的情绪感转而与自然安然相处,充满了澄静的智慧。标题中的"建德江"因而也没有了知性的干扰,河流就是河流本色而已。因此,其译诗吸纳了东方文化和中国古诗词的启示,从而表现出古诗词与英语自由诗相折射的特点。

以下是威廉姆斯的译文：

Steering my little boat towards a misty islet，

I watch the sun descend while my sorrows grow：

In the vast night the sky hangs lower than the treetops，

But in the blue lake the moon is coming close.

（威廉姆斯译于 1966 年）

译文的第一行切近原文，"Steering my little boat towards a misty islet"显示了小舟向烟渚移动的景象。原诗以"移"修饰"舟"，即表示舟还在行进中。第二行，把"愁"译为"sorrows"（哀伤），逻辑上似乎略显牵强。"I watch the sun descend while my sorrows grow"中的两个分句的关系表示了是因为日落而让观景者悲伤。但从心理逻辑上推论，一叶小舟中的旅途中人看到日落，在暮霭重重的水上漂泊，触发的往往是惶惶然的孤独的情绪，而不太可能是悲伤情绪。但是，如果我们从他作为意象派诗人这一身份来看这个翻译处理，似乎就看出了他的理由。意象派诗人往往把诗人瞬息间的思想感情溶化在诗行中。因此，为了渲染气氛、调动感情，他把"旷野"创译为"the vast night sky"。其情境结果是，夕阳西沉，黑夜沉沉，"哀伤"徒生。同时，他的译诗以鲜明、准确、含蓄的意象生动形象地展现了情境——"steering my little boat""a misty islet""sun descend""the vast night""the blue lake""the moon"等。虽然事实上，在黑夜中，人们难以看出水域的颜色，译者还把往往具备交通实用意义的河改为具有荒野自然意象的湖。所有这些，使得情境的意象丰富，英译文被创译为一首意象派诗歌。

三、物我主体与共生共荣的生态关系的翻译再现

在山水诗中，"人是主体，动物、植物也是主体。山水万物都是其各自目的与价值能力的主体目的，都有其主体性。这是很典型的以自然为中

心的生态观"①。在这样一个万物平等、各自具有其内在价值的自然山水中，山水满足了所有生命体的各种生存和发展需要，生生不息地、周而复始地维持着大自然的生态平衡。从生态来看，这体现了山水万物不仅各自具有生态价值，而且在相互协调中自然生发出和谐的整体关系，凸显出自然生命之间的和谐。当然，这也是老子的"道法自然"、庄子的"以道观之，物无贵贱"的思想的体现。山水的这种自然主体性内涵让诗人产生了栖居山水的理想，特别是让近禅修禅的诗人顿生对静穆与安详的山水景象的留恋，从而有了诗意栖居于大自然中的精神理想，也就是达到一切自然生命体与非生命体相互协调、和谐一体的整体关系的境界。因此，诗中的"人"往往处于闲适、自然的状态，从而与大自然和谐一体。这种生态智慧被欣顿抽象为荒野宇宙观的重要内容之一，因此是欣顿的生态译诗着力表现的内容。我们以下几首译诗为例来做描述。

首先，我们来看看欣顿对王维《青溪》的创译。

青　溪

言入黄花川，每逐青溪水。

随山将万转，趣途无百里。

声喧乱石中，色静深松里。

漾漾泛菱荇，澄澄映葭苇。

我心素已闲，清川澹如此。

请留磐石上，垂钓将已矣。

Azure Creek

To reach Yellow-Bloom River, they say,

you'd best follow Azure Creek through

---

①　王志清. 盛唐生态诗学. 北京：北京大学出版社，2007：143.

these mountains，its hundred-mile way

taking ten thousand twists and turns，

first rock-strewn，kicking up a racket

then its color serene deep among pines，

Rapids tumbling water-chestnuts here，

crystalline purity lighting reeds there.

My mind's perennial form is idleness，

And the same calm fills a river's clarity，

So I'll just linger here on this flat stone，

dangle my fishing line—and stay，stay.

（欣顿译于 2006 年）

原诗的第一至四联,是任青溪随着山峰迂回万转、自由流淌、清澈荡漾,展现了诗人对青溪的直觉美感经验。欣顿的译诗的前四联也是对青溪的这一随性自陈一气呵成。分别运用了独立主格结构"its hundred-mile way taking ten thousand twists and turns / Rapids tumbling water-chestnuts here / crystalline purity lighting reeds there"以及分词结构"first rock-strewn""kicking up a racket"和名词结构"then its color serene deep among pines"等英语的语言表达手段巧妙地再现了诗人凝神观照溪景的审美专注。而词或词组"twists and turns""rapids""tumbling""crystalline purity""rock-strewn""kicking up""serene deep among pines""lighting"等则把青溪的声色状貌自然美感体现了出来。因此,这四联再现了诗人对青溪的素淡的天然景致的直觉美感经验。这是自然山水的自然随性、安然的景致。从而触发了最后两联中的"我"的恬淡的心境、闲逸的情趣,以至于追求与这个青溪高度和谐一致的境界。欣顿在第五联第一句"My mind's perennial form is idleness"中,用"perennial"体现"素",用"idleness"体现闲适,用"And the same calm fills a river's clarity"渲染诗人的心境与物镜已经融为一体,再现了诗人借青溪来为自己写照,以清川的淡泊来印证自己的夙愿。在最后一联的译文中,把"我"就在此地垂钓、与青溪做伴的意图翻译得非常的明晰。"So I'll just linger here on this flat stone"中的"so"不仅是英语行文的逻辑性需要,更为重要的是,凸显了"我"的意图。"linger on"表现了留恋的情怀。最后一句中的"—and stay, stay"的破折号和重复修辞手段强调了归隐之心之强烈。因此,最后两联,欣顿的译文凸显了诗人以隐居青溪来作为自己的归宿的意愿,应该说,比较直白地体现了这一点。相比之下,原诗句则写得含而不露,只是写了磐石垂钓,并未明说从此就这样下去。因此,欣顿把蕴含明晰化了,一方面是为英语读者故;另一方面是因为他对荒野宇宙观的强调。"我"作为溪边垂钓者既作为主体与另一个主体——溪流同现,但义是以不干扰、无知性地相伴的方式,从而达到与青溪宁静、各自安心自适的相伴相随的和谐一体的关系。这正是其生态译诗的体现。

我们再来看看欣顿对柳宗元的禅意诗《渔翁》的创译。

渔 翁

渔翁夜傍西岩宿,晓汲清湘燃楚竹。

烟销日出不见人,欸乃一声山水绿。

回看天际下中流,岩上无心云相逐。

An Old Fisherman

An old fisherman passes the night below western cliffs,
Draws clear Hsiang water, lights a fire of Chu bamboo.

Mist clears. Sun rises. No one in sight. Just one sound,
One paddle-stroke among rivers-and-mountains green.

And looking away, it's all horizon touching midstream,

No-mind clouds chasing each other across the clifftops.

（欣顿译于 2002 年）

这首译诗收录于欣顿的《山栖：中国山水诗》(2002)中。在译诗之前，欣顿对柳宗元贬谪流放至湖南永州、近禅习禅、浸淫江南山水、歌咏归隐等做了简要的介绍，为英语读者架构语境。他说："柳宗元被江南美丽的山水震慑了，流连忘返。这自然让他非常认真地修习道与禅思想，后者是古中国山水的文化精神。他研修了好几位禅宗大师，并在佛寺待了不少时间。他把对荒野的精神追求酣畅淋漓地体现在其诗词歌赋中，这让他成为唐朝著名的山水诗人之一。"①

在这首诗歌中，诗人凝神观照渔翁与声色俱佳的山水相依的关系，运用淡逸清和的笔墨表达了闲谵之心与隐逸之意。山水物象是纯然的自陈，渔翁的一切活动都与自然物象结成不可分割的整体。渔翁的劳息都是置身于山水天地，两者浑然融化，共同显示着生活的节奏和内在的机趣。

欣顿运用日常词汇铺陈自述，再现了这一自然、朴实的人与自然相融的景致："An old fisherman passes the night below western cliffs, / Draws clear Hsiang water, lights a fire of Chu bamboo. / Mist clears. Sun rises. No one in sight. Just one sound, / One paddle-stroke among rivers-and-mountains green." 从这两联，英语读者可以看到，渔翁的自然顺意的举止行动和物象景色自然变幻有了共同的时间依据，取得极为和谐的统一。这一整体处于流变的时空生息的人的自然运化中：夜幕降临、渔翁露宿岩石、汲饮清水、点火煮食、薄雾散去、晨曦微露、日出而作、摇橹划桨、青山绿水。渔翁安心适意的劳息举止与自然时空相依存、相即相融，冥合无间。这四句再现了原诗的活跃而又清逸的基调，呈现了秀丽悦目的空间画面。诗句中的"Chu bamboo"更是让读者对东方的异域情境

---

① Hinton, D. *Mountain Home：The Wilderness Poetry of Ancient China*. New York：New Directions Publishing Corporation，2002a：150.

有了感知。

最后一联"And looking away, it's all horizon touching midstream, / No-mind clouds chasing each other across the clifftops."极目四望的开阔的画面映入读者眼前,更是把人融入自然大化之中。特别是将禅宗常用的"无心"概念投射到无心无虑地前后相逐的白云与旷远的天空,不仅再现了悠逸恬淡的艺术诗境,而且借渔翁与大自然的"无心"境界,表达了诗人的"无心"并隐逸山水的精神追求。

欣顿在其译诗集《山栖:中国山水诗》(2002)的前言与尾言中,从禅宗思想的角度,对"no-mind"做了阐释:"在道家/禅宗思想里,'心'(mind)是没有任何思想意识的,即知觉的空。常以'无心'(empty mind / no-mind)来强调此意。心即'无',也就是能生发出'有'的'无'。"①可以看出,作为译者,欣顿对这个重要的道家/禅宗思想词汇的基本把握,而且力图给英语读者提供基本的源文化背景知识,以利于其理解诗歌中人与自然和谐相处的无为的方式。

"无心"也即"无念"。它是佛禅的"见性"的实践形式之一,是体悟自性空寂的状态,实际上就是禅"定",也是"慧"。其本来含义是无妄念,即一切善恶总莫思量。《坛经》曰:"于一切境上不染,名为无念。"即自悟本心,不起心动念。胡适将其解释为"不作意"。"作意"就是"起心""打主意",就是"存心要什么"。这样,不仅人世间的七情六欲、物质追求应当否定,就是修道求佛也是起心动念,也应当否定,以至看心看净同样都应在排斥之列。慧能、神会认为,自性本来空寂就是定,不需坐禅来求得。因此,见性就是禅。因此,无念就是清净自性。②

我们回到该诗中的"无心"。时间、山峦、行云、流水随缘自运,渔翁劳息随之自然发生,没有刻意的"作意",这是"无念"的境界,而这个境界是

---

① Hinton, D. *Mountain Home*: *The Wilderness Poetry of Ancient China*. New York: New Directions Publishing Corporation, 2002a: 282.

② 详见:孙昌武. 禅思与诗情. 北京:中华书局,2006:54-58.

源于人与物象的自性空寂。因此,欣顿把"无心"译成"no-mind"达到了其生态译诗的精神追求,如同诗人对"无心"的禅定的追求。

显然,山水诗中呈现的人与自然万象都处于自然运化之中的美感经验,与道家、佛禅思想讲求的虚静、空寂的心灵状态是相契合的。诗中的"人"虽然是主体,但是不以主体的立场对其他主体现象横加干涉。事实上,这时的"我"是世俗的"自我"的泯灭、"真我"的呈现。只有"真我"才能享有山水的美感经验,自然山水才能在不受知性或情绪干扰的状况下,以其本来的面貌自然显现。只有"真我"才能直接参与到自然现象的运转与变化里,乃至与物俱化、物我相即相融。

四、物皆自得与美在自美的生态审美的翻译再现

山水诗的自然生态的自觉体现在,自然万物的价值就在于存在本身。这表现为山水诗的直觉生态审美的展露,是任山水以其本来面貌自然显现。在诗中表现为万物自然,各显其象,各得其所。在这类山水诗中,语言现象背后的"我"都不存在,因此没有叙述者,诗人与自然不是相对的,甚至也不是一种回应的和谐,而是一种完全的认同。诗人在观物时已成为现象的本身。① 诗人往往通过描绘清净明丽、华彩庄严的自然来表现内心的愉悦和安宁。我们来看欣顿翻译的王维的几首诗,首先以《鸟鸣涧》为例。

鸟鸣涧

人闲桂花落,夜静春山空。

月出惊山鸟,时鸣春涧中。

---

① 王国璎. 中国山水诗研究. 北京:中华书局,2007:301.

Bird-Cry Creek

In our idleness，cinnamon blossoms fall.

In night quiet，spring mountains stand

empty. Moonrise startles mountain birds：

here and there，cries in a spring gorge.

（欣顿译于 2002 年）

这首译诗是齐整的五重音对句体。把"empty"跨行显然是节奏的需要，当然也在修辞上凸显了"空"的意境。第一、二句前面的两个介词词组以逗号与后面隔开，满足了以逗号代顿的需要，再现了五绝前二后三之顿。因此，英语译诗读起来不仅朗朗上口，而且也能使读者感受到原诗的语言特点，使其在形式上得到再现。

在形式上的收获也有助于内容和意境上的收获。这首诗呈现的是大自然在刹那间一静一动的现象。在译诗中，欣顿用"our""blossom""night""moonrise"等代词或名词本身，没有修饰语。因为，原诗中的"人""花""夜""月"都不带修饰语，以最本初的姿态出现。至于"春山""山鸟""春涧"的"春"与"山"字，不过是时空的指涉。这些都不带任何思想情感累赘、知性的介入或情绪的干扰。译诗再现了原诗的主题：人、花、夜、山、鸟等物皆自得、各安其所、美在自美中，同时又是自然宇宙和谐的整体显现："our idleness""cinnamon blossoms fall""night quiet""spring mountains stand empty""moonrise""startled moutain birds""cries in a spring gorge"。所有这一切都是各安其所的自然状态。如此而已，就是自然。特别是译诗也是开门见山地说"in our idleness"，明确了此在的"人"是处于弃智、素朴的状态。没有判断或分析的名理活动，没有知性的介入、情绪的干扰。因此，也才能视耳目所及的万物既无奇异、亦不陌生、即不可厌、亦不可亲，只是各依其原生态而存在，各就其性而生。"闲"人与万物的随缘任运、自生自灭的自然状态所达到的就是自然宇宙的终极和谐。也就是,只有在"闲""静""空"中才能体会到荒野宇宙观,体会到物我并生、同归自然的美感经验。因此,欣顿把原诗中的"闲""静""空"分别译出,是因为他领悟到了这三个字对再现荒野宇宙观的关键意义,是其生态译诗的关键字眼。

当然,他的译诗中有个别地方的翻译值得商榷。既然这是一个万物各得其安,各得其所的安然的自然生态情境,那么鸟鸣翻译成"chirp",在气氛上要比"cry"协调。标题中的"涧"译为"creek",诗中却改为"gorge"(峡谷),这既不与标题用词对应,也不与原文对应。

与欣顿的生态译诗相比,雷克斯罗斯的译文则完全不同。

Bird and Waterfall Music

Men sleep. The cassia blossoms fall.

The spring night is still in the empty mountain.

When the full moon rises,

It troubles the wild birds.

From time to time you can hear them

Above the sound of the flooding waterfalls.

(雷克斯罗斯译于 1970 年)

这个译诗不见物皆自得、素朴自然的禅意;取而代之的是带有欢快情绪的山水春景图。标题中的"music"表现出自然界鸟鸣水流的音乐之声。自然之物带上了修饰语,人的情绪介入其中,如"spring night""full moon""wild birds"等。而且,"人"睡着了,没有了山水诗的融意识、宇宙、语言三者于一体的境界。

隐逸于自然山水的秀美景色中是王维的《辋川集》的主题。我们看看欣顿对其中三首诗歌的翻译。第一首《辛夷坞》:

辛夷坞

木末芙蓉花,山中发红萼。

涧户寂无人,纷纷开且落。

Magnolia Slope

Lotus blossoms adrift out across treetops
flaunt crimson calyxes among mountains.

At home beside this stream，quiet，no one
here．Scattered．Scattered open and falling.

（欣顿译于 2006 年）

辛夷坞,辋川山谷中因辛夷花而得名的一处山谷。这是一首典型的物皆自得、美在自然的禅意诗。欣顿的译诗照例是齐整的五重音对句体。但在再现物象的自性上却体现出浓重的译笔。在前联,"adrift out"(随意地飘荡)与"flaunt"(炫耀地招展)两个词凸显了辛夷花任性、自在自为的自然状态;"crimson calyxes"体现出辛夷花的颜色美丽。这些强调了辛夷花生长过程的自然美。在后联,"quiet""no one"则突出了辛夷花的生长是在无人干扰的寂静情况下自然进行的。而且这两个词的前后不仅用修辞性的逗号隔开,而且"no one"处于尾重的位置,具有英语修辞句式掉尾句的修辞效果,强调了寂静无人干扰的生态状态,渲染了虚静恬淡、寂寞无为的禅意,也与原诗在字面上相对应。"Scattered. Scattered open and falling",巧妙地用英语的叠词对应原句中的"纷纷"叠词,而且,第一个"scattered"还独立成句。看似随意、散漫的句式译出了辛夷花——自由生命——自开自落的自然随意状态。显然,欣顿借助于以上的英语语言表现手段,把原诗中含蓄、需要读者去鉴赏的禅意,在一定程度上尽可能地明示出来。这使得其译诗获得了英语诗歌的鉴赏性。英语读者也许能借助对自然物象的经验,体会到以物观物,任物自显,不以花开为喜,不因花落而惜。体会到诗人在凝神忘我的虚静状况中,观照自然宇宙生命的永恒运行与变化,从而了悟自然生命循环、万物生灭自然、无有常住。

有一点关于芙蓉花的翻译问题。欣顿把第一句的芙蓉花翻译为"lotus blossoms"或者"waterlily blossoms"（2002 年译本），似乎有待商榷。辛夷，落叶乔木，花苞绽开犹如芙蓉花，色红紫。裴迪同咏云："况有辛夷花，色与芙蓉乱。"可见第一句中的"芙蓉花"实际上是辛夷花（magnolia blossoms）。但因其形色状如芙蓉，因此诗人将辛夷比附为芙蓉花（hibiscus blossoms）。莲花与辛夷或芙蓉显然是不同的花。而且，莲花是水生植物，此句的"木末"显然表明芙蓉花应是乔木植物，而辛夷和芙蓉是乔木。所以，此句中的"芙蓉花"翻译成"magnolia blossoms"与原文意义对应，翻译成"hibiscus blossoms"与原文形式对应，两者都可以。叶维廉和杨宪益夫妇在译诗中都翻译成"hibiscus"。

第二首是《华子岗》：

华子岗

飞鸟去不尽，连山复秋色。

上下华子岗，惆怅情何极！

Master-Flourish Ridge

Birds in flight go on leaving and leaving.

And autumn colors mountain distances again：

crossing Master-Flourish Ridge and beyond，

is there no limit to all this grief and sorrow?

（欣顿译于 2002 年）

这是一首富含禅意的山水诗。"飞鸟"即是诗人登山所见，亦是富含禅味的意象。禅林往往把鸟飞去消失于天空、了无痕迹的意象喻为物体虚空、没有实体性的意境。王维望飞鸟而悟禅，因世界万物寂灭虚空而惆怅，诗意淡雅幽深。欣顿译诗的前联再现了鸟飞去和秋色临等大自然的物象的自然运化与流变。后联用问句表达了万物运化了无痕迹的感叹。

第三首是《木兰柴》：

木兰柴

秋山敛余照，飞鸟逐前侣。

彩翠时分明，夕岚无处所。

Magnolia Park

Autumn mountains gathering last light，
one bird follows another in flight away.

Shifts kingfisher-green flash radiant
scatters. Evening mists：nowhere they are.

（欣顿译于 2002 年）

王维在观照景物时，特别注意对景物的光与色彩的捕捉，他正是通过夕照中的飞鸟、山岚和彩翠的明灭闪烁、瞬息变幻的奇妙景色的表现，借以表达事物都是刹那生灭、无常无我、虚幻不实的深禅。在译诗中，首联是通过一个独立主格结构和一个主句把景致一一再现了出来，特别是"gathering last light"把"敛余照"译得很充分；"follows another in flight"译得形象生动。在后联，"夕岚"翻译成"evening mists"，再现了最后一抹余晖下的山间雾气。"nowhere they are"与原句中古代"无处所"所表达的飘忽不定、或有或无相比，是完全的消失。因此，整体上来说，译诗再现了一幅秋山暮霭鸟归图：最后一抹余晖中的山峦、彩翠的归鸟明灭闪烁，没入缥缈的夕岚中短暂时刻的自然景象。如果读者阅读了欣顿的导言和注释，对飞鸟的禅意意象有所了解，那么也许能大略理解到这首诗的禅意。

这种任山水自陈来表现万物万象，物各自然还见于其翻译的杜甫的《绝句》。

绝 句

迟日江山丽,春风花草香。

泥融飞燕子,沙暖睡鸳鸯。

One Quatrain

Lovely in late sun: mountains, a river,

Blossoms and grasses scenting spring wind.

Where mud is still soft, swallows fly.

On warm sand, ducks doze, two together.

(欣顿译于 1988 年)

这是欣顿早期的译诗。他用了日常简单的词汇来呈现原诗所呈现的春日物象的自然状态,让景物自陈,让读者去感应并体会春之生命韵味。也许英语读者觉得诗意简单。但恰恰是这份简单,读者可以轻松地与文本交流,直接地参与到诗人的直觉美感经验中,领会山水呈现的万物万象、物各自然的荒野宇宙观。欣顿在导言中就如此引导读者:"杜甫的山水诗是直觉经验的诗意表达,表现了万物变动不居的荒野宇宙观。人也像宇宙万物一样,参与到自然的运化中。"①

以上诗歌中,或者没有人,或者人居于次要位置且是悠闲状态,而让山水占得中心地位,出任主角,且这个主角是"本色自然"的主角。从生态学的角度看,这种自然中心观基于对自然万物的价值的客观性与内在性的认识。用荒野哲学和深层生态学的术语表达就是一切生命和非生命物都具有其内在价值。人是去认识它、呈现它,而不是去干扰它、规定它。这种生态学上的荒野宇宙观,正是山水诗诗人处理人与自然关系的依据,也是他们在走向山水时呈现出来的生态意识和生命自觉。这也是欣顿认

---

① Hinton, D. *Mountain Home: The Wilderness Poetry of Ancient China*. New York: New Directions Publishing Corporation, 2002a: 96.

为山水诗应被划入深层生态学的依据之一,以此为其译诗建构起世界文学性的语境架构。山水诗人笔下的自然物象不仅仅是物象,而且是对主体清净无染心灵的映像。因此,这些表现自然景观之明丽洁净、清新芳香、秀丽美妙等不可言说的庄严妙好,其实归根结底是为了表现诗人心中的宗教净土。

从以上翻译表现可以看出,欣顿译诗是在生态审美的基础上,努力再现性空无为、人与自然相生相融、美在自美的山水精神与生态智慧,而这一表现是源于欣顿对道禅哲学的体悟以及在此基础上对山水诗的荒野宇宙观的观照与阐释。它表明,译者走向山水诗就是走向与自然的生态关系与生态自觉。其生态译诗为山水诗在英语世界构建了生态诗的形象。正如学者马军红所言,"生态文学的译者,如同作者一样,尝试把自己的翻译与生态保护联系起来。通过翻译,传达一种健康的人与自然和谐的生态理念"①。

---

① 马军红. 美国生态文学在中国的译介研究. 中国翻译,2015(4):46.

第五章 生态译诗的陌生化诗歌翻译特征

在古诗词英译的翻译诗学上,鉴于中国古诗词与美国诗歌在诗学上的迥异,虽然一直存在对原诗的诗学特征和文化"他者"的再现的挑战,但是,也给了译者进行诗歌文学艺术再创造的机会和空间。翻译文学的新奇性使目的语受众不断有新的阅读发现,激发他们对文化"他者"的审美兴趣,激活阅读欣赏过程。这一认识不仅将翻译文学所追求的新奇性上升到本体论的高度,即翻译文学是再现相对于熟知的平行文本而言的新奇的文学主题、文学手段和文学意象。而且,也进一步支持了"存异"翻译伦理言说。这是对源本中异域性的尊重和对目的语文本的艺术创新的认同。翻译文学的新奇性不是为新而新,而是译者借助借陌生化翻译手段,使目的语文本受众对源本有着更深刻的理解与熟悉。正如诺贝尔文学奖得主爱尔兰诗人希尼(Seamus Heaney)所提出的,"翻译过程中译者适当抛弃语言的一般表达方式,将目的语的表达世界变得'陌生',以更新译者和读者已丧失了的对语言新鲜感的接受能力,使译者确实能够将原作中的差异性传达出来,以促进不同民族间相互理解和交流"①。英语世界的中国古诗词三代译者一直在不断努力更新古诗词的世界文学面貌,呈现出阶段性的诗歌翻译新奇性特征。

英语世界的世界文学界和读者对中国古诗词新奇性的期待,同时也

---

① Heaney, S. *The Government of the Tongue*. London: Faber and Faber, 1988: 36.

是建立在翻译的"假设性对等"(assumed equivalence)概念基础上的。这种对等不是指译文与原文的对等或语言对比,而是文学界与读者设定"功能—关系"概念,即译文功能以及译文与原文之间的关系。从这一概念,我们可以梳理出英美世界文学界对古诗词英译文的假设性对等的概念具有历史阶段性的差异。20世纪初的第一代译者的翻译假设性对等是意象派诗歌译文,即翻译的初始规范是倾向英美意象派诗学规范,体现出较高的接受性,创译程度较高;到了20世纪中期的第二代译者,假设性对等虽然向古诗词的诗学规范靠近了,也摆脱了意象派诗学对古诗词的刻板印象,创译的程度有所减弱,但初始规范还是倾向英美诗学;经过接近一个世纪的对古诗词的传播与接受,到了20世纪末直至现在,第三代译者的翻译初始规范具有古诗词诗学倾向。假设性对等的概念表现为,不仅追求再现古诗词的文化精神内核,而且力求形式对应,同时兼具的当代性英语诗学特征,使得第三代译者的翻译诗学不同于前两代,具有了翻译审美的新奇性基础。

一、陌生化诗歌翻译[①]

俄罗斯文学团体奥波亚兹及其发起者与领导者、俄国形式主义者什克洛夫斯基(Viktor Shklovsky)提出,陌生化是文学语言的本质属性,也是文学作为一种语言艺术的最本质特征,它是艺术性或是文学性的代名词。艺术的手法是使事物变得陌生,使形式变得艰涩,增加理解的难度,延长感知的时间,因为理解和感知的过程本身也是一种美学目的。文学家在进行文学创作时,刻意将"已知"变成"未知",将熟悉的变成陌生的,从而拉大作品接受者与表现客体之间的距离,增加理解和感知的难度和

[①] 对"陌生化诗歌翻译"概念的学理与机制的详细阐述,参见:陈琳. 陌生化诗歌翻译与翻译规范. 外语教学,2012(7):94-97;陈琳. 陌生化翻译:徐志摩译诗研究. 北京:中国社会科学出版社,2012:13-20.

时间,制造体会与感受的空间。文学中所采用的一切手法的目的,无外乎是提高作品的可感性,使人们感觉到它,而不仅仅认识它。因此,文学创作具有求新奇的趋向。用作品中新奇的、陌生的东西来提高理解难度和感知时间,吸引受众驻足鉴赏,满足人类"猎奇"的审美本性。"猎奇"涉及的对象包括文学体裁、文学主题、文学手段和意象。因此,陌生化性是文学性问题,而文学性问题又是艺术性问题。

翻译文学具有文学艺术性。本雅明认为,只传达信息而别无他物的诗歌文学翻译是蹩脚的翻译,因为作品中还包含一个最为本质的性质,即深不可测的、神秘的"诗性"的东西——一种只有身为诗人的译者才能够传达的东西。[①] 罗思(Marilyn Gaddis Rose)曾说:"成功的文学翻译在于译者是否传递了一部文学作品[源本]独特的艺术特征。"[②]当然,这种传递并非是同一个层面的传递,而往往是通过不同层面的互补性传递。译者反复权衡不同的语言表达方式和文体风格,最终的取舍取决于他的审美艺术修养和语言修养。因此,翻译文学的文学性程度以及是否得体依赖于译者的诗歌艺术修养。

翻译文学的文学艺术性决定了其对新奇性的追求。换言之,翻译文学的新奇性是文学性问题,这如同陌生化是文学创作的文学性问题和间离效果是戏剧性问题。它们三者的美均在于文学性或戏剧性显现出来的新奇感觉的艺术魅力,陌生化是文学性获得新奇美感享受的根本。因此,翻译文学的新奇性决定了陌生化应该成为文学翻译的重要手段。翻译文学对新奇性的追求有效地反映和揭露被归化或宽泛化翻译所蒙蔽的源本的现实,改变审美主体的思维定式,引导其以一种新的眼光对被陌生化的世界进行审美和判断,获得对译文文本的本真认识。

文学翻译陌生化的运用不仅仅是直译源语文本中的陌生化手法的简

---

① Benjamin,W. The task of the translator,1923. Zohn,H.(trans.). In Venuti, D.(ed.). *The Translation Studies Reader*. London:Routledge,2000:17-18.

② Rose M. G. *Translation and Literary Criticism Translation as Analysis*. Manchester:St. Jerome Publishing,1997:13.

单问题,而且是怎样发挥译者主体性、运用陌生化手段进行艺术再创造的问题。其目的在于,体现源文本的本真性、摆脱失去新鲜感和陌生感的陈词滥调的翻译腔,追求文学的新奇性。因此,翻译文学具有陌生化特征,译者的翻译具有陌生化取向。

陌生化翻译是关于翻译文学的文学性问题,尤其体现在形式层面。其定义为,译者力图避免将源语文本归化成目的语读者所熟知的或泛化成显而易见的内容和形式,而是通过异域化和混杂化翻译方法将文本的文学主题、手段和意象新奇化,在原文指向的空间内,进行艺术再创造,力图使目的语文本所述对象变得陌生,以延长翻译审美主体和审美接受者的关注时间和感受难度,引导其以一种异样的、惊喜的方式感知文本的新奇性,最终使其在观察文本的原初感受之中化习见为新知和新奇,在审美过程中不断有新的发现,增加审美感。

陌生化翻译不仅是延缓感受的审美过程的文学性问题,而且也是民族文学与外来文学发生良好交流关系的过程。正如伯尔曼(Antoine Berman)所言,"为了发展民族文化,吸收他人所长是一个方面;同时,任何与自身关系和自己所拥有的东西发生的关系都要通过严格意义上的'疏离',与他者和异域的关系才有可能发展"[1]。他在这里很清楚地指出,民族文化(包括文学)的形成和发展可以而且必须通过一种关系与"他者"或外来文化发生关系而壮大和丰富自己,这种关系就是"疏离"的过程,即疏离本土文学、疏离已有的文化和文学的"前在",以积极的姿态靠近外来文学中的异域性。他的这种"疏离"即陌生化翻译。这种关系的结果往往是作品成为世界文学。我们因此得出,陌生化翻译是世界文学椭圆空间中两种文化折射的结果。因此,译本既不属于源文化空间,也不属于东道文化空间,而是属于世界文学的椭圆空间。

---

① Berman, A. *The Experience of the Foreign: Culture and Translation in Romantic Germany*. Heyvaert, S. (trans.). New York: State University of New York Press, 1992: 32.

因此,陌生化翻译既是文学翻译审美机制,也是翻译策略。① 它往往通过创译的翻译方法以及异域化与混杂化翻译技巧来实现。② 异域化是指保留源本中异域的文学主题、文学意蕴以及手段与意象。根茨勒(Edwin Gentzler)认为:"译文应该保留源语文本的陌生化表现手法,如果源语文本中的表现手法在目的语中已经存在,译者就要构想出新的表现手法。"③杂合化指将源本的诗学特征与目的语的诗学特征相杂合。两者都是力图将习惯性的、普通的或熟悉的变得陌生,而产生文学新奇性的修辞效果,提高目的语受众对文学艺术元素的觉察。异域化和杂合化翻译技巧的使用往往导致译诗形式的有机译诗体化,从而让译诗具有较大的创译性。

二、翻译充分性与世界文学的当代性之调和

生态译诗是第三代译者的陌生化诗歌翻译诗学的具体表现。它包括对山水禅意诗和禅诗的翻译选目以及实现对诗词的道禅意蕴的生态审美的创译方法。它往往通过有机译诗体形式,诉诸异域化和杂合化的翻译技巧。生态译诗的目的在于努力再现古诗词的道禅生态境界,使译文成为具有东方生态智慧的生态诗歌,它造就了古诗词英译文的新奇性。

欣顿译诗的异域化是其翻译充分性体现。图里(Gideon Toury)提出,翻译充分性意味着译者遵循源语的语言与文学规范,因而产生了强制

---

① 韦努蒂将翻译策略定义为"原文文本选择和翻译方法"。详见:Venuti, L. Strategies of translation. In Baker, M. *Routledge Encyclopedia of Translation Studies*. London: Routledge, 1998:240.

② 纽马克区分了翻译方法与翻译技巧。前者指整个文本的翻译风格而言,后者是对句子、词等具体语言单位的翻译处理。详见:Newmark, P. *A Textbook of Translation*. Hertfordshire: Prentice Hall International (UK) Ltd., 1988: 81.

③ Gentzler, E. (ed.). *Contemporary Translation Theories*. 2nd ed. Shanghai: Shanghai Foreign Language Education Press, 2004: 80.

性转换,在英语译诗中尽可能保留原诗的特征。① 欣顿译诗的充分性为引入新的诗学主题与形式成为可能。同时,其译诗兼具当代接受性,即当代英美文学界对世界文学的定义特征。其译诗的充分性与当代性的有机调和,使得其获得了较高的接受度。关于这一点,我们可以从其译诗的出版、收录、评论以及获奖中得到见证(具体见第一章)。英语世界权威的世界文学选集之一——《贝德福德世界文学选集》——的翻译文学收录标准为"译文清晰、可读,同时在字面意义和艺术形式上忠实原作"②。对于诗歌翻译的鉴赏,其关注的"不是在翻译中的丢失的东西,而是获得的东西。最好的译诗不仅是复制(duplicate)原作,而且还是在新语言中的再创造(re-create)……欣顿的唐诗英译文本身就是优秀的英语诗歌"③。也就是说,从英译文的接受性角度来看,译诗呈现出的英语诗歌的诗性韵味是翻译之得,它让作品在新的语言语境下获得重生。虽然原诗的诗歌节奏、韵式,以及形式与内容的艺术完美结合等艺术特质消失殆尽,但诗歌的文学性通过有机译诗体得到实现,即在目的语中,让意义与形式进行全新的协调统一。虽然原诗的独特艺术"韵味"遗留在源语言和源文化中,但是译者把形式与内容置于目的语诗学系统中,通过在语言词汇、节奏、意象等多层次实现了诗歌艺术的新奇感。目的读者——英语读者——不可能去叹息翻译的"失",而是欣喜于眼前的具有新奇感的诗歌。正如达姆罗什所言,"只有承认文学意义存在于作品的诸多层次中,才可能对翻译文学进行批评性的赏析。如果作品的意义基本上只存在于原文语境的本土言语韵味中,那么,翻译很难成功"④。因此,译诗是放在世界文学的椭圆空

① Toury, G. *Descriptive Translation Studies—And Beyond*. Amesterdam:John Benjamins Publishing Company, 1995:58.

② Davis, P., et al. *The Bedford Anthology of World Literature*. Boston and New York:Bedford/St.Martin's, 2004:xxi.

③ Davis, P., et al. *The Bedford Anthology of World Literature*. Boston and New York:Bedford/St.Martin's, 2004:xxi.

④ Damrosch, D. *What Is World Literature?*. Princeton:Princeton University Press, 2003:291.

间中阅读的,而不是放在源语文化空间中来阅读的。这意味着,以世界文学的超然解读的态度来进行鉴赏,即作品的源文化和东道文化的诗学两者共同作用而发生折射变形的结果。在诗歌翻译中,与此相似,译者对原诗、原诗的诗学、目的语诗学的理解与阐释,不仅具有译者主体性,而且也具有时代性,也需要推陈出新的译文。当然,不是为出新而出新,而是将其对原诗进行新的阐释,进一步揭示和呈现作品作为世界文学的特质。

欣顿作为第三代译者的译诗风格显然不同于第一代的庞德和威廉姆斯和第二代的雷克斯罗斯和斯奈德的翻译风格。一方面,三代译者所处的东道文化和诗学背景不同,造成了椭圆折射的结果不同。庞德不谙汉语,但通过阅读费诺罗萨的笔记,对古诗词的丰富的意象性、表述的直接性、形式的精炼性等诗学特征产生了浓厚的兴趣,并基于这个笔记翻译了一组古诗词(*Cathay*,1915),为其建构英语意象派诗学的资源与诗学依据。虽然,其译诗不够准确,翻译充分性较低,但接受性较高,因为意象鲜明丰富,诗体体式为英语自由诗体,因此,陌生化翻译一蹴而就,触发了英美诗歌界和普通读者对古诗词的兴趣,开启了其古诗词英译文在英美世界文学中的一个小方向。第二代译者往往通晓汉语或具有基本的汉语阅读能力,其译诗的新奇性不仅体现在译文的充分性有很大提高,而且还体现在译诗选材的山水性和禅诗性,因而也体现出了相对于第一代译者的陌生化诗歌翻译的不同的内容。而欣顿作为第三代译者,其译诗的新奇性体现在对古诗词的荒野宇宙观的强调以及措辞准确性和形式的对等性上,翻译的充分性很高,但同时也有当代接受性。对于这些我们已经在第一章做了论述,在此,我们补充翻译个案分析。

第一首李白《送孟浩然之广陵》:

送孟浩然之广陵

故人西辞黄鹤楼,烟花三月下扬州。

孤帆远影碧空尽,唯见长江天际流。

On Yellow-crane Tower, Farewell to Meng Hao-jan
Who's Leaving for Yang-chou

From Yellow-crane Tower，my old friend leaves the west.

Downstream to Yang-chou，late spring a haze of blossoms

Distant glints of lone sail vanish into emerald-green air：

Nothing left but a river flowing on the borders of heaven.

（欣顿译于 1996 年）

Separation on the River Kiang

Ko-jin goes west from Ko-haku-ro，

The smoke-flowers are blurred over the river.

His lone sail blots the far sky.

And now I see only the river，

The long Kiang，reaching heaven.

（庞德译于 1915 年）

欣顿从标题到诗行几乎每个字的意义都对应地翻译出来。不仅如此,而且在标题中,还进一步补充交代了地点"On Yellow crane Tower"以及解释性地翻译成地点的现代名称"Yang-chou"。由于阴历三月的节气在中国南方是春暖花开的春天,在时间上晚于阳历三月,因此,意译为"late spring"在指称意义上是对等于原文的"三月"的。诗行就是欣顿式的双行体,对应于原诗的联。诗行的节奏也是欣顿式的均衡和齐整。也没有出现人称代词主语。从意义、形式以及节奏来看,其翻译是准确的,体现了很高的翻译充分性。就这一点而言,这效果相对于他前辈的译文就具有新奇性,因为翻译的高度充分性让读者有机会领会到原诗的形式特点。欣顿译诗的接受环境显然不同于第一代和第二代译诗的接受环境。经过第一代和第二代译者的译介,英美读者对于古诗词已经有了一定的认识,不再陌生。翻译的充分性与异域性成为当下陌生化诗歌翻译的当代内涵。因此,欣顿的忠实的翻译相对于庞德的译诗而言,具有了当下的翻译陌生化性。

庞德的译文显然是一首具有英语句法和诗学特征的意象派诗歌。人称代词"his""I"的出现,诗歌的节奏是自由诗体的自然节奏,意义有较大的删减和改动。删减的包括"故人""三月""下扬州""远影""碧"等等。行程的方向发生了完全的改变,本来是从西向东,改为了向西行进"goes west"。标题改动较大。但是,译诗的意象丰满,不仅整首诗是一个完整的意象,而且除了第一行,其他每一行都是意象的叠加:"The smoke-flowers are blurred over the river. / His lone sail blots the far sky. / And now I see only the river, / The long Kiang, reaching heaven."因此,庞德的译诗是一首意象派诗歌:意象丰富,节奏自然,用词生动。因此,在当时的意象派诗歌运动的肇始期,具有翻译陌生化性。因而其翻译体现了接受性倾向,虽然其翻译的充分性较低。

以下这首是李白《山中与幽人对酌》的译诗,它被同时收录于《贝德福德世界文学选集》(2004)和《新方向·中国古诗词选集》(2003)。

山中与幽人对酌

两人对酌山花开,一杯一杯复一杯。

我醉欲眠卿且去,明朝有意抱琴来。

Drinking in the Mountains With a Recluse

Drinking together among mountain blossoms, we
Down a cup, another, and another. Soon drunk.

I fall asleep, and you wonder off. Tomorrow morning,
If you think of it, grab your *ch'in* and come again.

（欣顿译于 1996 年）

既然两个代表性的选集都收录进去,这表明该译诗获得了显著的世界文学地位与身份。从诗学特征看,这首译诗具有英语自由诗的节奏,而且是齐整的五音步;行中频繁使用逗号既满足了英语句法的要求,也满足了自由诗的自然节奏要求。同时,用英语的双行体对应原诗两句成联的格式。第二行用了反复手法渲染开怀畅饮的场面。在第一和第二诗行用了英语的跨行形式。最后一行的文化词"琴"采取的是音译。从意义上讲,充分性很高。全部字的字面意义都一一翻译了出来,甚至文化词"琴"采用的都是音译。标题中把"幽人"翻译了出来。因此,译诗以"drinking together"体现与意气相投的"幽人"共饮的惬意且"山花"增添了气氛的幽美。此情此境,人、景、酒、事事称心如意,于是乎"一杯一杯复一杯"地开怀畅饮,直到一醉方休。下联用词则体现了李白的洒脱与率真(自己喝醉请对方自便;相邀改日再饮)。欣顿的用词口语化,但句式比较规矩:"I fall asleep, and you wonder off. Tomorrow morning, / If you think of it, grab your *ch'in* and come again."特别是"grab"这个词再现了李白词气飞扬的特点。因此,欣顿运用了异域化和混杂化的翻译技巧,把原诗的形式与内容用英语诗学进行了诗歌的再创造,制造了审美距离,产生了艺术的距离感,使译诗获得陌生化诗歌翻译效果。

欣顿的译诗风格显然不同于其他译者。《新方向·中国古诗词选集》同时还收录了威廉姆斯的译文:

Drinking Together

We drink in the mountain while the flowers bloom,
A pitcher, a pitcher, and one more pitcher.
As my head spins you get up.
So be back any time with your guitar.

(威廉姆斯译于 1966 年)

威廉姆斯的译文体现出了他对原诗不同的理解、阐释与再现,侧重于表现李白的豪放和超凡脱俗,甚至让西方读者联想为纵情喝酒、率性洒脱,因为标题中没有把"幽人"译出。因此,没有酒逢知己的愉悦,只有在美景中恣情纵饮。译诗使用口语,简明清晰地再现意象,句式松散短小、随意,甚至最后一句都是很口语化的祈使句。这表现出他的诗歌创作风格。这一创译再现了李白的一种随心所欲、恣情纵饮、不拘礼节的人生态度,一个具有高度个性化、恣意飞扬、超凡脱俗的艺术形象,体现出李白洒脱的歌行的风格。

诗歌翻译不可能完全实现翻译的充分性。往往是不同的译文凸显了作品的不同诗性特征。这意味着,同时阅读一首诗歌的重译文,有利于领会和捕捉作品的丰富的本真面貌。在温伯格的《新方向·中国古诗词选集》中,威廉姆斯、庞德、雷克斯罗斯、斯奈德、欣顿的译文有时会并置在一起。也许这是原因之一。当然,我们认为,更重要的原因是陌生化诗歌翻译所致。不同的译者有对诗歌艺术的新奇性有不同追求,其结果是每一个译者的译文本身就是一首独立的新诗,就如同以上两位译者对李白这首诗歌的翻译。

以下是由欣顿和雷克斯罗斯翻译的杜甫的《旅夜书怀》,同时被收录于《新方向·中国古诗词选集》。欣顿的译诗还被收录于《贝德福德世界文学选集》。

旅夜书怀

细草微风岸,危樯独夜舟。

星垂平野阔,月涌大江流。

名岂文章著,官因老病休。

飘飘何所似,天地一沙鸥。

Thoughts, Traveling at Night

In delicate beach-grass, a slight breeze.

The boat's mast teetering up into solitary

Night, plain open away beneath foundering stars.

A moon emerges and, the river vast, flows.

How will poems bring honor? My career

Lost to age and sickness, buffeted, adrift

On the wind—is there anything like it? All

Heaven and earth, and one long sand-gull.

（欣顿译于 1988 年）

　　欣顿在翻译杜甫的诗歌的时候，用四行体翻译五言，用双行体翻译七言，以示形式的区别。因此，这首译诗是四行体。正如欣顿的忠实的翻译风格，对原诗中的每一言的字面意义都予以了翻译，但又是以现代英语诗学的特征表现出来。之所以是把每一言的字面意义翻译出来，而不是把古诗词蕴含的深刻含义解释出来，是因为欣顿认为，古典式凝练而简单的表达是为了把艺术鉴赏的无限空间留给读者，即古诗词的艺术留白，而不是英语诗歌那样，一切尽在言说中。英汉诗词语言的言意关系差异导致的诗歌鉴赏传统的差异，即古诗词的感悟式鉴赏和英语诗歌的直觉式鉴赏。正如他在《杜甫诗选集》的导言中所言，"古诗词用其简约的书面文字和语法带来的最优雅、最复杂的话语。英语诗歌正相反，一切意义都诉诸显性的语言表达上，其意几乎是一目了然。这就是为什么从英语的角度看汉语，古诗词清楚而简单。英语诗歌的特点全然不同于汉语赋予古诗词的特点。英语的修辞要求语言表达的复杂性、多样性、微妙性、戏剧性、韵式以及音乐性等都具有显性，这一点与汉语完全不同"①。面对这一英汉诗学差异以及鉴赏方法的差异，欣顿的翻译方法是每一言的字面意义都忠实、准确地翻译出来，但是，诗行的节奏是自由诗体的节奏，节奏数量大致保持匀称，以大致对应于原诗的格律的齐整性，以此获得最大限度的翻译充分性，从而获得异域性。

---

① Hinton, D. *The Selected Poems of Tu Fu*. New York: New Directions Publishing Corporation, 1988: xv.

不仅字面意义得到了准确翻译,而且兼顾了古诗词的语法简约性特征,运用了英语的词组如"in delicate beach-grass, a slight breeze""all Heaven and earth, and one lone sand-gull",后置修饰语如"the boat's mast teetering up into solitary""plain open away beneath foundering stars""my career lost to age and sickness""buffeted""adrift on the wind",以及修辞性断句如"A moon emerges and""the river vast""flows"等。整个译诗中,两个句子是直译原诗的修辞性的感叹句和疑问句。译诗也同原诗一样,主语"我"没有出现。因此,诗行突出的特点是再现了古诗词的语法简约性和人称代词空缺的特点。既然译诗被收录进了两个选集,这种极度简约受到了英语本族语者的肯定和欣赏。因此,译诗的充分性和接受性都很高。

我们对比一下雷克斯罗斯的译文,其被收录的情况肯定了其很高的翻译接受性。

Night Thoughts While Travelling

A light breeze rustles the reeds

Along the river banks. The

Mast of my lonely boat soars

Into the nights. Stars blossom

Over the vast desert of

Waters. Moonlight flows on the

Surging river. My poems have

Made me famous but I grow

Old, ill and tired, blown hither

And yon; I am like a gull

Lost between heaven and earth.

(雷克斯罗斯译于 1956 年)

众所周知,亚洲古诗词对英美 20 世纪上半叶的诗学发展影响至深,成为英美现代诗歌运动潮流的重要灵感来源。雷克斯罗斯对中日古诗词的翻译以及其诗歌创作汇入了美国现代诗歌发展的这一潮流中。其中,他对杜甫情有独钟,因为他对社会不公与不平的不满与杜甫的心系苍生、胸怀国事的现实主义批判精神产生了共鸣,他的自由、洒脱、旷达、反叛的真性情与杜甫的狂放不羁的性情似乎也有着相似之处。作为旧金山诗学中心的代表诗人,他通过诗歌发出了其对社会的批评之声,抒发豪放诗情。因此,他钟情于翻译杜甫的诗歌。

这首译诗的翻译接受性高于翻译充分性。它是一首优美的英语自由体诗歌,节奏流畅、简短,意象清晰,措辞归化。诗行的句法完全英语化,通篇是由众多的完整句子构成的,而且最后一句不仅出现了主语"I",还把隐喻翻译成了明喻。这一方面是英语诗歌语言的语法显性所致,但是其修辞作用强烈。诗人的漂泊、流离的悲伤情绪表达得非常充分而显著。标题"旅夜书怀"被改写为"Night Thoughts While Travelling"。相比之下,欣顿的翻译"Thoughts, Travelling at Night"显然是更准确的翻译。译诗中对声音和意象有所强化,例如"rustle"和"soar"等。有几处改写,如:"平野"改写为"vast desert of waters","官因老病休"改写为"I grow old, ill and tired"。整个译诗语法显性、原诗的艺术留白被填充,诗歌蕴含的意义显性化,有明显改写,因而作品被创译为一首英语现代自由诗。

因此,当把欣顿和雷克斯罗斯的译文放在一起,译诗就呈现出新奇性。处于 20 世纪中期的英语现代诗歌运动中的英语读者,在从雷克斯罗斯的译诗中领会到英语自由诗的表达性的同时,也领略到了英语现代诗与中国古诗词在诗学上的融通所产生的新的诗歌艺术审美;经过三十年之后,读者又从欣顿的译文中领略到了原诗的诗学特征及异域特征,产生了新的艺术审美,获得了新奇感。这种新奇感是相对于雷克斯罗斯的译文富于英语现代诗的"旧"而言的。

欣顿译诗的高度的翻译充分性,使得译诗不仅不同于前辈的译诗,而且在诗歌艺术审美上产生了新奇感,从而具有陌生化诗歌翻译性。正如美国法尔、斯特劳斯与吉劳克斯出版社对其译诗的评价，"欣顿译诗使人耳目一新，这些古老的诗让人感觉是那么的新鲜而富有当代性。他开创了一个诗歌文学翻译传统，译诗焕然一新但又是原作的共鸣"①。所谓"新鲜"，就是其对原诗的异域性的高度尊重和充分的再现，从而让英语读者有了进一步靠近原诗的机会，与作品发生了一次新的交流。这种具有高度翻译充分性的翻译使译文具有异域性，而异域性正是当代翻译伦理的主张以及全球化的文化价值的追求。从而成为当代性的具体体现。这个评论切中肯綮地指出了"欣顿开创了一个诗歌文学翻译传统，译诗焕然一新但又是原作的共鸣"。欣顿开创的译诗传统就是，以翻译充分性为导向导致的当代性，成就了其译诗的陌生化诗歌翻译性。其充分性倾向于当代世界文学性的接受性的有机调和具体体现在主题、语言形式与手段、意象等层面上的转换。

三、语言表达的异域性与道禅意蕴的新奇性

欣顿译诗的充分性倾向与世界文学当代性的有机调和的表现在诗歌形式上的体现，主要表现在双行体、逐字逐言的文化内涵式翻译以及碎片化表达。

古诗词的艺术美感，内在是其意境和神韵，外在则是辞采、声律、结构和诗体。但是，任何内在的美感都必须通过外在的形式来表现。意境的和谐和混成，必须靠文字的声律、辞采来体现；神韵虽在文字之外，也必须依附于文字。美的主题，必须凭借美的组织形式，才能激发出审美感受。在外在形式上，诗体是一个重要的方面。欣顿对近体诗乃至宋词的翻译均采用双行译诗体，整首诗的诗行的节奏数和篇幅长度大体保持一致，因而产生了诗体形式齐整、节奏匀称的诗歌形式效果。这种欣顿式的双行

---

① Hinton，D. *Classical Chinese Poetry：An Anthology*. New York：Farrar，Straus and Giroux，2008：back cover.

译诗体体现了翻译的杂合性。一方面,它具有近体诗两句成联的形式的异域性的身影,且节奏匀称,产生了诗联的既视感①;另一方面,其诗歌的结构是英语自由诗的起合传承,而非近体诗的特质结构。② 事实上,欣顿的这种译诗体也是经过他摸索思考而成的。我们可以从他对杜甫的诗歌翻译中看出这一过程。

望　岳

岱宗夫如何? 齐鲁青未了。

造化钟神秀,阴阳割昏晓。

荡胸生曾云,决眦入归鸟。

会当凌绝顶,一览众山小。

Gazing at the Sacred Peak

What's this ancestor Exalt Mountain like?
An unending green of north and south,
ethereal beauty Change-Maker distills
where *yin* and *yang* split dusk and dawn.

It breathes out banks of cloud. Birds clear
my eyes vanishing home. One day soon,
at the top, those other peaks will be small
enough to hold, all in a single glance.

（欣顿译于 2008 年）

---

① 既视感或既视现象:源自法语"déjà vu",指未曾经历过的事情或场景仿佛在某时某地经历过的似曾相识之感。

② 古诗词的结构章法很有讲究,所谓起结开阖、回互周旋、草蛇灰线等。用现代语言表述为逆其式、承接式、交综式、翻叠式、对比式和跳跃式等。限于英汉语言、古诗词与英语自由诗的诗学差异等原因,从这一层次去对译诗作批评,很可能徒劳无功。

Gazing at the Sacred Peak

For all this，what is the mountain god like?

An unending green of lands north and south：

from ethereal beauty Creation distills

there，*yin* and *yang* split dusk and dawn.

Swelling clouds sweep by. Returning birds

ruin my eyes vanishing. One day soon，

at the summit，the other mountains will be

small enough to hold，all in a single glance.

（欣顿译于 1988 年）

我们可以看出这两个不同时期译本的译诗体的差异。事实上，这不是个案，而是一个系统性的转变。在其第一本译诗集《杜甫诗选》（1988）中，他用四行体对应翻译五言，用双行体翻译七言。欣顿从 1993 年的《陶潜诗选》译诗集开始至今，就一直采用的是双行体，因此，在 2008 年再版杜甫译诗时，他将之前翻译的四行体全部重译为双行体。

双行体并非是为形式而形式，也注意节奏安排以及尽可能地与原诗的诗句的意义保持对等。在其 2002 年的重译文中，最后一联是这样的"at the summit, all the other peaks will be / small enough to hold in a single glance"。这一译文与 2008 年的译文 "at the top, those other peaks will be small / enough to hold, all in a single glance" 相比，"top"比"summit"更吻合节奏，"enough to hold"后面用逗号，也顺应自由诗的自然节奏。把"all"调整为修饰"in a single glance"，再现了诗人不怕困难、敢于攀登绝顶、俯视一切的雄心和气概的气势。

如果说，欣顿的双行体译诗具有古诗词的诗联的既视感，那么，其诗行的节奏的匀称和长短的大体一致更加增强了这份异域感，再现了近体诗对节奏和字数齐整性的严格要求。2008 年的重译文的四联的节奏数依次是 4,5,5,4。因此,对于英语读者而言,如此节奏齐整的双行体,使审美的形式变得困难、新奇,从而导致陌生化翻译。

再看一首李白的《登金陵凤凰台》。

登金陵凤凰台

凤凰台上凤凰游,凤去台空江自流。

吴宫花草埋幽径,晋代衣冠成古丘。

三山半落青天外,二水中分白鹭洲。

总为浮云能蔽日,长安不见使人愁。

On Phoenix Tower in Chin-ling

In its travels, the phoenix stopped at Phoenix Tower,
but soon left the tower empty, the river flowing away.

Blossoms and grasses burying the paths of a Wu palace,
China's capped and robed nobles all ancient gravemounds.

The peaks of Triple Mountain float beyond azure heavens,
and midstream in open waters, White-Egret Island hovers.

It's all drifting clouds and shrouded sun, Lost there,
Our Ch'ang-an's nowhere in sight. And so begins grief.

(欣顿译于 1996 年)

可以看出,这是节奏齐整的双行体。相比之下,庞德对这首诗的翻译就脱跳、灵活了许多:频繁的拆句与脱体使诗行变得活泼,诗行缩进造成意象叠加的效果。原诗因此被创译为一首意象丰富的英语意象派诗歌。

The City of Choan

The phoenix are at play on their terrace.

The phoenix are gone，the river flows on alone.

Flowers and grass

Cover over the dark path

Where lay the dynastic house of the Go.

The bright cloths and bright caps of Shin

Are now the base of old hills.

The Three Mountains fall through the far heaven，

The isle of White Heron

Splits the two streams apart.

Now the high clouds cover the sun

And I can not see Choan afar

And I am sad.

（庞德译于 1915 年）

欣顿给予原诗中每一个字足够的重视。往往把标题中的每一个字和诗中的每一言的意义都翻译出来。我们可以对比一些标题的翻译。例如：

宿建德江

Overnight on Abiding-Integrity River	（欣顿 译）
Mooring on Chien-Te River	（斯奈德 译）
Night on the Great River	（雷克斯罗斯 译）

夜归鹿门歌

Returning Home to Deer-Gate Mountain at Night	（欣顿 译）
Returning by Night to Lu-Men	（雷克斯罗斯 译）

鸟鸣涧

Bird-Cry Creek	（欣顿 译）
Bird and Waterfall Music	（雷克斯罗斯 译）

长干行

Ch'ang-Kan Village Song　　　　　　　　　　　（欣顿 译）

Long Banister Lane　　　　　　　　　　　　　（威廉姆斯 译）

A River-Merchant's Wife：A letter　　　　　　　（庞德 译）

玉阶怨

Jade-Staircase Grievance　　　　　　　　　　　（欣顿 译）

The Jewel Stairs' Grievance　　　　　　　　　　（庞德 译）

黄鹤楼送孟浩然之广陵

On Yellow Crane，Farewell to Meng Hao-jan Who's Leaving

for Yang-chou　　　　　　　　　　　　　　　　（欣顿 译）

Separation on thc River Kiang　　　　　　　　（庞德 译）

赠卫八处士

Visit　　　　　　　　　　　　　　　　　　　（威廉姆斯 译）

For the Recluse Wei Pa　　　　　　　　　　　　（欣顿 译）

To Wei Pa，A Retired Scholar　　　　　　　（雷克斯罗斯 译）

酬张少府

In Reply to Vice-Magistrate Zhang　　　　　　　（欣顿 译）

以上这些标题翻译,欣顿往往对每一个字的字面意义都描述性地直译出来。相比之下,斯奈德和雷克斯罗斯是灵活的意译。欣顿这样处理,我们认为,体现了他作为译者对汉字的表意性和汉语文化意义的异域性的尊重。他对汉字的拆字法和象形性具有浓厚兴趣。在他的散文集《饥岳》中,他醉心于荒野宇宙观的核心概念的字眼的拆字和象形性,并由此展开对其蕴含的文化意义的思考和追寻。汉字的表意性以及事物名称的表意性是汉语和汉语命名文化的特征,因此,字面直译有利于汉语的这一语言文化特质的再现。往往依据欣顿的标题翻译,能较为准确地回译到原标题。欣顿的这种直译不是简单的直译,而是文化内涵式的翻译,即把每个字和词的文化内涵与所指意义忠实地翻译出来。例如，"建德江"译为"Abiding-Integrity River"，"广陵"译为"Yang-chou"，"处士"（隐而不仕之人）译为"Recluse"，"少府"译为"Vice-Magistrate"等。"长干行"翻译为"Ch'ang-Kan Village Song"，把其为乐府曲名的性质翻译出来了，而且，这个乐府中的文化地理典故也再现了出来。我们认为，标题的逐字逐词文化内涵式直译也是他践行其所声称的"文化翻译"策略的表现。从文学审美来说，标题本身变得困难和陌生，非英语读者所熟知的审美对象和形式，因而达到了陌生化的效果。

同时，欣顿的文化翻译还表现在对荒野宇宙观的文化词给予的特别重视与再现。我们来看其翻译的韦应物《秋夜寄邱员外》。

秋夜寄邱员外

怀君属秋夜，散步咏凉天。

空山松子落，幽人应未眠。

Autumn Night, Sent to Ch'iu Tan

This autumn night become thoughts of you,
I wander along, offer cold heaven a chant.

In mountain emptiness, a pinecone falls.
My recluse friend must not be asleep either.

（欣顿译于 2002 年）

欣顿用浅白朴素的用词把每一言的意义翻译出来了，再现了韦应物这首五绝的孤寂低沉和清韵秀朗。可以说，这首诗风格冲淡闲远，语言简洁朴素，诗风恬淡高远。其中，"空山"翻译成"in mountain emptiness"，重心落在"空"。原诗中的"空"具有禅意的空寂，松子的落地，是以动衬静。既写出友人邱丹居住环境的清幽空灵，又暗示出邱丹的身份是隐者。正如我们在第二章阐述的，在欣顿看来，"空"是山水诗的荒野宇宙观的内容之一,因此,他这样的翻译处理凸显出这一哲理意向。况且最后一行的"recluse"把"幽人"的所指翻译出来了。英语读者通过这些词句以及欣顿在尾注中对"emptiness"佛禅意义的解释,也许能大略领会到韦应物对其隐士友人知音般的感应与关切之情,以及对隐逸生活与意境的写照。

我们再看一首杜甫的《晓望》,分别是欣顿和雷克斯罗斯的译文,均被收入《新方向·中国古诗词选集》中。

晓　望

白帝更声尽,阳台曙色分。

高峰寒上日,叠岭宿霾云。

地坼江帆隐,天清木叶闻。

荆扉对麋鹿,应共尔为群。

Dawn Landscape

The last watch has sounded in K'uei-chou.

Color spreading above Sun-Terrace Mountain,

a cold sun clears high peaks. Clouds linger,

blotting out canyons below tangled ridges,

and deep Yangtze banks keep sails hidden.

Beneath clear skies: clatter of falling leaves.

And these deer at my bramble gate: so close

here, we touch our own kind in each other.

（欣顿译于 1988 年）

这首诗作于唐代宗大历二年(767)秋,杜甫当时流寓夔州瀼西,即白帝城一带。欣顿译诗的首联把原诗首联对时间与地点的交代也逐一翻译出来。译诗的颔联"a cold sun clears high peaks"不仅意义忠实,而且英语表达也很简练新颖。尤其是"Clouds linger, blotting out canyons below tangled ridges"把"叠岭宿霾云"译得充分而精巧。颈联"and deep Yangtze banks keep sails hidden. / Beneath clear skies: clatter of falling leaves."虽然省译了"地坼"这一夸张修辞,但是把其解释性地译为"deep Yangtze bank",不仅为英语读者巧妙地弥补了三峡地理信息背景知识,而且"deep"一词在一定程度上地弥补了"地坼"的意义,也引出了"hidden"的可能条件。英语的名词"clatter"以及动名词"falling"翻译汉语的"闻"的意义,把"闻木叶"也是很英语化的表达。因而再现了望江帆、闻木叶,视听结合、江阔天高、寂静景象。观景者面对着云雾山岭、纵深峡谷与江水,显得渺小而孤寂。"And these deer at my bramble gate: so close / here, we touch our own kind in each other."不仅把每一言都一一翻译出来,而且最后一行用表示友好和友情的语言"touch our own kind in each other"再现了诗人流落西南、无朋友相聚的落寞,只有与动物相依的孤零。读罢欣顿的译诗,不得不惊叹他的翻译的充分性与接受性的完美实现。

很明显,欣顿把每言的意义都翻译出来了。古诗词往往言不尽意,其精炼的文字和结构留下了艺术空白给读者去领会和鉴赏。

> 古诗词语言不是停留在显性东西(书面文字)上,而是延伸到读者脑海中。读者的知识、鉴赏期待与习惯是古诗词语言不可或缺的组成部分,甚至诗歌的语法结构也都具有这种读者性。而且,唐诗力图用最少的笔墨勾勒主题,然后由读者去参与完成最细腻深邃的诗意与意境的建构,这是古诗词基本的鉴赏方法。其结果是,极其简约的书面文字带来的最优雅、最复杂的话语(古诗词)。①

因此,欣顿意识到,对古诗词丰富而深邃的诗意的鉴赏和理解取决于

---

① Hinton, D. *The Selected Poems of Tu Fu*. New York: New Directions Publishing Corporation, 1988: xiv-xv.

读者与文本的交流。诗歌的"言"本身是清晰和简单的。译者的人物是让"言"再现,而不是为读者填充意义。他说:"我的翻译目的就是在英语中再造与原文互利性的架构(create reciprocal configurations in English)。因此,对于杜甫诗的种种不确定性,我努力让它们以新的面貌再现(as new systems of uncertainty),而不是去消解。就好像杜甫是当今英语世界的诗人,他在用今天的英语写诗。"①这就意味着,他要用英语再现杜甫的诗学特征。因此,努力把一字一顿用英语字面表达出来,而把对其意蕴的理解留给英语读者去完成,如同杜甫把对诗歌意蕴的阐释留给中国读者一样。因此,欣顿给予"言"充分的重视。与英美其他古诗词翻译家相比,也可以说是到了前所未有的重视程度。这样的结果,不仅使其译诗对于英语读者来说显得新奇而陌生,而且,显然也与其前辈的译诗截然不同。以下是雷克斯罗斯的译文。

Dawn Over the Mountains

The city is silent,

Sound drains away,

Buildings vanish in the light of dawn,

Cold sunlight comes on the highest peak,

The thick dust of night

Clings to the hills,

The river boats are vague,

The still sky—

The sound of falling leaves.

A huge doe comes to the garden gate,

Lost from the herd,

---

① Hinton, D. *The Selected Poems of Tu Fu*. New York: New Directions Publishing Corporation, 1988: xv.

Seeking its fellows.

（雷克斯罗斯译于 1956 年）

雷克斯罗斯的翻译体现出一个诗人译者对原诗的洒脱的创译。译诗的形式与译诗的内容成为一个有机的整体，是有机译诗的方法。译诗读起来就是一首形式精炼、诗行错落有致、意象丰富的英语现代诗，但其场景、主题却与原诗相差甚远，只能依稀地看到原诗的踪影。首先，把场景改为了城市，把更声改为普通声音，把阳台山改为建筑物（也许是把阳台山误读为建筑物的阳台的缘故），把黎明改为了傍晚，把人与鹿为伴的孤寂改为了对迷路失群的鹿的爱怜。因此，译诗的意象是如此构成的：寂静的城市——冷清的阳光与山峰——傍晚的雾霭——寂静的天空——迷路的麋鹿。这是诗人服膺于 20 世纪上半叶英语诗歌现代化诗学运动的需要和影响的结果。

另一方面，欣顿往往对体现荒野宇宙观的字词直译并加注释，解释其道家/禅宗的文化意蕴。特别是几个关键的词，如，禅(Ch'an)、道(Way)、有(presence)、无(absence)、无心(no-mind)、理(inner pattern)、闲(idleness)、空(emptiness)、白云(white-cloud)、门(gate)、空门(empty gate)等，都是字面直译，然后在尾注中对其道禅文化内涵给予意义解释①，让英语读者尽可能理解到山水诗的荒野宇宙观。他的解释并不局限于这些常出现的词。他的翻译原则是，对于文化词，采用字面直译，然后对之进行注释，引导英语读者对文化蕴含或暗指的理解。例如：

寂寥天地暮，心与广川闲。

（王维《登河北城楼作》）

It is dusk—heaven and earth vast silence，
Mind all idleness a spacious river shares.

（欣顿译于 2006 年）

---

① 欣顿对这些译词的解释，我们已经做了阐述，见本书相关的章节。

他将"寂寥"译为"vast silence",并对其进行了注释:"'寂'是王维诗中经常出现的概念,相当于'空'。"①又如:

> 空居法云外,观世得无生。

（王维《登辩觉寺》）

> Inhabiting emptiness beyond dharma cloud，
> we see through human realms to unborn life.

（欣顿译于 2006 年）

他对"dharma cloud"和"unborn life"做了注释。前者是佛教语,佛法如云,能覆盖一切,也指修炼的最高境界。后者是道家/禅宗概念。随着大自然流化而生灭的我是"自我","真我"从未出生,是"无"或"空"。禅定静坐可以通向"真我"。又如:

> 住处名愚谷,何烦问是非。

（王维《田家》）

> Some call it Simpleton Valley，but why
> Confuse things with *yes it is*，*no it isn't*?

（欣顿译于 2006 年）

他将"是非"直译并斜体,表示了是外来词。然后对之进行解释:"出自庄子的《齐物论》。只有承认万物自然发生,才能自生。如果去判断事物对错或希望如此,就远离了无我的自然发生。"②

欣顿不仅逐字逐言翻译,而且翻译对应,用词准确、浅白平易。平淡而不露斧凿,显示出宁静淡泊的诗性,而非感情洋溢的诗歌用语。例如:

---

① Hinton，D. *The Selected Poems of Wang Wei*. New York：New Directions Publishing Corporation，2006：104.
② Hinton，D. *The Selected Poems of Wang Wei*. New York：New Directions Publishing Corporation，2006：107.

造化钟神秀，阴阳割昏晓。

（杜甫《望岳》）

Ethereal beauty Change-Maker distills

where *yin* and *yang* split dusk and dawn.

（欣顿译于 2002 年）

"造化"在被字面直译的同时，又英语化为发出动作者的拟人化的名词，保留了汉语文化对大自然的这一称呼的文化蕴意，即自然界是变动不居、自我运化的。① 他用极其简约的方式践行了他所声称的文化翻译。与他的 1988 年的译文相比，显然这是两种不同的翻译方法。在 1988 年的译文中，"造化"被译为"Creation"，这显然是归化翻译，意为上帝造物主的创造。又如：

龙钟一老翁，徐步谒禅宫。

欲问义心义，遥知空病空。

（王维《夏日过青龙寺谒操禅师》）

A lone old man bone-tired and dragon-slow,

I reach this temple of *Ch'an* stillness asking

The meaning of mind's meaning—but soon

Far off, know emptiness is an empty disease.

（欣顿译于 2006 年）

原诗句平静的叙述，让人感觉到诗人的虔诚，沉稳和坚实。译诗逐一直译了每一言所表达的意义。

再如其翻译的李白的《静夜思》：

---

① 在其译诗集《李白诗选》的尾注中，他将"造化"解释为"literally 'create change', the force driving the ongoing process of change—a kind of deified principle"。

静夜思

床前明月光，疑是地上霜。

举头望明月，低头思故乡。

Thoughts in Night Quiet

Seeing moonlight here at my bed，

and thinking it's frost on the ground，

I look up，gaze at the mountain moon，

then back，dreaming of my old home.

（欣顿译于 1996 年）

其用词用语一如原诗那样，语言清新朴素而韵味含蓄无穷。用词虽然平凡、常见，但非常贴切地一一再现了原诗的言所表达的所指意义，给英语读者一种新的体验、新的感受。我们对比一下庞德的译诗：

Calm Night Thought

The moon light is on the floor luminous

I thought it was frost，it was so white

Holding up head I look at mountain moon

That makes me lower head

Lowering head think of my old home.

Alternate lines：

Mountain

Looking up I find it to be the moon.

（庞德译于 1915 年）

相比之下,庞德的译诗增加了一些修饰词语(如"luminous""white"
"mountain moon")和修辞手法(例如,重复"lower head"),也有省略(如
"床前")、拆句与意象叠加(如最后两行)。但这些手段使得意象非常鲜
明,表达出思乡愁绪之浓重。

再比较欣顿、威廉姆斯、斯奈德翻译的孟浩然的《春晓》:

春　晓

春眠不觉晓,处处闻啼鸟。
夜来风雨声,花落知多少。

Spring Dawn

In spring sleep, dawn arrives unnoticed.
Suddenly, all around, I hear birds in song.

A loud night. Wind and rain came, tearing
blossoms down. Who knows few or many?

(欣顿译于 2004 年)

欣顿的这首译诗具有欣顿译诗体的明显特征:双行体,行中频繁用逗
号,短语使用频繁,节奏整齐而自然轻松。用词浅白平易,力图将每一言
的意义都翻译出来,且对应原诗甚为口语化的表达,如最后一行的"Who
knows few or many?"。

Spring Dawn

In Spring you sleep and never know when the moon comes,
Everywhere you hear the songs of the birds,
But at night the sound of the wind mingles with the rain's,
And you wonder how many flowers have fallen.

(威廉姆斯译于 1966 年)

威廉姆斯的诗体节奏齐整,语法条件完全英语化(例如,增加了主语"you")。意象简明清晰,叙述方式亲和而素朴,将原诗创译为一首能体现其诗歌创作风格的诗歌,简单、清晰而日常口语化。再看斯奈德的译文:

Spring Dawn

Spring sleep，not yet awake to dawn，

I am full of birdsongs.

Throughout the night the sounds of wind and rain

Who knows what flowers fell.

（斯奈德译于 1989 年）

斯奈德的这首译诗诗体也体现出其鲜明的译者风格:诗行极其精炼、错落有致,用词精简、使用了创造性修辞与词汇(如"spring sleep""birdsongs"等)、诗行中间用空白体现停顿,整体给人一种新的体验、新的感受。原诗被创译为一首景致、短小的英语自由诗。

欣顿译诗的诗句句法往往呈现出片语化。片语化由两个语言手段构成。一是诗行多由短语、独立主格结构、分词结构等语言片语的并置为主,完整的句子为辅。一是行中多出现修辞性标点符号(以逗号为主),这一方面是出于英语的句法的需要和译诗的节奏,另一方面也是体现了原诗的顿,虽然位置并非与原诗的顿的位置相同。我们看其译的王维《辋川集》中的几首。

孟城坳

新家孟城口,古木余衰柳。

来者复为谁,空悲昔人有。

Elder-Cliff Cove

At the mouth of Elder-Cliff，a rebuilt house

among old trees，broken remnants of willow.

Those to come：who will they be，their grief
over someone's long-ago life here empty.

（欣顿译于 2002 年）

译诗的诗行的片语化体现在三句诗行中均出现了逗号或冒号。首联由三个词组构成：一个介词词组（"at the mouth of Elder-Cliff"）、两个名词词组（"a rebuilt house among old trees"和"broken remnants of willow"）。尾联也出现了两个名词词组（"those to come"和"their grief over someone's long-ago life here empty"），从而制造了意象并置效果。

文杏馆

文杏裁为梁，香茅结为宇。

不知栋里云，去作人间雨。

Apricot-Grain Cottage

Roofbeams cut from deep-grained apricot，
Fragrant reeds braided into thatched eaves：

no one knows clouds beneath these rafters
drifting off to bring that human realm rain.

（欣顿译于 2002 年）

虽然这首译诗的诗行中间没有出现标点符号，但诗行以短语为主。译诗的首联由两个名词短语构成，尾联的第二行是分词短语。

诗行的片语化的诗学效果使得诗行语法条件简约、句法单纯，节奏轻松自然，凸显了意象并置的效果，而这些正是山水诗的句法特点。山水诗充满意象罗列的诗句，这不得不归功于中文的特殊的语法条件。诗句中的词与词组是意合而不是语法形和，因而诗歌中主语、动词省略、词语之间无须语法虚词关联。其结果是,名词、名词片语等就能产生单纯的意象,可以不经分析或解说,直接诉诸读者的感官感受,唤起联想,进而产生山水历历在目的感觉。山水诗的诗句中的"名词或名词片语罗列现象与倒装句型有利于产生意象,甚至语法正常的句型……也可以使名词或名词片语孤立,而产生意象"[①]。因此,译诗诗行的片语化是翻译异域化的结果。对于英语读者而言,这是相对于他们熟悉的以句子为主的译诗或本土诗歌而言,形式变得困难、审美对象变得陌生,从而产生陌生化诗歌翻译的文学艺术效果。

四、意象模拟与审美的新奇性

山水诗诗人善于勾勒意象来模拟山水的声色状貌,用形象化的凝练语言,反映其感官感受,突出形象的具象性,提供一种身临其境的既临感,也使读者产生既视感,直接参与诗中山水展露的美感经验。中文古文的特殊的语法条件是塑造意象的温床。这些特殊的语法条件包括名词片语、倒装句型、主语空缺等。但是,自然界的山水景物不仅是具体的静态形象,也有生命变化的动态形象。山水诗的意象性是一直吸引着英美诗歌文学界垂青于古诗词的重要原因之一。欣顿力图在译诗中模拟意象.

对于静态意象的翻译,欣顿一般采用字面直译。首先,山水诗人善于利用山水景物的声色状貌的特点来塑造意象,通常是形容词与名词,或名词罗列的结构。对视觉感官的表达则以色彩字为修饰语,产生鲜明的意象,而且这些意象往往以对比姿态出现,使色彩感更鲜明强烈。欣顿直译这些色彩词。例如以下画线部分:

荆溪白石出,天寒红叶稀。

（王维《山中》）

---

① 王国璎. 中国山水诗研究. 北京:中华书局,2007:240-243.

Bramble stream, <u>white rocks</u> jutting out.

Heaven cold, <u>red leaves</u> scarce. No rain^①

（欣顿译于 2006 年）

隔巢<u>黄鸟</u>并，翻藻<u>白鱼</u>跳。

（杜甫《绝句》）

Light caresses a tree's waist. Two <u>yellow</u>

<u>birds</u> keep hidden in their nest. Where

shattered reeds float，a <u>white fish</u> leaps.

（欣顿译于 1988 年）

山水诗中的视觉或听觉感受，有时就用"声""色"等字点出。对于"声"，欣顿依据声音具体特点做具体翻译。对于"色"，他往往字面直译。如：

泉<u>声</u>咽危石，日<u>色</u>冷青松。

（王维《过香积寺》）

Cragged rock swallows a creek's <u>murmur</u>,

Sunlight's <u>color</u> cold among pines. Here

（欣顿译于 2006 年）

形容词形成的静态动词主要是描写物性意象，欣顿往往用形容词或者形容词性的分词来进行对等翻译。如：

迟日江山<u>丽</u>，春风花草<u>香</u>。

（杜甫《绝句》）

<u>Lovely</u> in late sun：mountains，a river

Blossoms and grasses <u>scenting</u> spring wind.

（欣顿译于 1988 年）

---

① 英译文均保留完整诗行，以下不再一一注明——编者注。

"丽"和"香"是静态动词,描绘了宁静的山水画面。形容词"lovely"和形容词性的分词"scenting"也表示出了物象的性状。

其次,动态意象的翻译。动态意象往往通过动词来体现。虽然欣顿也是采用字面直译,但是,译词的词性要依据英语诗行的句法情况而定。如:

江碧鸟逾白,山青花欲<u>燃</u>。

(杜甫《绝句》)

Birds are whiter on jade-blue water.

Against green mountains, blossoms verge

Toward <u>flame</u>. I watch. Spring keeps

(欣顿译于 1988 年)

"燃"字,原来只是不及物动词,在此却兼有形容词的功能,形容花如火焰般红艳,非常生动、传神而新颖。但由于是介词宾语,因此,欣顿译为名词"flame"。

诗中表示位置移动的动词,由于能联系两个空间物体,因而产生动态的感觉,是诗人塑造动态意象时所乐用的。欣顿在翻译时,往往也是直译为表示位置移动的动词,再现动态视觉感受。如:

樵人归白屋,寒日<u>下</u>危峰。

(贾岛《雪晴晚望》)

Woodcutters <u>return</u> to their simple homes,

and soon a cold sun <u>sets</u> among risky peaks.

(欣顿译于 2002 年)

还有诸多使役动词(主—动—宾)表示强烈的动态感受,欣顿根据英语动词特点,采用及物或不及物性动词翻译,意义也颇传神。

波澜<u>动</u>远空。

(王维《汉江临泛》)

Rippled waves fluttering empty sky-distances.

（欣顿译于 2006 年）

山光摇积雪。

（李白《游秋浦白苛陂》）

Mountain light trembles on drifted snow.

（欣顿译于 2006 年）

山水诗人往往喜用条件句式和倒装句式，出其不意地塑造出动态意象。为了捕捉山水景物在某种时空状况下的景象观，或刹那间的特点，条件句式为诗人所用，句子的前两字以主谓或动宾结构写时空；后三字则表现这时空状况产生的状态或结果，常用主谓或主动宾的结构。且前两字和后三字之间有明显的因果关系。欣顿在翻译中，往往用介词短语表示时空意象，后用主谓或主动宾结构表示状态或结果意象；或者就用一个主动宾结构表示意象。如：

野旷天低树，江清月近人。

（孟浩然《宿建德江》）

Heaven settles far and wide into trees,

And on this clear river, a moon drifts near.

（欣顿译于 2004 年）

江动月移石，溪虚云傍花。

（杜甫《绝句》）

Moonlight across stone, the river flows.

At the brook's mirage, clouds touch blossoms.

（欣顿译于 1988 年）

倒装句式也往往具有传达动态感受的功能。所谓倒装，一是颠倒主语和谓语。以下的诗句都是颠倒主语和谓语的倒装句，因为都身兼条件式与使动式,体现意象并置,特别呈现了自然界生命的活力与动态。

竹喧归浣女,莲动下渔舟。

(王维《山居秋暝》)

Bamboo rustles: homeward washerwomen.

Lotuses waver: a boat gone downstream.

(欣顿译于 2006 年)

泥融飞燕子,沙暖睡鸳鸯。

(王维《绝句》)

Where mud is still soft, swallows fly.

On warm sand, ducks doze, two together.

(欣顿译于 2006 年)

欣顿往往保留倒装,而且用英语的标点符号来体现意象的并置与句法的简约,如"Bamboo rustles: homeward washerwomen"。而且,它还与"Lotuses waver: a boat gone downstream"形成平行结构,更是体现了结构的匀称与视觉感受,从而加强了英语读者对景象的既视感。第二个例子也是如此,倒装保留,用状语或介词词组表示了条件句式。再现条件句式与使役句式并用。这两句也形成了一对平行结构,意象的并置导致意象丰富性。而且,两行中出现了三组头韵,分别是"soft, swallow""ducks doze""two together",蕴含了语言的音乐美和整齐美,产生了春意盎然、生机勃发、音义一体的效果,具有很强的表现力和感染力。

另外一种倒装是将宾语置于句首,倒装成条件句式。例如下面两句。"楚塞"是动词"接"的宾语,"荆门"是动词"通"的宾语,都分别置于句首,倒装成条件句式,其原来的使役句式所具有的动态功能仍然继续有效,自然界生命的变化与劲力亦并存于句中。欣顿把倒装调整为非倒装,翻译为一个主动宾的句子,使得意象也保持动态性。如:

楚塞三湘接,荆门九派通。

（王维《汉江临泛》）

Three rivers merge on the border of Ch'u.

Nine streams wind through Bramble-Gate Gap.

（欣顿译于 2006 年）

还有一种倒装句式是主语和宾语对调,例如:

泉声咽危石,日色冷青松。

（王维《过香积寺》）

Cragged rock swallows a creek's murmur,

Sunlight's color cold among pines. Here

（欣顿译于 2006 年）

正常的语序是"危石咽泉声,青松冷日色",意指危石阻断了泉流,使得泉声哽咽,青松使得日色凄冷,在语法层次上是使动式,表现自然界力的转移和流变的动态意象。欣顿把第一句调整为非倒装,用了动词"swallow";第二句用的是诗歌中常用的一种结构"名词短语—后置补语"的结构,这个补语可以是形容词短语、介词短语、分词短语等等,以补充说明中心名词,这种结构在欣顿的译诗中常被使用。如此处理,把原意象再现出来了,而且对于英语读者来说,审美对象变得新奇。同样的例子还可以见于对《对雪》的翻译。

乱云低薄暮,急雪舞回风。

（杜甫《对雪》）

And a lone old grief-sung man. Clouds at

twilight's ragged edge foundering, wind

buffets a dance of headlong snow. A ladle

（欣顿译于 1988 年）

诗句也是倒装句。欣顿的 "Clouds / at twilight's ragged edge

foundering"基本上保留了倒装,但采用的是"名词短语—介词"短语。第二句则把倒装颠倒过来了,因为,"wind buffets a dance of headlong snow"生动地体现了风吹雪舞的动态意象。

根据以上所述,欣顿译诗通过种种翻译技巧,特别是直译技巧,模拟了山水意象的声色状貌,让其译文对于英语读者产生审美的距离,使诗中的审美对象变得陌生、形式变得困难,从而增强了其译诗的陌生化诗歌翻译性。

陌生化诗歌翻译是翻译文学的文学性的表现。通过以充分性翻译,使形式困难、对象新奇,产生了文学的陌生化;由于欣顿的充分性倾向的重译不同于之前的接受性倾向的译文,这一点也增强了其译诗的翻译陌生化性。同时,译诗的语言表达具有用词直白素朴的特点。两者相结合成就了译诗的世界文学的当代性特征。欣顿译诗无论在思想内容、语言形式以及意象上,均突出表现了翻译的充分性和接受性。正如华兹生对其译诗的评价,"欣顿的翻译,在忠实于原诗的内容和诗性的同时,始终表现出英语诗歌的想象力和有效性,在捕捉诗人的个人风格上独具非凡的表现技巧"①。可见,欣顿的译诗的充分性与接受性的平衡是得到同行专家认可的。

---

① Hinton, D. *The Late Poems of Meng Chiao*. Princeton: Princeton University Press, 1996: back cover.

第六章　对近禅习道诗人山水诗 的差异化翻译

　　欣顿自从 1988 年出版第一本古典译诗集《杜甫诗选》以来,一直潜心耕耘于古诗词的译介,翻译了陶潜、谢灵运、孟浩然、王维、李白、杜甫、寒山、韦应物、孟郊、韩愈、白居易、李贺、杜牧、李商隐、鱼玄机、梅尧臣、王安石、苏东坡、李清照、陆游、杨万里等二十余位诗人的诗。他注重深入挖掘和分析每一位诗人的信仰及其哲学背景,并在译诗集的译序中进行重点剖析与介绍。由此,希冀引导读者领悟诗人特立独行的哲学思想与对精神境界的追求,从而有效鉴赏诗人抒情言志的语言艺术。他力图从当代生态整体主义的角度,阐释诗人们富于禅韵道意且各具形态的诗学追求与表现,努力再现每位诗人的独特的诗歌风格,从而使其译诗具有差异化,避免了译诗风格同质化倾向。正如华兹生所赞赏的,"欣顿的译文不仅意义忠实,神韵再现;而且语言始终具有想象力,并富于英语诗歌的诗性,同时,有效再现了他所翻译的每一位诗人独特的诗歌艺术风格和语言艺术特征"①。

　　我们拟以欣顿翻译的王维、李白、韦应物、孟郊和白居易等五位近禅修道诗人的山水诗为个案研究,描述其译笔的差异化的具体表现。这五位诗人的山水诗的构思立意往往是他们个人近禅修道的修为和思想境界

---

① Hinton, D. *The Late Poems of Meng Chiao*. Princeton: Princeton University Press, 1996a: back cover.

的结果。他们创作的意味深长的山水禅意诗,能充分地反映出欣顿翻译行为的生态译诗性。而且,这五位诗人的诗歌风格与语言艺术具有鲜明的个性化特征,对欣顿的匠心独运的差异化译笔构成比较大的挑战,而这正有利于我们对他的差异化翻译的特点进行有效的比较与分析。因此,我们拟在这一章逐一分析欣顿对这五位诗人诗歌的翻译,以进一步阐述其创译的具体表现及其生态译诗的效果。

一、王维:禅宗意境与空明淡远

欣顿翻译出版的《王维诗选》(2006),因其译诗再现了王维诗的禅宗意趣以及高简淡远的诗歌艺术风格,在出版的第二年即获得了美国笔会中心授予的"笔会译诗奖"。评论家对该译诗集也给予了高度评价。江岚曾评价:"翻译质量非常好。"①该译诗集收录了王维的一百首诗。

王维(701—761),字摩诘,号摩诘居士。在他生前,友人就评论他为"当代诗匠,又精禅理"。在中国诗史上,王维以"诗佛"著称。他倾心禅宗,耽于禅悦。禅宗对其人其诗的影响,已经在学界形成了定论。王维同时接近北宗和南宗,但主要受南宗菏泽禅影响。②菏泽禅主张现实的一切皆妄,要求超越这虚妄的现实去发现真实的"自性"。其诗中表现的是菏泽禅的"凝心入定、住心观静、起心外照、摄心内证"的境界以及北宗讲究的坐禅。欣顿努力地把握了这一点,他说:"禅是王维诗歌的灵魂。……王维隽美的诗歌意境深远,以最基本和最美妙的方式让意识回到性空与山水中。其诗歌将万物因自足的自性而成性空的禅意表现得空明淡

---

① 江岚. 唐诗西传史论——以唐诗在英美的传播为中心. 北京:学苑出版社,2009:284.

② 关于王维习禅背景,请参见:周裕锴. 中国禅宗与诗歌. 上海:上海人民出版社,1992:60-95;孙昌武. 禅思与诗情. 北京:中华书局,2006:167-194.

远。"①因此,欣顿对王维诗中的禅意的再现自然是非常重视,构成了其对王维诗翻译的最大特色。这主要体现在对禅宗术语、禅宗意趣以及由此生成的空明淡远的诗歌风格。

"禅"字是王维诗中常出现的词。欣顿均译为"*Ch'an* stillness",并在尾注中对这一禅宗术语进行了简要的解释:禅是梵语"*dbyana*"的中文翻译,意为静坐冥想。这也解释了欣顿采用音译后面还增加了"stillness",以体现这种精神状态的静笃的特质。如:

薄暮空潭曲,安禅制毒龙。

(王维《过香积寺》)

On lakeshores,water empty,dusk spare,
Ch'an stillness masters poison dragons.

(欣顿译于 2006 年)

山中多法侣,禅诵自为群。

(王维《山中寄诸弟妹》)

A sangha forms of life; chanting, sitting
ch'an stillness. Looking out from distant.

(欣顿译于 2002 年)

甚至,原诗的字面上没有"禅",但是其所指具有这个意义,欣顿进行了增译。如:

软草承趺坐,长松响梵声。

(王维《登辩觉寺》)

Grasses cushion legs sitting *ch'an* stillness

---

① Hinton,D. *The Selected Poems of Wang Wei*. New York:New Directions Publishing Corporation,2006:xxi.

up here. Towering pines echo pure chants.

（欣顿译于 2006 年）

因为"软草承趺坐"，对于中文读者而言，能立刻领会到安然盘腿坐在草蒲团上进行禅定静坐的意象。英语读者显然不具备这一文化背景知识，因此，欣顿补充了"*ch'an* stillness"。

禅的另一个表达方式是禅定。因此，王维诗中，会出现"定"字。欣顿也因此把它翻译为"*ch'an* stillness"。如：

新买双溪定何似，余生欲寄白云中。

（王维《问寇校书双溪》）

What's *Ch'an* stillness like there, facing Twin Creek,

Looking forward to old age lived out amid white cloud?

（欣顿译于 2006 年）

受南宗禅绝对肯定清净自性，将之视为万物的本性的影响，王维善于把禅的"见性"观念有机地融入诗的情境之中，表现物我一如的境界。欣顿也力图让英语读者能大略领会到这一境界，例如他对王维的极富禅意的诗《终南别业》的翻译。

终南别业

中岁颇好道，晚家南山陲。

兴来每独往，胜事空自知。

行到水穷处，坐看云起时。

偶然值林叟，谈笑无还期。

Whole-South Mountain Hermitage

I cared enough for Way in middle age,

so now I'm settled beside South Mountain.

Setting out alone in an old age，emptiness

Knowing itself here in such splendor，

I often hike up to where streams end，

gaze into a time newborn cloud rise.

If I meet some old-time in these woods，

we laugh and talk，all return forgotten.

（欣顿译于 2006 年）

原诗中王维抒写了他终南隐逸生活的情趣与禅悦境界。特别是颈联"行到水穷处，坐看云起时"体现了其禅宗观的观物方式，后来成为南宗公案里参悟的象征。欣顿将"道"译为"Way"，并在前言和尾注中对它在古代哲学中的含义给予了简要阐释："道，指万物自然生灭、有无相生的生发过程。"①"Setting out alone in an old age，emptiness / Knowing itself here in such splendor"再现了诗人喜好幽独、毫无羁束、参悟性空的安逸自得的禅悦状态。欣顿对"emptiness"的哲学意义做了简要解释，即具有生命力的无。② "I often hike up to where streams end，/ gaze into a time newborn cloud rise."也再现了诗人在行云流水的大运化中实现了物我无间。"If I meet some old-time in these woods，/ we laugh and talk，all return forgotten."再现了诗人随遇而安、洒脱任运的乐道情怀。

王维诗歌另一个突出特点是把禅意的"空"观艺术化、形象化。禅宗主要是发展了大乘般若学。对于这种有无双遣的理论，王维深谙其妙，在《荐福寺光师房花药诗序》中，他写道："心舍于有无，眼界于色空，皆幻也。离亦幻也。至人者不舍幻，而过于色空有无之际。故目可尘也，而心未始同，心不世也，而身未尝物，物方酌我于无垠之域，亦已殆矣。"王维是以这

① Hinton，D. *The Selected Poems of Wang Wei*. New York：New Directions Publishing Corporation，2006：xx.
② 关于欣顿对"道"的阐释，见本书的第三章第一节。

种"幻化"的眼光来看人生,看世界的。色即是空,空即是色,非有非无,亦有亦无,一切都在有无色空之际。这种思想方法,渗透在诗歌艺术思维中,便产生了空明摇曳、似有若无的审美境界,以及高简闲淡的诗歌艺术风格。欣顿通过种种翻译技巧来再现王维的这种诗境与诗意。我们来看其对王维的《鹿柴》和《山居秋暝》的翻译。因为这两首诗中的"空山",显然不是空无所有的山,而是心灵的"性空",是道家与禅宗的"无"的状态。

鹿　柴

空山不见人,但闻人语响。

返景入深林,复照青苔上。

Deer Park

No one seen. Among empty mountains,

hints of drifting voice, faint, no more.

Entering these deep woods, late sunlight

flares on green moss again, and rises.

（欣顿译于 2006 年）

没有人迹、没有人声,只有返照的光影,日暮山林的空寂是诗人超逸、高妙、不为物扰的寂静心体的映照。《坛经》中说心如虚空,而虚空是不能被污染的。神会则说作为绝对的只有寂静心体,般若智慧之用就是体认这心体的清净本性。因而一心对于外物要不粘不滞,在观照万物之中不起心,不动念,进而领悟清净自性本身。欣顿的译诗用了"No one seen"和"empty mountains"表示了空和不见人的情境。第二句"hints of drifting voice, faint, no more"中的"hints of drifting voice"表示了缥缈的声音若有若无,紧接着的"faint"和"no more"则是声音慢慢地逐步消失在深林里,显然比原句表达的意境更加空寂。也就是说,他把空寂更加明晰化。这是因为,他认为"空"在原诗中不仅是明示的,而且是王维诗歌的主题。

欣顿在《王维诗选》的前言和尾注中都对此进行了介绍。他说："在王维诗中,虚空的心境常常出现,而且以'空'字表现。他的诗艺的最大魅力是其唤起对空的直接而深刻经验的方式。"①而且,欣顿的译诗在语言形式上也成功地回避了"我"。从这些可以看出,欣顿如此明晰、强调性地突出空寂,是让英语读者能直接而深刻地感受到空山在此时此刻的空寂,再现了王维直接表现情境之空寂的表达方式。值得一提的是,欣顿 2002 年的译文里并没有"faint"一词,由此可见他的用意所在。因此,欣顿努力再现王维的诗艺和诗境。在后联的译文 "Entering these deep woods, late sunlight / flares on green moss again, and rises" 中,平衡的重音数和行中逗号的使用加强了诗句的节奏感。我们来比较一下他 2002 年译本的最后两句:"Entering these deep woods, late sun- / light ablaze on green moss, rising."相比之下,这一译文的跨行显然是为了节奏的需要;但是把 rising 改为"and rises",就避免了这一需要。动词"ablaze"是指太阳猛烈照耀。而"flare"指摇曳或短暂的照耀,而且强度比"ablaze"要小,更加符合斜阳夕照、将要消失的情境。美国当代诗人和文学评论家柯什(Adam Kirsch)认为,欣顿用这个词用得别具匠心。他说:"'flares'表现了光线的突然出现,这样读者也和诗人一样,仿佛兀地看到了一抹夕阳穿过森林的黑暗,静静地洒在那的情景。欣顿强调,这种惊喜感不仅从视觉上获得,而且也具有时间性,之所以是'复照',就说明诗人只看到西沉的斜阳,而并没有看到太阳升起后的阳光。"②

如果说欣顿的这个译文凸显了这首诗"无念无我的澄澹意境"③,那么斯奈德的译文则凸显了原诗作为五言绝句的简练和诗性。

---

① Hinton,D. *The Selected Poems of Wang Wei*. New York:New Directions Publishing Corporation,2006:xxiii.

② Kirsch,A. Disturbances of peace. (2009-05-20)[2014-11-13]. http://www.newrepublic.com/article/books/disturbances-peace.

③ Hinton,D. *Mencius*. New York:Counterpoint/Perseus Books Group,1999a:xiii.

Deer Camp

Empty mountain：

    no one to be seen.

Yet—here—

    human sounds and echoes.

Returning sunlight

    enter the dark woods；

Again shining

    on green moss，above.

（斯奈德译于 1978 年）

斯奈德的创译使得译诗"读起来就是一首美国诗歌。但同时他也把每个字都翻译出来了，也没添加意义"①。而且，虽然这首译诗不是五言，但是其音步排列整齐、单双行错落有致，节奏飘逸清朗，似乎是原诗五言绝句的对等体。

雷克斯罗斯的译文则完全是另一番景象。

Deep in the Mountain wilderness

Deep in the mountain wilderness

Where no body ever comes，

Only once in great while

Something like the sound of a far off voice，

The low rays of the sun

Slip through the dark forest，

---

① Weinberger，E. & Paz，O. *19 Ways of Looking at Wang Wei*. New York：Moyer Bell Limited，1987：43.

And gleam again on the shadowy moss.

（雷克斯罗斯译于 1970 年）

　　如果说欣顿的创译凸显了禅意，斯奈德的创译凸显了形式，那么，这首译诗则是在形式和意义方面都与原诗相去甚远，成为霍尔姆斯所定义的偏异译诗体(deviant form)。温伯格认为"它是拟作而不是翻译"[1]，因而创译程度最高。雷克斯罗斯作为诗人，把这首诗创译成了一首富有自身节奏和歌咏荒野的荒野自由诗。从世界文学角度来看，这首拟作是源文化与东道文化对作品进行折射的结果。我们在第二章分析了美国的浪漫主义荒野观的文化传承以及在 20 世纪六七十年代深层生态学以及荒野诗学的兴起，激发了对荒野精神与理想的追求。因此，雷克斯罗斯解读出诗中的荒野精神并把它主题化，显然是这一文化与文学背景的影响结果。而且，从翻译多元系统理论看，也许有对古诗词的接受的时代性问题。在 20 世纪 70 年代伊始，古诗词英译文在美国的文学系统乃至世界文学系统中，是处于边缘位置的。在这种情况下，对翻译的接受性的考虑要大于对翻译充分性的考虑。

　　王维的《山居秋暝》也同样是"空"观的体现。

山居秋暝

空山新雨后，天气晚来秋。

明月松间照，清泉石上流。

竹喧归浣女，莲动下渔舟。

随意春芳歇，王孙自可留。

Autumn Twilight, Dwelling Among Mountains

In empty mountain after the new rains,

---

① Weinberger, E. & Paz, O. *19 Ways of Looking at Wang Wei*. New York: Moyer Bell Limited., 1987: 23.

It's late. Sky-*ch'i* has brought autumn——

bright moon incandescent in the pines，
crystalline stream slipping across rocks.

Bamboo rustles：homeward washerwomen.
Lotuses waver：a boat gone downstream.

Spring blossoms wither away by design，
but a distant recluse can stay on and on.

（欣顿译于 2006 年）

王维这首诗以一幅清新自然、生动静谧的山中晚景,反照出"空"观和禅悦境界。第一,欣顿的译诗对禅意的把握通过几个词的着意处理而再现出来。"空山"直译成"empty mountain",且对"empty"的禅宗意义有简要的注释;"天气"直译为"sky-*ch'i*",欣顿对此注解为"'气'指宇宙气息、精气、生命元气";"随意"译为"by design",意为自然的造化;"王孙"则意译为"a distant recluse",把这个暗典的所指意义直接翻译给英语读者。因此,这四个英语表达及其注释把这首诗中的禅意带给了英语读者。再现了王维借所写的景物参悟自性、抒发自性的诗情禅意。外境不再是与主体相对立的客体,而是物我冥契,或者是渗透了"我"的感受、成了"我"的心态的反照。因此,译诗实现了欣顿所声称的文化翻译,即把诗中的道家/禅宗思想和意境翻译出来。第二,译诗的诗行句法简练。双行的句法具有对称性,例如第二、三、四对,这使得译诗结构匀称、意象简洁而分明。同时也运用了英语跨行(如第一对双行与第二对双行之间),使得诗行匀称、节奏齐整,似有仿拟原诗七律结构的妙处。第三,译诗措辞不仅与原诗意义对应,而且也承袭了王维的用词浅白平易、意象洗练的特点。这种异域化的技巧,不仅创造了新奇的意象,而且表达也是出其不意的简单,且意象的静态性与动态性也得到一一保留。静态意象有"new rains""sky-*ch'i*""bright moon""a distant recluse"等;动态意象包括"bright moon incandescent in the pines""crystalline stream slipping across rocks""bamboo rustles""homeward washerwomen""lotuses waver""a boat gone downstream""spring blossoms wither away""a distant recluse can stay on"等。整体而言,译诗再现了王维的高简闲淡的诗歌艺术风格。欣顿非常推崇王维这种风格。他说:"王维是中国诗歌精炼工厂。……他的诗歌意象简约到极致。"①

试比较被收入《新方向·中国古诗词选集》的雷克斯罗斯的译文。

Autumn Twilight in the Mountains

In the empty mountains after the new rain

The evening is cool. Soon it will be Autumn.

The bright moon shines between the pines.

The crystal stream flows over the pebbles.

Girls coming home from washing in the river

Rustle through the bamboo grove.

Lotus leaves dance behind the fisherman's boat.

The perfumes of Spring have vanished

But my guests will long remember them.

(雷克斯罗斯译于 1970 年)

这是一首极具英语自由诗特征的诗歌,节奏自然,结构自由,句式几乎全部英语化成完整的句子,读起来轻松愉快、意象鲜明,但是不见王维退隐之志气、禅悦闲适之情。译诗创译为一首留恋春芳的英语抒情诗,而不是富有禅意的中国山水诗。首先,场景的时间发生了改变,时值不是秋天(Soon it will be Autumn),而是春末的傍晚。其次,对关键词,如"空""随意""王孙"等的文化内涵没有给予注意,甚至忽略掉了。最后一句是译者的自由抒发,但突出了译诗的主题:对春天气息的留恋。因此,这是

① Hinton,D. *The Selected Poems of Wang Wei*. New York:New Directions Publishing Corporation,2006:Introduction.

一首典型的诗歌创译,译者把它创译为一首不带禅意的、纯粹的山水抒情诗。这反映了20世纪中期英美诗歌译坛的翻译接受性倾向的翻译规范。

王维的禅宗空观成为其诗歌空明淡远的风格的基石,并让古诗词实现了从质实到空明的转变,创造出空明灵动的意境。《泛前陂》一诗即是如此。

泛前陂

秋空自明回,况复远人间。

畅以沙际鹤,兼之云外山。

澄波澹将夕,清月浩万闲。

此夜任孤棹,夷犹殊未还。

Adrift on the Lake

Autumn sky illuminates itself all empty

distances away toward far human realms,

cranes off horizons of sand tracing that

clarity into mountains beyond clouds.

Crystalline waters grow quiet at nightfall.

Moonlight infusing idleness everywhere,

I trust myself to this isolate paddle, this

observance on and on, no return in sight.

(欣顿译于 2006 年)

欣顿通过创译,突出了空明淡远的意境。首先,在首联的第一行,通过运用英语诗行的尾重修辞手法,将"秋空"的"空"(empty)置于行尾,而且还增加了程度修饰词"all",凸显了"空"的意境。"明"用了动词形式,成为这一行的中心词。两者共同突出空明的意境。不仅如此,他还通过运用英语诗行的跨行技巧，用"all empty"以及与第二行中的"distances away toward far human realms"凸显了"远"。在翻译颔联时，欣顿运用了英语的独立主格结构加强了对空境的描写。而且，他增译了"clarity"，并与"mountains beyond clouds"一起，凸显了空明与"外"。在颈联中，欣顿用"crystalline waters""grow quiet""infusing idleness everywhere"凸显了清明、清幽与性空。在尾联中，"trust myself to this isolate paddle"和"no return in sight"凸显了脱俗超然、清寂的境界。因此，欣顿的译诗再现了诗人静极空怀的心灵，把人们带进了诗人构筑的仙界。把原诗中的"远""外""闲""孤"等禅宗求闲的清幽精神融进了译诗。

王维信奉禅宗，而禅宗主要是发展了大乘般若学。对于这种有无双遣的理论，王维深谙其妙，在《荐福寺光师房花药诗序》中，他写道："心舍于有无，眼界于色空，皆幻也。离亦幻也……这种思想方法，渗透在诗歌艺术思维中，便产生了空明摇曳、似有若无的审美境界。这种空明摇曳而又雄奇阔大的境界在王维诗中俯拾即是。欣顿基本上逐言译出，力图再现其空明意象。如：

> 江流天地外，山色有无中。
>
> 郡邑浮前浦，波澜动远空。
>
> （王维《汉江临泛》）

Mountain colors infuse being and nonbeing,
and the Han flows beyond heaven and earth.

Outland cities floating shorelines on ahead,
rippled waves fluttering empty sky-distance.

（欣顿译于 2006 年）

> 高城眺落日，极浦映苍山。
>
> （王维《登河北城楼作》）

And this city-wall gaze：a setting sun low,

Far shallow reflecting azure mountains.

（欣顿译于 2006 年）

因此,冲淡的诗歌风格在王维的诗歌中处处可见,如《山中寄诸弟妹》。

山中寄诸弟妹

山中多法侣,

禅诵自为群。

城郭遥相望,

唯应见白云。

In the Mountains, Sent to Ch'an Brothers and Sisters

Dharma companions filling mountains

a sangha forms of itself：Chanting，sitting

Ch'an stillness. Looking out from distant

city walls，people see only white clouds.

（欣顿译于 2006 年）

这种"淡",首先表现在语言色泽上的"淡",可以称之为"水墨不着色画"。欣顿的译诗体现出用词对应而浅白平淡。其次,这种"淡"更多的是创作主体佛禅心境的"淡"。因此,欣顿不仅在标题中增加了"*Ch'an*",而且将第二、三行的"禅诵"译为"Chanting, sitting / *Ch'an* stillness",并且对"white clouds"的禅意做了注释:"白云富于禅意,指心空和任云自在、隐逸逍遥感。"①

禅宗主张任运自在,随处领悟,反对拘执束缚,更反对雕琢藻绘,一

---

① Hinton，D. *The Selected Poems of Wang Wei*. New York：New Directions Publishing Corporation，2006：105.

切都在本然之中,一切都是淡然无为,而不应是牵强着力的。禅家公案强调这种淡然忘机、不系于心的精神。"平淡"或"冲淡"的风格,来源于一切不系于心的主体心态,任运自在,不执着,不刻挚,如天空中的游云一般。山水派诗人,多有如此心态。王维所谓"万事不关心"是正面的表白。"行到水穷处,坐看云起时"正是禅家"不住心""无常心"的象征。"淡远""平淡"的风格,实际上是与无所挂碍、无所系缚、任运自如的主体心态有密切关系的。这种主体心态还表现为禅悦于幽独境界与静寂氛围。如:

> 终年无客常闭关,终日无心长自闲。

(王维《答张五弟》)

No guests the whole year through, I keep the gate always closed.
No mind the whole day through, I keep idleness always whole.

(欣顿译于 2006 年)

欣顿的译诗不仅结构对应于原句,而且还对"gate""no mind""idleness"等的禅意做了尾注,因此,让译诗体现出王维诗的充满禅宗意趣的幽独境界。王维诗表现这种禅观观照下的幽独情怀的诗句比较多,欣顿往往力图再现,如"独坐幽篁里"译为"sitting alone in silent bamboo dark","独坐悲双鬓"译为"Lamenting this hair of mine, I sit alone"。"独"与"幽"字,是欣顿译笔不会错过的关键词。这也是他对古诗词的哲学文化含义高度重视的结果。王维诗渲染山水的宁静与远离尘世喧闹并非为了摹写山水形貌,而是为了在一方山水物象中,寄寓幽独的情怀。

因此,欣顿对王维诗歌的创译再现了王维诗歌的禅宗意境与空明淡远的诗歌艺风格。这是其对王维诗歌进行生态译诗的具体表现。

二、李白:无为自然、雄奇豪放与自由本真

欣顿的李白译诗具有较高的世界文学集收录率。《贝德福德世界文

学选集》(2004)收录了八首李白的诗,其中五首的译者是欣顿。《新方向·中国古诗词选集》(2003)收录了二十四首李白的诗,其中十三首的译者是欣顿。欣顿的李白翻译专集《李白诗选》于1996年由美国著名的专业出版公司——新方向出版公司——出版,第二年即获得美国诗人学会颁发的"哈罗德·莫顿·兰登翻译奖"①。该译诗集收录了欣顿翻译的李白的九十八首诗歌。我们来看看欣顿是如何对李白作品进行生态译诗的,从而有效地将李白的诗歌纳入世界文学的椭圆折射空间。

李白(701—762),字太白,信奉道家与道教,号青莲居士,又号"谪仙人",是唐代伟大的浪漫主义诗人。欣顿在译诗集《李白诗选》(1996)的导言中,阐释了修道对个人性格、精神追求、诗歌风格的影响。他认为,李白一生都在践行其自然无为的道禅宇宙观。李白的号寓意了其的超凡脱俗,且以最深刻的方式归于自然与道,即无为。李白既传承了陶潜对绝对个性和个人的真实声音的表达的追求,又传承了谢灵运的山水精神,因此放任于"闲""无为"和"自然"中。这一精神追求奠定了其豪放洒脱、漫游山水、恣意豪饮的个性和蔑视权贵的傲岸精神。在诗歌艺术上则表现为雄奇豪放、想象丰富、自然本真、意境奇妙飘逸、语言流转自然、音律和谐多变的浪漫主义诗歌风格。欣顿认为:"李白诗歌豪迈奔放,以更加基本的方式体现'无为'。"②他说:"李白诗歌的最基本特点体现在无为的自然性构成了其对自然世界的认知。他一生主要陶醉于自然山水中,而非混迹于世间世俗中。自然山水不仅激发了好奇,而且也使自然的生发力昭然。李白对这种自然力量感同身受,并通过诗歌直抒胸臆,表达生命是属于大自然的最基本的自然过程。"③欣顿对李白的如此解读,阐释了其对李白诗歌进行生态译诗的基础。

① 一同获奖的译作还包括欣顿的其他三本译诗集。

② Hinton,D. *The Selected Poems of Li Po*. New York:New Directions Publishing Corporation,1996b:xii.

③ Hinton,D. *The Selected Poems of Li Po*. New York:New Directions Publishing Corporation,1996b:xiii.

欣顿运用异域化和杂合化翻译技巧,再现李白诗歌的高远意境、磅礴气势效果。以《渡荆门送别》举隅。

渡荆门送别

渡远荆门外,来从楚国游。

山随平野尽,江入大荒流。

月下飞天镜,云生结海楼。

仍怜故乡水,万里送行舟。

At Ching-men Ferry, A Farewell

Crossing into distances beyond Ching-men,
I set out through ancient southlands. Here

mountains fall away into wide-open plains,
and the river flows into boundless space.

The moon setting, heaven's mirror in flight,
clouds build, spreading to seascape towers.

Poor waters of home. I know how it feels:
ten thousand miles of farewell on this boat.

(欣顿译于 1996 年)

该诗是李白青年时期在出蜀漫游的途中写下的一首五律。全诗意境高远,风格雄健,形象奇伟,想象瑰丽,以其卓越的绘景取胜,景象雄浑壮阔,表现了作者少年远游、倜傥不群的个性及浓浓的思乡之情。欣顿译诗仍然采用异域化技巧,用双行体对应原诗的两句成联的体式。在译诗标题中,古语"farewell"在意义上切合诗中表达的离别故乡之情。其位置不仅具有尾重修辞效果,而且还再现了原标题的句式。在颔联中,他把原诗句的使成式(主—动—宾—补)译成了英语的主—动—定—宾式,让译诗的颔联两行结构平行,再现了律诗颔联对仗的要求。而且,"mountains fall away into wide-open plains"中的"fall away into"再现了原句的"随"化静为动的流动感,是一种动态的描写,制造了群山向平野推移出去的幻象。"wide-open plains"再现了辽阔的平野的状貌。"and the river flows into boundless space"中的"flow into boundless space"再现了江水流入辽阔水域的博大气势。颈联译文采用短语形式且为平行结构,对应了颈联对仗的要求。其中"The moon setting, heaven's mirror in flight"把江面如此平静,让倒映水中的月亮似天上飞来的一面明镜的意象再现了出来;"clouds build, spreading to seascape towers"中的"build"与"seascape towers"的同现再现了海市蜃楼般的奇景;"spreading to"把"结海楼"的动态感体现了出来。对于英语读者而言,颔联和颈联的译文再现了诗人对江岸辽阔、天空高远的壮阔之景的摹写,豁然开朗之情的抒发,再现了原诗的意境高远、风格雄健的风格。译诗尾联"Poor waters of home. I know how it feels: / ten thousand miles of farewell on this boat."也拟人化地再现了故乡之水恋恋不舍地一路送诗人远行,万里送行舟,表现出浓烈的情感。

再以《黄鹤楼送孟浩然之广陵》英译举隅。

黄鹤楼送孟浩然之广陵

故人西辞黄鹤楼,烟花三月下扬州。
孤帆远影碧空尽,唯见长江天际流。

On Yellow-crane Tower, Farewell to Meng Hao-jan
Who's Leaving for Yang-chou

From Yellow-crane Tower, my old friend leaves the west.

Downstream to Yang-chou, late spring a haze of blossoms,

distant glints of lone sail vanish into emerald-green air:

nothing left but a river flowing on the borders of heaven.

（欣顿译于 1996 年）

  李白的这首离别诗写得意境雄浑、开阔，飘逸灵动，情深而不滞，意永而不悲，因为下联的摹景实则点化了顺其自然、无为的道家境界。欣顿的创译采用了异域化和杂合化的技巧，努力再现这些特点。首先，在译诗上联，运用英语的句法特点将"From Yellow-crane Tower"置于行首，这一方面凸显这一行的意义重点，另一方面，也成就了前置而带来的以逗代顿。第二行的"Downstream to Yang-chou"同样处理。两行一同构成了对称结构。以英语句法特点再现绝句匀称结构。在译诗下联，两行分别用了主谓结构，但同时采用了冒号，把两句的逻辑性点明，以便于英语读者的理解。当然，这同时也是英语诗歌的跨行技巧的运用。其次，措辞上体现出明显的异域化。基本上把原诗的每一言都直译了出来，但也依据英语做了改译。比如，"天"译为"heaven"而不是字面翻译为"sky"。我们认为，这一改动较好地对应了李白当时的心情。"heaven"在英语文化中具有美好意象性，而"sky"仅仅是自然物象。因为孟浩然此去的地方是一个春意盎然、繁华之地，在愉快的分手中还带着李白的向往。而且，李白此刻看着孤帆远去、长江奔流、开阔的意境，情随景生，步入一切顺其自然的安静美好的无为之境。因此，显然此刻的心情是平静而愉快的。最后，在音律上，译诗每行均为六重音，音律和谐、匀称。以英语的音律对应了原诗的绝句的音律。因此，整个译诗忠实再现了原诗春天里的自然山光水色之绮丽、雄浑开阔的意境以及融入大自然的无为之境界，是一首典型的生态译诗，欣顿以其翻译方法达到了翻译陌生化的效果。这种陌生化效果不仅是由译诗本身翻译艺术所造就，而且也得益于其风格迥异的译文，特别是庞德的译文。

Separation on the River Kiang

Ko-jin goes west from Ko-kaku-ro,

The smoke-flowers are blurred over the river.

His lone sail blots the far sky.

And now I see only the river,

The long Kiang, reaching heaven.

（庞德译于 1915 年）

庞德秉承他的意象-漩涡主义的创译,省略诸多内容,例如:黄鹤楼、扬州、碧空、三月等,把译诗简化成了由三个动态意象叠加而成的意象派诗歌,意象简单、鲜明而灵动,显示出中国山水诗的素描式的意象意境。这首译诗至今仍在传诵流传。① 从这两首译诗,可以鲜明地看出,欣顿与庞德的诗歌创译风格形成鲜明的对比:庞德为意象派译诗,而欣顿是生态译诗。尽管殊途同归,却都达到了翻译陌生化的审美效果。

欣顿的译诗再现了李白诗的大胆的想象、惊人的艺术夸张等手段、超凡的景物形象、奇思纵横的恢宏气势。以《望庐山瀑布》英译举隅。

望庐山瀑布

日照香炉生紫烟,遥看瀑布挂前川。

飞流直下三千尺,疑是银河落九天。

Gazing at the Thatch-Hut Mountain Waterfall

Sunlight on Incense-burner kindles violet smoke.

Watching the distant falls hang there, river

Headwaters plummeting three thousand feet in flight,

I see Star River falling through nine heavens.

（欣顿译于 2002 年）

---

① 庞德的这首译诗与欣顿的译诗均被收入此书:Weinberger, E. (ed.). *The New Directions: Anthology of Classical Chinese Poetry*. New York: New Directions Publishing Corporation, 2003: 83.

  这是一首七言绝句。这首译诗在遣词、修辞与意象上,通过异域化的翻译技巧,体现出明显的翻译充分性,从而具有了较为醒目的翻译陌生化性。七言诗第五字往往是诗人致力之处,这首诗里似乎特别典型。译诗同样如此。"kindles""hang""falling"这三个英语动词再现了"生""挂""落"三个动词的夸张性和生动性。"kindles"一词运用得较为传神;"hang"和"falling"是直译,再现诗人用"挂"字突出瀑布如珠帘垂空,以高度夸张的艺术手法,把瀑布勾画得出神入化。译诗的后两句也保留了夸张的比喻和浪漫的想象。"river headquarters""plummeting""in flight"再现了山之高峻陡峭,水流之急,高空直落,势不可挡。瀑布喷涌而出的景象再现得极为生动。"Star River falling through nine heavens"通过字面直译保留了奇特的隐喻。欣顿把"Star River"注释为"the Milky Way"。译诗通过字面直译,将李白诗的气势恢宏,感情奔放,似江河奔腾,又自然清新,似云卷风清,表现得很充分。再现了其诗歌的审美特征的率真美和无拘无束的自由美。此外,译诗诗行长短与节奏匀称,似乎是七绝的对等体,同时译诗的内容与形式也浑然自成一体。因此,这首译诗的翻译陌生化性体现在,欣顿努力再现李白对自然生态山水的豪放雄健、豁然开朗的神来之笔。

  这一特点同样体现在其翻译的《早发白帝城》中。

早发白帝城

朝辞白帝彩云间,千里江陵一日还。

两岸猿声啼不住,轻舟已过万重山。

Leaving K'uei-chou City Early

Leaving K'uei-chou behind among dawn-tinted clouds,

I return a thousand miles to Chiang-ling in a day:

Suddenly, no end to gibbons on both banks howling,

my boat's breezed past ten thousand crowded peaks.

（欣顿译于 1996 年）

759 年,李白遇赦,结束长流夜郎的辗转流离,终获自由,随即顺着长江疾驶而下,遂直抒胸臆,抒发了其遇赦得还、踌躇满志的心情。因此,该诗富于夸张和奇想,写得流丽飘逸,惊世骇俗,但又不假雕琢,自然天成。欣顿着意再现了诗的这一特点。首行"Leaving K'uei-chou behind among dawn-tinted clouds"再现了船只从高耸入云的白帝城直流而下的夸张气势。"朝"与"彩云"写出了早晨光明的大好气象,"dawn-tinted"体现出了早晨的时间,但遗憾的是没能体现出曙光初灿的朝霞的颜色。第二行采用字面直译,因而再现了"千里"与"一日"的空间之远与时间之短的悬殊对比。第三行"no end to gibbons on both banks howling"把两岸的猿啼声译得声声入耳,因为后置的现在分词"howling"把声音相随状态体现了出来。第四行"my boat's breezed past ten thousand crowded peaks"用"my boat's breezed past"巧妙地体现出舟行轻快;"ten thousand crowded peaks"把山峰的层峦叠嶂状态表现了出来,用词也对应了原诗的自然朴实之用词特点。

再者,欣顿译诗再现了李白对景致的精雕细刻的刻画。现以《访戴天山道士不遇》英译举隅。

访戴天山道士不遇

犬吠水声中,桃花带露浓。

树深时见鹿,溪午不闻钟。

野竹分青霭,飞泉挂碧峰。

无人知所去,愁倚两三松。

Going to Visit Tai-T'ien Mountain's Master
of the Way Without Finding Him

A dog barks among the sounds of water.

Dew stains peach blossoms. In forests,

I sight a few deer, then at the creek,

hear nothing of midday temple bells.

Wild bamboo parts blue haze. A stream

hangs in flight beneath emerald peaks.

No one knows where you've gone. Still,

for rest, I've found two or three pines.

（欣顿译于 1996 年）

  译诗首联中的"stain"的本意是着色,因而让桃花增添了露珠晶莹剔透的颜色,勾勒出"桃花带露浓"的新艳欲滴、超尘拔俗的意象。颔联中"sight"一词是文学用词,指不期而遇地发现了所期待的东西,因而再现了诗人对见鹿的欣喜之情。这一联再现了去道观路上的静谧山林,因为"不闻钟"表示离道观还有一定的距离。但是,这已经提示了道士不在道观中。诗人便游目四顾,细细品味起眼前的景色来。译诗颈联中的"part"和"hang"是对原诗中的"分"和"挂"的直译,同样具有动态感,并与"wild bamboo""blue haze""emerald peaks"一起再现了野竹青霭两种近似的色调汇成一片绿色、白色飞泉与青碧山峰相映成趣的意象。这种意象映衬出道观这一片净土的淡泊与高洁。在译诗尾联,遗憾的是(也是在欣顿译诗中难得一见的"省译"),欣顿竟然没有译"愁"字,因而没有再现诗人造访不遇、怅然若失的情怀。李白倾心道家与道教,满怀兴致寻访道士,足见其倚松再三的动作是为了寄写"不遇"的惆怅。但"for rest, I've found two or three pines"道出的是一番闲适之情。总体而言,译诗再现了原诗的清丽、真实自然的景物描写,细致而生动形象地再现了道士世外桃源的优美生活境界。

  欣顿的译诗再现了李白诗对自然本真的追求、自由精神的高扬。李白一生笃信道家与道教,喜好道家的返璞归真的逍遥。这一内在的精神追求促使其一生优游于山川水色,融合于自然山水的纯真之美之中,心灵与自然得到了神秘的契合,从而达到了淡泊明志、宁静致远的境界。在欣顿看来,这与深层生态学的哲学观是一致的,因而欣赏到李白的"仙风道骨"①,促使了其对李白山水诗的生态译诗。现以《山中问答》英译举隅。以下是欣顿在两个不同时期的译文:

山中问答

问余何意栖碧山,笑而不答心自闲。

桃花流水杳然去,别有天地非人间。

Mountain Dialogue

You ask why I've settled in these emerald mountains:
I smile, mind of itself perfectly idle, and say nothing.

Peach blossoms drift streamwater away deep in mystery
here, another heaven and earth, nowhere people know.

(欣顿译于 2002 年)

You ask why I've settled in these emerald mountains,
And so smile, mind at ease of itself, and say nothing.

Peach blossoms drift streamwater away deep in mystery:
It's another heaven and earth, nowhere among people.

(欣顿译于 1996 年)

这是李白在安陆(今属湖北省)碧山桃花岩隐居时所创作的一首古绝,押平声韵且格律不拘,显得质朴自然,悠然舒缓。诗人悠然于自然山水中,人在自然山水中放情,心在自然山水中闲逸、平静。桃花、流水是其

---

① Hinton, D. *The Selected Poems of Li Po*. New York: New Directions Publishing Corporation, 1996: xi.

旷达逍遥心态的传神写照,人与物等一切都顺其自然地流化。因此,在欣顿 2002 年的重译文中,"mind of itself perfectly idle"充分地再现了"心自闲"所表达的安逸与怡然自得。其中关键词"idle"的前面还加了修饰语"perfectly",可见其对诗人的心境表达的重视。其 1996 年的译文"mind at ease of itself"则没有把关键词"闲"翻译出来。我觉得可能是他的疏忽。因为无论在 1996 年的《李白诗选》的前言中,还是 2002 年的《山栖:中国山水诗》的尾注中,欣顿都阐释了"闲"字的道禅哲学意蕴以及其在山水诗中的核心作用。他说:"始自陶潜的'闲',意为无为、静笃的状态。"①"非人间"译为"nowhere people know",与首句的"ask"不仅形成进一步的巧妙呼应,而且,表达了这逍遥之地是俗人非能知晓、想象的,而 1996 年译文"nowhere among people"所表达的是不存在于俗人中。因此,前者更显语气之豪迈、境界之超凡脱俗。

译文的遣词再现了诗人诗意栖居自然、放飞自然的逍遥与适意。"栖"译为"settlle in",表达了安心之处是吾乡的心境;"笑而不答"译为"I smile..., and say nothing",用词同样浅白平易,词义与结构均对应。"桃花流水杳然去"译为"Peach blossoms drift streamwater away deep in mystery",其中"Peach blossoms drift streamwater away"把桃花与流水两者进行了生动的有机关联,再现了桃花春荣秋凋、溪水流淌不息、落英缤纷随流水的自然物象;而"deep in mystery"表现了"杳然"所表达的流水的幽深、悠然、向遥远而去的自然流化。"here, another heaven and earth"中的"here"为口语体,同时也起到了对诗中一问一答的发语词的作用;"another"把"别"字翻译得简单而忠实;"heaven"这一文化对等体表现了这个地方是人间天堂,因而让英语读者领会到,上一句落花流水的意象意义不是凋零衰落,而是,桃花随流水也是美的,它们都是依照自然的法则,在荣盛和消逝之中显示出不同的美,这不同的美却具有一个共同

---

① Hinton, D. *The Selected Poems of Li Po*. New York: New Directions Publishing Corporation, 1996: xv.

点——即"天然"二字。从而反映了诗人酷爱自由、天真开朗、乐观浪漫的性格,显示出李白仙风道骨的气质。总体而言,译诗用词与语气均口语体化,句法片语化(逗号的频繁出现),使得译诗诗风朴素,行云流水似的流畅自然,节奏舒缓,这些有助于传达出原诗礼赞山水自然,抒发诗人放情山水、自由自在的道家境界。

总而言之,欣顿对李白诗歌的创译体现了其生态译诗的翻译策略,使英语读者领略到李白对自然山水的热爱和对道家无为精神的追求,以及其雄奇豪放的诗风。

三、韦应物:清幽闲静与简淡质朴

欣顿虽然直到 2007 年才出版译诗集《韦应物》,但其译诗集《山栖:中国山水诗》(2002)就收录了韦应物的诗歌十一首。韦应物(737—792)是唐朝山水田园诗派诗人。他诗风恬淡高远、清丽秀朗、感受深细,语言简洁朴素,以善于写景和描写隐逸生活著称。欣顿认为:"韦应物最好的诗歌是他在后期隐居生活期间所作的山水诗。其诗风格冲淡闲远,简洁朴素、清韵秀朗。……他的诗歌常常充满难以形容的'无'感 。在这些诗中,'失落'与'无'往往意味着产生智慧与觉悟的空性。"①因此,欣顿对他的隐逸诗倍加欣赏。在翻译中,尤其注重再现其诗的禅意。以《义演法师西斋》英译举隅。

义演法师西斋

结茅临绝岸,隔水闻清磬。

山水旷萧条,登临散情性。

稍指缘原骑,还寻汲涧径。

---

① Hinton, D. *Mountain Home*: *The Wilderness Poetry of Ancient China*. New York: New Directions Publishing Corporation, 2002a: 116.

长啸倚亭树,怅然川光暝。

At Truth-Expanse Monastery,
in the Dharma-Master's West Library

At a thatch hut above riverside cliffs,
rapids far below: crystalline chimes

in vast rivers-and-mountains solitude.
Climbing into such views means pure

confusion. I straggled up First-Origin,
then followed Well-Creek Trail back to

temple trees hissing in endless winds,
this river lit with regret turning dark.

（欣顿译于 2002 年）

韦应物的大量诗作,在主题上都与佛禅有关。他隐修期间常常寓居寺院,对寺院的清幽环境非常熟悉,因而其诗往往以写景来烘托这种环境。这首诗便是其中一首。韦应物将自己所理解的禅理、所感受的禅境与清秀灵异的山水景物融合在一起,体现了其淡泊的诗歌风格与禅境的关系:幽寂的禅境显得空灵超脱,诗风清丽秀朗。临绝岸的茅庐、清磬的水声、萧瑟的山水、风中的树的摇曳声、黯淡的水光等一系列的清冷的意象营造了禅宗的寂灭思想的境界,反映了诗人入禅的宁静心态。欣顿译诗用素朴的词汇再现了这一境界,例如"at a thatch hut above riverside cliffs""crystalline chimes in vast rivers-and-mountains solitude""temple trees hissing in endless winds""this river lit with regret turning dark"等。而且,纵然是寂静的禅境,但仍然出现溪流的清磬和长啸等动作和声响。这体现了禅宗的寂静不是死寂,而是静中有动、动中有静的禅境,生命的本源存在其中。欣顿用"chimes"和"hissing"不失时机地再现了这一静中有动的禅境。

韦应物的五绝往往体现了其幽情淡景、触处成诗、闲淡的风格。欣顿的译诗较好地再现了这一风格。现以《秋夜寄丘员外》英译举隅。

秋夜寄丘员外

怀君属秋夜,散步咏凉天。

空山松子落,幽人应未眠。

Autumn Night, Sent to Ch'iu Tan

This autumn night become thoughts of you,
I wander along, offer cold heaven a chant.

In mountain emptiness, a pine cone falls.
My recluse friend must not be asleep either.

(欣顿译于 2002 年)

面对大自然,诗人往往通过对自然的审美,摒弃种种世俗杂念,寻找自然的闲趣,让心灵空明澄静,产生空寂清幽的境界。这种明心见性的观照方式,能够使诗人摆脱繁复的表象,进入无我与性空的境界。这首诗中体现诗题的词,如"怀君""秋夜""咏凉天""空山""松子落""幽人""未眠"等,被欣顿——直译:"become thoughts of you""this autumn night""offer cold heaven a chant""in mountain emptiness""a pine cone falls""my recluse friend""not be asleep"等。这种异域化的翻译技巧,让译诗具有了陌生化翻译效果。但同时,欣顿对关键词"空山",不是直译成"in empty mountain",而是创译为"in mountain emptiness",重心由"山"转移到"空"。这是基于,他认为,"emptiness"是禅意的性空,而不仅仅是无人境地的物理概念。"空"始终是山水禅意诗中的重要的佛禅概念。清澄静谧、万物皆空的寂静是禅悟的最高境界。这些翻译处理充分地再现了韦应物诗中所表现的佛禅境界与简淡的语言风格。

韦应物山水诗闲适、淡泊的感情基调也在他的其他山水诗中体现出来,如《烟际钟》。

烟际钟

隐隐起何处,迢迢送落晖。

苍茫随思远,萧散逐烟徽。

秋野寂云晦,望山僧独归。

Fringes of Mist, a Bell

Where does it begin? All remote solitude,
all recluse distances bidding dusk farewell,

It follows thought's landscape far and wide,
scatters out and drifts thinning mist away.

Glimpsed in the still night of autumn wilds,
A lone mountain monk wanders back home.

(欣顿译于 2002 年)

韦应物在这首五言绝句中,将或隐或现、余音袅袅的钟声,以及苍茫的山野描写得可见可感,最后以暮色浓重的秋野中一僧望山寺而结束全篇,显得神韵悠然。欣顿对这首诗的创译体现了对闲适、淡泊感情基调的重视。"隐隐"(all remote solitude)、"迢迢"(all recluse distances)成为译诗的主题,而不是钟声。紧接着,采用异域化的翻译技巧把第二联翻译成"It follows thought's landscape far and wide / scatters out and drifts thinning mist away"。在最后一联,他把僧人闲适化为"山僧",而不是望山,因而"Glimpsed in the still night of autumn wilds / A lone mountain monk wanders back home"凸显了僧人的寂寥、闲适的日常修行,也是诗人淡泊自在的心境的折射。

韦应物晚年隐居近禅,无欲清净、彻底放下,追求精神上的超脱与自由,从而随遇而安、随缘自适。

昙智禅师院

高年不复出，门径众草生。

时夏方新雨，果药发馀荣。

疏澹下林景，流暮幽禽情。

身名两俱遣，独此野寺行。

At Cloud-Wisdom Monastery,
in the Ch'an Master's Courtyard

Exalted with age，you never leave here：
the gate-path is overgrown with grass.

But summer rains have come，bringing
fruits and herbs into such bright beauty，

so we stroll down into forests of shadow，
sharing what recluse birds feel at dusk，

freed even of our names. And this much
alone，we wander the countryside back.

（欣顿译于 2002 年）

　　欣顿对这首诗的创译程度较大，其目的在于凸显韦应物的超脱与自由的心境。译诗中的"stroll down""sharing what recluse birds feel at dusk""freed even of our names""this much alone""wander the countryside back"等都是将原诗的内在含义表达出来，没有拘泥于原诗的字面对应。所有这些都是围绕闲适、淡泊、幽寂而意译的，从而再现了韦应物身在清幽静谧禅境中的息心静虑、自性清净、淡泊自在的心境。

四、孟郊:吟苦制奇与古雅拗峭

欣顿翻译出版了《孟郊晚期诗歌》(1996)。该译诗集包括《吊卢殷》十首、《寒溪》八首、《峡哀》十首、《杏殇》九首、《感怀》六首以及《秋怀》十一首等组诗。该译诗集获得了美国诗人学会颁发的"哈罗德·莫顿·兰登翻译奖"(1997 年)①。其翻译质量得到了来自翻译家同行的肯定。西顿说:"这些译诗非常精彩。欣顿不愧是当今最优秀的古诗词翻译家。不仅选目独具匠心,而且敏锐地领会并把握了这些诗歌的精妙之处。"②也正如霍华德所称颂道的,"该译诗集的所有译诗让我们欣赏到读中国古诗时最难得一见的东西,即每位诗人的诗词风格的忠实再现。在读完本译诗集后,读者可以领悟到孟郊的语言特色……这是他对真正意义上的诗歌翻译所做的切实的贡献"③。由此可见,其翻译的区分性的效果。那么,我们具体来看看他是如何再现孟郊的诗歌艺术风格的。

孟郊(751—814),字东野,中唐诗人,现存四百余首诗。其山水诗具有奇险怪特、苦吟拗峭的诗歌艺术特质,别开生面。所谓"苦吟","不仅仅表现为作诗时的呕心沥血、苦思冥想以及立意构思、炼字造句上的苦心经营,还表现为其在内容题材上的吟苦之选以及诸如为缓解内心压力、寻求理解同情等深层次的心理动因"④。"拗峭"指文字声韵的避熟之举,其结果往往是语新格异,富于表现力。但同时,孟郊受中唐儒学复古潮流、天宝河洛儒风以及恢复汉魏兴寄的复古倾向的影响,成为儒家礼乐文化的践行者。其诗歌参古定法,具有复古取向。⑤ 但这种复古不是简单地回到

① 一同获奖的还有欣顿的其他三本译诗集,包括前面提到的《李白诗选》(1996)。
② Hinton，D. *The Late Poems of Meng Chiao*. Princeton：Princeton University Press，1996a：back cover.
③ Hinton，D. *The Late Poems of Meng Chiao*. Princeton：Princeton University Press，1996a：back cover.
④ 范新阳. 孟郊诗研究. 北京:中国社会科学出版社,2014:11.
⑤ 范新阳. 孟郊诗研究. 北京:中国社会科学出版社,2014:67-72.

儒学,而是"从古代的思想与文学中看到一种与现时相通的东西,或者说超越历史时间的东西,因此复古就绝不是简单地回到过去,而只是用另一种方式来表达自己"①。因此,范新阳认为,孟郊的诗歌参古定法、复古通变、望今制奇。并在内容上表现为儒家提倡的仁孝信义、风雅、反抗世俗等的主题思想,在形式上多为五言古诗。"在复古与创新之间,孟郊的选择是思想内容上复古,用语造境上创新,形成了古雅峭拔的风格特征。"②他对诗歌题材内容的刻意选取的吟苦、立意构思的别出心裁的求奇、文字声韵的古雅拗峭的求新、诗体的冗长、组诗等的刻意诗学追求以及复古通变的诗学取向,使得其诗歌具有不同于盛唐主流诗作的诗学的新奇性,产生了强烈的陌生化效果。

孟郊主观上的制奇性不仅仅是文学审美的结果,更主要是其崇尚主观心性的结果。这显然是其近禅使然。佛禅的"明心见性"强调了主观心性的意义。孟郊近禅习道,且与诗僧皎然和其他僧人均有交往。唐代著名诗僧皎然曾说:"在老、庄'虚静'说及佛教'心性'的作用下,中唐诗人尤其重主观意念的抒发;他们希望通过'心性'的作用,充分发挥艺术想象与艺术构思的功能,用诗笔在自我心灵意识的空间中,捕捉、构拟空灵瑰玮的艺术形象;并以此超乎象外的、新奇瑰异的艺术境界,来弥补造化之不足。"③孟郊就是其中之一。吴功正也强调了孟郊诗歌中所表露出来的对于主体心性的追求。"孟郊的审美方式是主体凌驾于客体之上,甚或撕裂扭曲客体,他以极强的审美主体性支配着客体对象。"④"这种主观化的倾向主要表现为意象经营上的主观心造和以意役象。"⑤基于其诗学审美和

---

① 蒋寅. 孟郊创作的诗歌史意义. 华南师范大学学报(社会科学版). 2005(2):54. 转引自:范新阳. 孟郊诗研究. 北京:中国社会科学出版社,2014:67.

② 范新阳. 孟郊诗研究. 北京:中国社会科学出版社,2014:58.

③ 皎然. 诗式校注:卷1. 李壮鹰,校注. 北京:人民文学出版社,2003:71. 转引自: 范新阳. 孟郊诗研究. 北京:中国社会科学出版社,2014:99.

④ 吴功正. 唐代美学史. 西安:陕西师范大学出版社,1999:495. 转引自:范新阳. 孟郊诗研究. 北京:中国社会科学出版社,2014:101.

⑤ 范新阳. 孟郊诗研究. 北京:中国社会科学出版社,2014:100.

心性修炼的追求,使其诗歌风格迥异于盛唐诗人的诗歌,旗帜鲜明地成为中唐实验性诗歌。孟郊对诗歌的实验性和探索性在他晚年定居洛阳之后达到了高峰。① 在这一时期,他与韩愈、卢仝、刘叉、马异、贾岛等组成了韩孟诗派创作群体。

欣顿认为,这一时期孟郊创作的诗歌"最能体现其创作的实验性"②,而且"拓展了一个如此富于原创性的想象力空间,以至于开创了一个与唐朝主流诗学迥异的诗歌传统"③。"在道禅文化盛行的唐朝,主流诗学崇尚,人不仅是属于自然,而且也是自然运化的力量的一部分,'无'生于禅定。孟郊则背道而驰。他的准超现实主义和象征主义诗学技巧的运用,能够表明'无'是扼杀变化的渊薮。但不同于现代西方诗人的是,孟郊运用了这些前卫的诗学技巧,去认识作为一个有机整体的完整宇宙。这种对宇宙整体主义的认知,让他对平衡与更深层次的真理心生敬畏的愿景。"④所谓"敬畏的愿景",就是指孟郊的苦吟。可见,欣顿强调了孟郊晚年的诗学主张与当代生态整体主义具有通约性。

欣顿不仅解读到了孟郊诗歌的生态整体主义意识,而且也认识到了其制奇性。他说:"孟郊热衷于追求诗歌的新奇性和出其不意性。"⑤欣顿对这两个层面的认识促使了他采用陌生化翻译策略。这一策略首先体现在翻译选目上。他只选译了凸显孟郊诗歌艺术特质的晚年诗歌。其次,体现在他主要采用了异域化与杂合化翻译技巧创译孟郊的语新格异的风格。那么,我们来看看其具体运用。

---

① 洛阳时期为公元 807 年到 814 年。
② Hinton,D. *The Late Poems of Meng Chiao*. Princeton:Princeton University Press,1996a:xiii.
③ Hinton,D. *The Late Poems of Meng Chiao*. Princeton:Princeton University Press,1996a:xiv.
④ Hinton,D. *Classical Chinese Poetry:An Anthology*. New York:Farrar,Straus and Giroux,2008:238.
⑤ Hinton,D. *The Late Poems of Meng Chiao*. Princeton:Princeton University Press,1996a:xiii.

欣顿对于字词主要采用了字面直译的方式。孟郊用字峭异,不仅达到避熟怯俗的目的,同时也是诗歌审美追求瘦硬之美的结果。他喜好锤炼狠重有力的字眼。例如:

波澜冻为刀,剚割凫与鸥

(《寒溪》其三)

I sip wine at dawn, then cross the snow
Out to this clear creek. Frozen into knife-

Blades, rapids have sliced ducks open,
Hacked geese apart. Stopping overnight

(欣顿译于 1996 年)

显然,欣顿的翻译主要为字面直译,特别是"hack"非常具有力度和表现力。但遗憾的是,对于孟郊的"奇语奇思"①的独创新字"剚"的翻译,"slice"则没有体现出其创新性及狠重之力。又如:

冷露滴梦破,峭风梳骨寒。

(《秋怀》其二)

Thins away. Cold dewdrops fall shattering
Dreams. Biting winds comb cold through

Bones. The sleeping-mat stampled with my
Seal of sickness, whorled grief twisting,

(欣顿译于 1996 年)

"峭风"着实狠重,虽然欣顿将之归化为"biting winds",但似乎力度和质感还不够充分。其他的都采用异域化的字面直译。熟悉和新奇相结合,产生了文学的新奇性。

---

① (明)凌濛初刻朱墨套印本《孟东野诗集》卷 5 所录国材评《寒溪》之"波澜冻为刀,剚割凫与鸥"语。转引自:范新阳. 孟郊诗研究. 北京:中国社会科学出版社,2014:139.

波澜抽剑冰,相劈如仇雠。

（《寒溪》其六）

Rising waves unsheathe swords of ice,
Slash each other like enemies, bitter enemies.

（欣顿译于 1996 年）

"劈"字也是孟郊的狠重之字,欣顿字面直译。整个对句都采用的是异域化的字面直译翻译技巧。

在孟郊的苦吟笔下,山水往往是奇崛峭硬之意象。"山水被赋予力度和质感,呈现为光怪弩张之狰狞。"①例如:

沙棱箭箭急,波齿龂龂开。

（《峡哀》其一）

clarities. Riverbanks battered and awash,
sawtooth waves open. Snarling, snarling

峡水剑戟狞,峡舟霹雳翔。

（《峡哀》其九）

Water swords and spears raging in gorges,
Boats drift across heaving thunder. Here

（欣顿译于 1996 年）

欣顿对"sawtooth waves open""water swords and spears raging in gorges""boats drift across heaving thunder"等的直译,成为英语的新奇表达。通常在古诗中的水都是波澜不惊、静静流淌的。而这里呈现的却是如此的光怪弩张。

孟郊笔下的月光也是刀剑般闪着寒光,欣顿仍然采用异域化翻译技巧进行处理。如:

---

① 范新阳. 孟郊诗研究. 北京:中国社会科学出版社,2014:107.

一尺月透户,仡栗如剑飞。

(《秋怀》其三)

Moonlight edging through an empty

door,cold and valiant as sword-flight,

老骨惧秋月,秋月刀剑棱。

(《秋怀》其六)

Old bones fear the autumn moon. Autumn

Moon,its swordblade of light—a chill

(欣顿译于 1996 年)

欣顿译诗里的"cold and valiant as sword-flight"和"its swordblade of light—a chill"也让月亮出没在刀光剑影之中了,因而再现了孟郊新奇的文字锤炼。再如:

商气洗声瘦,晚阴驱景芳。

(《秋怀》其十二)

Autumn air rinses sound,thinning it away,
And shadows hurry late light into exhaustion.

(欣顿译于 1996 年)

孟郊巧妙地在"洗""瘦""驱"三字上使用了通感的艺术手法,使得秋风显得萧瑟苦人,传神地抒写了诗人在贫病潦倒中内心的孤独凄凉,意象新奇,语言出其不意。欣顿将之进行字面直译为"rinse sound""thin it away"以及"hurry into exhaustion"。显然,英语读者对这样的创新求奇的语言表达及其意象倍感新奇。

孟郊铸字组词的结果,成就了其精炼警策的诗句。正如范新阳所言,"孟郊的锤字炼句的结果更多的还是其诗中大量创意无限、警策生动的名言佳句"①。精炼警策的诗句,欣顿也是着力再现。例如,孟郊着意用重复句式,或表示屡次,或加深程度,表示丰富的情感。欣顿往往也直译重复。在英语诗歌中,重复较为少见,因而产生了陌生化性。例如在下面诗句中的"潺潺"(flowing and flowing)、"唧唧"(over and over)、"新新"(again and again)等。

百泉空相吊,日久哀<u>潺潺</u>。

(《吊卢殷》其一)

At dusk,springs mourn by the hundred,
Their empty lament <u>flowing and flowing</u>.

<u>唧唧</u>复唧唧,千古一月色。
<u>新新</u>复新新,千古一花春。

(《吊卢殷》其二)

Hush of a loom's shuttle <u>over and over</u>,
one moon lights a thousand forevers

gone. All purity fresh <u>again and again</u>,
one spring blossoms a thousand forevers

gone,forever gone. Graveyard winds
my lament,Sung Mountain autumn's

(欣顿译于 1996 年)

孟郊的诗句句式富于变化性。欣顿译诗的句法也着力再现了这一特点。例如:

君子山岳定,小人丝毫争。
多争多无寿,天道戒其盈。

---

① 范新阳. 孟郊诗研究. 北京:中国社会科学出版社,2014:141.

Starveling blossom：brightness glimpsed，
never to return. Firm as mountain peaks，

the noble endure. Others bicker over trifles，
threads and feathers. The more they fight，

the more life they lose. The Way of Heaven
warns against fullness：it just empties away.

（欣顿译于 1996 年）

译诗的句法对等而齐整。原诗句是上二下三的五言句法,节奏自然流畅。译诗的句法则在行中运用逗号或冒号,以上二下二的节奏,读来也颇具自然流畅之感,而且也具句法的异域性。另外,欣顿对字词主要采取了字面直译,除了"小人"意译为"others"。同时还运用了增译,把其意蕴进行了明晰化,例如"it just empties away"。

五言诗句法以上二下三为主,但孟郊巧妙地采用拗折的上一下四或上三下二,并成为其诗句的标记性特色。例如:

磨一片嵌岩,书千古光辉。

（《吊卢殷》其四）

For your elegy, Han Yu relies on you：
he makes an inkstick of these canyons

and grinds it into ink that lets words
shine through a thousand forevers.

（欣顿译于 1996 年）

原诗句的句法是上一下四。遗憾的是,欣顿在此采用了英语的无标记性的主谓结构,显然英语读者无法从中欣赏到孟郊标记性的上一下四的句法。再如:

一片月落户,四壁风入衣。

（《秋怀》其四）

A silver of moonlight cast across the bed,

Walls letting wind cut through clothes.

原诗句的句法是上二下三,译诗的句式仍然是自然化为英语的无标记性的句式。因此,对于孟郊的错落有致、拗折不羁的诗句形态,欣顿译诗显然没有成功再现。因而有损于其译诗对孟郊与诗律抗衡的卓尔不群姿态的表达。

但是,客观地看,欣顿译诗对孟郊诗的语新格异还是进行了一定程度的异域化翻译处理,获得了一定的陌生化翻译效果,让英语读者对孟郊诗歌艺术的实验性与前卫性有所鉴赏。孟郊诗歌的吟苦制奇、古雅拗峭、奇巧意象等不仅在诗学上具有准超现实主义和象征主义诗学特征;而且在立意上,体现了其对人生、对大自然运化、对人与自然关系的敬畏、虔敬的认识。这一立意从当下西方诗学来看,俨然具有生态整体主义的意识。因此,我们认为,欣顿对孟郊的翻译践行了其生态译诗的理念。

五、白居易:淡然无念、闲逸悠然与浅白平易

欣顿于1999年翻译出版了《白居易诗选》。该译诗集包括了白居易不同时期的一百六十二首诗歌。白居易是欣顿译诗生涯中翻译诗歌数量最多的诗人。

白居易(772—846),字乐天,好禅乐道,号香山居士,唐朝伟大的现实主义诗人。文学史界认为,一方面,白居易主要接受了南宗洪州禅的见解①。洪州禅主张现实的一切皆真;不是到现实之外去追寻绝对的"自性",主张任运随缘,不忮不求。所谓"行住坐卧,应机接物,尽是道","平常心是道"。这实际上是以无作无为来应万变,以保持个人心性不受外扰,因而产生了"无念""自然"等观念。另一方面,他同时也近道家与道

---

① 详见:孙昌武. 禅思与诗情. 北京:中华书局,2006:167-177;周裕锴. 中国禅宗与诗歌. 上海:上海人民出版社,1992:68-72.

教,对求仙问道乐此不疲。其思想也在一定程度上受老庄的无为无欲、齐物逍遥思想的影响。而且,鉴于洪州禅本身的一个特点即是融入了道家思想内容,①因此,白居易思想"具有非常明显的庄、禅合一的倾向"②。对白居易来说,佛禅与老庄在安顿心性与人生践履上是统一的。基于此,白居易形成了思想性格融通的特点,"建立了自己任运随缘、自由旷达的人生哲学,抒情写意也毫不做作,任情挥写,把无所挂碍的自由自在的人生情趣生动亲切地表现出来。这种率真质朴的感情流露和他浅白平易的'元和体'诗风的形成也有一定的关系"③。白居易往往在诗中采取主观抒情,直陈自己对禅的理解。在日常自然中求无念与无为,在现实条件下求心灵宁静。

欣顿认为,白居易的修禅近道对其诗学观产生了直接的影响。他在《白居易诗选》(1999)的导言和《山栖:中国山水诗》(2002)中对白居易诗歌的介绍中,对此均有重点阐述。他说:"中国诗学历来强调充盈的智慧和明晰的思想,而不仅仅是诗艺的复杂与精湛。白居易是一位笃信佛禅的中国诗人,禅让白居易的生活和诗具有了智慧与思想。禅思成为白居易诗歌的最基本的内容,并通过其诗歌语言和主题表现出来。"④禅修就是让自我融于世界中,达到物我冥契、虚融澄澹、心空境界,从而进入心无是非、无心于物、淡然无念的性空。性空才能反映世界,才能视万千世界即物即真。自我只是即物即真的万物之一:随着万物自然运化而变化,自我的存在只是瞬间存在的形式。这一禅修境界赋予了白居易的禅意诗"无我之自我之诗"(the poetry of an egoless ego)的特点⑤,诗意地表现万物

---

① 从一定意义上说,由荷泽禅向洪州禅的演化是禅的进一步"道家化"。详见:孙昌武.禅思与诗情.北京:中华书局,2006:180-184.

② 孙昌武.禅思与诗情.北京:中华书局,2006:180.

③ 周裕锴.中国禅宗与诗歌.上海:上海人民出版社,1992:71.

④ Hinton, D. *Mountain Home*: *The Wilderness Poetry of Ancient China*. New York: New Directions Publishing Corporation, 2002a: 160.

⑤ Hinton, D. *Mountain Home*: *The Wilderness Poetry of Ancient China*. New York: New Directions Publishing Corporation, 2002a: 160.

自我流变运化。因此,欣顿认为,白居易的诗将"荒野内化"(interiorization of wilderness)。而王维的禅意诗是"无我"之诗(an egoless poetry)。而王维诗表现的是"自我"消融到空静、寂寞、闲适的自然造化中,自然与人世形成鲜明对比,从而升华出一个理想化的清净境界。因此,王维诗中的"自我"往往在形式上处于缺席状态。

欣顿翻译出版了白居易译诗集《白居易诗选》(1999)包含了一百六十二首诗歌,是他所译诗人中译诗篇幅最多的。据称,这是英语世界的第一本白居易诗选。① 温伯格《新方向·中国古诗词选集》(2003)收录了二十首白居易诗歌,其中十七首为欣顿所译。在《贝德福德世界文学选集》(2004)收录的九首白居易的诗歌中,三首为欣顿所译的禅意诗,即《冬夜》《闲吟》《秋池》。这些可以看出,欣顿对白居易诗歌的翻译不仅数量之众,而且还有效地进入了世界文学选集中,奠定了白居易诗歌的世界文学地位。

虽然白居易的讽喻诗和感伤诗在其诗歌中比重很大,但是,欣顿对其禅意山水诗和闲适诗倍加青睐,认为这部分诗歌具有明显的禅宗思想。他说:"虽然白居易最有名的是其讽喻诗,但是很多精湛的诗歌是那些抒发心意、表现禅意的诗歌。"②在其译诗集《山栖:中国山水诗》中收录了白居易的充满禅意的山水诗十九首,包括《游襄阳怀孟浩然》《清夜琴兴》《村夜》《题玉泉寺》《香炉峰下新置草堂即事咏怀》《香炉峰下新卜山居草堂初成偶题东壁五首》《山中问月》《玩松竹二首》《舟中李山人访宿》《偶吟二首》《西风》《和裴侍中南园静兴见示》《北窗竹石》《梦上山时足迹未平》《浪淘沙》(四首)等。我们来看看欣顿如何翻译处理白居易诗歌中的禅宗生态智慧。

首先,白居易信奉随缘任运、随遇而安,即自然、无为的状态。日常劳

① Hinton, D. *The Selected Poems of Po Chü-i*. New York: New Directions Publishing Corporation, 1999b: back cover.

② Hinton, D. *The Selected Poems of Po Chü-i*. New York: New Directions Publishing Corporation, 1999b: back cover.

作、饮酒吟诗等平凡生活就是修为,即洪州禅的日用是道。

吾　土

身心安处为吾土,岂限长安与洛阳。

水竹花前谋活计,琴诗酒里到家乡。

荣先生老何妨乐,楚接舆歌未必狂。

不用将金买庄宅,城东无主是春光。

Home Ground

Wondering where home ground is for this body and mind,
why think only of Ch'ang-an or Lo yang and nowhere else

When I've made a career of water and bamboo and blossom,
Found my home village among *ch'in* and poem and wine?

Did Master Jung-ch'i refuse deep joy when old age came?
And was Chieh Yu's song ever anything but wild and crazy?

Why squander gold on a perfect village home, when here
East of town, owned by no one, there's all this spring light?

(欣顿译于 1999 年)

　　白居易的这首诗歌表现了随遇而安、旷达的人生态度,体现其受老庄的知足、齐物、逍遥观念与佛家"解脱"观念影响的淡泊平和的气质。原诗首联中"岂限"语气率直而语义突出。译诗用了修辞性问句"why think only of..."再现了这一修辞效果。不仅如此,译诗的颔联、颈联和尾联均创译为英语的修辞性问句。这一连串的问句不仅有利于再现诗人随缘乐天的自信,而且再现了白居易诗歌语言的通俗性。每一言基本上都用简单、通俗的英语词汇直译出。因此,英语读者能轻松地鉴赏到白居易的闲逸悠然的情调。

以下这两个诗行,欣顿的创译也凸显了诗人随缘任运、远离官宦仕途的无为心境:

> 心泰身宁是归处,故乡可独在长安。
>
> (《重题》)

> Mind vast and body at ease：that's where I've returned to dwell.
> Now my native home's no more Ch'ang-an than anywhere else.
>
> (欣顿译于 1999 年)

在诗行的形式上,首行句法非常具有欣顿译诗特色:用冒号将两个片语连接,有效地体现了它们之间的因果逻辑关系。"mind vast"和"body at ease"是名词加后置补语,与原诗的词组结构对应。

白居易的这种委顺、闲适的意识有助于不思不虑,消解人生面对的全部矛盾。欣顿在翻译中也特别用意,从而有了如下的禅意表达:

> 不学坐忘心,寂莫安可过。
>
> (《冬夜》)

> Mind utterly forgotten. How else
> can I get past such isolate silence?
>
> (欣顿译于 1999 年)

欣顿认为,"心"(mind)是具有佛禅意义的关键词,并对其禅意做了注释。他说:"古中国在'心'(heart)与'思'(mind)上不加区分的。白居易则赋予该词浓厚的禅宗意义。在禅宗里,'心'性空的意识,或者指性空的自觉意识,但同时也指意识参与的绝对范畴。而且,白居易对道家与禅宗兼收并蓄,因而'心'也意味着是有无相生之地。"[1]因此,欣顿将"不学坐忘心"译为"Mind utterly forgotten",直接将这一诗行蕴含的禅意译出,这一异域化的创译,获得了生态译诗的陌生化翻译效果。

---

[1]　Hinton，D. *The Selected Poems of Po Chü-i*. New York：New Directions Publishing Corporation，1999b：188.

因此,白居易的诗体现出心无是非、无心于物的淡然无念的境界。欣顿在其他地方的处理也体现出这种境界的再现。例如:

默然相顾晒,心适而忘心。

(《舟中李山人访宿》)

Quiet mystery into each other and smile,
Sharing the mind that's forgotten mind.

(欣顿译于 1999 年)

自从苦学空门法,销尽平生种种心。

(《闲吟》)

After such painstaking study of empty-gate dharma,
Everything life plants in the mind has dissolved away:

(欣顿译于 1999 年)

无论是"Mind utterly forgotten""the mind that's forgotten mind",还是"mind has dissolved away",都再现了诗中所表现的禅宗的心空与无念的意义,以及白居易在这种境界中求得心灵的安适。

其次,白居易的无念的意识占据了其心灵的主导地位,也就达到了沉思静虑、无欲无情、万物于我如浮云的精神状态。

题玉泉寺

湛湛玉泉色,悠悠浮云身。
闲心对定水,清净两无尘。
手把青筇杖,头戴白纶巾。
兴尽下山去,知我是谁人。

Inscribed on a Wall at Jade-Spring Monastery

In the jade spring's clear green depths,

this body's far far off, a drifting cloud,

and a mind all idleness faces still water,

both perfect clarity, no trace of dust.

The gnarled bamboo staff's in a hand,

the silk cap on a head. Come on a whim

and gone down the mountain, the whim

vanished: can anyone know who I was?

（欣顿译于 1999 年）

欣顿译诗首联中，充分地再现了这一境界。"the jade spring's clear green depths"体现了泉水清澈见底，从而具有了不为外物所污染的隐喻意义。"this body's far far off, a drifting cloud"巧妙地把诗人超凡脱俗，犹如浮云一般游离于尘土之外表现出来。欣顿后来在《王维诗选》(2006)中对山水诗中的白云意象的意义做了解释："白云喻指心空与心闲、隐逸，身心如同悠悠浮云。"[①]"a mind all idleness faces still water"中的"all idleness"作为后置修饰语补充说明了"mind"，以英语诗歌的句法特点再现了"闲心"，同时，"idleness"和"still"体现了清净的自性和平静的意识的意义。欣顿认为，"idleness"是白居易诗歌的一个核心概念，它指极度的宁静和安静，是一种禅修状态，日常生活本身是精神修炼。[②] "both perfect clarity, no trace of dust"完整再现了无念无为的沉思静虑的状态和清净的池水相冥合的境界。颈联和尾联的翻译具有较高的翻译充分性。

欣顿对白居易诗中的这种无欲无念的淡泊平和情调的着意再现也常见于白居易的其他诗歌中，体现出白居易"无我之自我之诗"的禅修境界，

---

① Hinton, D. *The Selected Poems of Wang Wei*. New York: New Directions Publishing Corporation, 2006: 105.

② Hinton, D. *The Mountain Poems of Hsieh Ling-yun*. New York: New Directions Publishing Corporation, 2001: 71.

例如《清夜琴兴》。

清夜琴兴

月出鸟栖尽，寂然坐空林。

是时心境闲，可以弹素琴。

清泠由木性，恬澹随人心。

心积和平气，木应正始音。

响余群动息，曲罢秋夜深。

正声感元化，天地清沉沉。

Ch'in Song in Clear Night

The moon's risen. Birds have settled in.

Now，sitting in these empty woods，silent

mind sounding the borders of idleness，

I can tune the *ch'in*'s utter simplicities：

from the wood's nature，a cold clarity，

from a person's mind，a blank repose.

When mind's gathered clear calm *ch'i*，

wood can make such sudden song of it，

and after lingering echoes die away，

song fading into depths of autumn night，

you suddenly hear the source of change，

all heaven and earth such depths of clarity.

（欣顿译于 1999 年）

在这首译诗中，欣顿把表示寂静、淡泊、无欲无念的词逐一翻译了出来，包括"鸟栖尽"（Birds have settled in）、"寂然"（silent）、"空林"（empty woods）、"心境闲"（mind sounding the borders of idleness）、"素琴"（the *ch'in*'s utter simplicities）、"清冷"（a cold clarity）、"木性"（wood's nature）、"恬澹"（a blank repose）、"和平气"（clear calm *ch'i*）、"响余群动息"（lingering echoes die away）、"曲罢秋夜深"（song fading into depths of autumn night）、"清沉沉"（depths of clarity）。这些翻译基本上都是采用的异域化技巧，再现了在万籁俱寂的山林与秋夜、恬澹的琴声中产生的内心的安闲平静。在欣顿译诗的尾联中，不见"我"，而译为泛指的"you"，即白居易的"无我之自我"成为万物之一，融入天地运化之中，进入澄明的禅境。天堂（heaven）与人间（earth）成为澄明、恬澹的自然一体，从而进入禅修境界。

　　白居易对这种无念无为的闲适与"闲"境的热爱，使其诗歌摆脱了古诗词一贯的意象的塑造，呈现出言辞散漫、浅白平易的"元和体"。欣顿的译诗用词也同样浅白平和、句式精炼。现以《偶吟》英译举隅。

偶　吟

眼下有衣兼有食，心中无喜亦无忧。

正如身后有何事，应向人间无所求。

静念道经深闭目，闲迎禅客小低头。

犹残少许云泉兴，一岁龙门数度游。

Off-Hand Chant

All the clothes and food I'll need here before me，
a mind free of all happiness，free of all sadness：

it's like some kind of afterlife. So what do you do
when you want nothing from this human world？

Eyes closed，I read classics of Way in silent depth，
and this idle，I hardly bow greeting Ch'an guests.

Luckily residue remains: a cloud-and-stream joy.

Every year I wander Dragon-gate hills a few times.

（欣顿译于 1999 年）

　　显而易见，欣顿译诗的用词同样浅白平易，且采用的是字面直译。只有"身后事"（afterlife）采用了文化对等词，但这一文化对等词有助于英语读者即刻理解诗人平和、洒脱的心境。在西方基督教文化中，死后的再生是安详、平和的。两者的有机结合，产生了强烈的陌生化翻译的效果。同样的翻译方法也见于欣顿对《梦旧》的翻译。

梦　旧

别来老大苦修道，炼得离心成死灰。

平生忆念消磨尽，昨夜因何入梦来？

Dreaming of Long Ago

I've grown old since our farewell, bitterly cultivating the Tao,
refining this irreconcilable heart all the way into dead ash.

I thought I'd polished the memories of a lifetime clean away—
so how is it you came stealing into my dreams again last night?

（欣顿译于 1999 年）

　　可以看出，译诗用词极其浅白朴素，句式口语化。例如，最后一行是"how is it..."，而不是"how you came..."。

　　总而言之，欣顿译诗再现了白居易的充满禅宗意趣的意蕴以及浅白平易的"元和体"诗歌语言艺术风格。这是他对白居易诗歌进行生态译诗的具体体现，从而获得了陌生化翻译效果。

　　从以上欣顿对五位诗人的山水诗进行的创译来看，他通过陌生化翻译策略，使其译诗具有诗人的差异性。在字词上往往倾向于异域化翻译处理，而在诗行句法上则采用杂合化处理，将古诗词句法与英语句法互为参照,以英语自由诗的方式再现了诗人鲜明的、个性化的诗学特征,有效兼顾了翻译的充分性与接受性。其译诗在当下的生态整体主义与中国古老的生态智慧、古诗词的诗学与英语现代自由诗的双重折射下,赋予了古诗词的异域性诗学可读性,让英语读者有可能领会到古典山水诗的生态意蕴,鉴赏到诗人们禅宗意趣的构思立意与独具匠心的个性化诗歌风格。

结语　山水诗翻译的生态文化话语性

一、翻译的话语建构性

在比较文学翻译研究的框架下,对翻译的认识不再囿于语言转换性与忠实性,而是聚焦于文本现实与存在的话语建构性。翻译被认为是对文本现实的重构,是具有文学与文化意义的话语行为。正如铁莫兹科所言,"一旦要认识翻译过程、译本及其功能,就势必将翻译行为置于时代背景中去讨论,包括政治、意识形态、经济和文化背景,考察的结果往往是发现了翻译对目标文学与文化的建构作用"[①]。这一立论也是巴斯奈特和勒菲弗尔的论文集《建构文化》(1998)的主题。许钧从文化发展史的角度,提出"翻译是义化的建构性力量",他在"中华译学馆·中华翻译研究文库"的总序中指出,"翻译活动在人类历史上一直存在,其形式与内涵在不断丰富,且与社会、经济、文化发展相联系,这种联系不是被动的联系,而是一种互动的关系、一种建构性的力量。因此,从这个意义上来说,翻译是推动世界文化发展的一种重大力量"[②]。显然,贯穿这些学说的主题,是揭示翻译对作家和文本形象在目标文化中的重构,肯定翻译对文化发展的创造价值与贡献。这些洞见深化了对翻译本体论的认知。翻译本质不

[①]　辛斌. 语言的建构性和话语的异质性. 现代外语,2016 (1):25.

[②]　参见本书总序第 2 页.

是复制,而是具有话语建构性。

专家学者对话语的概念有深入的阐述。结合福柯(Foucault,1969)、费尔克劳(Fairclough,1992,2003)、拉克拉与墨菲(Laclau & Mouffe,2001)等对"话语"和施旭对"文化话语研究"(2010)的概念的阐述,话语的核心要义是描述特定语境中受某种思想观念、价值取向及文化思维支撑的具体言语行为,是言语交际事件与语境的结合体,但言语是其表现形态。话语反映了特定语境中交际主体通过语言符号建立的多重认知关系、特定文化立场、思想观念和价值取向。话语既是文化的外在表现形式,又是构成文化的重要元素。它往往是浸透着意识形态,受到社会结构影响的言语或文本,且具有传播性。结构包括一个社会或文化在特定时代对外在世界的特定认知模式,以及由此衍生成的知识领域。因此,话语不单纯等同于语言,它是特定思想指向和价值取向的语言系统。以上对"话语"的定义及认识成为我们提出的"翻译的话语建构性"概念中的"话语"的内涵。

翻译的话语建构性基于后现代主义背景下的批评话语分析。在后现代翻译理论语境下,各种翻译言说道出了翻译建构的内容或方式。本雅明(Benjamin,1923)的"花瓶碎片"隐喻认为翻译建构了"纯语言"。勒菲弗尔(Lefevere,1992)的"重写论"解释了意识形态、赞助人、诗学等因素对翻译的建构性。妮南贾娜(Niranjana,1992)和斯皮瓦克(Spivak,2004)揭示了翻译对民族、种族、语言间的不平等关系的社会现实的建构。韦努蒂(Venuti,1995)揭露了翻译的文化和政治议程对英语霸权主义文化的建构;之后他进一步提出"阐释模式"[①],将源文本视为可变量,通过形式和主题解释项,观察翻译是如何重新建构目标文本的话语形式、意义以及效果的。西蒙(Simon,1996)和福禄窦(Von Flotow,1997)揭示了翻译对女性主义现实的建构。斯坦纳(Steiner,1998)基于施莱尔马赫的诠释学视角下的"阐释运行"四阶段论,描述了翻译建构社会现实和文本存在的过程。

---

① Venuti, L. Translation, empiricism, ethics. *Profession*, 2010(1):74.

德里达(Derrida,1997)的"延异"消解了原文与译文的关系,并认为翻译建构了原文的"来世"。所有这些言说的共同之处,就是它们都认为翻译建构了种种社会现实和文本现实,成为社会建构的手段,能理解到文本"现实"或"真理"。它们彻底解构了翻译亦步亦趋的奴性与复制性、掩盖权利关系的工具性与桥梁性,阐释了翻译话语建构社会现实的性质。我们认为,这些论述可以归结到一个论断,即翻译具有话语建构性。该论断基于三个前提假设,即语言的话语建构性、翻译的片面性与操控性、翻译的跨文化话语性。

首先,在后现代的语境下,人们普遍认识到语言是社会建构的手段,因而语言不仅具有工具性,也有话语建构性。① 福柯呼吁"我们必须把话语想象成我们施加于事物之上的暴力"②。塞尔登揭露"作家能够犯的最严重的罪行是妄称语言是一种自然透明的媒介,读者能够通过它理解一个可靠的和统一的'真理'或者'现实'"③。罗蒂强调知识和思想是为了推动某种利益和目标的实现。不仅社会越来越被认为是一个文本,科学文本自身也被视为修辞学上的建构。④ 批评话语分析的创始者费尔克劳接受了福柯等后现代主义者关于话语建构社会现实的思想,坚持话语既塑造社会又由社会塑造的辩证观点。⑤ 他认为,社会和个体是被话语实践不断建构的,语言不是客观实在的反映,而是建构的积极媒介,因此对话语的关注不是要从话语中透视出某种客观实体的存在,而是要分析话语如何不断建构社会现实。基于此,我们认为,既然语言具有话语建构性,翻

---

① 辛斌. 语言的建构性和话语的异质性. 现代外语,2016 (1):4-5.

② Foucault,M. *The Archeology of Knowledge*. New York:Harper & Row,1969: 229.

③ Selden,R. *A Reader's Guide to Contemporary Literary Theory*. Lexington:The University Press of Kentucky,1985:74.

④ 罗蒂. 方法、社会科学和社会希望//塞德曼. 后现代转向. 吴世雄,等译. 沈阳: 辽宁教育出版社,2001:76-77.

⑤ Fairclough,N. *Discourse and Social Change*. Cambridge:Polity Press,1992: 55.

译作为言语交际行为也具有语言的话语建构性,即语言的话语建构性决定了翻译的话语建构性的基因。

其次,描写译学认为,翻译具有片面性与操控性两个内在的基本特性,这为翻译的话语建构性做了铺垫。片面性指翻译无法把源文本的形式与内容完整地移入译文中去,不可避免地对文本现实做种种取舍。这种取舍让译者和目标文化对文本的种种不同的操控成为可能。翻译的片面性与操控性使得翻译从来不会是对文本存在的完整、忠实的再现,而是在文化与社会语境背景下,译者对原文意义、形式、主题等进行取舍,从而预设了翻译建构社会现实与文本存在的先天性。

最后,翻译的跨文化话语性。在话语分析研究的框架下,对言语交际事件的研究跨越孤立、抽象的语言形式研究的界限,将语篇和相关语境两者结合起来观察,以探索语篇的结构、功能、意义,以及词句背后的意识。文化话语研究彰显了文化对话语的建构作用。它"从文化自觉和文化政治的高度,以言语交际的概念为方法,去探索社会言语交际事件的文化特点、文化困境、文化变革,等等"①。在这一论断的观照下,翻译可以被视为跨文化社会言语交际事件,即翻译具有跨文化话语性。在跨文化语境下,交际主体(可以是翻译项目发起人、中间人、译者、作者、出版方、读者等等)与文本之间不断地进行着文化与文明对话,反映交际的语境,最终建构一个具有跨文化沟通效果,体现文化关系、文学关系、历史关系等的话语。

从以上三个假设可以看出,翻译的话语建构性是基于语言的话语建构性、翻译的片面性与操纵性、翻译的跨文化话语性等假设上的。基于此,我们将翻译的话语建构性定义为,翻译行为受文本和非文本话语语境因素的影响,具有积极构建作家、文本及文化形象的作用,以产生具有跨文化传播性的特定话语意义。

---

① 施旭. 文化话语研究:探索中国的理论、方法与问题. 北京:北京大学出版社,2010:3.

此外,我们认为,翻译作为语际实践,是对结构以外的文本存在进行跨文化的建构,其建构性实现的方式具有创造性倾向[①],因为翻译的异质性决定了翻译话语可以通过异于源语的目标语语词,或者创造性运用目标语与文化结构之外的语词来改变话语结构,从而改变原有的社会关系、文本关系,建构依赖于社会语境的跨文化话语新体系。这与韦努蒂[②]将翻译喻为"二阶创作"的意图相似,都是对翻译的话语建构性的揭示。

翻译的话语建构性揭示了翻译对民族文学的世界文学面貌的勾勒作用、对民族文化的当代意义与共同价值的跨文化阐发与传播机制。

二、生态译诗的生态话语性

文化话语是通过语言来表达一个民族和国家的文化立场、态度、思想、价值理念等。它承载不同的思想内涵,甚至是打上意识形态的印记。一种思想、文化从创立、发展到传播,是通过语言来塑造、成型和表达出来的。它是文化的反映、表达和传播,是特定思想指向、文化内涵和价值取向的语言系统,是文化表征和语言表述背后所蕴含的意图与意义。它是时代的产物,是塑造时代特征、引导社会发展方向的精神文化力量。文化话语是话语的灵魂和精神,而且文化的人文性与文明性使话语成为话语国际传播的有效内容与途径。文化话语依据文化内容与对象不同而呈现丰富的话语形态,生态话语即是其中之一。生态话语指反映生态哲学文化的思想、立场、理念、精神概念、范畴、命题、判断、术语等,包括生态哲学、生态文学与自然文学,以及其他形式的生态文化言说形态。生态话语

---

① 话语的构建性通过两种方式实现:常规性和创造性。常规性的构建方式是指话语实践再生产已有的话语结构,维持现存的社会身份、关系和知识信仰体系。创造性的构建方式是指话语通过创造性地运用结构之外的语词来改变话语结构,从而改变原有的社会关系、身份和知识信仰体系。无论是创造性还是常规性的构建都依赖于社会语境,依赖于语言在其中的功能(Fairclough,2003;辛斌,2016:5.)。

② Venuti, L. *Translation Changes Everything: Theory and Practice*. London: Routledge, 2013:179.

是生态理念的言语表现,又是构成生态思想的重要元素。

美国的荒野哲学与深层生态学不仅奠定了其生态整体主义的哲学框架,而且为荒野诗学提供了思想基础,造就了美国文化与文学的荒野精神特质,也构成了二战以来美国对中国山水诗进行译介的生态文化话语认知模式。这一非文本因素与山水诗自身独特的诗学特征构成的话语因素共同作用,触发了美国译者对山水诗所蕴含的道禅境界与美国的荒野精神的汇通性认识,从而产生了生态译诗的翻译规范。值得注意的是,虽然译者同时秉持生态译诗的翻译规范,但斯奈德和雷克斯罗斯的译诗重点阐释了山水诗的荒野面貌与意象,而欣顿的译诗则聚焦于对山水诗的道禅意蕴的荒野宇宙观的再现。他们的翻译共同为山水诗和禅诗建构了生态文化话语。欣顿的生态译诗为山水诗所构建的生态文化话语,具体表现在以下两方面:

其一,生态文化翻译理念及其宣言。欣顿从深层生态学视角,解读山水诗所呈现的人与自然和谐一体的直觉生态智慧。用"荒野"阐发"山水",将山水诗的自然山水精神与道禅意境阐发为"荒野宇宙观"的生态价值理念,成为其鉴赏山水诗的话语认知模式,归纳总结了该话语的知识领域,即"道""自然""无""有""无为""玄""气""理""心""空""闲"等十一个概念。这些概念体现了天地万物和谐共存、物我一如的道禅思想,以及自然、单纯、闲适的空灵境界,虚融淡泊、静谧空灵、物我冥契的意境,以及物我一如、天地万物皆从道的朴素的生态世界观。他认为,中国山水诗的荒野宇宙观是最早的生态整体主义。他所秉持的"文化翻译"体现了他的生态翻译理念。他说:"我翻译的不是诗行,而是文化。我想把古中国对人类在宇宙万物中的位置的理解带给西方。"①欣顿借助山水诗的艺术文化审美魅力,将古代中国的直觉生态智慧纳入西方读者视野,打开一扇了解

---

① Tonino, L. & Hinton, D. The egret lifting from the river: David Hinton on the wisdom of ancient Chinese poets, interview by Tonino, L. *The Sun*, 2015 (May): 469.

东方文明的生态智慧的文化窗口,赋予山水诗翻译诗学的生态哲学意义。他说:"虽然诗歌不能解决环境恶化问题,但至少展示了一种可能的人与世界的关系。如果有什么可以逆转人类毁灭的命运,那就是意识改变。只有当人类认识到身体与心灵是大自然的有机部分,才会在意人与自然的关系。因此,我翻译的目的是把古典诗词的荒野宇宙观译介给西方社会。阐释容易,灌输传播难。我努力把古诗词翻译成当代英语诗,让读者能以具体方式真切感受其思想内涵。"①欣顿的这些生态理念宣言,清楚表明了其翻译的生态文化立场与对山水诗的生态价值取向。其翻译理念是让英语读者从诗情画意、充满禅意的中国山水诗中寻求到生态精神与心灵的共鸣,移情于山水诗的直觉生态智慧,感悟其与深层生态学的生态整体主义理念的相似性,实现两者在人与自然和谐一体关系的认识上的共通性,呼应了美国生态文化对他山之石的古老生态文明的诉求。

其二,为山水诗建构了生态诗的话语形象。欣顿对山水诗进行了生态文化艺术审美,体现了其生态理念与诗性高度内化的翻译诗学体验。译诗再现了山水诗的性空无为与动静相生的生态意境、物我一如与共生共荣的生态关系,以及物皆自得与美在自然的生态审美。它表明,欣顿走向山水诗就是走向与自然的生态关系与生态自觉。英语读者通过阅读流畅、朴素平易、富有英语诗歌节奏的译诗,领略到了译诗所传达的中国自然山水义化精神和道禅文化意蕴。正如马军红所言,"生态文学的译者,如同作者一样,尝试把自己的翻译与生态保护联系起来。通过翻译,传达一种健康的人与自然和谐的生态理念"②。欣顿甚至认为,山水诗的生态诗学是美国生态诗歌灵感的重要来源之一,即"中国古诗词浸淫着道禅思想,尤其体现在其核心所在的山水诗,它具有完全意义上的生态诗学性。美国现代前卫诗歌艺术是山水诗传统的一种延续。因为美国创新诗人在借鉴和创新诗学时,并没有继承本土的深层生态思想,而是假以外借,向

---

① Hinton, D. *Hunger Mountain*. Boston & London: Shambhala, 2012: xxi.
② 马军红. 美国生态文学在中国的译介研究. 中国翻译, 2015 (4): 46.

他者借鉴新诗学,并点化运用,从而创造了美国文化与诗学规范以外的诗歌形式与内容"①。其生态译诗为山水诗在英语世界构建了生态诗形象,体现了古老的山水诗的当代生态诗学价值与共同的生态精神,体现了中国古老的直觉生态智慧与美国当代深层生态学话语的融通,是中美生态诗学的对话。它更新了山水诗的世界文学形象,丰富了美国荒野文化和生态文学的表达。山水诗在他者视域中的这种新形象是翻译研究的跨文明转向的具体案例,显示翻译研究"关注的重点不再是'文明'的中心,而是通过翻译发生的文明之间的交叉与联系"②。山水诗的生态诗形象的建构体现了东西方文明在生态文化层面上的契合、在生态话语上的融通。

最后,我们对本书的内容进行概括总结。

中国古诗词的世界文学性的形成,是中国诗词文化与美国文化共同对诗词进行双文化折射创译的结果。创译是译者为了实现目标话语的表达性与目的性,对源文本进行编辑、重组、创作性重写、创意性重构等翻译的方式。它解释了民族文学演进成世界文学的翻译方式。美国对中国古诗词的译介历经百余年,经过三代译者更新迭代的译介,其英译文发展成为美国一个文学小传统,呈现出历史性的陌生化翻译诗学特征。20 世纪初,以庞德、洛维尔等为代表的第一代译者以极大的诗学热情,将古诗词诗歌艺术与美国现代诗歌运动初创期的诗学元素相融合,创译成意象派诗歌,形成陌生化诗歌翻译的特征。然而,自 20 世纪下半叶以来,基于美国荒野哲学和深层生态学的哲学背景以及其他亚文化形态背景,该文学小传统体现了译介山水诗与禅诗的专题性。以斯奈德、雷克斯罗斯、华兹生等为代表的第二代译者,在美国生态哲学和其他亚文化形态背景下,开启了山水诗和禅诗的译介方向,阐释了其自然山水精神和禅宗意趣,秉持

---

① Hinton, D. *The Wilds of Poetry*: *Adventures in Mind and Landscape*. Boulder: Shambhala, 2017b: 14.

② 罗宾逊. 翻译的跨文明转向:酒井直树的翻译共存机制及欧洲中心主义问题. 祝朝伟,译. 英语研究,2017 (2):115.

了质朴简练、英语化的译诗风格。以欣顿、波特、西顿、汉密尔为代表的第三代译者则大力深化了这一方向,不仅具有鲜明的山水诗和禅诗翻译的专题性,而且深入诗歌的艺术文化精神内核,着力阐发性空无为的禅宗境界与顺其自然的道家精神所共同构筑的人与自然和谐相生的生态智慧,体现了中国古老的宇宙观与西方的生态整体主义思想,以及中西方在对人与自然的关系问题上的认知共通性,从而挖掘了中国古诗词的直觉生态智慧,体现了其文化精神的当代意义与共同价值,从而更新了其世界文学面貌。因此,经过第二代和第三代译者对山水诗和禅诗的不断深入的创译,中国古典的自然山水文化精神与美国当代的深层生态思想产生了呼应与共鸣,逐渐赋予了山水诗和禅诗一种生态诗形象,形成了陌生化诗歌翻译特征。以上两个历史阶段性的陌生化翻译诗学特征显示,双文化折射翻译产生了时代性的诗歌创译结果,从而推进了古诗词在美国的世界文学性进程。

欣顿是第三代最具传播影响力的中国典籍翻译家。在当下世界对人类命运的终极关怀和生态文明诉求的背景下,欣顿挖掘了中国古诗词文化的生态文明精神,深入阐发、翻译、传播了山水诗的生态智慧。其译诗激活了山水诗的时代精神活力,成功践行了中国传统文化的共同价值和当代意义的跨文化传播。他从深层生态学视角阐发了中国山水文化精神的人文生态价值。山水诗表达的物我一如、空灵寂静的道禅意蕴与当代的深层生态学所倡导的人与环境共生共荣的思想具有共通性,从而与西方的生态整体主义主张具有契合性。欣顿通过其文化翻译,把山水诗所蕴含的人与自然和谐共存的生态智慧带给西方。

他在对山水诗进行世界文学性翻译的语境架构中,源文化的亚文化形态表现为中国道家与佛禅宇宙观,具体包括朴素的自然主义哲学倾向、自然生态境界以及主客一体的生态伦理倾向。东道文化的亚文化形态则为美国生态批评潮流中的荒野哲学与深层生态学,两者分别构成世界文学椭圆空间的文化双焦点。一方面,山水诗的道蕴禅意具有自然生态倾向。"道法自然""无为"等体现了自然主义的哲学倾向;"见素抱朴,少私寡欲""知足不辱,知止不殆,可以长久"无疑是一种生态的、可持续发展的生活方式与理念;"天地与我并生,而万物与我为一""以道观之,物无贵贱"描绘的也是一种人与自然和谐相生的自然生态境界;佛禅所奉行的众生平等的思想体现了主客一体的生态伦理倾向。而且,由于道家与佛禅有着兼容并蓄、互为参照借用的历程,两者确实存在相连与相似的生态智慧。两者对"空""静""无我"等有着共同追求。因此,他把道家与佛禅两者视为一个精神范畴的东西,综合为一个哲学观并称之为"道禅"。另一方面,道家与禅宗的生态意蕴和生态智慧成为美国当代生态整体主义的思想资源。自 20 世纪下半叶以来,美国生态批评体现出浪漫主义荒野特质。荒野哲学与深层生态学不仅奠定了生态整体主义的哲学框架,而且为荒野诗学提供了思想基础,造就了美国文学富有荒野意象与荒野精神的特质。这一特质促使美国生态哲学家、文学家、翻译家主动挖掘、借鉴、吸收东方具有生态智慧的思想和诗学,以丰富其生态中心主义的思想与主张。因此,两个文化形态之所以能穿越千年时空,并为山水诗架构了世界文学性椭圆空间,在于山水诗的诗歌艺术文化精神所蕴含的生态智慧具有共同价值性。

欣顿的山水诗翻译诗学,体现在他对"山水"进行"荒野"解读上。山水诗中的山水是未曾被诗人知性介入或情绪干扰的自然山水。美国浪漫主义荒野哲学、荒野诗学以及深层生态主义对"荒野"的定义,也是未经人工改造、人迹罕至的美丽的旷野大自然。因此,欣顿将山水诗的"自然"精神实质概括为"荒野宇宙观"。这是基于道禅思想的动态宇宙观,视宇宙万有为荒野的阶段性的有机组成部分,人以最本真的方式与大自然和谐相处。其内涵包括一系列的道禅思想概念,因而成为中国山水诗的永恒主题。因此,荒野宇宙观是欣顿从美国的生态哲学视角,对山水诗的自然精神的阐释和解读,这构成了其生态译诗的哲学与文化基础。生态译诗是指以生态整体主义为思想基础,运用当代英语诗歌艺术,着力阐释山水诗在道禅意境观照下的人与自然相即相融的直觉生态智慧与艺术文化精神,再现山水诗的荒野宇宙观。它让古老的山水诗以及其承载的古老的东方生态智慧穿越遥远的时空,以生态精神面貌呈现在西方读者面前,焕发出共同的生态价值,从而具有了世界文学的当下性。它体现了山水诗表达的物我一如、空灵寂静的道禅意蕴与深层生态学和生态整体主义所倡导的人与环境共生共荣的思想的契合性。

欣顿的生态译诗行为,具体体现在三个层面上。第一,对山水诗的直觉生态智慧与生态审美的语义阐释。即努力再现山水诗所表现的性空无为、动静相生与物我相融的生态关系,物我主体与共生共荣的生态意蕴以及物皆自得与美在自美的生态审美,赋予了译诗立意上的陌生化诗歌翻译特征。第二,对山水诗的艺术形式特质进行了创译。通过齐整的双行句法、逐字逐言直译、简雅遣词、片语化表达、跨行、英语诗歌的自然节奏、意象临摹等异域化与杂合化相结合的翻译技巧,赋予了译诗形式上的陌生化诗歌翻译特征。这些形式上的处理技巧使得译诗的翻译充分性与接受性达到了一个较好的平衡:一方面显示出对原诗的异域性的尊重和充分的再现,让当代英语读者有了比前两代读者进一步靠近原诗的可能,与作品发生了一次新的交流。这种具有高度翻译充分性的翻译使译文具有异域性,而这正是当代翻译伦理的主张以及全球化的文化价值观取向。另一方面,也具有了当代英语表达性和诗学特征。这一翻译策略契合了当下英美世界文学界以及读者对古诗词英译文的假设性对等概念,即美国世界文学界以及读者设定的对等概念,而不是指译文与原文的对等。第三,欣顿力图再现所译近禅习道诗人的独特的诗歌风格,从而使其译诗具有诗人风格的差异化,避免了翻译同质化倾向,以进一步加强陌生化诗歌翻译的效果。他的译诗再现了王维的无念无我、空明淡远,李白的自由无为、雄奇豪放,韦应物的清幽闲静、简淡质朴,孟郊的苦吟制奇、古雅拗峭,白居易的闲适平和、浅近平易等的道禅意境与鲜明的诗歌风格。

欣顿的生态译诗实现了其对山水诗翻译的话语目的。即从深层生态学视角,解读了山水诗的生态智慧,用现代生态话语阐发了山水诗的生态艺术文化精神,赋予了译诗生态文化话语性。其翻译融合了山水诗和当代英语诗歌的诗歌艺术所长,提升了山水诗的生态话语力量,让中国古老山水诗在英语世界焕发出现代的生态文化魅力,为西方生态文化艺术增添了陌生化的文学形态。这表明,民族传统文化的跨文化传播,需要从当代话语角度,对其进行阐发与翻译重写,提升文化话语的现代性,从而形成对人类文明发展具有积极意义的新话语,体现其当代意义与共同价值,促进东西方文明发展的联系与交叉。

欣顿仍继续沉醉于这一富有跨文明传播意义的翻译事业。他,知行合一,隐居山林,徜徉山野;他,穿越时空,探寻中西生态智慧的呼应,融通古今生态话语;他,体悟《山居赋》(谢灵运)所描绘的生态栖居,继续着他对中国古老生态文化的话语阐发、诗意书写、用心传播……

山居赋

其居也,左湖右江,往渚还汀。面山背阜,东阻西倾。抱含吸吐,款跨纤萦。绵联邪亘,侧直齐平。……暨其窈窕幽深,寂寞虚远。事与情乖,理与形反。既耳目之靡端,岂足迹之所践。蕴终古于三季,俟通明于五眼。权近虑以停笔,抑浅知而绝简。

Dwelling in the Mountains

Here where live,

lakes on the left, rivers on the right,

you leave islands, follow shores back

to mountains out front, ridges behind.

Looming east and toppling aside west,

they barbour ebb and flow of breath,

arch across and snake beyond, devious

churning and roiling into distances,

clifftop ridgelines hewn flat and true.

......

In these remote and secluded depths of quiet mystery,
silence boundless, distances empty,

you see endeavor denies our nature
and appearance the inner pattern.

When eyes and ears can tell us nothing of such things,
how could anyone follow the path with mere footsteps?

I've distilled all antiquity in the steady cycle of seasons,
trusting to the enlightened insight of five-old vision,

and now, abiding by this wisdom, I left my brush rest,
let shallow thoughts settle away and these words end.

（欣顿译于 2003 年）

参考文献

陈琳.论陌生化翻译.中国翻译,2010(1):13-20,95.

陈琳.陌生化翻译:徐志摩译诗研究.北京:中国社会科学出版社,2012.

陈琳.陌生化诗歌翻译与翻译规范.外语教学,2012(4):94-99.

陈琳.论欣顿的荒野宇宙观及其翻译诗学意义.英美文学研究论丛,2017,26(2):345-355.

陈琳.对外话语体系建设背景下的翻译战略与翻译建构性思考.同济观点,2018(8):66-68.

陈琳.从生态译诗论翻译建构性.中国比较文学,2019(2):122-136.

陈琳,曹培会.诗歌创译的世界文学性——以《竹里馆》英译为例.中国翻译,2016(2):85-90.

陈琳,曹培会.论创译的名与实.外语与外语教学,2016(6):123-130,146,151.

陈琳,曹培会.王维诗歌的世界文学性的动态生成.外语教学理论与实践,2017(4):83-89.

陈琳,林嘉新.跨界的阐释:美国当下比较文学翻译研究的研究范式.中国比较文学,2015(3):139-151.

陈小红.加里·斯奈德的生态伦理思想研究.广州:中山大学出版社,2008.

陈小红.加里·斯奈德的荒野观.学术论坛,2009(5):153-157.

程虹.寻归荒野.北京:生活·读书·新知三联书店,2001.

道森.中国变色龙.北京:中华书局,2006.

丁成泉.中国山水诗.2 版.武汉:华中师范大学出版社,2014.

范新阳.孟郊诗研究.北京:中国社会科学出版社,2014.

冯友兰.中国哲学简史.北京:北京大学出版社,1996.

葛兆光.禅宗与中国文化.上海:上海人民出版社,1986.

黑格尔.美学:第 1 卷.北京:商务印书馆,1997.

胡德香.后殖民理论对我国翻译研究的启示.外国语,2005(4):56-61.

黄德先,殷燕.译创:一种普遍的实践.上海翻译,2013(1):29-33.

罗尔斯顿.环境伦理学.刘耳,等译.长春:吉林人民出版社,2000a.

罗尔斯顿.哲学走向荒野.刘耳,等译.长春:吉林人民出版社,2000b.

季羡林.禅和文化与文学.北京:商务印书馆,1998.

贾丁斯.环境伦理学.林官明,杨爱民,译.北京:北京大学出版社,2002.

江岚.唐诗西传史论——以唐诗在英美的传播为中心.北京:学苑出版
　　社,2009.

蒋洪新.庞德研究.上海:上海外语教育出版社,2014.

蒋骁华.巴西的翻译:"吃人"翻译理论与实践及其文化内涵.外国语,2003
　　(1):63-67.

孔慧怡.翻译·文学·文化.北京:北京大学出版社,1999.

赖永海.佛道诗禅.北京:中国青年出版社,1990.

雷毅.20 世纪生态运动理论:从浅层走向深层.国外社会科学,1999(6):
　　26-31.

雷毅.深层生态学思想研究.北京:清华大学出版社,2001.

雷毅.深层生态学:阐释与整合.上海:上海交通大学出版社,2012.

李远国,陈云.衣养万物:道家道教生态文化论.成都:巴蜀书社,2009.

利奥波德.沙香年鉴.侯文蕙,译.长春:吉林人民出版社,1997.

林嘉新,陈琳.从世界文学的角度重读《骆驼祥子》两个译本.同济大学学
　　报,2015(4):109-118.

罗宾逊.翻译的跨文明转向:酒井直树的翻译共存机制及欧洲中心主义问

题.祝朝伟,译.英语研究,2017(2):115-131.

罗蒂.方法、社会科学和社会希望//塞德曼.后现代转向.吴世雄,等译.沈阳:辽宁教育出版社,2001.

吕和发,蒋璐.创意翻译的探索过程.中国科技翻译,2013(3):17-20.

马军红.美国生态文学在中国的译介研究.中国翻译,2015(4):32-37.

缪尔.我们的国家公园.郭名椋,译.长春:吉林人民出版社,1999.

纳什.荒野与美国思想.侯文蕙,侯钧,译.北京:中国环境科学出版社,2012.

南怀瑾.老子他说.上海:复旦大学出版社,2002.

南怀瑾.南怀瑾选集:第4卷.上海:复旦大学出版社,2010.

区鉷.加里·斯奈德面面观.外国文学评论,1994(1):32-36.

潘文国.汉英语对比纲要.北京:北京语言大学出版社,1997.

彭予.20世纪美国诗歌:从庞德到罗伯特·布莱.开封:河南大学出版社,1995.

钱穆.庄子纂笺.北京:生活·读书·新知三联书店,2010.

钱兆明.威廉斯的诗体探索与他的中国情结.外国文学,2010(1):57-66,158.

施旭.文化话语研究:探索中国的理论、方法与问题.北京:北京大学出版社,2010.

史景迁.文化类同与文化利用.北京:北京大学出版社,1990.

叔本华.作为意志和表象的世界.石冲白,译.北京:商务印书馆,1982.

斯奈德.禅定荒野.陈登,谭琼琳,译.桂林:广西师范大学出版社,2014.

孙昌武.禅思与诗情.北京:中华书局,2006.

孙艺风.翻译规范与主体意识.中国翻译,2003(3):5-11.

孙艺风.离散译者的文化使命.中国翻译,2006(1):3-10.

汤因比,池田大作.展望二十一世纪.荀春生,等译.北京:国际文化出版公司,1985.

陶东风.中国古代心理美学六论.天津:百花文艺出版社,1999.

陶乃侃.庞德与中国文化.北京:首都师范大学出版社,2006.

陶文鹏,韦凤娟.灵境诗心——中国古代山水诗史.南京:凤凰出版社,2004.

王传英,卢蕊.经济全球化背景下的创译.中国翻译,2015(2):72-76.

王国璎.中国山水诗研究.北京:中华书局,2007.

王惠.荒野哲学与山水诗.上海:学林出版社,2010.

王宁.重新界定翻译:跨学科和视觉文化的视角.中国翻译,2015(3):12-13.

王诺.生态与心态:当代欧美文学研究.南京:南京大学出版社,2007.

王诺.欧美生态文学.北京:北京大学出版社,2011.

王志清.盛唐生态诗学.北京:北京大学出版社,2007.

维埃拉.解放卡利班们——论食人说与哈罗德·德·坎波斯的超越/越界性创造诗学//谢天振,主编.当代国外翻译理论导读.卢玉玲,译.天津:南开大学出版社,2008.

魏向清.人文社科术语翻译中的术语属性.外语学刊,2010(6):165-167.

吴伏生.汉诗英译研究:理雅各、翟理斯、韦利、庞德.北京:学苑出版社,2012.

吴言生.禅宗诗歌境界.北京:中华书局,2002a.

吴言生.禅宗思想渊源.北京:中华书局,2002b.

吴言生.禅宗哲学象征.北京:中华书局,2002c.

吴洲.中国古代哲学的生态意蕴.北京:中国社会科学出版社,2012.

谢天振.论文学翻译的创造性叛逆.外国语,1992(1):32-39,82.

辛斌.语言的建构性和话语的异质性.现代外语,2016(1):1-10,145.

徐平.思、文书、事——海德格尔、庞德等与道家文化.武汉:武汉大学出版社,2002.

许钧.关于新时期翻译与翻译问题的思考.中国翻译,2015(3):8-9.

杨持.生态学.北京:高等教育出版社,2008.

杨金才.论美国文学中的"荒野"意象.外国文学研究,2000(2):58-65.

叶嘉莹.王国维及其文学批评.香港:中华书局,1980.

叶维廉.中国诗学.北京:生活·读书·新知三联书店,1993.

叶维廉.中国古典诗和英美诗中山水美感意识的演变//李达三,罗钢,主编.中外比较文学的里程碑.北京:人民文学出版社,1997.

余谋昌.生态哲学.西安:陕西人民教育出版社,2000.

曾繁仁.生态存在论美学论稿.长春:吉林人民出版社,2003.

张海惠.北美中国学:研究概述与文献资源.北京:中华书局,2010.

张隆溪.中西文化研究十论.上海:复旦大学出版社,2005.

张曙光.从现代主义到后现代主义:二十世纪美国诗歌.哈尔滨:黑龙江大学出版社,2007.

赵毅衡.诗神远游:中国如何改变了美国现代诗.上海:上海译文出版社,2003.

郑燕虹.肯尼斯·雷克思罗斯与中国文化.广州:中山大学博士学位论文,2009.

钟玲.论史耐德翻译的寒山诗.中外文学,1990(4):11-28.

钟玲.美国诗人史耐德与亚洲文化:西方吸纳东方传统的范例.台北:联经出版社,2003a.

钟玲.美国诗与中国梦:美国现代诗里的中国文化模式.桂林:广西师范大学出版社,2003b.

钟玲.史耐德与中国文化.北京:首都师范大学出版社,2006.

钟玲.中国禅与美国文学.北京:首都师范大学出版社,2009.

钟玲.中国诗歌英译文如何在美国成为本土化传统:以简·何丝费尔吸纳杜甫译文为例.中国比较文学,2010(2):41-52.

周宁.跨文化研究.北京:商务印书馆,2011.

周裕锴.中国禅宗与诗歌.上海:上海人民出版社,1992.

朱光潜.文艺心理学.合肥:安徽教育出版社,1996.

朱徽.中国诗歌在英语世界:英美译家汉诗翻译研究.上海:上海外语教育出版社,2009.

祝朝伟. 构建与反思:庞德翻译理论研究. 上海:上海译文出版社,2005.

Anderson L., et al. (eds.). *Literature and the Environment*: *A Reader on Nature and Culture*. Boston: Addison-Wesley Educational Publisher Inc, 1999.

Bassnett, S. & Trivedi, H. (eds.). *Postcolonial Translation Theory*. London: Routledge, 1998.

Bassnett, S. Transplanting the seed: Poetry and translation. In Bassnett, S. & Lefevere, A. (eds.). *Constructing Cultures*: *Essays on Literary Translation*. Shanghai: Shanghai Foreign Language Education Press, 2001.

Benjamin, W. The task of the translator, 1923. Zohn, H. (trans.). In Venuti, D. (ed.). *The Translation Studies Reader*. London: Routledge, 2000.

Berman, A. *The Experience of the Foreign*: *Culture and Translation in Romantic Germany*. Heyvaert, S. (trans.). New York: State University of New York Press, 1992.

Bermann, S. Translating history. In Bermann, S. & Wood, M. (eds.). *Nation*, *Language*, *and the Ethics of Translation*. Princeton: Princeton University Press, 2005.

Bodian, S. Simple in means, rich in ends: A conversation with Arne Naess. In Sessions, G. (ed.). *Deep Ecology for the 21st Century*. Boston: Shambhala, 1995.

Branchadell, A. & Lovell, M. W. (eds.). *Less Translated Languages*. Amsterdam: John Benjamins Publishing Company, 2005.

Brooks, E. B. & Brooks, A. T. The unproblematic Confucius: Book review of *The Analects* of *Confucius*. Watson, B. (trans.). *The China Reviews*, 2009 (1): 165-168.

Bryson, J. S. *Ecopoetry*: *A Critical Introduction*. Logan: University of Utah Press, 2002.

Callicott, J. B. *Earth's Insight*. Oakland: University of California Press, 1994.

Cheung, C. Y. *Arthur Waley: Translator of Chinese Poetry*. Los Angeles: University of South California (Doctoral Dissertation), 1979.

Curtin, D. A state of mind like water: Ecosophy T and the Buddhist traditions. *Inquiry*, 1996, 39 (2): 239-253.

Damrosch, D. *What Is World Literature?*. Princeton: Princeton University Press, 2003.

Damrosch, D. *How to Read World Literature?*. Chichester, West Sussex: Willey-Blackwell, 2009.

Davis, P., et al. *The Bedford Anthology of World Literature*. Boston & New York: Bedford/St. Martin's, 2004.

De Campos, H. *Deus e o Diabo no Fausto de Goethe*. São Paulo: Perspectiva, 1981.

Derrida, J. *Of Grammatology*. Baltimore: Johns Hopkins University Press, 1977.

Devall, B. & Sessions, G. *Deep Ecology: Living as if Nature Mattered*. Salt Lake City: Peregrine Smith Books, 1985.

Eliot, T. S. *Introduction to Ezra Pound: Selected Poems*. London: Faber and Faber, 1928.

Eliot, T. S. *Notes Towards the Definition of Culture*. New York: Harcourt, Brace and Company, 1949.

Eliot, T. S. (ed.). *Literary Essays of Ezra Pound*. Westport, Connecticut: Greenwood Press, Inc., 1979.

Fairclough, N. *Discourse and Social Change*. Cambridge: Polity Press, 1992.

Fairclough, N. *Analysizing Discourse*. New York: Routledge, 2003.

Fairclough, N. *Language and Globalization*. New York: Routledge, 2006.

Fenollosa, E. & Pound, E. *The Chinese Written Character as a Medium for Poetry*. San Francisco: City Lights Publishers, 2001.

Foucault, M. *The Archeology of Knowledge*. New York: Harper & Row, 1969.

Fung, S. S. K. & Lai, S. T. (eds.). *25 T'ang Poets: Index to English Translations*. Hong Kong: The Chinese University Press, 1984.

Gentzler, E. (ed.). *Contemporary Translation Theories*. 2nd ed. Shanghai: Shanghai Foreign Language Education Press, 2004.

Girardot, N. J. *Daoism and Ecology*. Boston: Harvard University Press, 2001.

Glen, M. J. The teaching anthology and the *Canon* of American literature: Some notes on theory in practice. In Nemoianu, V. & Royal, R. (ed.). *The Hospitable Canon: Essays on Literary Play, Scholar Choice, and Popular Pressures*. Philadelphia and Amsterdam: John Benjamins Publishing Company,1991.

Govinda, G. Translation, transcreation and culture: Theories of translation in Indian languages. In Hermans, T. (ed.). *Translating Others* (Volume I). Manchester: St. Jerome Publishing, 2006.

Gu, M. D. Readerly translation and writerly translation. In Gu, M. D. & Shuttle, R. (eds.). *Translating China for Western Readers: Reflective, Critical and Practical Essays*. Albany: State University of New York Press, 2014.

Hawkes, D. From the Chinese. In Ivan Morris. (ed.). *Madly Singing in the Mountains*. London: George Allen & Unwin Ltd., 1970.

Heaney, S. *The Government of the Tongue*. London: Faber and Faber, 1988.

Hermans, T. *Translation in Systems*. Manchester: St. Jerome Publishing, 1999.

Hinton, D. *The Selected Poems of Tu Fu*. New York: New Directions Publishing Corporation, 1988.

Hinton, D. *The Selected Poems of T'ao Ch'ien*. Port Townsend: Copper Canyon Press, 1993.

Hinton, D. *Landscape Over Zero by Bei Dao*. New York: New Directions Publishing Corporation, 1995.

Hinton, D. *The Late Poems of Meng Chiao*. Princeton: Princeton University Press, 1996a.

Hinton, D. *The Selected Poems of Li Po*. New York: New Directions Publishing Corporation, 1996b.

Hinton, D. *Chuang Tzu*. New York: Counterpoint/Perseus Books Group, 1998a.

Hinton, D. *The Analects of Confucius*. New York: Counterpoint/ Perseus Books Group, 1998b.

Hinton, D. *Mencius*. New York: Counterpoint/Perseus Books Group, 1999a.

Hinton, D. *The Selected Poems of Po Chü-i*. New York: New Directions Publishing Corporation, 1999b.

Hinton, D. *The Mountain Poems of Hsieh Ling-yun*. New York: New Directions Publishing Corporation, 2001.

Hinton, D. *Mountain Home: The Wilderness Poetry of Ancient China*. New York: New Directions Publishing Corporation, 2002a.

Hinton, D. *Tao Te Ching*. New York: Counterpoint/Perseus Books Group, 2002b.

Hinton, D. *Fossil Sky*. New York: Archipelago, 2004a.

Hinton, D. *The Mountain Poems of Meng Hao-jan*. New York: Archipelago, 2004b.

Hinton, D. *The Selected Poems of Wang Wei*. New York: New Directions Publishing Corporation, 2006.

Hinton, D. *Wei Ying-wu*. Green River: Longhouse Publishers and Booksellers, 2007.

Hinton, D. *Classical Chinese Poetry: An Anthology*. New York: Farrar, Straus and Giroux, 2008.

Hinton, D. *Hunger Mountain*. Boston & London: Shambhala, 2012.

Hinton, D. *The Four Chinese Classics*. New York: Counterpoint/ Perseus Books Group, 2013.

Hinton, D. *The Late Poems of Wang Anshi*. New York: Counterpoint/ Perseus Books Group, 2017a.

Hinton, D. *The Wilds of Poetry: Adventures in Mind and Landscape*. Boulder: Shambhala, 2017b.

Holmes, J. Forms of Verse Translation and the Translation of Verse Form. In Holmes, J, Hann, F. D. & Popovič, A. (eds). *The Nature of Translation: Essays on the Theory and Practice of Literary Translation*. The Hague: Mouton, 1970.

Holms, J. (ed.). *Translated! Papers in Literary Translation and Translation Studies*. Amsterdam: Rodopi, 1988.

Hsieh, M. *Ezra and the Appropriation of Chinese Poetry: Cathay, Translation, and Imagism*. New York: Garland, 1999.

Johns, F. *A Bibliography of Arthur Waley*. New Brunswick, New Jersey: Rutgers University Press, 1968.

Johnson, K. & Paulenich, C. *Beneath a Single Moon: Buddhism in Contemporary American Poetry*. Boston & London: Shambhala,

1991.

Kenner, H. *The Poetry of Ezra Pound*. New York: New Directions Publishing Corporation, 1951.

Kenner, H. *The Pound Era*. Berkeley & Los Angeles: University of California Press, 1971.

Kern, R. *Orientalism*, *Modernism*, *and the American Poems*. Cambridge: Cambridge University Press, 1996.

Kirsch, A. Disturbances of peace. (2009-05-20) [2014-11-13]. http:// www.newrepublic.com/article/books/disturbances-peace.

Laclau, E. & Mouffe, C. *Hegemony and Socialist Strategy*: *Towards a Radical Democratic Politics*. London: Verso, 2001.

Lal, P. *Great Sanskrit Plays in Modern Translation*. New York: New Directions Publishing Corporation, 1954.

Lefevere, A. Mother courage's cucumbers: Text, system and refraction in a theory of literature. *Modern Language Studies*, 1982,12(4): 3-20.

Lefevere, A. *Translation*, *Rewriting and the Manipulation of Literary Fame*. London & New York: Routledge, 1992.

Lefevere, A. Composing the other. In Bassnett, S. & Trivedi, H. (eds.). *Post-Colonial Translation*: *Theory and Practice*. London: Routledge, 1999.

Ling, C. Whose mountain is this? Gary Snyder's translation of Han Shan. *Rendition*, 1977 (7): 93-102.

McLeod, D. Asia and the poetic discovery of America from Emerson to Snyder. In Ellwood, R. S. (ed.). *Discovering the Other*: *Humanities East and West*. Malibu: Undena Pubns, 1984.

Merino, M. B. On the translation of video games. *The Journal of Specialized Translation*, 2006 (6): 22-36.

Mukherjee, S. *Translation as Discovery*. New Delhi: Allied Publishers, 1981.

Munday, J. *Introducing Translation Studies: Theories and Applications*. 2nd ed. London: Routledge, 2008.

Nash, R. F. *The Rights of Nature: A History of Environmental Ethics*. Madison: University of Wisconsin Press, 1989.

Nataly, K. Best practices for purchasing transcreation. (2009-11-17) [2015-06-20]. http:// www. commonsenseadvisory. com/Abstract View. aspx? ArticleID = 850.

Newmark, P. *A Textbook of Translation*. Hertfordshire: Prentice Hall International (UK) Ltd., 1988.

Niranjana, T. *Sitting Translation: History, Post-structuralism, and the Colonial Context*. Berkeley: University of California Press, 1992.

Owen, S. *An Anthology of Chinese Literature: Beginnings to 1911*. New York & London: W. W. Norton & Company, 1996.

Popovič, A. Aspects of metatext. *Canadian Review of Comparative Literature*, 1976 (3): 225-235.

Pound, E. *Cathay*. London: E. Mathews, 1915.

Pound, E. *Gaudier Brzesk: A Memoir by Ezra Pound*. New York: John Lane Co., 1916.

Pynn, T. Reviews. (2015-6-1) [2015-6-20]. https://en. wikipedia. org/wiki/David_Hinton.

Qian, Z. *Pound, Williams, and Chinese Poetry: The Shaping of a Modernist Tradition, 1913—1923*. New Orleans: Tulane University (Doctoral Dissertation), 1991.

Qian, Z. Ezra Pound's encounter with Wang Wei: Towards the "Ideogrammatic Method" of the *Cantos*. *Twentieth Century Literature*,

1993 (3): 266-282.

Qian, Z. *Orientalism and Modernism: The Legacy of China in Pound and Williams*. Durham: Duke University Press, 1995.

Rexroth, K. *One Hundred Poems From the Chinese*. New York: New Directions Publishing Corporation, 1956.

Rexroth, K. *Bird in the Bush: Obvious Essays*. New York: New Directions Publishing Corporation, 1959.

Rexroth, K. (ed.). *Assays*. New York: New Directions Publishing Corporation, 1961.

Rexroth, K. *The Collected Shorter Poems of Kenneth Rexroth*. New York: New Directions Publishing Corporation, 1967.

Rexroth, K. *Classics Revisited*. New York: Avon Books, 1969.

Rexroth, K. *One Hundred More Poems From the Chinese: Love and the Turning Year*. New York: New Directions Publishing Corporation, 1970.

Rexroth, K. *American Poetry in the Twentieth Century*. New York: Seabury Press, 1973.

Rexroth, K. *An Autobiographical Novel*. New York: New Directions Publishing Corporation, 1991.

Rose, M. G. *Translation and Literary Criticism Translation as Analysis*. Manchester: St. Jerome Publishing, 1997.

Rose, M. G. *Beyond the Western Tradition Translation Perspectives XI*. Birmingham: Center for Research in Translation, State University of New York, 2000.

Said, E. *Orientalism*. New York: Pantheon Books of Random House, Inc., 1978.

Salvador, D. S. Translational passages: Indian fiction in English as transcreation?. In Branchadell, A. & West, L. M. (eds.). *Less*

Translated Languages. Amsterdam: John Benjamins Publishing Company, 2005.

Schneidau, N. H. Vorticism and the career of Ezra Pound. *Modern Philology*, 1968,65 (3): 214-227.

Selden, R. *A Reader's Guide to Contemporary Literary Theory*. Lexington: The University Press of Kentucky, 1985.

Shuttleworth, M & Cowie, M. (eds.). *Dictionary of Translation Studies*. Manchester: St. Jerome Publishing, 1997.

Simon, S. *Gender in Translation: Cultural Identity and the Politics of Transmission*. London & New York: Routledge, 1996.

Sinclair, M. The reputation of Ezra Pound. *The North American Review*, 1920, 211 (May): 658-668.

Snyder, G. *Myths and Texts*. New York: New Directions Publishing Corporation, 1978.

Snyder, G. *The Real Work: Interviews and Talks 1964—1979.* New York: New Directions Publishing Corporation, 1980.

Snyder, G. Mooring on Chien-Te river. *The Peabody Review*, 1989—1990a (Winter): 22.

Snyder, G. Spring dawn. *The Peabody Review*, 1989—1990b (Winter): 22.

Snyder, G. Introduction. In Johnson, K. & Paulenich, C. (eds.). *Beneath a Single Moon: Buddhism in Contemporary American Poetry*. Boston & London: Shambhala, 1991.

Snyder, G. *Sixteen T'ang Poems*. Hopewell: Pied Oxen Press, 1993.

Spivak, G. The politics of translation. In Venuti, L. (ed.). *The Translation Studies Reader*. New York: Routledge Taylor & Francis Group, 2004.

Steiner, G. A pillow book. *New Yorker*, 1971 (June): 110-113.

Steiner, G. *After Babel*: *Aspects of Language and Translation*. 3rd ed. London & Oxford: Oxford Uriversity Press, 1998.

Stibbe, M. Translation vs. transcreation. (2009-11-30) [2015-07-07]. http://www.badlanguage.net/translation-vs-transcreation.

Sylvan, R. & Bennett, D. Taoism and deep ecology. *The Ecologist*, 1988, 18(4/5): 148-159.

Tonino, L. & Hinton, D. The egret lifting from the river: David Hinton on the wisdom of ancient Chinese poets, interview by Tonino, L. *The Sun*, 2015 (May):469.

Toury, G. *In Search of a Theory of Translation*. Tel Aviv: The Porter Institute, 1980.

Toury, G. *Descriptive Translation Studies—And Beyond*. Amesterdam: John Benjamins Publishing Company, 1995.

Tymoczko, M. *Translation in a Postcolonial Context—Early Irish Literature in English Translation*. Manchester: St. Jerome Publishing, 1999.

Venuti, L. *The Translator's Invisibility*: *A History of Translation*. London: Routledge, 1995.

Venuti, L. (ed.). *The Translation Studies Reader*. London: Routledge, 2000.

Venuti, L. Translation, empiricism, ethics. *Profession*, 2010 (1): 72-81.

Venuti, L. *Translation Changes Everything*: *Theory and Practice*. London: Routledge, 2013.

Vieira, E. R. P. Liberating Calibans: Readings of Antropofagia and Haroldo de Campos's poetics of transcreation. In Bassnett, S. & Trivedi, H. (eds.). *Post-colonial Translation*: *Theory and Practice*. London: Routledge, 1999.

Von Flotow, L. *Translation and Gender*. Manchester: St. Jerome Publishing, 1997.

Wagner, L. M. *Wang Wei*. Boston: Twayne Publishers, 1981.

Waley, A. *More Translations From the Chinese*. London: George Allen & Unwin Ltd., 1937.

Waston, B. *Cold Mountain: 100 Poems by the T'ang Poet Han-shan*. New York: Grove Press, 1962.

Watson, B. The pleasures of translating. (2001-01-20) [2014-09-28]. http://www.keenecenter.org/download_files/Watson_Burton_2001sen.pdf.

Weinberger, E. & Paz, O. *19 Ways of Looking at Wang Wei*. New York: Moyer Bell Limited, 1987.

Weinberger, E. (ed.). *The New Directions: Anthology of Classical Chinese Poetry*. New York: New Directions Publishing Corporation, 2003.

Williams, W. C. Two new books by Kenneth Rexroth. *Poetry*, 1957, 90 (1): 180-190.

Williams, W. C. & David, R. W. *The Cassia Tree*. New York: New Directions Publishing Corporation, 1966.

Xie, M. *Ezra Pound and the Appropriation of Chinese Poetry: Cathay, Translation, and Imagism*. New York: Garland, 1999.

Yip, W. L. *Ezra Pound's Cathay*. Princeton: Princeton University Press, 1969.

附录一　汉英文献名称对照索引

附录二　汉英姓名对照索引

---

* 详见全书。

附录三　欣顿古诗词译诗目录

1. *The Selected Poems of Tu Fu*（1988）《杜甫诗选》

序号	译诗标题	原诗标题
	Early Poems（737—745）	
1	Gazing at the Sacred Peak	望岳
2	Visiting Feng-Hsien Temple at Lung-Men	游龙门奉先寺
3	Written on the Wall at Chang's Hermitage	题张氏隐居二首
4	Thoughts，Facing Rain：I Go to Invite Hsu In	对雨书怀走邀许十一簿公
5	For Li Po	赠李白
	Ch'ang-an I（746—755）	
6	A Letter From My Brother at Lin-Yi Arrives Lamenting Rains and Flooding on the Yellow River. As Assistant Magistrate, He Is Worried About the Collapsing Dikes, so I Send This Poem to Ease His Thoughts	临邑舍弟书至，苦于黄河泛溢堤防之患，簿领所忧，因寄此诗，用宽其意
7	Song of the War-Carts	兵车行
8	Crossing the Border	前出塞九首
9	New Year's Eve at Tu Wei's Home	杜位宅守岁
10	Meandering River：Three Stanzas，Five Lines Each	曲江三章章五句
11	Li Stops By on a Summer Day	夏日李公见访
12	9/9，Sent to Ts'en Shen	九日寄岑参

序号	译诗标题	原诗标题
13	Autumn Rain Lament	秋雨叹
14	Feng-Hsien Return Chant	自京赴奉先县咏怀五百字
Ch'ang-an II（756—759）		
15	Moonlit Night	月夜
16	Ch'en-T'ao Lament	悲陈陶
17	Facing Snow	对雪
18	Spring Landscape	春望
19	Thinking of My Little Boy	忆幼子
20	Abbot Ts'an's Room，Ta-Yun Monastery	大云寺赞公房
21	P'eng-Ya Song	彭衙行
22	Jade-Blossom Palace	玉华宫
23	The Journey North	北征
24	Meandering River	曲江二首
25	Dreaming of Li Po	梦李白
26	For the Recluse Wei Pa	赠卫八处士
27	The Conscription Officer at Shih-Hao	石壕吏
28	Farting in Old Age	垂老别
Ch'in-Chou/T'ung-Ku（759）		
29	Ch'in-Chou Suite	秦州杂诗
30	Moonlit Night Thinking of My Brother	月夜忆舍弟
31	At Sky's-End Thinking of Li Po	天末怀李白
32	Staying the Night With Abbot Ts'an	宿赞公房
33	Rain Clears	雨晴（一作秋霁）
34	Eyeful	寓目
35	Thoughts Come	遣怀
36	The New Moon	初月

续表

序号	译诗标题	原诗标题
37	Pounding Clothes	捣衣
38	Standing Alone	独立
39	Landscape	野望
40	An Empty Purse	空囊
41	Seven Songs at T'ung-Ku	乾元中寓居同谷县作歌七首
Ch'eng-Tu (760—765)		
42	Asking Wei Pan to Find Pine Starts	凭韦少府班觅松树子栽
43	Four Quatrains	绝句四首
44	The Plum Rains	梅雨
45	A Guest	有客
46	The River Village	江村
47	A Farmer	为农
48	The Farmhouse	田舍
49	Boating	进艇
50	A Madman	狂夫
51	Our Southern Neighbor	南邻
52	Ballad of a Hundred Worries	百忧集行
53	Through Censor Ts'ui I Sent a Quatrain to Kao Shih	因崔五侍御寄高彭州一绝
54	Morning Rain	朝雨
55	A Guest Arrives	客至
56	Alone, Looking for Blossoms Along the River	江畔独步寻花七绝句
57	Spring Night, Delighted by Rain	春夜喜雨
58	Two Impromptus	漫成二首
59	Nine Improvisations	漫兴九首
60	Four Rhymes at Feng-Chi Post-Station: A Second Farewell to Yen Wu	奉济驿重送严公四韵

续表

序号	译诗标题	原诗标题
61	Wayhouse	客亭
62	9/9，On Tzu-Chou City Wall	九日登梓州城
63	Leaning on a Cane	倚杖（盐亭县作）
64	Farewell at Fang Kuan's Grave	别房太尉墓
65	Outside the City	出郭
66	Adrift	泛溪
67	Overnight at Headquarters	宿府
68	Restless Night	倦夜（吴曾《漫录》云：顾陶《类编》题作倦）
69	Six Quatrains	绝句六首
	K'uei-Chou（765—768）	
70	Ch'u Southlands	南楚
71	Impromptu	漫成一首
72	K'uei-Chou's Highest Tower	白帝城最高楼
73	Ballad of the Firewood Haulers	负薪行
74	8-Part Battle Formation	八阵图
75	Ballad of the Ancient Cypress	古柏行
76	Skies Clear at Dusk	晚晴
77	K'uei-Chou	白帝
78	Overnight at the Riverside Tower	宿江边阁
79	Night	夜（一作秋夜客舍）
80	Bridal Chamber	洞房
81	Full Moon	月圆
82	Midnight	中宵
83	Reflections in Autumn	秋兴八首
84	Dawn at West Tower, for Yuan	夜宿西阁，晓呈元二十一曹长
85	Night at the Tower	阁夜

续表

序号	译诗标题	原诗标题
86	River Plums	江梅
87	Two Quatrains	绝句二首
88	Late Spring	暮春
89	Morning Rain	晨雨
90	Late Spring: Written on Our New Nang-West House	暮春题瀼西新赁草屋五首
91	Failing Flare	返照
92	A Servant Boy Comes	竖子至
93	Watching Fireflies	见萤火
94	After Three or Four Years Without News From My Fifth Younger Brother, Feng, Who Is Living Alone on the East Coast, I Look for Someone to Carry This to Him	第五弟丰独在江左,近三四载寂无消息,觅使
95	The Lone Goose	孤雁(一作后飞雁)
96	The Musk Deer	麂
97	Thatch House	草阁
98	Clear Autumn	秋清
99	8th Month, 17th Night: Facing the Moon	十七夜对月
100	Dawn	晓望
101	Day's End	日暮
102	9th Month, 1st Day: Visiting Meng Shih-Erh and His Brother Meng Shih-Szu	九月一日过孟十二仓曹、十四主簿兄弟
103	Reply to a Letter From Meng Shih-Erh	凭孟仓曹将书觅土娄旧庄
104	On a Tower	登高
105	Autumn Pastoral	秋野五首
106	Asking of Wu Lang Again	又呈吴郎
107	Gone Deaf	耳聋
108	Rain	雨

续表

序号	译诗标题	原诗标题
109	Facing Night	向夕
110	Night	夜二首
111	Thoughts	写怀
112	Returning Late	夜归

Last Poems（768—770）

序号	译诗标题	原诗标题
113	Thoughts, Traveling at Night	旅夜书怀
114	Riverside Moon and Stars（1）	江边星月二首·其一
115	Opposite a Post-Station, The Boat Moonlit Beside a Monastery	舟月对驿近寺
116	Chiang-Han	江汉
117	Far Corners of Earth	地隅
118	Leaving Kung-An at Dawn	晓发公安
119	Deep Winter	冬深（一作即日）
120	Song at Year's End	岁晏行
121	On Yo-Yang Tower	登岳阳楼
122	Overnight at White-Sand Post-Station	宿白沙驿（初过湖南五里）
123	Facing Snow	对雪
124	A Traveler From	客从
125	Song for Silkworms and Grain	蚕谷行
126	Meeting Li Kuei-Nien South of the River	江南逢李龟年
127	Entering Tung-T'ing Lake	舟泛洞庭（一作过洞庭湖）
128	Thoughts, Sick With Fever on a Boat（Thirty-six Rhymes Offered to Those I Love South of the Lake）	风疾舟中伏枕书怀三十六韵，奉呈湖南亲友（节选）

2. *The Selected Poems of T'ao Ch'ien*（1993）《陶潜诗选》

序号	译诗标题	原诗标题
1	Returning to My Old Home	还旧居
2	After Liu Ch'ai-sang's Poem	和刘柴桑
3	Home Again Among Gardens and Fields（1）	归园田居·其一
4	Home Again Among Gardens and Fields（2）	归园田居·其二
5	Home Again Among Gardens and Fields（3）	归园田居·其三
6	Home Again Among Gardens and Fields（4）	归园田居·其四
7	After Kuo Chu-pu's Poems（1）	和郭主簿·其一
8	After Kuo Chu-pu's Poems（2）	和郭主簿·其二
9	Early Spring, Kuei Year of the Hare, Thinking of Ancient Farmers（1）	癸卯岁始春怀古田舍·其一
10	Early Spring, Kuei Year of the Hare, Thinking of Ancient Farmers（2）	癸卯岁始春怀古田舍·其二
11	In Reply to Liu Ch'ai-sang	酬刘柴桑
12	Writing in the 12th Month, Kuei Year of the Hare, for My Cousin Ching-yüan	癸卯岁十二月中作与从弟敬远
13	Begging Food	乞食
14	Writing on Passing Through Ch'ü-o, Newly Appointed to Advise Liu Yü's Normalization Army	始作镇军参军经曲阿作
15	After an Ancient Poem（4）	拟古·其四
16	Back Home Again Chant	归去来分辞
17	Untitled（8）	杂诗·其八
18	Turing Seasons（1）	时运·其一
19	Turing Seasons（2）	时运·其二
20	Turing Seasons（3）	时运·其三
21	Turing Seasons（4）	时运·其四
22	Form, Shadow, Spirit（Form Address Shadow）	形影神·形赠影
23	Form, Shadow, Spirit（Shadow Replies）	形影神·影答形

续表

序号	译诗标题	原诗标题
24	Form，Shadow，Spirit（Spirit Answers）	形影神·神释
25	Scolding My Sons	责子
26	9/9，Chi Year of the Rooster	己西岁九月九日
27	9th Month，Keng Year of the Dog，Early Rice Harvested in the West Field	庚戌岁九月中于西田获早稻
28	Thinking of Impoverished Ancients（1）	咏贫士·其一
29	Thinking of Impoverished Ancients（2）	咏贫士·其二
30	We've Moved（1）	移居·其一
31	We've Moved（2）	移居·其二
32	Drinking Wine（1）	饮酒·其一
33	Drinking Wine（3）	饮酒·其三
34	Drinking Wine（5）	饮酒·其五
35	Drinking Wine（7）	饮酒·其七
36	Drinking Wine（8）	饮酒·其八
37	Drinking Wine（11）	饮酒·十一
38	Drinking Wine（14）	饮酒·十四
39	Drinking Wine（15）	饮酒·十五
40	Wine Stop	止酒
41	Wandering at Hsieh Creek	游斜川
42	Together，We All Go Out Under the Cypress Trees in the Chou Family Burial-Grounds	诸人共游周家墓柏下
43	Steady Rain，Drinking Alone	连雨独饮
44	In the 6th Month，Wu Year of the Horse，Fire Broke Out	戊申岁六月中遇火
45	An Idle 9/9 at Home	九日闲居
46	Reading *The Classic of Mountains and Seas*（1）	读《山海经》·其一
47	*Cha* Festival Day	腊日
48	Seeing Guests at Governor Wang's	于王抚军座送客

续表

序号	译诗标题	原诗标题
49	Peach-Blossom Spring	桃花源记
50	Untitled (4)	杂诗·其四
51	Written One Morning in the 5th Month, After Tai Chu-pu's Poem	五月旦作和戴主簿
52	Untitled (7)	杂诗·其七
53	Elegy for Myself	自祭文
54	Burial Songs (1)	拟挽歌辞·其一
55	Burial Songs (2)	拟挽歌辞·其二
56	Burial Songs (3)	拟挽歌辞·其三

3. *The Selected Poems of Li Po* (1996)《李白诗选》

序号	译诗标题	原诗标题
	Early Years (710—742)	
1	Going to Visit Tai-T'ien Mountain's Master	访戴天山道士不遇
2	O-Mei Mountain Moon	峨眉山月歌
3	At Ching-Men Ferry, A Farewell	渡荆门送别
4	Gazing at the Lu Mountain Waterfall	望庐山瀑布水二首
5	Visiting a Ch'an Master Among Mountains and Lakes	同族侄评事黯游昌禅师山池(远公爱康乐)
6	Night Thoughts at Tung-Lin Monastery...	庐山东林寺夜怀
7	Sunflight Chant	日出入行
8	Written on a Wall at Summit-Top Temple	题峰顶寺
9	Ch'ang-Kan Village Song	长干行
10	Farewell to a Visitor Returning East	送客归吴
11	On Yellow-Crane Tower, Farewell to Meng Hao-jan	黄鹤楼送孟浩然之广陵
12	To Send Far Away (12)	寄远·其十二(美人在时花满堂)

续表

序号	译诗标题	原诗标题
13	Hsiang-Yang Songs	襄阳曲二首
14	Something Said, Walking Drunk...	春日醉起言志
15	At Yuan Tan-Ch'iu's Mountain Home	题元丹丘山居
16	To Send Far Away (7) & (9)	寄远·其七(妾在春陵东) 寄远·其九(长短春草绿)
17	At Fang-Ch'eng Monastery, Discussing Ch'an	与元丹丘方城寺谈玄作
18	Written While Wandering the White River	游南阳白水登石激作
19	Wandering Ch'ing-Ling Stream in Nan-Yang	游南阳清冷泉
20	Song of the Merchant	估客行
21	Frontier-Mountain Moon	关山月
22	A Summer Day in the Mountains	夏日山中
23	Listening to Lu Tzu-Hsun Play the Ch'in	月夜听卢子顺弹琴
24	Spring Thoughts	春思
25	Ancient Song (9)	古风·其九(庄周梦蝴蝶)
26	Waiting for Wine That Doesn't Come	待酒不至
27	Mountain Dialogue	山中问答
28	Gazing Into Antiquity at Su Terrace	苏台览古
29	Gazing Into Antiquity in Yueh	越中览古
30	Avoiding Farewell in a Chin-Ling Wineshop	金陵酒肆留别
31	Wandering T'ai Mountain (1)	游泰山·其一(四月上泰山)

Ch'ang-an and Middle Years (742—755)

序号	译诗标题	原诗标题
32	Ch'ing P'ing Lyrics (3)	清平乐寄远·其三(画堂晨起)
33	Jade-Staircase Grievance	玉阶怨
34	Drinking Alone Beneath the Moon	月下独酌三首

续表

序号	译诗标题	原诗标题
35	Thinking of East Mountain (1)	忆东山·其一（不向东山久）
36	To Send Far Away (5)	寄远寄远·其五（远忆巫山阳）
37	Thoughts of You Unending	长相思
38	Wandering Up Lo-Fu Creek on a Spring Day	春日游罗敷潭
39	On Hsin-P'ing Tower	登新平楼
40	Watching a White Falcon Set Loose (1)	观放白鹰·其一（八月边风高）
41	Shang Mountain, Four-Recluse Pass	商山四皓
42	Spring Grievance	春怨
43	Teasing Tu Fu	戏赠杜甫
44	At Sha-Ch'iu, Sent to Tu Fu	沙丘城下寄杜甫
45	At Sha-Ch'iu, Farewell to Wei Pa	金乡送韦八之西京
46	Spur of the Moment	自遣
47	War South of the Great Wall	战城南（去年战桑干源）
48	Drinking in the Mountains With a Recluse	山中与幽人对酌
49	Sent to My Two Children in Sha-Ch'iu	寄东鲁二稚子
50	In the Stone Gate Mountains	寻高凤石门山中元丹丘
51	Impromptu Chant	口号
52	War South of the Great Wall	战城南（战地何昏昏）
53	Farewell to Yin Shu (3)	送殷淑·其三（痛饮龙邻下）
54	Ching-T'ing Mountain, Sitting Alone	独坐敬亭山
55	At Hsuan-Chou, I Climb Hsieh T'iao's	秋登宣城谢朓北楼
56	At Hsieh T'iao's House	谢公宅
57	Heaven's-Gate Mountain	天门山
58	On Hsieh T'iao's Tower in Hsuan-Chou	宣州谢朓楼饯别校书叔云

续表

序号	译诗标题	原诗标题
59	Mourning Old Chi, Hsuan-Chou's	哭宣城善酿纪叟
60	Listening to a Monk's Ch'in Depths	听蜀僧浚弹琴
61	Mourning Chao	哭晁卿衡
62	Drunk on T'ung-Kuan Mountain, A Quatrain	铜官山醉后绝句
63	On Autumn River, Along Po-Ko Shores	游秋浦白笴陂二首
64	Autumn River Songs	秋浦歌十二首·其一、五、六、八、九、十、十一、十二、十三、十四、十五、十七
65	On Autumn River at Clear Creek...	秋浦清溪雪夜对酒,客有唱山鹧鸪者
66	Clear Creek Chant	清溪行
67	Visiting Shui-Hsi Monastery	游水西简郑明府

War, Exile, and Later Years (755—762)

序号	译诗标题	原诗标题
68	On Phoenix Tower in Chin-Ling	登金陵凤凰台
69	At Chin-Ling (2)	金陵·其二(地拥金陵势)
70	Anchored Overnight at Niu-Chu	夜泊牛渚怀古
71	After an Ancient Poem (6)	拟古·其六
72	Written on a Wall at Hsiu-Ching Monastery...	题江夏修静寺
73	Drinking With Shih Lang-Chung, I Hear...	与史郎中钦听黄鹤楼上吹笛
74	9/9, Out Drinking on Dragon Mountain	九日龙山饮
75	9/10 Goings-On	九月十日即事
76	Traveling South to Yeh-Lang, Sent to...	南流夜郎寄内
77	Starting Up Three Gorges	上三峡
78	Before My Boat Enters Ch'u-T'ang Gorge...	自巴东舟行经瞿唐峡登巫山最高峰晚还题壁
79	Making My Way Toward Yeh-Lang in Exile...	忆秋浦桃花旧游,时窜夜郎

续表

序号	译诗标题	原诗标题
80	Leaving K'uei-Chou City Early	早发白帝城
81	Traveling Tung-T'ing Lake With Chia Chih... (2)&(5)	陪族叔刑部侍郎晔及中书贾舍人至游洞庭·其二（南湖秋水夜无烟）、其五（帝子潇湘去不还）
82	After Climbing Pa-Ling Mountain，in the West Hall...	登巴陵开元寺西阁赠衡岳僧方外
83	At Lung-Hsing Monastery, Chia and I...	与贾至舍人于龙兴寺剪落梧桐枝望灞湖
84	Written on the Wall While Drunk at...	醉题王汉阳厅
85	Looking for Yung, the Recluse Master	寻雍尊师隐居
86	After an Ancient Poem（9）	拟古·其九（生者为过客）
87	Gazing at Crab-Apple Mountain	望木瓜山
88	Facing Wine	对酒
89	Drinking Alone on a Spring Day	春日独酌二首
90	A Friend Stays the Night	友人会宿
91	Spending the Night below Wu-Sung.	宿五松山下荀媪家
92	Farewell to Han Shih-Yü Who's Leaving	送韩侍御之广德
93	Drinking Alone	独酌
94	Seeing That White-Haired Old Man	见野草中有曰白头翁者
95	Thoughts in Night Quiet	静夜思
96	Lines Three，Five，Seven Words Long	三五七言
97	South of the Yangtze，Thinking of Spring	江南春怀
98	On Gazing Into a Mirror	览镜抒怀

4. *The Late Poems of Meng Chiao* (1996)《孟郊晚期诗歌》

序号	译诗标题	原诗标题
1	Mourning Lu Yin	吊卢殷·十首
2	Cold Creek	寒溪·其一、二、三、四、五、六、八、九
3	Laments of the Gorges	峡哀·十首
4	Apricots Died Young	杏殇·九首
5	Heartsong	感怀·其一、二、三、五、六、七
6	Autumn Thoughts	秋怀·其一、二、三、四、五、六、七、八、九、十、十二

5. *The Selected Poems of Po Chü-i* (1999)《白居易诗选》

序号	译诗标题	原诗标题
	Early Poems（794—815）	
1	Hsiang-yang Travels, Thinking of Meng Hao-jan	游襄阳怀孟浩然
2	Peony Blossoms: Sent to the Sage Monk Cheng I	感芍药花，寄正一上人
3	Late Autumn, Dwelling in Idleness	晚秋闲居
4	After the Rebellion, at Liu-kou Monastery	乱后过流沟寺
5	Autumn Thoughts, Sent Far Away	感秋寄远
6	Hard Times	感时
7	Written in Spring on a Wall at Flowering-Brightness Monastery	春题华阳观
8	At Western-Clarity Monastery in the Season of Blooming	西明寺牡丹花时忆元九
9	At Flowering-Brightness Monastery in Yung-chu'ung District	永崇里观居
10	Wandering at Cloud-Dwelling Monastery	游云居寺赠穆三十六地主
11	Cold Night in the Courtyard	前庭凉夜

续表

序号	译诗标题	原诗标题
12	The Sound of Pines	松声
13	Farewell to the Recluse Wang	送王处士

New Yueh-Fu（新乐府）

序号	译诗标题	原诗标题
14	The Old Man From Hsin-feng With a Broken Arm	新丰折臂翁·戒边功也
15	Hundred-Fire Mirror	百炼镜
16	Twin Vermillion Gates	两朱阁
17	Crimson-Weave Carpet	红线毯
18	An Old Man of Tu-ling	杜陵叟
19	An Old Charcoal Seller	卖炭翁
20	A Dragon in the Dark Lake	黑潭龙
21	On My Daughter's First Birthday	金銮子晬日
22	Night in the Palace With Ch'ien Hui	同钱员外禁中夜直

Songs of Ch'in-Chou（秦中吟）

序号	译诗标题	原诗标题
23	Light and Sleek	轻肥
24	Buying Flowers	买花
25	Early Morning, Combing My Hair Out	早梳头
26	Mourning Peach Blossoms in the Palace Gardens	夜惜禁中桃花因怀钱员外
27	In Sickness, Mourning Golden-Bells	病中哭金銮子
28	Ch'in Song in Clear Night	清夜琴兴
29	Wine Stops by for the Night	醴生访宿
30	Village Snow, Sitting at Night	村雪夜坐
31	The Grain Tax	纳粟
32	Climbing Among Ancient Tombs East of the Village	登村东古冢
33	Foxglove Farmers	采地黄者
34	Village Night	村夜
35	Eyes Going Dark	眼暗

续表

序号	译诗标题	原诗标题
36	Sitting at Night	夜坐
37	Winter Night	冬夜
38	Written on a Wall at Jade-Spring Monastery	题玉泉寺
39	Dreaming of Long Ago	梦旧
40	Yen-Tzu Tower (1)	燕子楼·其一（满窗明月满帘霜）
Exile (815—820)		
41	Reading *Chuang Tzu*	读《庄子》
42	On the Boat, Reading Yuan Chen's Poems	舟中读元九诗
43	Setting a Migrant Goose Free	放旅雁
44	Visiting the Recluse Cheng	过郑处士
45	On West Tower	西楼
46	Forty-Five	四十五
47	Year's End, Facing Wine at South Creek, a Farewell to Wang	南浦岁暮对酒，送王十五归京
48	Overnight at East-Forest Monastery	宿东林寺
49	Early Spring	早春
50	Bamboo Mountain's Eastern Pond	箬岘东池
51	My Thatch Hut Newly Built Below Incense Burner Peak...	香炉峰下新置草堂，即事咏怀，题于石上
52	My Thatched Mountain Hut Just Finished, Ch'i-Sited	香炉峰下新卜山居，草堂初成，偶题东壁
53	Another Poem for the Wall of My Thatch Hut	重题（日高睡足犹慵起）
54	Idle Song	闲吟（自从苦学空门法）
55	After Lunch	食后
56	All the Mountain Guests Started Up Incense-Burner Peak	携诸山客同上香炉峰，遇雨而还，沾濡狼藉，互相笑谑，题此解嘲
57	Reply to Yuan Chen	答微之

续表

序号	译诗标题	原诗标题
58	Early Cicadas	早蝉（六月初七日）
59	A Late-Night Farewell to Meng Kung-Ts'ao	夜送孟司功
60	In the Mountains，Asking the Moon	山中问月
61	Inviting Liu Shih-Chiu	问刘十九
62	Evening Rain	夜雨
63	Floodwaters	大水
64	Still Sick，I Get Up	病起
65	Written on a Pine Beside the Stream at Yi-Ai Monastery	题遗爱寺前溪松
66	Suffering Heat，Enjoying Cold	苦热喜凉
67	Early Cicadas	早蝉（月出先照山）
68	A Ch'in at Night	夜琴
69	East Tower Bamboo	东楼竹
70	Early Autumn	新秋
71	Winter Sun on My Back	负冬日
72	The Pa River	巴水
73	Night of the Cold Food Festival	寒食夜
74	Planting East Slope	东坡种花
75	Reply in the Same Rhyme to a Quatrain Sent by Ch'ien Hui	钱虢州以三堂绝句见寄因以本韵和之

Middle Poems（820—829）

序号	译诗标题	原诗标题
76	Traveling Moon	客中月
77	My Old Home	旧房
78	Enjoying Pine and Bamboo	玩松竹二首
79	A Guest Doesn't Come	期不至
80	Boundless and Free	逍遥咏
81	On Shang Mountain Road	商山路有感
82	Figures for a Monk	寓言题僧

续表

序号	译诗标题	原诗标题
83	Autumn Butterflies	秋蝶
84	Overnight at Bamboo Pavilion	宿竹阁
85	Flower No Flower	花非花
86	For the Beach Gulls	赠沙鸥
87	A Sigh for Myself	自叹（二毛晓落梳头懒）
88	Up Early	早兴
89	Overnight at Bamboo Tower	竹楼宿
90	Farewell to My Day Lilies and Cassia	别萱桂
91	Li the Mountain Recluse Stays the Night on Our Boat	舟中李山人访宿
92	Rising Late	晏起
93	Ch'in	琴
94	Beside the Pond，Under Bamboo	池上竹下作
95	Night in the City, Listening to Li the Mountain Recluse	郡中夜听李山人弹三乐
96	First Month，Third Day：An Idle Stroll	正月三日闲行
97	A Sigh for Myself	自叹（岂独年相迫）
98	Two Stones	双石
99	Sixth Month，Third Day：Listening to Cicadas at Night	六月三日夜闻蝉
100	Overnight in the Upper Courtyard of Ling-Yen Monastery	宿灵岩寺上院
101	Overnight at Jung-Yang	宿荥阳
102	Idle Song	闲咏
103	Living Idly in the Hsin-Ch'ang District，I Invite...	新昌闲居招杨郎中兄弟
104	On Ling-Ying Tower，Looking North	登灵应台北望
105	Sitting Idle at the North Window	北窗闲作
106	Quiet Dwelling During the Seclusion Fast	斋月静居

续表

序号	译诗标题	原诗标题
107	Blossoms for a Monk's Courtyard	僧院花
108	Facing Wine	对酒（巧拙贤愚相是非）
Late Poems (829—846)		
109	Autumn Pool	秋池
110	Lu-Tao District，Dwelling in Spring	履道春居
111	Meeting an Old Friend	逢旧
112	Long Lines Sent to Ling Hu-Ch'u Before He Comes	令狐尚书许过弊居先赠长句
113	Idle Song	咏闲
114	New Year's Eve	除夜
115	Off-Hand Chant（1）	偶吟·其一（眼下有衣兼有食）
116	The West Wind	西风
117	Rising Late	晚起
118	The Pond West of My Office	府西池
119	Home Ground	吾土
120	Mourning A-Ts'ui	哭崔儿
121	Pond，Window	池窗
122	Thinking of Ts'ui Hsuan-Liang	忆晦叔
123	Idle Night	闲夕
124	A Servant Girl Is Missing	失婢
125	My First Visit to Incense-Mountain Monastery，Facing the Moon	初入香山院对月
126	In Reply to Autumn Night, No Sleep, Which Yu-hsi Sent	酬梦得秋夕不寐见寄
127	At the Pond, A Farewell	池上送考功崔郎中兼别房窦二妓
128	Asking the Rock that Holds Up My Ch'in	问支琴石
129	In Answer to a Letter Sent by Liu Yu-Hsi on an Autumn Day	答梦得秋日书怀见寄

续表

序号	译诗标题	原诗标题
130	Early Morning, Taking Cloud-Mother Powder	早服云母散
131	At the Pond, an Idle Chant	池上闲吟
132	Overnight With Ch'an Master Shen Chao	神照禅师同宿
133	After Quiet Joys at South Garden, Which P'ei Tu Sent	和裴侍中南园静兴见示
134	Reading Ch'an Sutras	读禅经
135	Nightfall at South Pond	南塘暝兴
136	Sitting Alone in My Little Thatched Pavilion	新亭病后独坐招李侍郎公垂
137	On Climbing the Tower at T'ien-Kuan Monastery	和皇甫郎中秋晓同登天宫阁
138	Waves Sifting Sand	浪淘沙四首
139	Written on Sung Mountain's Eastern Cliffs in Early Spring	早春题少室东岩
140	Old, and a Fever	老热
141	Autumn Rain, a Night of Sleep	秋雨夜眠
142	Sixty-Six	六十六
143	Grown-Old Song, Sent to Liu Yu-Hsi	咏老赠梦得
144	Cool Autumn, Idle Dozing	秋凉闲卧
145	Facing Wine on a Winter's Night, Sent to Huang-Fu Shih	冬夜对酒寄皇甫十
146	An Old Su-Chou Prefect	苏州故吏
Poems in Sickness		
147	Wind Sickness Strikes	初病风
148	Lying in Bed	枕上作
149	Quatrains in Sickness	病中五绝二首
150	Farewell to a Sung Mountain Traveler	送嵩客
151	Sick and Old, Same as Ever: A Poem to Figure It All Out	老病相仍以诗自解
152	In the Mountains	涧中鱼

续表

序号	译诗标题	原诗标题
153	At Home Giving Up Home	在家出家
154	Dwelling in Idleness	闲居（风雨萧条秋客少）
155	Cold Night	夜凉
156	Facing Rocks I placed in Yi-Chu Stream to Break Up the Current	亭西墙下伊渠水中置石，激流潺湲成韵，颇有年代
157	Cold Pavilion：An Invitation	寒亭留客
158	The North Window：Bamboo and Rock	北窗竹石
159	Climbing Mountains in Dream	梦上山
160	To Get Over a Spring Heratfelt and Long...	斋居春久，感事遣怀
161	Wondering About Mind：Presented to Friends Who've Grown Old	自问此心呈诸老伴
162	Off-Hand Poem Written During the Seclusion Fast	斋居偶作

6. *The Mountain Poems of Hsieh Ling-yun*（2001）《谢灵运山岳诗》

序号	译诗标题	原诗标题
First Exile：Yung-Chia（422—423）		
1	On a Tower Beside the Lake	登池上楼
2	Inspecting Farmlands，I Climb the Bay's Coil-Isle Mountain	行田登海口盘屿山诗
3	Climbing Green Cliff Mountain in Yung-Chia	登永嘉绿嶂山诗
4	The Journey Home	归途赋（节选）
Mountain Dwelling：Shih-Ning（423—432）		
5	I've Put in Gardens South of the Fields，Opened Up...	田南树园激流植援
6	There Are Towering Peaks on Every Side...	石门新营所住四面高山回溪石濑茂林修竹诗
7	Inaugurating the Sangha's New Monastery at Stone-Screen Cliffs	石壁立招提精舍诗

续表

序号	译诗标题	原诗标题
8	Returning Across the Lake From Our Monastery...	石壁精舍还湖中作
9	Dwelling in the Mountains	山居赋
10	On Stone-Gate Mountain's Highest Peak	登石门最高顶诗
11	Overnight at Stone-Gate Cliffs	石门岩上宿
12	Crossing the Lake From South Mountain to North Mountain	于南山往北山经湖中瞻眺
13	Following Axe-Bamboo Stream，I Cross Over a Ridge...	从斤竹涧越岭溪行
14	Stone-House Mountain	石室山诗
Final Exile：Nan-Hai（431—433）		
15	On Lu Mountain	登庐山绝顶望诸峤
16	Out Onto Master-Flourish Ridge Above...	入华子岗是麻源第三谷五言
17	In Hsin-An, Setting Out From the River's Mouth at T'ung-Lu	初往新安至桐庐口
18	Beyond the Last Mountains	岭表赋
19	Facing the End	临终诗

7. *Mountain Home：The Wilderness Poetry of Ancient China* (2002)《山栖：中国山水诗》

序号	译诗标题	原诗标题
Beginnings（5th Century C. E. ）		
T'ao Ch'ien（365—427）陶潜		
1	After Mulberry-Bramble Liu's Poem	和刘柴桑
2	Home Again Among Fields and Gardens（1）	归园田居·其一
3	After Kuo Chu-pu's Poems（2）	和郭主簿·其二
4	In Reply to Mulberry-Bramble Liu	酬刘柴桑
5	Turning Seasons（1）	时运·其一
6	Drinking Wine（5）	饮酒·其五

续表

序号	译诗标题	原诗标题
7	Drinking Wine (7)	饮酒·其七
8	Wandering at Oblique Creek	游斜川
9	An Idle 9/9 at Home	九日闲居
10	Cha Festival Day	腊日
11	Written One Morning in the 5th Moon，After Tai Chu-pu's Poem	五月旦作和戴主簿
12	Untitled (7)	杂诗·其七

Hsieh Ling-yun（385—433）谢灵运

序号	译诗标题	原诗标题
13	On a Tower Beside the Lake	登池上楼
14	Climbing Green-Cliff Mountain in Yung-chia	登永嘉绿嶂山诗
15	I've Put in Gardens South of the Fields，Opened Up a Stream	田南树园激流植援
16	Dwelling in the Mountains	山居赋
17	On Stone-Gate Mountain's Highest Peak	登石门最高顶寺
18	Overnight at Stone-Gate Cliffs	夜宿石门
19	Following Axe-Bamboo Stream，I Cross Over a Ridge...	从斤竹涧越岭溪行
20	On Thatch-Hut Mountain	登庐山绝顶望诸桥
21	In Hsin-an, Setting Out From the River's Mouth at T'ung-lu	初发新安桐庐口

T'ang（Tang）Dynasty（618—907）

Meng Hao-jan（689—740）孟浩然

序号	译诗标题	原诗标题
22	Gathering Firewood	采樵夫
23	Sent to Ch'ao, the Palace Reviser	寄是正字（注：实为王昌龄诗）
24	Autumn Begins	初秋
25	Stopping in Yüeh, I Linger Out Farewell...	适越留别谯县张主薄申屠少府
26	Overnight at Cypress-Peak Monastery...	宿天台桐柏观
27	Anchored Off Hsun-yang in Evening Light...	晚泊浔阳望香炉峰

续表

序号	译诗标题	原诗标题
28	Anchored Overnight on the Thatch-Hut River	夜泊庐江，闻故人在东寺，以诗寄之
29	On a Journey to Thought-Essence Monastery	游精思题观主山房
30	Climbing Deer-Gate Mountain，Thoughts of Ancient Times	登鹿门山怀古
31	Returning Home to Deer-Gate Mountain at Night	夜归鹿门歌
32	Looking for the Recluse Chang Tzu-jung on White-Crane Cliff	寻白鹤岩张子容隐居
33	Visiting the Hermitage of Ch'an Monk Jung	过融上人兰若
34	Looking for Mei, Master of Way	寻梅道士
35	At Lumen-Empty Monastery，Visiting the Hermitage...	陪李侍御访聪上人禅居
36	Climbing South-View Mountain's Highest Peak	登望楚山最高顶

Wang Wei（701—761）王维

序号	译诗标题	原诗标题
37	Mourning Meng Hao-jan	哭孟浩然
38	In Reply to P'ei Ti	答裴迪辋口遇雨忆终南山之作
39	Elder-Cliff Cove	孟城坳
40	Master-Flourish Ridge	华子冈
41	Apricot-Grain Cottage	文杏馆
42	Bamboo-Clarity Mountains	斤竹岭
43	Deer Park	鹿柴
44	Magnolia Park	木兰柴
45	Scholartree Park	宫槐陌
46	South Lodge	南垞
47	Vagary Lake	欹湖
48	Golden-Rain Rapids	金屑泉
49	White-Rock Shallows	白石滩
50	North Lodge	北垞

续表

序号	译诗标题	原诗标题
51	Bamboo-Midst Cottage	竹里馆
52	Magnolia Slope	辛夷坞
53	In the Mountains, Sent to Ch'an Brothers and Sisters	山中寄诸弟妹
54	In Reply to Su, Who Visited My Wheel-Rim River Hermitage	酬虞部苏员外过蓝田别业
55	Mourning Yin Yao	哭殷遥（送君返葬石楼山）
56	Bird-Cry Creek	鸟鸣涧
57	Adrift on the Lake	泛前陂
58	On Returning to Wheel-Rim River	归辋川作
59	In Reply to Vice-Magistrate Chang	酬张少府
Li Po (701—762) 李白		
60	Wandering Up Ample-Gauze Creek on a Spring Day	春日游罗敷潭
61	Gazing at the Thatch-Hut Mountain Waterfall	望庐山瀑布
62	On Yellow-Crane Tower, Farewell to Meng Hao-jan...	黄鹤楼送孟浩然之广陵
63	At Golden-Ridge	金陵
64	Mountain Dialogue	山中问答
65	Drinking Alone Beneath the Moon	月下独酌
66	On Peace-Anew Tower	登新平楼
67	Watching a White Falcon Set Loose (1)	观放白鹰·其一（八月边风高）
68	Night Thoughts at East-Forest Monastery...	庐山东林寺夜怀
69	Spur of the Moment	自遣
70	Reverence-Pavilion Mountain, Sitting Alone	独坐敬亭山
71	Autumn River Songs (5) & (14)	秋浦歌·其五、十四
72	Listening to a Monk's Ch'in Depths	听蜀僧浚弹琴
73	9/9, Out Drinking on Dragon Mountain	九日龙山饮

续表

序号	译诗标题	原诗标题
74	At Hsieh T'iao's House	秋登宣城谢朓北楼
75	Inscribed on a Wall at Summit-Top Temple	题峰顶寺
76	Clear Creek Chant	清溪行
77	Looking for Yung, the Recluse Master	寻雍尊师隐居
78	Thoughts in Night Quiet	静夜思

Tu Fu (712—770) 杜甫

序号	译诗标题	原诗标题
79	Gazing at the Sacred Peak	望岳
80	Inscribed on the Wall at Chang's Recluse Home	题张氏隐居二首
81	The New Moon	初月
82	Leaving the City	出城
83	Brimmed Whole	漫成
84	Skies Clear at Dusk	晚晴
85	Reflections in Autumn (1)	秋兴八首·其一
86	Night at the Tower	阁夜
87	Morning Rain	晨雨
88	The Musk Deer	麂
89	Thatch House	草阁
90	8th Moon, 17th Night: Facing the Moon	十七夜对月
91	Dawn Landscape	晓望
92	In Reply to a Letter From Meng...	凭孟仓曹将书觅土娄旧庄
93	Autumn Pastoral (1)	秋野五首·其一
94	Facing Night	向夕
95	Night	夜二首
96	Opposite a Post-Station, the Boat Moonlit Beside a Monastery	舟月对驿近寺

续表

序号	译诗标题	原诗标题
Wei Ying-wu（737—792）韦应物		
97	Climbing Above Mind-Jewel Monastery	登宝意寺上方旧游（寺在武功，曾居此寺）
98	Fringes of Mist，a Bell	烟际钟
99	Autumn Night，Sent to Ch'iu Tan	秋夜寄邱员外
100	Outside My Office，Wandering in Moonlight	府舍月游
101	In the Depths of West Mountain，Visiting the Master	诣西山深师
102	At West Creek in Ch'u-chou	滁州西涧
103	Evening View	夜望
104	Sent to a Master of Way in the Utter-Peak Mountains	寄全椒山中道士
105	At Truth-Expanse Monastery, in the Dharma Master's...	义演法师西斋
106	Entering the Carnelian Mountains Together	同越琅琊山
107	At Cloud-Wisdom Monastery, in the Ch'an Master's Courtyard	昙智禅师院
Cold Mountain（Han Shan）(c. 7th-9th Centuries) 寒山		
108	Untitled Poems	君问寒山道
109	Untitled Poems	登陟寒山道
110	Untitled Poems	山中何太冷
111	Untitled Poems	碧涧泉水清
112	Untitled Poems	粤自居寒山
113	Untitled Poems	众星罗列夜明深
114	Untitled Poems	余家本住在天台
115	Untitled Poems	时人见寒山
116	Untitled Poems	自乐平生道
117	Untitled Poems	千云万水间
118	Untitled Poems	寒山道，无人到

序号	译诗标题	原诗标题
119	Untitled Poems	我居山，无人识
120	Untitled Poems	寒山子，长如是
Meng Chiao (751—814) 孟郊		
121	Laments of the Gorges (3)	峡哀·其三
122	Laments of the Gorges (4)	峡哀·其四
123	Laments of the Gorges (9)	峡哀·其九
124	Laments of the Gorges (10)	峡哀·其十
125	Autumn Thoughts (1)	秋怀·其一
126	Autumn Thoughts (2)	秋怀·其二
127	Autumn Thoughts (5)	秋怀·其五
Liu Tsung-Yüan (773—819) 柳宗元		
128	Getting Up Past Midnight and Gazing...	中夜起望西园值日上
129	Aimless Wandering：First Ascent，West Mountain	始得西山宴游记
130	River Snow	江雪
131	Returning to Compass-Line Cliff's Waterfall, I Stay...	再至界围岩水帘遂宿岩下
132	Before Crossing the Ridges	叠前
133	An Old Fisherman	渔翁
134	In Reply to Chia P'eng of the Mountains...	酬贾鹏山人郡内新栽松寓兴见赠
135	Gazing at Mountains With Ch'an Monk Primal-Expanse	与浩初上人同看山寄京华亲故
Po Chü-i (772—846) 白居易		
136	Hsiang-yang Travels：Thinking of Meng Hao-jan	游襄阳怀孟浩然
137	Autumn Thoughts，Sent Far Away	秋思寄远
138	Ch'in Song in Clear Night	清夜琴兴
139	Village Night	村夜
140	Inscribed on a Wall at Jade-Spring Monastery	题玉泉寺

续表

序号	译诗标题	原诗标题
141	My Thatch Hut Newly Built Below Incense-Burner Peak，...	香炉峰下新盖草堂即事咏怀
142	My Thatched Mountain Hut Just Finished，Ch'i-Sited...	香炉峰下新卜山居草堂初成偶题东壁五首
143	In the Mountains，Asking the Moon	山中问月
144	Enjoying Pine and Bamboo	玩松竹二首
145	Li the Mountain Recluse Stays the Night on Our Boat	舟中李山人访宿
146	Off-Hand Chant	偶吟二首
147	The West Wind	西风
148	After *Quiet Hoys at South Garden*，Sent by P'ei Tu	和裴侍中南园静兴见示
149	Waves Sifting Sand	浪淘沙
150	The North Window：Bamboo and Rock	北窗竹石
151	Climbing Mountains in Dream	梦上山时足疾未平

Chia Tao（779—843）贾岛

152	Sent to a Master of Silence on White-Tower Mountain	寄白阁默公
153	Looking for a Recluse I Can't Find	寻隐者不遇
154	Evening Landscape，Clearing Snow	雪晴晚望
155	A Sick Cicada	病蝉
156	Mourning Meng Chiao	哭孟东野
157	South Lake	南池（白居易诗）
158	Early Autumn，Sent to be Inscribed on the Wall at...	早秋寄题天竺灵隐寺
159	For Li Chin-chou	赠李金州
160	Sitting at Night	夜坐

Tu Mu（803—853）杜牧

161	Egrets	鹭鸶
162	Anchored on Ch'in-huai River	泊秦淮

序号	译诗标题	原诗标题
163	The Han River	汉江
164	A Mountain Walk	山行
165	Unsent	有寄
166	Spring South of the Yangtze	江南春
167	Inscribed on Recluse Yüan's Lofty Pavilion	题元处士高亭
168	Pond in Bowl	盆池
169	Climbing Joy-Abroad Plateau	登乐游原
170	A Clear Stream in Ch'in-chou	池州清溪

Sung（Song）Dynasty（960—1279）

Mei Yao-ch'en（1002—1060）梅尧臣

序号	译诗标题	原诗标题
171	East River	东溪
172	8th Moon, 9th Sun: Getting Up in the Morning, I Go Out...	八月九日晨兴如厕有鸦啄蛆
173	On a Farewell Journey for Shih-hou...	送师厚归南阳会天大风遂宿高阳山寺
174	Farmers	田家
175	Lunar Eclipse	月食
176	Wandering on Bushel Mountain	游钟山
177	Middle Years	中年
178	Above the Yangtze	江上
179	Following Thoughts	随意
180	Inscribed on Master Lake-Shadow's Wall	书湖阴先生壁
181	Events at Bushel Mountain	钟山即事
182	Leaving the City	出城
183	Dusk Returns at Bushel Mountain: Gone to Visit...	北山暮归示道人
184	Sun West and Low	日西
185	In Bamboo Forest	竹里

续表

序号	译诗标题	原诗标题
Su Tung-p'o (1037—1101) 苏东坡		
186	12th Moon, 14th Sun: A Light Snow Fell Overnight...	十二月十四日夜微雪明日早往南溪小酌至晚
187	6th Moon, 27th Sun: Sipping Wine at Lake-View Tower	六月廿七日望湖楼醉书
188	At Brahma-Heaven Monastery...	梵天寺见僧守诠小诗清婉可爱次韵
189	At Seven-Mile Rapids	行香子·过七里濑
190	Sipping Wine at the Lake: Skies Start Clearing, Then Rain	饮湖上初晴后雨
191	Visiting Beckons-Away Monastery (2)	游鹤林寺招隐二首·其二
192	There's a Small Monastery on the Cragged Heights...	青牛岭高绝处有小寺人迹罕到
193	With Mao and Fang, Visiting Bright-Insight Monastery	与毛令方尉游西菩提寺（路转山腰足未移）
194	After Li Szu-hsün's Painting, Cragged Islands on the Yangtze	李思训画长江绝岛图
195	Midsummer Festival, Wandering Up as Far as the Monastery	端午遍游诸寺得禅字
196	With the Wang Brothers and My Son Mai, I Wander...	与王郎昆仲及儿子迈，绕城观荷花，登岘山亭晚入
197	At Red Cliff, Thinking of Ancient Times	赤壁怀古
198	Partridge Sky	鹧鸪天·林断山明竹隐墙
199	Presented to Abbot Perpetua All-Gathering...	赠东林总长老
200	Inscribed on a Wall at Thatch-Hut Mountain's...	题西林壁
201	Inscribed on a Painting in Wang Ting-kuo's Collection	宋王诜烟江叠嶂图
202	Crossing the Mountains (2)	过岭·其二
Lu Yu (1125—1210) 陆游		
203	The River Village	江村
204	A Mountain Walk	山行

续表

序号	译诗标题	原诗标题
205	Following the Trail Up From Deva-King Monastery...	天王寺迪上人房五十年前友人王仲信同题名尚
206	Off-Hand Poem at My East Window	东窗偶书
207	7th Moon, 29th Sun, *Yi* Year of the Ox...	乙丑七月二十九日夜分梦一士友风度甚高一见
208	To My Son, Yü	示子通
209	Light Rain	小雨
210	On a Boat	舟中
Fan Ch'eng-ta（1126—1193）范成大		
211	Midstream at Thorn-Bramble Island, I Turn to Look Back...	荆渚中流,回望巫山,无复一点,戏成短歌
212	Four Seasons Among Fields and Gardens	四时田园杂兴
Yang Wan-li（1127—1206）杨万里		
213	With Chün Yü and Chi Yung, I Hike to...	同君俞、季永步至普济寺,晚泛西湖以归,得
214	A Cold Fly	冻蝇
215	Breakfast at Noonday-Ascension Mountain	晨炊白升山
216	On a Boat Crossing Hsieh Lake (1)	舟过谢潭·其一
217	Night Rain at Luster Gap	光口夜雨
218	Overnight at East Island (2)	夜宿东渚放歌·其二
219	Crossing Open-Anew Lake	过新开湖五首
220	At Hsieh Cove	过谢家湾
221	The Small Pond	小池
222	On the Summit Above Tranquil-Joy Temple	安乐庙头

8. *The Mountain Poems of Meng Hao-jan* (2004)《孟浩然山岳诗》

序号	译诗标题	原诗标题
1	Autumn Begins	初秋
2	Gathering Firewood	采樵夫

续表

序号	译诗标题	原诗标题
3	Listening to Cheng Yin Play His Ch'in	听郑五愔弹琴
4	Adrift on North Creek	北涧泛舟
5	Climbing Long-View Mountain's Highest Peak	登望楚山最高顶
6	Looking for the Recluse Chang Tzu-jung at White-Crane Cliff	寻白鹤岩张子容隐居
7	Adrift on a Summer's Day, I Visit the Hermitage of Recluse T'eng	浮舟过滕逸人别业
8	Inscribed on the Wall at Li's Farm, for Ch'i-Wu Ch'ien	题李十四庄，兼赠綦毋校书
9	On Reaching the Ju River Dikes, Sent to My Friend Lu	行至汝坟寄卢征君
10	On Reaching the Han River	行出东山望汉川
11	Roaming Up to Master Jung's Hermitage...	游景空寺兰若
12	Visiting the Hermitage of Ch'an Monk Jung	过融上人兰若
13	Returning to My Garden at Night After Looking for Chang Wu	寻张五回夜园作
14	On the Tower at Uphold All-Gathering Monastery	登总持寺浮屠
15	In Lo-Yang, Stopping by to Visit Yuan Kuan Without Finding Him	洛中访袁拾遗不遇
16	Looking for T'eng's Old Recluse Home	寻陈（一作滕）逸人故居
17	Traveling to Yueh, I Linger Out Farewell With Chang and Shen	适越留别谯县张主薄申屠少府
18	7/7 in a Strange Village	他乡七夕
19	Anchoring Overnight at Ox Island...	夜泊牛渚趁薛八船不及
20	Down the Kan River Rapids	下赣石
21	9/9 at Dragon-Sands, Sent to Liu	九日龙沙寄刘大
22	Stopping Overnight at Date-Bright Inn	夕次蔡阳馆
23	Autumn Nights, Setting Moon	秋宵月下有怀

续表

序号	译诗标题	原诗标题
24	Looking for Mei, Sage Master of Way	寻梅道士
25	Early Plums	早梅
26	At Lumen-Empty Monastery, Visiting Dharma-Guile...	陪李侍御访聪上人禅居
27	Encountering Snow on the Road to Ch'ang-an	赴京途中遇雪
28	Overnight at Kingfisher-Hue Monastery..	题终南翠微寺空上人房
29	Outside the Capital, Farewell to Acrid-Expanse	都下送辛大之鄂
30	Lingering Out Farewell With Wang Wei	留别王维
31	Year's-End, On Returning to Southern Mountains	岁暮归南山
32	Sent to Ch'ao, the Palace Reviser	寄是正字（注：王昌龄诗）
33	A Farewell for Tu Huang	送杜十四之江南
34	Spending the Night at Abbot Yeh's Mountain Home,...	宿业师山房期丁大不至
35	At Lumen-Empty Monastery, Visiting the Hermitage of...	过景空寺故融公兰若
36	After Magistrate Chang Yuan's Clear Mirror Lament	同张明府清镜叹
37	At the Pavilion on Grand-View Mountain,...	登岘山亭,寄晋陵张少府
38	Adrift at Warrior Knoll	武陵泛舟
39	Anchored off Hsun-Yang in Evening Light,...	晚泊浔阳望香炉峰
40	Anchored Overnight on Thatch-Hut River...	夜泊庐江,闻故人在东寺,以诗寄之
41	Waiting Out Rain at East Slope,...	东坡遇雨率尔贻谢南池
42	Courtyard Oranges	庭橘
43	Overnight at Cypress-Peak Monastery...	宿天台桐柏观
44	Adrift on What-If River	耶溪泛舟
45	The Ch'an Depths of a Monk at Royal-Patriarch Monastery	题大禹寺义公禅房

续表

序号	译诗标题	原诗标题
46	Heading West Up the Che River,...	游江西留别富阳裴、刘二少府
47	Overnight on Abiding-Integrity River	宿建德江
48	Up Early at Fish-Creek Lake	早发渔浦潭
49	New Year's Eve at Chang Tzu-jung's House in Lo-Ch'eng	除夜乐城逢张少府
50	Anchored Overnight Near the City Wall at Hsuan-Ch'eng	夜泊宣城界
51	Upriver to Wu-Ch'ang	溯江至武昌
52	Below South Mountain, Inviting a Sage Gardener to Plant Melons	南山下与老圃期种瓜
53	Climbing Deer-Gate Mountain, Thoughts of Ancient Times	登鹿门山怀古
54	Returning Home to Deer-Gate Mountain at Night	夜归鹿门歌
55	After Visiting Thought-Essence Monastery, I Return...	游精思观回王白云在后
56	Looking for the Master at Chrysanthemum Pond...	寻菊花潭主人不遇
57	Climbing Grand-View Mountain With Friends	与诸子登岘山
58	On Peak-Light Tower With Prime Minister Chang Chiu-ling	陪张丞相登嵩阳楼
59	Out on the Road, Skies Clearing	途中遇晴
60	At Tung-T'ing Lake, Sent to Yen Fang	洞庭湖寄阎九
61	On Returning to My Mountains, for the Ch'an Abbot Clarity-Deep	还山贻湛法师
62	On a Journey to Thought-Essence Monastery,...	游精思观回，王白云在后
63	Wandering the West Ridge at Phoenix-Grove Monastery	游凤林寺西岭
64	Searching Incense Mountain for the Monk Clarity-Deep	寻香山湛上人
65	Spring Dawn	春晓

9. *The Selected Poems of Wang Wei*《王维诗选》(2006)

序号	译诗标题	原诗标题
1	9/9，Thinking of My Brothers East of the Mountains	九月九日忆山东兄弟
2	Sent Far Away	秋思赠远（当年只自守空闺）
3	Crossing the Yellow River to Clear-River District	渡河到清河作
4	On a Wall Tower at River-North City	登河北城楼作
5	Early Morning, Crossing Into Whitewater-Bright	早日荥阳界
6	Visiting Li Yi	过李揖宅
7	Pleasure of Fields and Gardens	田园乐
8	Back Home in the Eminence Mountains	归嵩山作
9	Hearing an Oriole at the Palace	听宫莺
10	Untitled	杂诗（君自故乡来）
11	Visiting Provision-Fragrance Monastery	过香积寺
12	Playfully Written on a Flat Stone	戏题盘石
13	Duke-Simpleton Valley	愚公谷三首
14	A Farmer	田家
15	Gazing Out From the Upper Terrace, Farewell to Li	临高台送黎拾遗
16	At Azure-Dragon Monastery, for Monk Cloud-Wall's	青龙寺县壁上人兄院集
17	At Cloud Valley With Huang-Fu Yueh	皇甫岳云溪杂题四首
18	Drifting Down the Han River	汉江临泛
19	Mourning Meng Hao-jan	哭孟浩然
20	Climbing to Subtle-Aware Monastery	登辨觉寺
21	A Thousand-Stupa Master	千塔主人
22	Traveling Pa Gorge at Dawn	晓行巴峡
23	A Farewell	送别（下马饮君酒）
24	Encountering Rain on a Mountain Walk	山行遇雨

续表

序号	译诗标题	原诗标题
25	In the Mountains, Sent to Ch'an Brothers and Sisters	山中寄诸弟妹
26	Early Autumn in the Mountains	早秋山中作
27	Whole-South Mountains	终南山
28	Ch'i River Fields and Gardens	淇上田园即事
29	In Reply to P'ei Ti	答裴迪辋口遇雨忆终南山之作
30	Wheel-Rim River	辋川集
31	Sent to a Monk From Buddha-Peak Monastery	寄崇梵僧
32	East Creek, Savoring the Moon	东溪玩月
33	Lingering Out Farewell With Ch'ien Ch'i	留别钱起
34	Playfully Written on the Wall at My Wheel-Rim	戏题辋川别业
35	With Friends on Shen's Sutra-Study Terrace...	沈十四拾遗新竹生读经处同诸公之作
36	At Fathom-Change Monastery, Visiting Monk...	过感化寺昙兴上人院
37	In the Mountains, for My Brothers	山中示弟等
38	Farewell to Shen Tzu-fu, Who's Returning East of the Yangtze	送沈子福之江东
39	On Climbing Up to P'ei Ti's Small Terrace	登裴迪秀才小台作
40	Dwelling Among Mountains	山居即事
41	A Red Peony	红牡丹
42	Setting Out From Great-Scatter Pass and Wandering	自大散以往深林密竹蹬道盘曲四五十里至黄牛
43	Wheel-Rim River, Dwelling in Idleness: For P'ei Ti	辋川闲居赠裴秀才迪
44	For Wei Mu	赠韦穆十八
45	Waiting for Ch'u Kuang-i, Who Never Arrives	待储光羲不至
46	Recluse Li's Mountain Home	李处士山居
47	Mourning Yin Yao	哭殷遥（人生能几何）

序号	译诗标题	原诗标题
48	Mourning Yin Yao	哭殷遥（送君返葬石楼山）
49	In Reply to Chang Yin	答张五弟
50	Rain On and On at My Wheel-Rim River Farm	积雨辋川庄作
51	In Reply to Su, Who Visited My Wheel-Rim River	酬虞部苏员外过蓝田别业不见留之作
52	Autumn Thoughts	秋思（网轩凉动吹轻衣）
53	A Meal With Kettle-Fold Mountain Monks	饭覆釜山僧
54	Asking K'ou About Twin Creek	问寇校书双溪
55	Evening Landscape, Skies Blue Again	新晴野望
56	Autumn Twilight, Dwelling Among Mountains	山居秋暝
57	Farewell to Yuan, Who's Been Sent to An-Hsi	送元二使安西
58	Wandering Where Li the Mountain Recluse Lives, I...	游李山人所居因题屋壁
59	When I Was Under House Arrest at Bodhi Monastery,...	菩提寺禁裴迪来相看说逆贼等凝碧池上作音乐供奉人等举声便一时泪下私成口号诵示裴迪
60	On Returning to Wheel-Rim River	归辋川作
61	Spring Garden	春园即事
62	Farewell	送别（山中相送罢）
63	Adrift on the Lake	泛前陂
64	In Reply to Adept Li	酬黎居士淅川作
65	Azure Creek	青溪
66	In the Capital on a Spring Day, P'ei Ti and I Go...	春日里与裴迪过新昌里访吕逸人不遇
67	A Sigh for White Hair	叹白发（宿昔朱颜成暮齿）
68	In Jest, for Chang Yin	戏赠张五弟湮（吾弟东山时）
69	Farewell to Yang, Who's Leaving for Kuo-Chou	送杨长史赴果州

续表

序号	译诗标题	原诗标题
70	Whole-South Mountain Hermitage	终南别业
71	In the Mountains	山中
72	At Azure-Dragon Monastery, Visiting Ch'an Master Ts'ao	夏日过青龙寺谒操禅师
73	Autumn Night, Sitting Alone	秋夜独坐
74	Facing Snow in Late Winter, I Think of Recluse Hu's House	冬晚对雪忆胡居士家
75	High on West Tower With Wu Lang, Gazing Into...	和使君五郎西楼望远归思
76	The Way It Is	书事
77	In Reply to Vice-Magistrate Chang	酬张少府
78	A Sigh for White Hair	叹白发（我年一何长）
79	For Ts'ui Chi-Chung of P'u-Yang, Who Is Moved by...	崔濮阳兄季重前山兴
80	Off-Hand Poem	偶然作（老来懒赋诗）

10. *Classical Chinese Poetry*：*An Anthology*（2008）《中国古诗词选集》

序号	译诗标题	原诗标题
Early Collections：The Oral Tradition（c. 15th century B. C. E. to 4th century B. C. E.）		
The Book of Songs（c. 15th to 6th centuries B. C. E.）诗经		
1	Dark-Enigma Bird	玄鸟
2	Ancestors Majestic	烈祖
3	Birth to Our People	生民
4	Sprawl	绵
5	Emperor Wen	文王
6	Seventh Moon	七月
7	My Love's Gone Off to War	君子于役
8	Nothing Left	式微
9	In the Wilds There's Dead Deer	野有死麇

续表

序号	译诗标题	原诗标题
10	Gathering Thorn-Fern	采薇
11	A Dove	鸤鸠
12	Rats So Fat	硕鼠
13	In the Wilds There's a Grass Mat	野有蔓草
14	He Built His Hut	考槃
15	Ospreys Cry	关雎
16	I Climb a Hilltop	陟岵
17	Cut an Axe Handle	伐柯
18	Willows Near the East Gate	东门之杨
19	We Cut Grasses	载芟
20	Eastern Mountains	东山
Tao Te Ching（c. 6th century B. C. E.）道德经		
21	Untitled Poems	无题诗
The Songs of Ch'u（c. 3rd century B. C. E.）楚辞		
22	The Question of Heaven	天问
23	The Nine Songs：Great-Unity，Sovereign of the East	九歌·东皇太一
24	The Nine Songs：Lord of the Clouds	九歌·云中君
25	The Nine Songs：Lord of the East	九歌·东君
26	The Nine Songs：The Mountain Spirit	九歌·山鬼
27	From Confronting Grief	《离骚》节选
Later Folk-Song Collections（c. 2nd century B. C. E. to 4th century C. E.）		
Music-Bureau Folk-Songs（c. 2nd to 1st centuries B. C. E.）乐府民歌		
28	Earth-Drumming Song	击壤歌
29	Untitled	秦始皇时民歌
30	They Dragged Me Off at Fifteen to War	十五从军征
31	By Heaven Above	上邪

续表

序号	译诗标题	原诗标题
32	We Fought South of the Wall	战城南
33	Garlic Dew	薤露
34	Village of Weeds	蒿里
35	Watering Horses at a Spring Beneath the Geat Wall	饮马长城窟行
36	Sun Emerges and Sinks Away	日出入
37	East Gate	东门行
38	Untitled	上山采蘼芜
39	Nineteen Ancient-Style Poems（c. 1st to 2nd centuries C. E.）	古诗十九首
40	Lady Midnight Songs of the Four Seasons（c. 4th century C. E.）	子夜四时歌

First Masters：The Mainstream Begins (4th to 5th centuries C. E.)

Su Hui（4th century C. E.）苏慧（前秦）

T'ao Ch'ien（365—427）陶潜

42	Home Again Among Fields and Gardens	归园田居
43	Written in the 12th Month，Kuei Year of the Hare...	癸卯岁十二月中作与从弟敬远
44	Drinking Wine	饮酒
45	Untitled	杂诗
46	An Idle 9/9 at Home	九日闲居
47	Cha Festival Day	腊日
48	Peach-Blossom Spring	桃花源记
49	Untitled	杂诗
50	Burial Songs	拟挽歌辞

Hsieh Ling-yun（385—433）谢灵运

51	On a Tower Beside the Lake	登池上楼
52	Climbing Green-Cliff Mountain in Yung-Chia	登永嘉绿嶂山诗
53	I've Put in Gardens South of the Fields...	田南树园激流植楥

续表

序号	译诗标题	原诗标题
54	Dwelling in the Mountains	山居赋
55	On Stone-Gate Mountain's Highest Peak	登石门最高顶诗
56	Overnight at Stone-Gate Cliffs	石门岩上宿
57	Following Axe-Bamboo Stream, I Cross Over a Ridge...	从斤竹涧越岭溪行
58	On Thatch-Hut Mountain	登庐山绝顶望诸峤

T'ang（Tang）Dynasty I：The Great Renaissance（c. 700 to 800）

Meng Hao-jan（689—740）孟浩然

序号	译诗标题	原诗标题
59	Autumn Begins	初秋
60	Gathering Firewood	采樵夫
61	Listening to Cheng Yin Play His Ch'in	听郑五愔弹琴
62	On Reaching the Ju River Dikes, Sent to My Friend Lu	行至汝坟寄卢征君
63	Climbing Long View Mountains' Highest Peak	登望楚山最高顶
64	Overnight on Abiding-Integrity River	宿建德江
65	Looking for Mei, Sage Master of the Way	寻梅道士
66	Sent to Ch'ao, the Palace Reviser	寄是正字
67	Searching Incense Mountain for the Mond Clarity-Deep	寻香山湛上人
68	At Lumen-Empty Monastery, Visiting the Hermitage...	过景空寺故融公兰若
69	Adrift at Warrior-Knoll	武陵泛舟
70	Anchored off Hsun-Yang in Evening Light...	晚泊浔阳望香炉峰
71	Returning Home to Deer-Gate Mountain at Night	夜归鹿门歌
72	On a Journey to Thought-Essence Monastery...	游精思观回王白云在后
73	Spring Dawn	春晓

Wang Wei（701—761）王维

序号	译诗标题	原诗标题
74	Mourning Meng Hao-jan	哭孟浩然
75	Untitled	杂诗

续表

序号	译诗标题	原诗标题
76	Bird-Cry Creek	鸟鸣涧
77	In the Mountains, Sent to Ch'an Brothers and Sisters	山中寄诸弟妹
78	Mourning Yin Yao	哭殷遥
79	In Reply to P'ei Ti	答裴迪辋口遇雨忆终南山之作
80	Wheel-Rim River	辋川集
81	In the Mountains	山中
82	Autumn Nights, Sitting Alone	秋夜独坐
83	For Ts'ui Chi-Chung of P'u-Yang...	崔濮阳兄季重前山兴
84	In Reply to Vice-Magistrate Chang	酬张少府
85	Offhand Poem	偶然作
Li Po (701—762) 李白		
86	On Yellow-Crane Tower, Farewell to Meng Hao-jan...	黄鹤楼送孟浩然之广陵
87	Wandering Up Ample-Gauze Creek on a Spring Day	春日游罗敷潭
88	Thoughts of You Unending	长相思
89	Night Thoughts at East-Forest Monastery...	庐山东林寺夜怀
90	Inscribed on a Wall at Summit-Top Temple	题峰顶寺
91	Steady-Shield Village Song	长干行
92	Mountain Dialogue	山中问答
93	Drinking Alone Beneath the Moon	月下独酌
94	Spring Thoughts	春思
95	Listening to a Monk's Ch'in Depths	听蜀僧浚弹琴
96	Sunflight Chant	日出入行
97	To Send Far Away	寄远
98	9/9, Out Drinking on Dragon Mountain	九日龙山饮
99	Untitled	清平乐·其三

序号	译诗标题	原诗标题
100	War South of the Great Wall	战城南
101	Reverence-Pavilion Mountain，Sitting Alone	独坐敬亭山
102	Jade-Staircase Grievance	玉阶怨
103	Autumn River Songs	秋浦歌
104	At Golden-Ridge	金陵
105	Thoughts in Night Quiet	静夜思
Tu Fu (712—770) 杜甫		
106	Gazing at the Sacred Peak	望岳
107	Inscribed on a Wall at Chang's Recluse Home	题张氏隐居
108	Song of the War-Carts	兵车行
109	From First-Devotion Return Chant	自京赴奉先县咏怀五百字
110	Moonlit Night	月夜
111	Spring Landscape	春望
112	Dreaming of Li Po	梦李白
113	The Conscription Officer at Stone-Channel	石壕吏
114	The New Moon	初月
115	Seven Songs at Gather Valley	乾元中寓居同谷县作歌七首
116	The River Village	江村
117	Leaving the City	出郭
118	Brimmed Whole	慢成一首
119	Night at the Tower	阁夜
120	Thatch House	草阁
121	8th Moon, 17th Night：Facing the Moon	十七夜对月
122	Dawn Landscape	晓望
123	Thoughts	写怀
124	Riverside Moon and Stars	江边星月

续表

序号	译诗标题	原诗标题
125	Night	夜二首
126	Leaving Equal-Peace at Dawn	晓发公安
127	Overnight at White-Sand Post-Station	宿白沙驿

Cold Mountain (Han Shan) (c. 7th to 9th centuries)

128	13 Untitled Poems	无题诗十三首

Wei Ying-wu (737—792) 韦应物

129	At West Creek in Ch'u-Chou	滁州西涧
130	At Truth-Expanse Monastery, in the Dharma-Master's...	义演法师西斋
131	Autumn Night, Sent to Ch'iu Tan	秋夜寄丘员外
132	Sent to a Master of the Way in the Utter-Peak Mountains	寄全淑山中道士
133	Winter Night	冬至夜寄京师诸弟兼怀崔都水
134	New Year's	除日
135	Moonlight Night	月夜
136	In Idleness, Facing Rain	闲斋对月
137	Lament Over a Mirror	感镜
138	Autumn Night	秋夜二首
139	Evening View	夜望
140	At Cloud-Wisdom Monastery, in the Ch'an Master's...	昙智禅师院
141	Outside My Office, Wandering in Moonlight	府舍夜游
142	Climbing Above Mind-Jewel Monastery...	登宝意寺上方旧游

T'ang Dynasty II: Experimental Alternatives (c. 800 to 875)

Meng Chiao (751—814) 孟郊

143	Cold Creek	寒溪
144	Laments of the Gorges	峡哀
145	Autumn Thought	秋怀

序号	译诗标题	原诗标题
Han Yu（768—824）韩愈		
146	A Girl From Splendor-Bloom Mountain	华山女
147	Losing Teeth	落齿
148	From South Mountain	南山诗节选
149	Pond in a Bowl	盆池五首
150	Autumn Thoughts	秋怀
Po Chü-i（772—846）白居易		
151	Peony Blossoms—Sent to the Sage Monk Unity—Exact	感芍药花寄正一上人
152	Autumn Thoughts，Sent Far Away	感秋寄远
New Yueh-Fu　新乐府		
153	The Old Broken-Armed Man From Prosper-Anew	新丰折臂翁
154	Crimson-Weave Carpet	红线毯·忧蚕桑之费也
155	An Old Charcoal Seller	卖炭翁·苦宫市也
Songs of Ch'in-Chou　秦中吟		
156	Light and Sleek	轻肥
157	Buying Flowers	买花
158	Ch'in Song in Clear Night	清夜琴兴
159	Winter Night	冬夜
160	Setting a Migrant Goose Free	放旅雁
161	After Lunch	食后
162	Early Autumn	新秋
163	In the Mountains，Asking the Moon	山中问月
164	Li the Mountain Recluse Stays the Night on Our Boat	舟中李山人访宿
165	Enjoying Pine and Bamboo	玩松竹
166	Mourning Little Summit-Peak	哭雀儿
167	Waves Sifting Sand	浪淘沙四首

续表

序号	译诗标题	原诗标题
170	The North Window：Bamboo and Rock	北窗竹石
171	Idle Song	闲吟
172	At Home Giving Up Home	在家出家

Li Ho (790—816) 李贺

173	Endless-Peace Arrowhead Song	长平箭头歌
174	Dawn at Shih-Ch'eng	石城晓
175	Sky Dream	梦天
176	Ch'in Spirit Song	神弦曲
177	Old Man Mining Jade Song	老夫采玉歌
178	Past and Forever On and On Chant	古悠悠行
179	Wives of the River Hsiang	湘妃
180	Borderland Song	塞下曲
181	Lamentation Chant	感讽
182	The Chill of Canyon Twilight	溪晚凉
183	Dragon-Cry Impersonation Song	假龙吟歌

Tu Mu (803—853) 杜牧

184	Egrets	鹭鸶
185	Anchored on Ch'in-Huai River	泊秦淮
186	Autumn Evening	秋夕
187	Spring South of the Yangtze	江南春
188	Thoughts After Snow in Hsiang-Yang	襄阳雪夜感怀
189	Inscribed on Recluse Dark-Origin's Lofty Pavilion	题元处士高亭
190	Goodbye	赠别
191	Pond in a Bowl	盆池
192	Climbing Joy-Abroad Plateau	登东游原
193	Unsent	有寄
194	Inscribed on the Tower at Veneration Monastery	题敬爱寺楼

续表

序号	译诗标题	原诗标题
195	Autumn Dram	秋梦
196	A Mountain Walk	山行
197	Cloud	云
198	Passing Clear-Glory Palace	过华清宫
199	Autumn Landscape at Ch'ang-an	长安秋望
200	Back Home Again	归家
201	Sent Far Away	寄远
202	The Han River	汉江
203	A Clear Stream in Ch'ih-Chou	池州清溪
Li Shang-yin（c. 813—858）李商隐		
204	The Brocade Ch'in	锦瑟
205	Offhand Poem	偶题
206	Lady Never-Grieve Grieves，Singing…	杂曲歌辞·无愁果有愁曲
207	Untitled	无题(来是空言去绝踪)
208	On History	咏史
209	Fish-Hunt Song	射鱼曲
210	Untitled	无题(白道萦回入暮霞)
211	Swallow Terrace	燕台四首
212	Day After Day	日日
213	Untitled	无题(相见时难别亦难)
214	Incense-Burning Song	烧香曲
215	Untitled	无题(飒飒东风细雨来)
Yu Hsuan-chi（c. 840—868）鱼玄机		
216	Orchid Fragrance，Sent Far Away	寄国香
217	Farewell	送别
218	In Reply to Li Ying's "After Fishing on a Summer Day"	酬李郢夏日钓鱼回见示

续表

序号	译诗标题	原诗标题
219	Gazing Out in Grief, Sent to Adept-Serene	江陵愁望寄子安
220	Radiance, Regal and Composure Were Three Sisters...	光、威、哀姊妹三人少孤而始妍乃有是作……因次其韵
221	Visiting Ancestral-Truth Monastery's South Tower...	游崇真观南楼,睹新及第题名处
222	Thoughts at Heart, Sent to Him	感怀寄人
223	Late Spring	暮春即事
224	After His Poem, Following Its Rhymes	和人次韵
225	Free of All Those Hopes and Fears	遣怀
226	Inscribed on a Wall at Hidden-Mist Pavilion	题隐雾寺
227	Sorrow and Worry	愁思

Sung Dynasty: The Mainstream Renewed (c. 1000—1225)

Mei Yao-ch'en (1002—1060) 梅尧臣

228	8th Month, 9th Sun: Getting Up in the Morning...	八月九日晨兴如厕有鸦啄蛆
229	Staying Overnight in Hsu's Library...	同谢师厚宿胥氏书斋闻鼠其患之
230	The Boat-Pullers	牵船人
231	A Lone Falcon Above the Buddha Hall...	普净院佛阁上孤鹘
232	1st Moon, 15th Sun: I Try Going Out...	正月十五夜出回
233	Farmers	田家
234	Hsieh Shih-Hou Says the Ancient Masters...	师厚云虿古未有诗邀予赋之
235	On a Farewell Journey for Hsieh Shih-Hou...	送师厚归南阳会天大风遂宿高阳山寺明日同至
236	Shepherd's-Purse	食荠
237	Lunar Eclipse	月食
238	East River	东溪

续表

序号	译诗标题	原诗标题
239	A Little Village	小村
240	Eyes Dark	目昏
241	Autumn Meditation	秋思
Wang An-shih（1021—1086）王安石		
242	Middle Years	中年
243	Events at Bell Mountain	钟山即事
244	Following Thoughts	随意
245	Self-Portrait in Praise	传神自赞
246	Written on a Wall at Halfway-Mountain Monastery	题半山寺壁二首
247	Wandering Bell Mountain	游钟山
248	River Rain	江雨
249	Above the Yangtze	江上
250	Gazing North	北望
251	Inscribed on Master Lake-Shadow's Wall	书湖阴先生壁
252	Hymn	杂咏
253	East River	东江
254	Reading History	读史
255	Leaving the City	出城
256	After Visiting a Master of the Way on Bell Mountain...	北山暮归示道人
257	Sun West and Low	日西
258	At Lumen River Headwaters	过皖口
259	East Ridge	东冈
260	Above the Yangtze	江上
261	In Bamboo Forest	竹里
262	Cut Flowers	新花

续表

序号	译诗标题	原诗标题
	Su Tung-p'o (1037—1101) 苏东坡	
263	12th Moon，14th Sun：A Light Snow Fell Overnight...	十二月十四日夜微雪明日早往南溪小酌至晚
264	Untitled	鹧鸪天
265	Inscribed on a Wall at the Prefectural Court	除夜直都厅因系皆满日暮不得返舍因题一诗于壁
266	At Seven-Mile Rapids	行香子·过七里濑
267	Sipping Wine at the Lake：Skies Start Clearing，Then Rain	饮湖上初晴后雨
268	Stopping by in Rain to Visit Master Shu	青牛岭高绝处有小寺人迹罕到
269	After Li Szu-Hsun's Painting Cragged Islands on the Yangtze	雨中过舒教授
270	6th Moon，27th Sun：Sipping Wine at Lake-View Tower	六月二十七日望湖楼醉书
271	Midsummer Festival，Wandering Up as Far as the Monastery	端午遍游诸寺得禅字
272	Exiled，We Move to Overlook Pavilion	迁居临皋亭
273	East Slope	东坡八首
274	At Red Cliffs，Thinking of Ancient Times	赤壁怀古
275	Presented to Abbot Perpetua All-Gathering...	赠东林总长老
276	Inscribed on a Wall at Thatch-Hut Mountain's...	题西林壁
277	Inscribed on a Painting in Wang Ting-Kuo's Collection...	书王定国所藏烟江叠嶂图
278	Bathing My Son	洗儿诗
279	At Brahma-Heaven Monastery...	梵天寺见僧守诠小诗清婉可爱次韵
280	After My Brother's "Thoughts of Long Ago..."	和子由渑池怀旧
281	Writing-Brush at Leisure	纵笔

序号	译诗标题	原诗标题
282	After T'ao Ch'ien's "Drinking Wine" (5)	和陶饮酒·其五

Li Ch'ing-chao (c. 1084—1150)李清照

序号	译诗标题	原诗标题
283	Untitled (As the Day Comes to an End...)	丑奴儿·晚来一阵风兼雨
284	Untitled (I Can't Forget That River Pavilion...)	如梦令·常记溪亭日暮
285	Untitled (The Last Blossoms Tumble Down...)	品令·零落残红
286	Untitled (Thin Mist and Thick Cloud...)	醉花阴·薄雾浓云愁永昼
287	Untitled (Tired of My Thousand-Autumn Swing...)	点绛唇·蹴罢秋千
288	Untitled (Wind Freshens on the Lake...)	怨王孙·湖上风来波浩渺
289	Untitled (Who's With Me Sitting Alone...)	如梦令·谁伴明窗独坐
290	Untitled (A Lovely Wind, Dust Already Fragrant...)	武陵春·风住尘香花已尽
291	Untitled (Night Comes, and I'm So Drunk...)	诉衷情·夜来沈醉卸妆迟
292	Untitled (I Planted a Banana Tree Outside the Window...)	添字采桑子·窗前谁种芭蕉树
293	Untitled (Year After Year, a Little Drunk...)	清平乐·年年雪里
294	Untitled (These Courtyard Depths Feel Deep, Deep...)	临江仙·庭院深深深几许

Lu Yu (1125—1210)陆游

序号	译诗标题	原诗标题
295	On the Wall-Tower Above K'uei-Chou at Night...	夜登白帝城楼怀少陵先生
296	Looking at a Map of Ch'ang-an	观长安城图
297	Flowing-Grass Calligraphy Sony	草书歌
298	At Cloud-Gate Monastery, Sitting Alone	云门独坐
299	The Sound of Rain	雨声
300	Monks Need Homes	僧庐

续表

序号	译诗标题	原诗标题
301	Invoking the Gods	赛神曲
302	Resolution	书志
303	The River Village	江村
304	A Mountain Walk	山行
305	Taking a Trail Up From Deva-King Monastery	天王寺迪上人房五十年前友人王仲信同题名尚
306	Offhand Poem at My East Window	东窗偶书
307	7th Moon, 29th Sun, Yi Year of the Ox...	乙丑七月二十九日夜分梦一士友风度甚高一见
308	To My Son, Yu	示子遹
309	Light Rain	小雨
310	On a Boat	舟中作二首
311	At Dragon-Inception Monastery, Visiting Tu Fu's Old House	龙兴寺吊少陵先生寓居
312	Death-Chant	呻吟
313	Near Death, Given to My Son	示儿

Yang Wan-li (1127—1206) 杨万里

序号	译诗标题	原诗标题
314	On the Summit Above Tranquil-Joy Temple	安东庙头
315	Inscribed on a Wall at Liu Te-fu's Absolute-Meaning Pavilion	题刘德夫真意亭
316	With Chun Yu and Chi Yung, I Hike	同君俞、季永步至普济寺,晚泛西湖以归,得
317	Early Summer, Dwelling in Idleness, I Wake...	闲居初夏午睡起
318	A Cold Fly	冻蝇
319	Watching a Little Boy Gleefully Beating the Spring Ox	观小儿戏打春牛
320	Cold Sparrows	寒雀
321	Untitled	昭君怨·偶听松梢扑鹿
322	Light Rain	细雨
323	Breakfast at Noonday-Ascension Mountain	晨炊白升山

序号	译诗标题	原诗标题
324	On a Boat Crossing Hsieh Lake	舟过谢潭
325	Night Rain at Luster Gap	光口夜雨
326	Teasing My Little One	嘲稚子
327	Overnight at East Island	夜宿东渚放歌二首
328	The Temple-Towers at Orchid Creed	兰溪双塔
329	Crossing Open-Anew Lake	过新开湖
330	The Small Pond	小池
331	At Hsieh Cove	过谢家湾
332	On a Boat，Crossing Through Peace-Humane District	舟过安仁二首
333	On the Second Day After 9/9，Hsu K'o-chang and I...	重九后二日同徐克章登万花川谷月下传觞
334	No Longer Sick，I Feel So Old	病后觉衰
335	12th Moon，27th Sun，Season Spring Begins...	十二月二十七日立春夜不寐
336	Don't Read Books	书莫读

图书在版编目(CIP)数据

欣顿与山水诗的生态话语性 / 陈琳著. —杭州：浙江
大学出版社,2019.12
（中华翻译研究文库）
ISBN 978-7-308-19867-7

Ⅰ.①欣… Ⅱ.①陈… Ⅲ.①诗歌－文学翻译－研究
－中国 Ⅳ.①I207.22

中国版本图书馆 CIP 数据核字(2019)第 283205 号

中華譯學館 真言題

欣顿与山水诗的生态话语性

陈　琳　著

出 品 人	鲁东明	
总 编 辑	袁亚春	
丛书策划	张　琛　包灵灵	
责任编辑	诸葛勤	
责任校对	陆雅娟	
封面设计	程　晨	
出版发行	浙江大学出版社	
	（杭州市天目山路 148 号　邮政编码 310007）	
	（网址:http://www.zjupress.com）	
排　　版	浙江时代出版服务有限公司	
印　　刷	浙江印刷集团有限公司	
开　　本	710mm×1000mm　1/16	
印　　张	22.75	
字　　数	327 千	
版 印 次	2019 年 12 月第 1 版　2019 年 12 月第 1 次印刷	
书　　号	ISBN 978-7-308-19867-7	
定　　价	68.00 元	